KB057654

효옥

노비가 된 성삼문의 딸

전군표
장편소설

ㄴㄴ〉〈ㄷㄴ

**2장 노비가
되다**

3장 울타리를 넘어서

4장 새 이름으로 나아가다

일러두기

- 이 소설은 사육신 사건과 세조, 예종 임금 시대의 역사적 사실에 기반하였지만 대부분 이야기들은 모두 허구요, 상상이다.
- 인물들의 대사는 가급적 현대 우리 대화체를 따름으로 무엇보다 가독성을 높였다.

난신亂臣 성삼문의 아내 차산과 딸 효옥은 운성부원군 박종우에게 노비로 주고……

—『조선왕조실록』, 세조 2년 1456년 9월 7일

1장
·
피바람 부는
세월

먼저 치지 않으면 죽을 수밖에 없습니다

1453년 계유년 음력 10월 10일은 양력으로 11월 초였다. 손석풍孫石風이 싸늘한 때였다. 인왕산 숲속에도 붉어진 나뭇잎들이 찬바람에 우수수 떨어져 계곡을 메우고 있었다.

길일로 받아놓은 세 날 중 오늘이 마지막날이었다. 더이상 미룰 수 없었다. 거미치미는 욕심도 내려놓기 어렵지만 기실 수양은 양 갈래 생각중에 잠 못 이룰 때가 많았다. 주공周公처럼 어린 조카인 왕을 도와서 성군으로 만들어드리는 것이 백번 도리인데 그다음이 전혀 가늠되질 않았다. 수양 스스로 주공과 같이 신심을 다해 어린 조카인 왕을 보좌하리라는 생각을 하지 않은 건 아니었으나 그다음이 문제였다. 어린 왕이 철이 나면 왕으로서의 권한도 행사할 터였다. 또 세자가 책봉되고 나면 수양의 처지는 거추장스러워질 수밖에 없었다. 아니, 거추장스러운 정도가 아니라 왕과 신료 입장에서는 수양대군이 언제라도 위협일 수밖에 없었다. 수양을 죽이려고 달려드는 것은 어찌 보면 당연하였다.

거칠고 야심만만한 수양 스스로도 권력을 갖고 정사를 하면서 대신들과 매끄러운 관계로 지내기가 어려우리라는 것을 잘 알고 있었다. 다른 종친과 다름없이 얌전히 뒤로 물러나 밥만 먹고 살 성품은 아니었다. 그렇다고 새삼스레 양녕대군처럼 술이나 마시고 여자들이나 쫓아다니며 미친 척하기는 더 어려운 일이었다.

설사 뒤로 물러나 있더라도 의심을 받을 종친이 수양이었다. 형님인 선왕 문종이 수양을 탐탁하게 생각하지 않은 것을 그 자신도 모르지 않은 바였다. 문종이 신료들에게 아들 단종을 부탁하는 고명에서조차 제외해버리지 않았던가? 게다가 황보인, 김종서같이 늙은 신하들이 정사를 좌지우지하고 있었다. 수양 자신을 견제하는 듯한 느낌도 있었다. 심지어는 이들이 안평을 가까이하고 있는 것도 마뜩잖았다.

안평은 수양과 어쩔 수 없이 대척점에 서 있었다. 학식이 높아 선비들이 많이 따랐다. 무엇보다 임금자리를 노릴 사람이 아니라는 믿음이 컸다.

애초에 수양이 설 자리는 없었다. 어린 조카의 주공이 되려는 그닥지 않은 생각도 해보았지만 이런저런 전후를 따져보면 순수하게 좋은 생각만 하기 어려운 상황이었다. 힘없는 종친의 하나로 조용히 숨죽이고 살아가는 것은 죽기보다 더 싫었다. 설사 그러고 있더라도 안평이 먼저 죽이려 들 것이라고 생각하였다.

무인 그 자체였던 수양에 비해 안평은 타고난 예술가이며 시와 그림에 능했다. 송설체를 완성한 조맹부의 글씨를 능가한다며 중국의 사신들이 오면 안평의 글씨를 받아 가는 것을 영광으로 알았다. 세종 임금은 『훈민정음 해례본』의 서문 글씨도 안평대군이 쓰도록 명하기도 하였다. 안평의 재주를 따라갈 수 없으니 수양은 그가 더욱 미울 수밖에 없었다.

안평대군의 집은 자하문 밖 수성동水聲洞에 있었다. 그 이름을 세종께서 비해당匪懈堂이라고 지어주었다. 『시경詩經』의 증민烝民편에 나오는 "숙야비해夙夜匪解 이사일인以事一人"이라는 구절에서 따온 것이었다. 이 똑똑한 셋째 아들 안평대군이 시류에 휩쓸리지 않고 오직 큰아들 문종과 원손 단종을 잘 보필하기를 바라는 마음에서였다. 안평은 이곳에서 시서화詩書畵에 빠져든 채 지냈다.

세상이 어지러워질 조짐이 보이자 힘이 커진 두 대군 사이에 사람들이 모여들고 문종 승하 이후에는 신료들은 물론 조정 안팎, 세종의 후궁과 환관, 시녀 들까지 수양을 따르는 쪽과 안평을 따르는 쪽으로 세력이 형성되었다.

당시 정무를 이끌던 문신들이나 선비들은 수양대군을 제지할 대군으로 욕심 없는 안평을 택하였다. 그들이 그 시대의 주류였다. 수양이 그들을 한편으로 끌어들이고 싶어 안달하였지만 한명회가 수양을 달래었다.

"그까짓 바람을 노래하고 달을 희롱하는 선비놈들이야 쇠몽둥이 한번 번쩍하면 그냥 땅바닥에 누울 자들이니 아무 걱정 마십시오."

대신 무사들을 포섭할 방법을 제시하였다.

"활쏘기 연습을 명분으로 모화관과 훈련원에 나가서 무사들과 활쏘기를 하고 술과 안주를 많이 먹이면 됩니다."

무사들뿐만 아니었다. 선왕의 스승이던 좌필선 정인지, 고명을 받은 신하 신숙주까지 그의 편에 서 있었다. 늙은 정인지는 하관이 뾰족한 만치 세상 흐름을 보는 눈치가 빨랐다. 순군巡軍의 지휘관인 홍달손도 수양에게 충성을 맹세하였다. 임금을 호위하는 내금위 무사 봉석주, 양정, 유하까지도 포섭해두었다. 심지어는 임금의 왕명을 출납하는 승정원의 비서장 도승지를 하다 이조참판에 오른 강맹경까지 수양에게 붙었다. 임금의 내시 중에 제일 가까이 있는 전균, 엄자치, 시녀 중에 춘월이, 소근이, 충개까지 수양 쪽에 누웠다.

종친들은 대체로 수양의 편이었다. 안평이나 그와 가까운 대신들에게 힘이 실릴라치면 저들의 설 땅이 없음을 그들은 모르지 않았다. 큰어른 격인 양녕대군, 세종 후궁의 아들인 계양군 이증, 의창군 이공, 밀성군 이침 등이 수양대군과 가까웠다.

단종의 측근 종친은 세종의 6남인 금성대군, 혜빈 양씨의 소생인 한남군 이어, 영풍군 이전이었다. 혜빈 양씨는 단종에게 스스로 젖을 먹여 키운 유모이자 할머니였고 그의 아들들은 단종과 같이 어린 시절을 보낸 친구들이었다.

그러니 군사를 움직일 수 있는 실질적 힘은 수양에게 쏠려 있었다. 세상 인심은 수양이 곧 행동에 나서리라고 짐작하고 있었다. 한명회가 이런 수양에게 불을 질렀다.

"먼저 치지 않으면 죽을 수밖에 없습니다."

그러고는 은밀히 술사 기백氣白을 추천하였다.

"안평대군이 거느리는 지화池和보다 도력이 더 높은 고수올시다. 그 기백이 말하길 대군 앞에 이미 보위가 놓여 있으니 앉으면 된다 하더이다."

믿을 것 없는 시대였다. 불교까지 금하였으니 궁에서부터 백성들에 이르기까지 달 보고 내일을 점치고 별 보고 소원을 빌었다. 내로라하는 집안들은 대소사를 점치는 술사나 무당을 따로 거느리고 있었다.

안평이 지화라는 용한 점쟁이를 데리고 있다 해서 신경이 쓰였던 수양이 그보다 더 도력이 높다는 기백을 한번 보자 하였다. 기백은 애꾸눈에다 꾀죄죄한 두루마기를 걸친 왜소한 몸집을 하고 있었다. 오로지 한쪽뿐인 눈이 더 형형하였다. 어린 조카의 임금자리를 넘보는 수양의 야욕을 꿰뚫어 읽고 있는 듯 슬쩍 비웃음을 띤 것 같아 그리 유쾌하지 않았다. 사랑채 보료에 깊숙이 기댄 수양이 그를 달아보았다.

"두 눈 다 가지고도 세상 일 보기 어려운데 어찌 한 눈으로 앞날을 촌탁忖度할까?"

기백이 감히 외눈을 지릅뜨고 수양을 한번 찌르듯이 쳐다보았다.

"대군마마, 일목요연이란 말을 들어보시지 않으셨습니까? 먼 날을 보는 데는 차라리 외눈이 낫다 싶습니다만."

희번덕거리는 외눈이 한명회의 모들뜬 눈과 닮아 있었다. 눈동자에 귀기鬼氣가 서린 것도 비슷하였다. '큰일을 치르는 데는 차라리 이런 자들이 낫다.' 그를 거둔 이유였다.

내게 오는 사람은 이제부터 다 내 편이다

그러한 술사 기백이 여러 날 삼각산에 올라 치성을 드리
고 받은 날이었다. 수십 명의 목숨을 제사상에 올려주어야
하는 날이니 하늘에 뜻을 묻고 땅의 기운을 얻었다고 했다.
그 세 날 중 마지막날이 음력 10월 초열흘이었다.

그날은 마침 누이 경혜공주의 생일이었다. 외로운 임금
은 유일한 피붙이인 누이의 생일에는 항상 매형의 영양위
궁에 가서 저녁을 먹고 정을 나누었다.

올해도 이조참판이 된 강맹경으로 하여금 그날 임금이
영양위궁으로 행차하리라는 확인을 받고 거삿날을 잡아둔
터였다. 내금위는 실세 봉석주를 비롯해 대부분을 장악하

고 있는데다가 그날 임금을 따라붙는 내금위 병사가 몇 명 되지 않으니 여차하면 공격하기도 쉬웠다.

문제는 역모를 저지르다 실패하면 모두 죽어야 한다는 두려움이었다. 무엇보다 역모를 저지를 명분이 약했다. 겨우 만들어둔 것이 '어린 임금이 유충하여 정사를 잘 못하니 늙은 신하들이 황표정사黃標政事로 인사를 전횡한다' 정도였다.

황표정사는 문종 임금의 유언에 따라 의정부 삼정승에게 부여한 인사 결재 체제의 하나였다. 세종 임금 때도 의정부 서사제를 택하여 모든 정책은 삼정승의 추인을 받도록 하였다. 육조직계제에서는 판서나 참판만 내 사람으로 만들면 임금의 눈을 가리기는 더 쉬웠다. 의정부 서사제하에서는 삼정승의 추인을 받는 게 큰 걸림돌이었다. 인사가 만사라, 인사가 그들 마음대로 되지 않는 게 불만이었다. 그리하여 그것으로 트집을 잡았다.

안평대군과 삼공육경들을 역모죄로 몰아 죽여야 하는데 특별히 역모로 볼 증좌를 잡지 못한 점도 문제였다. 역모를 꾸미지 않았기 때문이다. 염알이꾼*들이 끊임없이 안평을 감시하였지만 하루종일 붓글씨를 쓰거나 시나 읊어대는

---

* 남의 사정이나 비밀 따위를 몰래 염탐하는 사람.

모임을 하거나 사냥 다니거나 담담정에서 뱃놀이나 즐기고 있었다.

그렇다고 절호의 날짜를 그냥 넘길 수는 없었다. 이날 수양궁에는 활쏘기 대회가 열렸다. 소도 잡고 술도 나누는데 활 잘 쏘는 궁수들뿐만 아니라 칼 좀 쓴다는 검객, 철퇴 부리는 자, 창 쓰는 자들도 다 불러들였다.

새벽부터 한명회, 권람은 물론이고 홍달손, 강곤, 홍윤성, 임자번, 최윤, 안경손, 홍순로, 민발 등 수양의 수하들이 대기하고 있었다. 명색이 잔칫날 같은 활쏘기 대회인데 흥겨기보다는 무거운 긴장감이 수양궁에 가득하였다.

수양대군이 역란의 뜻을 밝히자 얼굴이 새파래진 송석손, 유형, 민발이 나서서 말렸다.

"먼저 임금의 윤허를 받아야 합니다."

수양이 잠시 주춤하려는 찰나, 한명회가 독려하였다.

"길 옆에 집을 지으면 3년이 되어도 이루지 못합니다."

홍윤성까지 가세하여 수양을 재촉하자 드디어 수양이 벌떡 일어섰다.

"죽은 자는 말이 없다. 생살부生殺簿를 집행하고 역모라고 우겨서 추인받으면 된다."

수양이 말리는 문객 송석상이나 민발 등을 발로 걷어차

고 일어났다. 윤씨부인이 옷 속에 갑옷을 입혀주었다.

　돈의문 밖 김종서부터 습격하였다. 수양이 노둣돌도 없이 말을 타고 앞섰다. 충복 임어을운과 양정 그리고 무사 몇 명이 따라나섰다. 김종서는 대감들 중 유일하게 사대문 밖에 살 만큼 곧고 충직한 당대의 신하였다. 별명이 큰 호랑이인 이 절재 대감이야말로 유일하게 수양 일파를 제어할 수 있는 힘을 가졌다.

　수양대군이 찾아왔을 때는 이미 어둠이 내리고 있었다. 한훤寒喧의 수인사는 채 하지도 못했다. 김종서는 달빛에 기대어 수양이 내어준 편지를 읽었다. 그 충직한 머리를 임어을운이 배래기에서 쇠뭉치를 꺼내 내리치고 양정이 칼로 다시 베었다. 양정의 칼이 김종서의 등에 꽂히는 것을 확인한 뒤 수양이 몸을 날려 말에 올랐다.

　대호 김종서가 쓰러지고 난 이후에 도성에서 수양대군을 막을 세력은 없었다. 순군의 지휘관 홍달손이 수양의 수하로 들어와 있고 내금위장인 봉석주까지 통하여 있으니 임금이 어떤 어명을 내리더라도 그들은 수양의 편이었고, 수양이 먼저 손을 쓸 수도 있는 참이었다.

　스산한 음력 10월 초열흘의 돈의문 앞을 달빛에 기대어 말 달리는 수양대군은 이제 거칠 바가 없었다. 수양이 무장한 양정과 임어을운을 데리고 영양위궁에 칼을 찬 채로 들어갔다. 어린 임금이 울면서 수양에게 매달렸다. 1년을 넘게 준비해 온 생살부가 한명회의 품안에 있었다. 온갖 괄시를 받으며 살아온 한명회가 드디어 제 마음대로 세상을 호령하고 그가 모양을 꾸미는 대로 사람의 생사가 갈리는 세상을 바로 앞에 두었다. 일인지하 만인지상이라는 영의정부터 그 잘난 삼공육경들의 생사여탈권이 자기 손바닥에 있으니 차가운 겨울바람 부는 광화문 앞 어둠 속 말 위에 앉아서 그가 흘리는 웃음에는 귀기마저 서려 있었다. 말 그대로 저승사자였다. 스산한 밤은 깊어가고 있었다. 말발굽 소리와 무사들의 발소리만이 어지러웠다. 생살부에 이름을 올린 영의정 황보인부터 삼공육경과 신료들이 한명회의 손짓 하나에 철퇴를 맞고 쓰러졌다.

성승成勝과 성삼문成三問도 생살부에 올랐다 지워졌다.

"성삼문이 안평의 당여가 확실한가?"

그를 아까워하는 수양이 묻자 한명회가 특유의 모들뜬 눈을 희번덕거리며 대답했다.

"안평의 편은 아닙니다만, 임금의 편임은 분명합니다. 우리 편이 아닌 자는 하루 속히 죽어야 합니다."

수양은 성삼문을 진심으로 아끼고 있었다.

"성승은 당대의 무장이요, 성삼문도 언젠가 우리 편으로 끌어오면 될 일이니 일단 지우시오."

삶과 죽음이 쉽게도 갈렸다. 성삼문 부자는 이렇게 살아남았다.

한양 도성이 피로 물들었다. 안평대군은 준수방俊秀坊*으로 흘러내려오는 수성동 개울물 길의 상류 꼭대기에 비해당을 짓고 살았다. 맑은 개울물 소리와 산새 소리가 세상의 시끄러움을 막아주고 있었다. 이 맑은 물이 경회루 연못을 채우고 청계천까지 흘러갔다.

이곳에서 꿈꾸었던 별유천지의 비경을 안견이 그려내었다. 그렇게 〈몽유도원도〉라는 걸작이 탄생하였다. 현실과 환상의 경계가 모호하지만 마을을 감싼 복사꽃이나 강과 폭포수, 기암절벽은 말 그대로 신선이 사는 몽유도원이었다.

비해당 위쪽에는 무계정사를 지었는데 두 건물 모두 세상을 바라보는 게 아니라 삼각산 보현봉과 문수봉 쪽을 향해 있었다. 궁궐 부근에 살면서 어찌하든 정사에 관여하려

---

* 태조 이성계와 세종 임금이 태어난 궁이 있던 곳.

던 수양의 삶과는 여러모로 거리가 있었다.

그런데 비해당과 무계정사가 안평대군이 역심을 품었던 증거로 제시되었다. 맹인 지화가 "보현봉 아래 명당에서 만대에 왕이 일어난다"고 부추겨 무계정사를 지었다는 얘기를 했다 고하였다.

하나의 죄목이 더 붙었다. 태종의 막내아들 성녕대군이 일찍 죽자 안평대군이 양자가 되어 이 제사를 모셨다. 성녕대군의 부인은 천하의 절색이라 소문나 있었는데 그 양모와 통정하였다는 것이었다. 그는 그 많은 재주를 내려놓고 서른여섯 젊은 나이에 쓸쓸하게 세상을 떠나야 했다. 안평安平, 그 이름과는 너무도 다른 운명이었다.

정인지와 신숙주는 본래 안평과 가까이 지냈다. 〈몽유도원도〉의 발문은 정인지가 제일 먼저 썼고 신숙주도 이름을 남겼다. 정난 뒤에 안평을 죽여야 한다고 상소할 때 수양의 맘에 들고자 그들이 앞장을 섰다. 수양의 앙가발이들이 정인지와 신숙주가 안평의 당여라고 소리를 높였지만 수양은 개의치 않았다.

"대해불양일수大海不讓一水라 하지 않던가. 내게 오는 사람은 이제부터 다 내 편이다."

그렇게 정인지와 신숙주는 수양의 최대 공신이 되었다.

안평도 죽고 그의 점술사 지화도 죽었다. 바둑 친구 이승손까지 파직되었다. 대신 수양대군이 스스로 영의정 겸 이조판서, 병조판서, 서운관사, 내외병마도통사가 되어 국가통치권, 군권, 병권, 인사권까지 모든 권력을 틀어쥐었다. 면류관만 쓰지 않았지 수양대군이 진짜배기 임금이었다.

성씨들은 절의가 대단해
잘 꺾이지 않는다 합디다

궁중의 혼사는 곧 정치였다. 권력의 확장과 보존, 다른 권력과의 연대와 견제가 철저한 계산 아래 이루어졌다. 혼인을 통해 한편으로 묶이기도 하고 더 돈독해지기도 하고, 한편이 되어 다른 편을 제어하기를 도모하였다.

아직 왕비도 맞아들이지 못한 어린 임금 단종도 준비를 하고 있었다. 전국에 금혼령이 내려졌으나 수양은 친구 송현수의 딸을 이미 점찍어둔 뒤였다.

궁중에 바치는 공물을 취급하는 풍저창의 종6품, 벼슬이라고 할 것도 없는 한미한 집안의 말단 관리가 송현수였다. 수양과는 친구처럼 내왕하는 사이인데 극히 조용하고 얌전한 사람이어서 걱정거리를 만들 위인이 아니기도 한데다가 수양을 잘 따르던 막냇동생 영웅대군의 처남이기도 하였다.

"자네 딸을 왕비로 간택할 터이니 그리 알고 계시게."

송현수가 왕의 장인인 국구가 되면 정1품, 돈녕부영사에 오르고, 부인이 왕의 장모인 부부인으로 정경부인이 되는 셈이었다. 정1품에게 지급되는 전답이 110결이고 쌀, 현미, 콩, 좁쌀, 밀, 삼베, 명주가 계절마다 녹봉으로 내려진다. 그러하나 그 즉시 송현수의 집안은 왕의 처가, 외척 집안이 되어 경계의 대상에 놓인다.

이는 영광이기도 했으나 닥쳐올 환난이 눈앞에 보이는 자리이기도 했다. 태종 이방원은 그가 정권을 잡는 데 일등공신의 역할을 하였던 부인 원경왕후의 동생 민무구, 민무질을 죽여버렸다. 민씨 집안이 멸문당할 정도였다. 그뿐 아니라 세자였던 세종대왕의 장인 심온까지 죽여버렸다. 아버지 이성계가 방석을 세자로 세운 것이 계모의 꼬임 때문이라 판단한 까닭이었다. 이복동생인 세자와 형제들을 모두 죽여버리고 왕이 된 이방원이 처족을 경계하는 심사가 그 정도였다.

그런데 불원간 왕의 자리에서 물러나게 될지도 모르는 어린 단종 임금의 장인이 되라고 하다니, 그것도 단종의 숙부이자 당대의 권력자이며 곧 단종에 이어 임금이 될지도 모르는 영의정 수양대군의 말이라니. 소심한 송현수는 진심으로 국구의 자리를 마다하였다.

"이를 데 없는 광영이오나 그야말로 어리석고 한미한 집안이올시다. 미숙한 딸을 왕빗감으로 삼으시겠다는 말씀을 받들기 어렵나이다."

수양은 송현수가 사양하는 것을 겸양지사로 받아들이고 국혼을 받아들이는 것이 신하의 자세임을 강조하였다. 송현수는 큰마음 먹고 용기를 내어 수양대군에게 다시 애원하였다.

"훗날 무슨 일이 있더라도 소인을 역적으로 몰지 마옵소서. 훗날 무슨 일이 있더라도 저의 딸을 과부로 만들지 마옵소서. 대신 영상대군께서 시키는 일은 무엇이든 하겠나이다."

양 눈가에 눈물까지 어린 송현수가 수양의 약속을 받고 물러나왔다. 이는 어디까지나 송현수의 바람일 뿐이었다. 수양은 치밀한 사람이었다. 그는 두 아들의 혼사도 준비하고 있었다. 조선이 개국한 지 얼마 되지 않아 명나라의 입김이 대단할 적이었다. 명나라의 승인이 없으면 임금도 될 수 없었다. 그걸 잘 아는 수양이기에 먼 곳 명나라에 사신으로 직접 다녀오기도 했다.

당시 조정의 명나라통은 좌찬성 한확 대감이었다. 그의 누이가 둘이나 명나라 황제의 후궁으로 책봉된 덕분에 한확은 명나라의 광록시소경光祿寺少卿이라는 벼슬까지 얻었다.

수양이 첫째 아들 도원군의 배필로 한확의 막내딸을 점찍었다. 수양은 절색 며느리를 얻는 데 더하여 명나라와도 원만해질 수 있는 이 기회를 놓치지 않았다. 한확 역시 세자의 장인으로 국구가 되는 일을 마다할 리 없었다.

수양의 둘째 아들 황의 배필로 거론되는 아이가 성삼문의 딸 효옥이었다. 성삼문은 중시에서 수석을 한데다 문장이 뛰어난 재사였지만 항상 겸손하고 명랑해서 주변 사람들이 좋아하였다. 세종의 총애를 받아 집현전에서 신숙주와 함께 한글 창제에 매진하기도 했던 그였다. 둘째 며느리는 조선의 선비들 사이에서 제일 명망이 높은 성승의 집안에서 데려오면 좋을 듯하였다. 성승이 오위도총관이요, 아들 성삼문이 집현전 학사에 승지고, 다른 아들들 삼고, 삼빙, 삼성이 다 문과에 급제하여 벼슬을 하는 명문 집안이었다. 똑 부러지게 제 편이 되지 않으려 하니 사돈을 맺으면 자연스럽게 한편으로 끌어들일 수 있겠다는 기대감이 수양에게는 컸다.

"듣자 하니 성씨들은 절의가 대단해 잘 꺾이지 않는다 합
디다."

윤씨부인이 걱정하였다. 한명회 역시 같은 마음이었다.

"성승도 그렇지만 성삼문은 고집을 쉽게 꺾을 자가 아닙
니다. 안 그래도 계유정난 이후에 다들 하지 못해 난리가 난
공신명부에 대군께서 이름도 올려주었는데도 성삼문 스스
로가 '소인이 한 일이 아무것도 없으니 공신이 될 수 없습니
다. 공신록에서 저를 지워주시옵소서' 하고 상소를 내었지
않았습니까."

틈만 나면 제 딸을 수양의 며느리로 밀어넣으려 한 한명
회의 간계였다.

"기왕에 공신록에 오른 이름까지 빼달라고 그 난리를 치
다니 허허 참……"

그럴수록 성삼문을 내 사람으로 만들고 싶음이 간절해지
는 수양이었다. 그런 수양의 심사를 눈치챈 윤씨부인이 그
의 의중을 이리 잘랐다.

"안 그래도 며칠 있다가 정경부인들 잔치가 있는데 그때
딸, 손녀들을 데려오라 해서 얼굴을 한번 보겠습니다."

멀찌감치 기백이 관상을 보기로 하였다.

계유정난으로 죽어나가는 사람이 많아 장안은 온통 상갓집이니 잔치는 어울리지 않았다. 한쪽에서는 역적 집안이 되어 장사도 제대로 치르지 못하고 곡소리만 높은데 새로이 공신 된 사람들은 취라치, 태평소 앞세우고 벽제* 소리 드높이면서 행차하였다.

　일등공신에게 땅이 60만 평, 노비 스물다섯 명, 구사丘史 일곱 명, 반당伴倘** 열 명이 상으로 내려졌다. 이때 공신들에게 나누어준 공신전만 어림해도 6,400결, 2천만 평이 넘었다. 나라의 땅이 모두 공신들의 땅이 되었다.

　성승은 잔치가 열린다는 소식에 근심이 깊었다. 성승과 가깝던 허후가 속마음을 숨기지 못해 고초를 겪은 사실을 알고 있었다.

　계유정난의 성공과 수양대군이 영의정이 된 것을 축하하는 잔치가 열렸다. 술 마시고 풍악을 울리며 무용담을 나누고 있을 때 허후는 한쪽 구석에서 홀로 웃지도 않고 마시지도 않은 채 눈을 지그시 감고 앉아 있었다. 찬성贊成으로 승

* 지위가 높은 사람이 행차할 때, 벼슬아치의 집에서 사사로이 부리는 하인이 일반 사람들의 통행을 금하는 일을 이르던 말.
** 왕가 공신의 신변을 보호하기 위하여 나라에서 내리던 병졸.

진시켜주겠다는 수양의 제안도 물리친 뒤였다. 연회에서 춤을 추며 분위기를 돋우는 이계전과는 완전 딴판이었다.

이계전은 수양에게 온갖 아부를 떨어 병조판서가 된 인물이었다. 할아버지가 고려 말 사림의 존경받던 이색이요, 어머니는 역시 고려 말 충절로 일컬어지던 권근의 딸이었으니 유명한 충절 집안의 사람이었다.

선비들이 이계전을 비난하였다. 충절의 명문 집안에서 이런 자가 나왔으니 비난의 목소리는 더 크고 셌다. 이계전이 수양에게 일러바쳤다.

"이렇게 기쁜 날 좌참찬 허후 대감께서는 왜 저렇게 찡그리고 앉아 있는 겁니까?"

이계전뿐만 아니라 수양 앞에서 손뼉을 치고 떠들고 웃으며 수양의 비위를 맞추던 정인지, 한확, 박종우 역시 허후의 기색을 못마땅해했다. 그때 운성위 박종우가 넌지시 물어보았다.

"다들 이렇게 기쁘고 즐거운데 허대감은 왜 얼굴을 그리 찡그리고 있소?"

허후가 한참 동안이나 말이 없다가 점잖게 답하였다.

"조부의 기일이기 때문이오."

잔치 분위기가 일순 어색해졌다. 기분이 언짢아진 수양

이 다시 다그쳐 묻자 허후가 눈을 감고 묵연히 있더니 무언가 각오한 듯 천천히 입을 떼었다.

"도대체 황보인, 김종서가 무슨 죄가 있어 머리를 깨어 죽이고 목을 시장 바닥에 매달았단 말이오. 어떤 죄를 지었기에 그 자손들까지 다 죽인단 말이오. 김종서도 그러하거니와 특히 황보인은 내 죽마고우로 평생을 교유하며 그 인품을 아는데 절대 반역을 도모할 사람이 아니오. 그러니 정난을 하례하는 이런 연회도 중지하는 것이 마땅한 일이다 싶소."

서슬이 퍼런 질타였다.

"대감이 술을 마시지 않고 고기를 먹지 않는 뜻이 진실로 여기에 있었구려."

수양은 얼굴이 벌게져 허후에게 소리쳤다. 허후는 이미 죽음을 각오한 듯이 깐깐하게 대답하였다.

"그렇소이다. 조정의 원로들이 모두 죽었는데 어찌 술 마시고 고기 먹고 풍악 소리에 기뻐하겠소."

늙은 허후의 붉어진 눈에서 눈물이 주르륵 흘렀다. 이는 수양대군뿐만 아니라 잔치에 참석한 자들의 폐부를 찌르는 말이었다.

"이 고얀 사람 같으니……"

수양은 역정을 내고는 고개를 돌렸다. 허후가 일어나 눈물을 훔치며 그 자리를 비켰다.

　수양뿐만 아니라 공신들 역시 바른말하는 허후를 두고 볼 수 없었다. 허후부터 죽여야 정난의 정당성을 유지할 수 있다는 말이 앞설 정도였다. 결국 허후는 거제도로 유배되었고 그곳에서 교형을 당하고 말았다.

소녀가 효옥인 걸 어찌 아십니까

걱정하는 할아버지나 할머니, 어머니와 달리 효옥은 수양궁에서 열리는 잔치에 간다고 들떠 있었다. 몇 벌 안 되지만 이 옷도 입어보고 저 옷도 입어보며 부산을 떨었다. 어떤 옷을 입든 눈에 띄게 이쁜 아이였다.

어쩌다 이 소식을 듣게 된 수양의 둘째 아들 평보 이황이 윤씨부인에게 졸랐다.

"어머니, 저도 제 배필을 미리 보게 해주세요."

왕족인 대군 가문으로서 엄격한 교육을 받고 있지만 아직은 어린 나이였다.

"왕가의 법도가 있는데 그건 아니 될 말이다. 내일 활터에서 활이나 쏘거라."

남편 수양이 임금이 될 것이다. 그리되어도 세자 자리는 황의 형 도원군 몫이었다. 세자가 될 수 없는 대군은 다른 일반 양반보다 사는 것이 조심스러워야 했다. 애초에 정치도 할 수 없는 처지인데 그걸 깨뜨리고 영의정이 되어 정치 전면에 나선 게 수양이었다. 윤씨부인은 둘째 아들이 아비 수양과는 달리 정사의 뒤에 숨어 조용히 살기를 진심으로 바랐다. 양녕대군처럼 파락호로 사느니 착하고 아름다운 며느리와 소소하게 살아가는 맛이라도 즐겼으면 좋겠다 싶었다.

잔치에 따라나선 효옥은 누구나 그 아름다움을 한눈에 알아볼 정도로 예뻤다. 그 나이또래 여식이라면 누구라도 그럴 테이지만 특히 맑은 기운이 감도는 눈동자는 사람을 쉬이 끌어당기는 힘이 있었다. 얌전하려고 애썼으나 온몸에서 특유의 발랄함이 묻어났다. 멀찍이서 바라보던 윤씨부인은 입에 웃음을 머금었다.

'사람으로 하여금 저절로 미소가 나오게 하는 좋은 인상을 가진 아이로구나……'

잔치의 중심은 당연히 이날의 주재자 윤씨부인이었다.

어린 임금에게 아직 왕후도 없을 때이니 지금 궁 안팎, 내
외명부를 통틀어 내정의 최고 계급은 정경부인 윤씨였다.
영의정이자 대군의 부인이었다. 윤씨부인이 입은 원삼과
머리 모양의 격은 왕비에 못지않았다. 왕비가 하는 대수머
리는 아니었지만 가체 높이가 그에 못지않은 어여머리였
다. 왕비가 입는 적의는 아니었지만 적의나 다름없는 녹원
삼을 입었다. 용무늬 금박만 입히면 왕후의 홍원삼이었다.

　잔치에 참가한 사람들은 윤씨부인의 복식이 과하다고 느
끼고 있었지만 감히 누구도 일언반구 하지 못했다. 그 아름
다움에 취하거나 말없이 질투하거나 이제 곧 왕후가 될 윤
씨부인에게 아부하기에 바빴다. 어여머리에 꽂힌 백옥 떨
잠과 나비형 은제 떨잠이 그녀가 움직일 때마다 우아하게
흔들렸다.

　잔칫상들을 한 바퀴 옮겨다니던 윤씨부인이 마침내 성삼
문의 어머니 미치와 아내 차산, 딸 효옥이 있는 상으로 왔다.
머리 앞부분에 꽂힌 선봉잠이 햇빛에 번쩍 빛났다. 효옥은
그저 윤씨부인의 화려한 머리 모양과 거기에 꽂힌 앞꽂이,
뒤꽂이, 떨잠과 처음 보는 옷차림 구경에 정신없었다. 이 어
린 여자아이가 아주 솔직하게도 말을 하는데 누구도 말릴
새가 없었다.

"머리도 멋있고 비녀도 아름다우나 특히 떨잠이 너무 예뻐요. 제가 좀 만져봐도 될까요?"

미치와 차산이 죄송하다고 몇 번이나 고개 숙여 절하고는 혀를 차며 효옥을 말렸다. 윤씨부인은 웃음으로 걱정을 덜게 하였다.

"효옥이 네가 활도 잘 쏘고 바둑도 잘 둔다 들었다. 계집이 하기 어려운 일인데 대단하구나."

미치와 차산이 책을 잡힌 것 같아 어쩔 줄 몰라 하는데 효옥은 낭랑하게 이리 대답하였다.

"활을 배워두면 몸에도 좋고 쓰임새도 요긴하게 있을 것 같았사옵니다. 바둑은 나중에 지아비 심심하다 할 적에 상대가 되어주면 즐겁지 아니할까 하여 조금 흉내나 내볼 정도는 되옵니다. 할아버지께 배웠는데 둘 다 잘하지는 못하옵니다."

'그래. 황이 대군으로 정치도 못하고 뒷방에서 지내야 할 때는 네가 같이 놀아줄 수도 있겠구나.'

사람을 끄는 눈동자 때문인지 해맑은 그의 천성 때문인지 윤씨부인은 효옥이 참으로 맘에 들었다. 명문 집안의 자손인데다 밝고 예쁘고 똑똑한 아이였다. 마음속으로 이미 둘째 며느리로 반 이상 승낙한 것이나 다름없었다.

"맛있는 거 먹고 저 뒷마당에 활터가 있으니 가서 구경도 하고 몇 발 쏘아보아라."

윤씨부인은 비자에게 효옥을 활터로 데려가보라 일러두었다. 활터에는 점술사 기백이 한편에 서 있었다. 그는 여종을 따라 밝게 걸어오는 효옥을 한 눈으로 유심히 바라보았다.

'으음…… 좋은 관상이다. 그런데 풍파가 가득이구나……'

활을 쏘고 있던 황은 아리따운 낭자가 당당히 걸어오는 모습에 숨이 턱 막힐 것 같았다. 연두색 당의는 화려하지 않았지만 아랫도련이 우아한 곡선을 이루며 쉽게 손댈 수 없는 분위기를 풍겼다. 눈이 부셨다. 소녀인 게 분명한데 만만치 않은 기품이 온몸에 가득했다. 신분으로는 황이 왕가의 사람이건만 효옥에게 한풀 꺾이는 기분이었다.

효옥도 처음 보는 황에게서 눈을 뗄 수가 없었다.

'무슨 사내아이가 눈썹도 굵은데 어찌 저리 예쁘게 생겼담. 활솜씨만큼이나 인물도 참 잘났구나!'

황 역시 마음을 들킨 듯한 당황함과 어색함을 깨고자 더듬거렸다.

"너는 누구냐? 활은 쏠 줄 아는 것이냐?"

짐짓 태연한 척 침착함을 되찾은 효옥이 당당히 말을 받았다.

"명색이 왕가라고 들었는데 예서 가르침을 받은 이라면 처음 보는 사람에게 누구냐고 물어볼 게 아니고 스스로가 누구인지를 먼저 얘기하는 것이 법도 아니겠습니까?"

목소리는 부드러웠으나 결이 묻어서 꼬장꼬장했다. 그러나 듣기가 거북하지 않았다. 황이 선선하게 받아들였다. 익히 그녀가 효옥임을 알고 있는 탓이었다.

"나는 이 집 둘째 황이라 한다. 네가 효옥이라지?"

효옥의 큰 눈이 의아함으로 가득찼다.

"소녀가 효옥인 걸 어찌 아십니까?"

황이 말없이 미소짓다 입을 열었다.

"내 다음에 그 사정을 얘기해주지."

왠지 효옥도 처음 만난 황이 낯설고 싫지만은 않았다. 얼굴은 붉어져 고개가 숙여지는데 자꾸만 얼굴을 들어 황의 얼굴을 확인하고 싶었다.

"활을 잘 쏜다 들었는데 한번 솜씨를 보여주겠느냐?"

"소녀는 동개활만 쓰니 그게 있으면 가져다주시지요."

하인이 동개활과 애기살을 가져오는 동안 어디선가 꽃향기를 머금은 산들바람이 스쳐지나갔다. 과녁 복판에 꽂힌

살은 드물고 대부분 바깥에 가 박히었다.

그러나 효옥은 대부분의 살을 과녁 중앙에 맞혔다. 황은 졌음에도 기분이 나쁘지 않은 표정이었다.

"다음에 나하고 한번 더 활쏘기를 하자꾸나."

돌아서는 효옥을 황이 물끄러미 바라보았다. 그 모습을 먼발치에서 바라보던 기백은 고개를 가로저었다. 그러고는 궁금해하는 윤씨부인 앞에서 머리를 조아린 채 잠시 망설이다 입을 열었다.

"눈동자가 맑고 반듯한 이마엔 생동하는 봄기운이 가득합니다. 빛으로 모든 복을 끌어당기는 얼굴상입니다."

'그렇게 모든 복을 끌어모은다 해도 감당하기 어려운 풍파를 겪을 상이기도 합니다.'

그러나 기백은 윤씨부인에게 그 말만은 차마 하지 못했다. 그저 충절의 여식에게서 엿보인 참혹한 풍파의 예감에 가만히 혼자 진저리칠 뿐이었다.

'그 풍상을 이기고도 남을 만큼 심지가 곧은 아이로세.'

어린 임금이 피눈물을 흘렸다

영의정 수양대군과 그와 한패거리 된 공신들의 세상이 왔다. 성삼문은 자신을 공신에서 제외해달라고 상소했으나 받아들여지지 않았다. 그렇다고 그들 편에 서는 것도 아니었다.

수양이 결국 임금자리에 오를 것을 모르는 사람은 없었다. 다만 적통성 없는 수양 스스로 임금이 되려면 젊고 곧은 성삼문 같은 선비들의 추대를 받아야 했다. 명분을 쌓아야 했다. 정난이 있고 나서 1년 반을 기다렸다. 사세를 빨리 읽고 요두전목搖頭轉目*하면서 수양에게 아부하고 조금이라도 점수를 따려고 하는 절개 없는 신하들은 이미 그의 수하에 들어와 있었다. 그러나 유교적 가르침을 뼛속에 새긴 경향의 선비들과 유림, 백성 중 의리와 충절을 목숨보다 귀하게 여기는 사람들은 그에게 호감일 리 없었다. 충절과 의리에 대한 믿음은 칼로써 누를 수 없었다. 이곳 때문에 휘어지고 부러진 선비들까지도 마음속으로는 끝까지 변절하지 않았던 고려 말의 목은 이색이나 포은 정몽주를 존숭하고 있었다. 이 선비들은 의리와 믿음을 위해 목숨도 터럭같이 여기며 죽는 것을 두려워하지 않으니 명예나 재물도 가벼이 봄은 당연하였다.

성삼문이나 박팽년, 하위지, 이개, 유성원 같은 집현전 학사들은 물론이고 성승이나 유응부 같은 무장들도 본인뿐만 아니라 처와 자식들, 그리고 가문이 우선임을 알았다. 명예와 부의 소중함도 모르지는 않았다. 다만 그들은 절의를 지켰다는 이름 하나를 위해 부나 벼슬자리나 목숨까지도 초개같이 버릴 사람들이었다. 큰 권세를 누리면서 세상을 다스릴 수 있는 지위와 영화가 보장되더라도 의에 맞는 일이 아니면 차라리 두문하고 산속에 묻혀버리는 것이 이들의 자랑이었다. 부귀영화에 쉽게도 몸을 눕히는 자 천 명보

* 머리를 흔들고 눈을 굴린다는 뜻으로, 행동이 침착하지 못함을 이르는 말.

다도 이런 의인 한 사람의 목소리가 세상 사람들 사이에 더 크게 들리는 게 당연하였다.

수양대군은 왕의 자리에 오르고 싶었고 한편으로는 바로 이러한 선비들의 추대와 존경을 받고도 싶었다. 양립하기 어려운 욕심이었지만 수양은 이를 탐내었다. 욕심 많은 그의 입장에서는 기다릴 만큼 기다린 것이었다. 어차피 주공의 역할만 하고 물러날 게 아니라면 지금처럼 힘이 있을 때, 임금이 한 살이라도 어릴 때, 그리고 원자가 태어나기 전에 결행해야 했다. 영의정에 이조, 병조판서, 삼군도통사로서 임금보다 더 큰 무제한의 권력을 맛본 수양대군은 이제 뒤로 물러설 수가 없었다.

그의 참모 한명회, 권람, 정인지, 신숙주는 더욱 그러하였다. 그들이 얌전히 물러나고 어린 임금이 조금만 더 성장하여 왕권을 되찾게 된다면 정난의 주역들은 모두 변란의 주동자로서 필히 죽임을 당할 운명임을 그들은 알고 있었다.

세상을 지배하려는 자들이 만들어놓은 제도 중에 계급만큼 유용한 것도 드물었다. 만인지상 영의정을 눈앞에 둔 정인지와 신숙주가 조석으로 어린 임금을 겁박하였다. 어린 임금 주위에 있던 유모 혜빈 양씨는 청풍으로 유배 보내었다. 임금이 친어머니처럼 따르던 혜빈이었다. 혜빈 양씨는 말년의 세종대왕이 제일 총애하던 절세의 미인이었다. 단종이 태어나자마자 생모가 죽은 탓에 혜빈이 젖을 물려 키웠다. 친자식을 제치고 단종에게 먼저 젖을 먹여가며 키웠다. 유모가 된 젊은 할머니가 어린 임금을 끔찍이 보살펴가며 키웠다. 이런 혜빈을 죄목 하나 없이 유배 보낸 것이었다. 뿐만 아니었다. 삼촌 금성대군은 삭녕으로, 매형 영양위는 영월로 모두 유배 보냈다. 어린 임금의 친구이자 혜빈의 소생인 한남군 이어, 영풍군 이전까지 역모를 꾸몄다 하였다. 이들이 무슨 죄를 지었는지는 대간들도 알 수 없었다. 사간원에서까지 '이들의 죄가 무엇인지 알 수 없다'고 상소하였다. 그럼에도 어린 임금 가까이에 있던 사람들은 모두 쫓겨났다. 어린 임금이 버티면 모두 죽을 수 있는 상황이었다.

성삼문 같은 충신들에게는 임금을 알현할 기회조차 주지 않았다. 사다賜茶의 예禮*라는 게 있으니 사다라도 하여서 용안을 우러러 뵐 수 있게 해주십사 상소하였건만 그 상소를 임금이 읽었는지조차 알 길이 만무했다.

정인지와 신숙주는 이제 틈만 나면 어린 임금을 찾아 선

* 임금이 신하와 함께 차를 마시고 담소하던 예.

위를 겁박하였다. 누구보다 할아버지 세종 임금과 선왕의 탁고를 받들었던 두 사람이 아니었던가. 세종 임금이 어린 원손을 걸려서 집현전에 왔을 때 박석에 엎드려 눈물로 충성을 맹세하였던 신숙주였다. 이들이 앞장서 임금자리를 내어놓으라 겁박하니 어린 임금은 기가 막힌 것을 넘어서 비감하기만 하였다. 피눈물을 흘릴 수밖에 없었다.

어린 임금은 자주 경회루에 나가 서곤 하였다. 세종대왕이 살아 계실 때 원손이었던 어린 임금을 안고 서 있기도 하고, 또 조금 커서는 함께 거닐기도 했던 경회루였다. 그렇게라도 적막한 편전이나 사정전을 벗어나 삼각산 보현봉을 쳐다보기도 하고 멀리 관악산 위 평화로이 흘러가는 뭉게구름을 하염없이 올려다보던 어린 임금이었다. 그러다보면 할아버지 세종대왕과 따뜻한 선왕 문종의 얼굴이 뭉게구름 속에 포개져서 그리움이 더욱 사무치곤 하였다.

"세종대왕 할바마마께서 계셨으면 나를 얼마나 사랑했겠느냐?"

"할바마마…… 아바마마…… 어마마마……"

어린 임금이 자미당 난간을 붙들고 울었다는 소문에 모든 백성들이 눈물지었다. 그래도 어린 임금은 이를 악물고 버텨내었다. 사직을 지켜야 했다.

끝내 임금을 버틸 수 없게 만든 건 누이 경혜공주였다. 편전에 들어선 누이의 얼굴이 초췌하였다. 오랫동안 만나지 못했기에 반가움과 안타까움으로 임금의 두 눈엔 눈물부터 흘렀다. 임금의 유일한 혈육이자 동기인, 사랑하는 누이 경혜공주였다. 남편 영양위 정종을 역모죄로 영월로 유배 보낸 뒤에 식음을 폐하고 몸부림치던 그녀였다.

"……전하."

경혜공주는 울음으로 목이 다 쉬어 꺼져가는 목소리로 겨우 한마디를 내뱉었다. 소리 없는 통곡이 이어졌다. 임금이 친형처럼 가까이 지내던 매부 정종이 모반이라니 어이없는 거짓이었지만 유배 가는 매형을 구제할 힘도 없는 임금이었다.

"전하, 매부를 살려주시어요. 어린 조카 미수도 나이가 차면 죽이려 들 터인데 어쩌면 좋습니까."

영양위 정종을 유배 보낸 수양의 계책이 제대로 먹힌 셈이었다. 마음을 굳힌 임금은 오히려 홀가분한 얼굴로 경혜공주를 배웅하였다. 더이상 견뎌낼 수 없었다.

을해년 윤6월 열하룻날 동부승지 성삼문은 내시 전균에

52

게서 옥새를 가지고 오라는 어명을 전달받았다. 근래 임금께서 수양대군에게 선위를 하실 것이라는 참담한 소문도 들었고 정인지 등이 임금에게 선위를 주청드렸다는 소문도 들은 터라 각오는 하였으나 놀라고 불안한 마음으로 성삼문은 상서사尚瑞司에 들러 내시 전균으로 하여금 옥새를 들게 하여 경회루로 향하였다.

윤6월의 뜨거운 날씨였다. 신申시이니 오후 네시경을 지날 때였다. 불타는 것 같던 해는 설핏해졌으나 습기 가득하여 후덥지근한 날씨는 불안한 신료들의 긴장감을 더하기에 충분하였다.

수양대군이 좌의정 정인지, 우의정 한확, 병조판서 이계전, 이조판서 정창손, 도승지 신숙주, 우부승지 한명회, 우승지 권람과 강맹경, 양정, 홍달손 등 계유정난의 공신들을 거느리고 이미 임금이 된 듯 위풍당당하게 들어섰다. 이개, 유성원 같은 몇몇 집현전 출신 신료들 외에 백관들이 모두 임금께 하듯이 정중하게 읍하고 예를 표하였다.

수양대군은 이 행사에 무관들은 부르지 않았다. 도총관 성승이나 훈련도감 유응부 같은 무신들은 절의의 충신들인데다 수양대군에게 호락호락 머리 숙이지 아니하였으니 만에 하나 선위 자리에서 변고라도 일으킬까 염려가 앞서서였다.

어린 임금이 여에서 내려 경회루 앞으로 걸어들어왔다. 근래에 잠을 이룰 수 없는 통한의 날들이 계속되어 얼굴이 초췌해지긴 하였지만 타고나기를 옥골선풍이었다. 면류관을 쓰고 검은색 곤복을 그 어느 때보다 엄정하게 갖춰 입은 어린 임금이었다.

그가 옥좌에서 일어났다.

"영의정."

음성은 조금 떨렸지만 당당함을 잃지 않았다. 입으로는 영의정을 불렀지만 눈길은 그에게 주지 않았다. 수양대군이 서너 걸음 잔걸음으로 옥좌 앞에 나가 부복하였다. 물러나는 자리에 서 있는 어린 임금이 더 어른스럽고 의연한 듯했다.

"이제 보위를 영의정에게 맡기겠소."

어린 임금은 승지 성삼문에게 옥새를 올리라는 눈짓을 하였다. 이때 수양이 선위를 거두어주십사 하고 한두 번 겸양하는 척하였다.

성삼문은 전균이 전해준 옥새를 끌어안은 채 어쩔 줄 몰라 하고 있었다. 어린 왕을 잘 보좌해달라는 세종대왕과 선왕의 간곡한 고명을 지키지 못하고 자신의 손으로 옥새를 넘겨야 할 처지라니. 성삼문은 옥새를 꽉 쥔 채 그 자리에 서서 뜨거운 눈물을 흘릴 뿐이었다.

"성승지, 그러지 마시오. 내 이미 마음을 굳히었소. 대임을 숙부에게 맡기기로 했으니 옥새를 내어주시오."

어린 임금이 서늘하지만 단호하게 독촉했다. 비통함에 흐느끼던 성삼문이 할 수 없이 무릎걸음으로 옥새를 들고 나섰다. 그러나 옥새를 수양대군이 아니라 임금에게 올리면서 전하 하고 통곡하고 말았다.

어린 임금은 성삼문에게서 받아든 옥새를 한동안 내려다보더니 천천히 일어나 수양대군에게 내밀었다. 수양대군이 이마를 조아리며 입으로는 세 번 사양하였으나 옥새는 손에 꽉 쥐고 놓지 않았다.

옥새를 받아든 수양은 근정전으로 가 면복을 갖추어 입었다. 즉위식은 곧바로 이루어졌다. 만반의 준비가 계획 속에 다 진행되던 참이었다. 그렇게 수양은 왕이 되었고 정인지는 영의정이 되었다.

검은 팔이 아니라
호흡과 발로 하는 것이다

성승은 덤덤했다. 이미 죽음을 각오한 뒤였으니 무엇이 두려웠겠는가. 그의 아들 동부승지 성삼문은 왕위를 찬탈한 수양대군에게 옥새를 전달한 자요, 성승 자신은 수양대군의 호위무사가 될 판이었으니 선택은 오로지 하나, 죽음의 길만이 그가 살길이었다. 차라리 세종과 문종 선왕의 믿음을 지키지 못한 죄를 아들 성삼문과 함께 죽음으로 갚으리라 결심하니 숨통이 트이는 듯도 했다.

"아버님. 소자 돌아왔사옵니다."

결심을 굳힌 듯 칼을 뽑아든 채 방문을 열어젖힌 성승의 눈앞에 퉁퉁 부은 눈으로 무릎을 꿇은 성삼문이 보였다. 성승은 당장에라도 벨 기세로 칼을 크게 들어올렸다.

"세종대왕, 문종 선왕의 탁고를 받은 고명지신이라는 놈이 역적에게 옥새를 전달하고도 어찌 살아서 내 앞에 나선단 말이냐?"

"아버님, 소자 이 한 목숨 구차하게 지켜내고자 살아 돌아온 게 아닙니다. 고명을 받은 신하로서 의를 지키기 위해 왕께 명줄 맡긴 지 오래이니 이 숨이 어디 제 것이겠습니까. 때론 생이란 게 새털처럼 가볍고 죽는 게 차라리 영광이니 죽음은 두려울 것이 못 됩니다. 다만……"

성삼문의 목소리가 떨리고 있었다. 결연한 의지가 잔뜩 배인 듯 한마디 한마디 말의 무게는 진중했다.

"다만 상왕을 다시 보좌에 모시기 전에는 절대로 죽을 수가 없습니다."

둘 사이에 긴 침묵이 이어졌다. 꾹꾹 눌러놓았던 분함이 어느 결엔가 터져버린 성삼문은 방바닥에 머리를 처박은 채 통곡하기 시작했다. 늙은 무관이자 초로의 아비인 성승의 눈에도 굵은 눈물방울이 절로 맺혔다.

"뜻을 함께한 선비들이 많습니다. 상왕을 복위시키고 억울하게 죽어간 이들의 원혼을 달래야 합니다. 일단 믿고 기다려주십시오, 아버님."

애써 눈물을 삼켰으나 얼굴 전체를 옥죄는 비통함만큼은 참을 도리가 없던 성승이었다. 성승은 아들 성삼문이 머리를 조아리고 있는 사이 뭔가 단단히 결심한 듯 시퍼렇게 날이 선 칼을 칼집에 도로 집어넣으며 말했다.

"네 뜻이 그러하다면 알겠다. 대신 약조를 해다오. 이 칼로 기필코 수양을 쳐야 할 것이야. 그러기 전까지 반드시 살아 있어야 한다. 살아남아야 한다. 뜻을 모을 무관들도 필시 여럿 있을 게다."

어쨌거나 수양대군이 세조로 등극한 이상 그는 이 나라의 엄연한 왕이었다. 그러니 성승 부자가 꾀하는 상왕 복위의 꿈은 대역大逆임이 분명하였다. 이 역모가 실패로 돌아간다면 뒤이어 몰아칠 광풍은 그들의 죽음에서 끝이 날 리만무했다. 삼대에 걸쳐 집안의 남자는 모두 죽임을 당할 것이고 그들의 처와 딸들은 모두 노비가 되는 참혹한 운명에 내몰리게 될 것이니 말이었다.

그 누구를 책망할 것이고 이 괴로움을 누구와 나눌 수 있으랴. 성승과 그의 아들 성삼문, 이들 부자는 체념이 아니라 달가움으로 이 현실을 받아들이기로 굳게 마음을 먹었다. 운명을 아는 자들의 입술은 늦은 밤까지 굳게 다물려 있었다.

효옥은 영특한데다 아름답고 명랑한 성품을 지닌 아이였다. 사람을 끌어당기는 맑은 눈동자와 주변을 기분 좋게 하는 특유의 웃음소리를 지닌 아이였다. 한 번이라도 효옥을 본 이라면 기억에서 놓지를 못했다. 이토록 잔상을 크고 깊게 남기는 데는 효옥의 영민함도 크게 한몫했다. 효옥의 지혜로움은 그의 바른 태도에서 더욱 빛을 발하였다. 어렸으나 뱉을 말과 삼킬 말을 구분할 줄 알았고 나설 자리 물러설 자리를 가름할 줄 알았다. 수양대군 부부뿐 아니라 계유정난 전에는 성삼문과는 둘도 없는 친구요, 집현전 동료이기도 한 신숙주 역시 효옥에 대한 탐을 감추지 않던 차였다. 효옥을 마주할 때마다 너는 내 며느리다, 대놓고 말을 할 정도였다. 성삼문 내외나 신숙주 집안이나 이 혼담을 반기는 분위기는 마찬가지였다.

그러나 심장도 아닌 사람의 마음을 어찌 장담할 수 있단 말인가. 믿었던 신숙주의 배신 앞에서 성삼문은 혀를 씹는 고통으로 절규할 수밖에 없었다. 세종과 문종은 일찍이 성삼문과 신숙주에게 어린 원손을 잘 부탁한다며 세 번이나 탁고한 적이 있었다. 건강이 악화된 세종이 정사의 많은 부분을 세자에게 넘기고 원손을 자주 불렀다. 눈에 넣어도 아프지 않을 만큼 귀여워하던 어린 원손을 간신히 걸려서 집현전까지 산보를 왔을 때 세종은 두 젊은 신하에게 원손의 안위를 부탁하였다. 특유의 동물적 감각으로 훗날 생겨날 궁중의 피비린내를 미리 맡은 세종의 염려는 그만큼 눈물겨운 것이었다. 그때마다 바닥에 넙죽 엎드려 눈물로써 충절을 다짐한 이는 언제나 신숙주가 먼저였다. 그런 그가 어느 순간 수양의 편에 서 어린 단종의 옥좌를 빼앗는 데 앞장을 섰으니 그를 믿었던 친구 성삼문의 비통은 창자가 끊어지는 고통에 비견하고도 남았다.

성승이 여느 날과 다름없이 손녀 효옥과 노비 바우를 데리고 마당을 나섰다. 그는 평생 무술을 단련하며 제 삶을 다져온 이였다. 성승은 중국어에도 능통한 문인이었지만 글과 말보다는 검을 좋아하여 당시에 대우를 받던 문과를 마다하고 무인의 길에 당당히 투신한 이력을 자랑하기도 하였다.

성승은 북방에서 근무할 때 백두산에 은거하는 도인으로부터 이름도 알려지지 않은 신묘한 검법을 배웠다. 이에 조선 전래의 검법과 단전호흡법을 합하여 새로운 검법을 완성시키기도 하였다. 어깨에서부터 손목까지 상체의 힘을 완전히 빼고 칼을 잡으니 칼은 손에 겨우 매달려 있는 모양새였다. 그러니 칼날이 자유로워졌다. 호흡하는 단전에만 집중한 채 춤추듯 칼을 쓰는데 막상 칼날이 목표를 자를 때에는 손가락과 손목에 단전으로부터 끌어올린 모든 힘이 집중되었다. 칼날이 닿는 순간에는 바위도 두 동강 나곤 하였다.

성승이 '세한검법'이라 이름 지었다. 세한, 말 그대로 칼날이 뿜어내는 냉엄함과 차가움이 한여름 무더위에도 서릿발을 만들어내기에 충분하였다.

"검은 팔이 아니라 호흡과 발로 하는 것이다. 많이 뛰어야 한다. 강하게 쳐야 할수록 팔과 손에 힘을 빼야 한다. 여기서 이유제강以柔制剛, 허허실실虛虛實實의 세한검법이 나온다."

젊은 날 훈련도감에서 성승이 세한검법을 선보일 때는 목검으로 서른 명 무사를 홀로 물리치기도 하였다. 그야말로 당대 최고의 검법이었다. 바우와 효옥을 마주한 채 들이는 성승의 무술 단련 시간은 점점 더 길어져갔고, 그만큼 강도도 세져갔다.

"할아버지, 저 오늘 또 가르쳐주세요."

"그만 못 두겠니. 계집애가 무슨 무술을 배운다고 저럴까."

어린 효옥이 제 할아버지로부터 무예와 검술을 배운다고 나서니 제 어미부터 나서 뜯어말렸다. 제풀에 그만두겠지 싶어 제 아비는 놔둬보기도 했다. 그러나 효옥은 제 할아버지의 기질을 그대로 타고났는지 배우기를 고집하다못해 발군의 실력을 자랑하기도 했다. 효옥은 하루도 거르지 않고 성승의 뒤를 따랐다. 효옥은 쌍검뿐 아니라 동개활과 애기살도 배웠다. 동개를 등에 지고 말을 달리며 쏘는 활과 사정거리가 천 보에 이르는 위력을 가진 애기살에 특히나 뛰어난 재주를 보이는 효옥이었다.

또한 효옥이 가장 큰 재미를 느낀 것이 바둑이었다. 당대 바둑의 고수였던 성승으로부터 바둑을 배운 효옥은 놀라우리만치 그 수 싸움에 흥미를 느끼고 집요한 집중력을 보였다. 판세가 기울어도 끝까지 포기하지 않고 죽어가는 바둑돌의 살길을 찾아낼 줄 알았다. 효옥은 문인인 제 아버지 성삼문보다 무인인 제 할아버지 성승을 완전히 빼닮아 있었다.

성승은 바우 하나와 어우러지기도 하고 바우와 편을 먹은 효옥, 이 둘과 마주하여 대련하기도 했다. 이른 새벽 목검끼리 부딪치는 소리는 차고도 명징했다. 바우는 특유의 순발력으로 빠른 힘을 자랑했고 효옥은 날카로운 기합 소리를 강경하게 낼 줄 알았다. 비록 나이는 들었으되 성승의 힘은 여전하였다. 눈빛은 깊어 그 시야가 넓어지니 범인은 볼 수 없는 앞날을 미리 짚어볼 줄 알았다.

때마침 마당에 나선 성삼문이 그에게 인사를 했다. 그러고는 목소리를 낮춰 아주 작게 말하였다.

"유월 초하룻날 광연전 연회에 아버님과 유응부 장군, 박쟁 장군이 별운검別雲劍*으로 결정되었나이다."

성승의 눈동자가 번쩍 빛났다.

"하늘이 이리 나를 돕는구나. 유장군, 박장군에게는 내 이를 터이니 모두들 각별히 조심하거라."

성승은 찬찬히 제 방으로 향했다. 그러고는 세종이 하사한 보검을 꺼내 그 날끝을 한참 바라보았다. 춤을 추듯 제 몸과 한데 이루기 위해 얼마나 휘둘렀던 검인가. 바람을 가를 때의 휘휘 소리는 흡사 버선발로 춤을 추는 예인의 옷자락 스치는 소리와도 같았다. 그러나 그 칼끝이 스치고 지나

* 조선시대 2품 이상의 무반 두 사람이 큰 칼(운검)을 차고 임금의 좌우에 서서 호위하는 임시 벼슬. 정식 명칭이 별운검이다. 이들이 사용했던 칼을 별운검이라 부르기도 한다.

간 데는 온통 동강이 난 흔적뿐이었다. 힘껏 내리쳤을 때는 제아무리 바윗돌인들 남아날까, 그때 실리는 그 힘이 진심일수록 돌은 어떤 미련도 없이 댕강 반토막이 되곤 하였다. 성승은 마음속으로 굳은 다짐을 하고 또 하였다.

'내 별운검으로 서는 날, 세종께서 하사하신 이 보검으로 반드시 수양을 척결할 것이니.'

보검에는 세한송백歲寒松柏이라 검명이 새겨져 있었다. 할아비의 의연한 결의를 멀리서 지켜보던 효옥이 가까이 다가와 물었다.

"세한송백이 무슨 뜻인지요?"

"세한 추위를 겪고 나서야 소나무와 잣나무의 푸름을 안다, 대략 이 말이렷다. 『논어』를 익히지 않았느냐. 세한연후지송백지후조歲寒然後知松柏之後凋. 한 해 중에 가장 추운 세한을 지나도 소나무와 잣나무가 푸르듯이 제아무리 험한 역경 속에서도 지조는 굽히지 말아야 한다는 뜻이다."

효옥은 그 의미의 깊음에 알쏭달쏭한 표정을 지었다. 말이 끝나기가 무섭게 깊은 상념에 잠긴 성승의 단단한 턱끝에서 어딘가 모를 비장함을 엿본 것 같았다. 근래 들어 말수가 더 없어진데다 웃는 낯을 볼 수조차 없는 아버지 성삼문의 어두운 얼굴은 할아버지의 비장함과 어딘가 닮아 있었다. 대체 무엇이 할아버지와 아버지를 어둡게 하는가, 대체 무엇이 이들로 하여금 밤마다 잠 못 들게 하는가. 효옥은 제 할아버지와 아버지를 좇고 있는 저 자신의 불안함의 실체를 잠자리에 돌아와서도 끝내 알 수가 없어 몇 날 며칠 수도 없이 밤잠을 설치기 일쑤였다.

뜻을 같이할 선비들과 무관들을 한 명 한 명 점조직으로 모아나가느라 분주한 나날을 보내는 가운데 성삼문은 드디어 그들을 한자리에 모을 수 있었다. 좌부승지 성삼문, 중추원 부사 박팽년, 예조참판 하위지, 집현전부제학 이개, 성균관사성 유성원, 형조정랑 윤영손과 병조판서를 지낸 공조판서 겸 삼군도진무 김문기, 지중추원사 성승, 유응부, 박쟁 장군, 박팽년의 아버지 박중림이 거사 하루 전날 밤 서로 앞에 마주앉은 것이다. 긴장 속 침묵이 길게 이어졌다. 누가 숨통을 누르지 않아도 절로 압박해오는 불안한 공기였다.

성승은 문종 임금이 하사한 은잔에다 술을 부었다. 한 모금 한 모금 잔을 돌려 마시면서 거사의 성공에 바람을 실었다. 실패하면 역모를 꾀한 죄로 능지처참을 당함은 물론 삼족이 멸문당하는 위험도 무릅쓴 상황이었다.

성승이 잔을 들었다.

"의 앞에서 사사로운 게 목숨이라고는 하나 이 가운데 두렵지 않은 자 누가 있겠소. 그러나 우리가 붙잡은 건 목숨보다는 의로움이니 지켜내봅시다. 기필코 우리 성공을 해서 선왕을 다시 왕좌에 모셔야 합니다."

문밖 어둠은 점점 깊어가는데 문안 사람들의 눈동자는 촛불에 비쳐 환히 반짝였다. 이 흔들리는 불빛들이 한데 합해져 퍼지는 따스한 희망을 그저 믿고만 싶었던 이들이었다.

거사의 막바지 무렵 성균관 사예인 김질이 제 뜻을 보내왔다. 평소 틈만 나면 수양을 처단해야 한다고 격앙된 목소리를 높여왔던 이가 그였다. 의심 없이 그를 맞아들였다. 김질을 합류시킨 것이 천려일실이었음을 그 누가 짐작이나 했을까. 김질이 수양을 비난하며 탄핵하는 목소리를 높일 때 밤바람을 뚫고 부엉이 울음이 더 크게 들렸다. 부엉이 울음은 무어라 말하기 힘들 만큼 음침하고도 불온하였다.

우리가 내일을 택하지 않으면
우리에게 어찌 내일이 있겠습니까

세조 2년인 1456년 음력 6월 초하루의 아침이 밝았다. 창덕궁 광연전에서 점심시간에 맞춰 명나라 사신을 맞는 큰 잔치의 준비는 거의 끝나가고 있었다. 6월의 태양은 아침부터 뜨거운데 습기까지 가득하여 누구라도 짜증이 솟기 충분하였다. 세조는 근래 잠을 통 이루지 못하였다. 술을 마시지 않으면 잠들 수 없었고 술을 마신다 해도 깊은 잠에 들지는 못한 채 선잠에 눈을 뜨기가 부지기수였다. 조유례와 성문치가 수양을 습격한 사건이 있은 후로 호위무사와 경호부대를 특별히 보강하기도 하였으나 근심과 의심은 나날이 병을 키웠다. 제 앞에서 머리를 조아리고 있는 그 누구인들 뒤돌면 저에 대한 손가락질을 아니할까, 자신이 지은 죄를 스스로 덧씌워가던 수양은 조정의 신하들은 물론이거니와 제 왕위 찬탈을 도운 공신들조차 믿지 않았다.

와중에 우승지 한명회는 달랐다. 그만이 세조에게 할말을 스스럼없이 할 수 있었다. 조급한 마음도 다급할 행보도 없었다. 예정된 행사의 진행 과정을 챙기던 그의 눈이 번쩍였다.

"도대체 누가 별운검에 성승과 유응부와 박쟁을 앉혔단 말이냐."

단종이 선위할 때 옥새를 내어놓지 않으려고 눈물바람이던 성삼문의 아버지가 바로 성승이었다. 한명회 자신을 바라보는 눈빛이 곱지 않던 유응부, 말수는 없으나 충직한 모습으로 늘 그 자리에 건장하게 서 있던 박쟁까지 한명회에게는 눈엣가시가 아닐 수 없는 이들이었다.

'이자들이 별운검이라니…… 안 될 일이다. 가만, 어찌 보면 이거 잘된 일일수도 있겠구나.'

한명회는 세조에게로 서둘러 발걸음을 옮겼다. 간밤 잠자리를 설쳐 핏발 선 눈으로 얼마간 신경질이 잔뜩 돋은 세조는 창덕궁으로 출발할 채비중에 있었다. 그런 그 앞에 한명회가 총총걸음으로 들어섰다.

"전하, 오늘 운검은 폐지하시는 것이 옳을 것으로 아뢥니다."

한명회의 말에 세조의 눈이 크게 벌어졌다.

"대체 그게 무슨 소리요, 폐지라니."

"광연전이 좁은데다 날이 무척이나 무덥습니다."

"아니 무더운 날씨가 뭐 어제오늘의 일이었단 말이오."

뭔가 심상치 않은 분위기를 감지한 세조는 목을 움츠리고 귀를 키워 한명회에게 한층 가까이 다가갔다.

"오늘 별운검이 성승, 유응부, 박쟁이옵니다."

세 사람의 이름을 듣자마자 세조의 왼쪽 얼굴이 사납게 엉클어졌다. 눈살이 찌푸려지니 눈썹이 더 짙게 우그러드는 듯했다.

"세자도 오늘은 동궁을 가만 지키고 있는 것이 좋겠습니다."

신하들에게 별운검이 폐지되었다는 소식이 전해졌다. 성삼문을 필두로 거사를 꿈꿨던 이들에게는 청천벽력이 아닐 수 없었다. 별운검 말고는 다른 모의의 수를 전혀 열어놓지 않았던 순진한 선비들, 모사꾼이 되기에는 너무 의로운 선비들, 그들은 대쪽처럼 곧았을 뿐 그 대쪽을 제풀에 타고 오르는 뱀처럼 간악하지는 못하였던 것이다.

그 사실을 알 리 없던 별운검 성승과 유응부를 우승지 한명회가 희번덕거리는 눈으로 쳐다보며 막아섰다. 그들은 칼을 차고 막 광연전에 오르려던 참이었다.

"전하의 분부로 오늘 운검은 폐지되었소. 그러니 어서들 돌아가시오."

연회장에서 진행 과정을 면밀히 주시하던 성삼문과 박팽년이 애써 태연한 듯 한명회에게 다가섰다. 당황한 성승과 유응부의 얼굴이 붉게 물들기 시작했다. 찌는 듯한 무더위에 더하여 긴장이 만들어내는 진땀이 온몸을 적시고 있었다. 뭔가 제 속내를 들킨 듯한 기분에다 무례하기까지 한 한명회의 태도에 유응부는 그 화를 못 이긴 채 수염 속에 숨은 제 이를 앙다물었다. 누군가 말리지 않으면 이내 칼을 들어 한명회를 그대로 베어낼 기세였다. 성삼문은 눈짓으로 그들에게 상황을 알리느라 진땀을 뺐다. 차분하려고 애썼으나 속에서 타고 오르는 불안의 불길은 점점 더 기세가 커지는 듯했다.

'느닷없이 별운검도 폐지하고 동궁조차 오질 않았다⋯⋯ 혹시 누설된 건 아닐까.'

그러나 한명회의 차분한 태도로 보아 아닌 듯했다. 만일

그가 거사의 예고를 알았다면 벌써 군사들을 풀지 않았겠는가. 한명회가 안으로 사라지자 성승과 유응부가 그부터 죽이겠다고 칼을 빼드는 걸 성삼문이 겨우 말렸다.

"우리가 애초에 한명회 따위를 죽이겠다고 모여든 건 아니지 않습니까. 임금을 베지 못하고 한명회 하나 벤다면 이 거사는 실패라 하지 않을 수 없습니다. 부디 고정하셔야 합니다. 오늘은 아무래도 때가 아닌 듯하니 다음 기회를 노려봐야겠습니다."

하지만 성승은 이미 결심을 굳힌 듯하였다.

"오늘이 거사의 그날이지 않으냐. 오늘 실패하면 다시 기회가 없다. 내 뭐라도 베어내지 않으면 나를 죽이고 말 것 같구나. 잡지 말거라. 저 간신배의 목청부터 내 갈라놓을지니."

잠시 흥분했던 유응부가 힘을 주어 성승의 팔을 잡았다.

"작은 일로 큰일을 거스를 수는 없는 노릇이라 저도 참았습니다. 우리가 내일을 택하지 않으면 우리에게 어찌 내일이 있겠습니까. 우리 둘 때문에 함께 일을 도모한 이들이 다칠까 그것도 염려되는 바입니다. 고정하시고 다시 머리를 맞대봅시다."

성삼문이 주먹을 꽉 쥐고 큰 한숨을 내쉬었다.

"오늘 계획은 뒤로 미룹니다. 임금이 관가觀稼*할 때를 틈타 다시 거사할 것입니다."

성승과 유응부는 물러날 수밖에 없었다. 칼집으로 꽂히는 칼이 그르릉 울음소리를 내었다. 연꽃으로 가득찬 연못은 아름다웠지만 구슬펐다. 넓은 연잎 위에 맺혔던 굵은 이슬방울이 눈물처럼 후두둑 흘러내렸다. 풍악 소리마저 누군가의 울음을 대신하는 듯하였다. 실패를 예감한 유응부의 두 눈이 시뻘겋게 충혈되어 피눈물이 흐르는 듯하였다.

* 임금이 농가의 농산물 작황을 몸소 돌아보는 일.

네 처와 딸도 노비가 될 것이다

　결국 김질의 입이었다. 거사의 계획이 수포로 돌아가는 걸 보고 김질은 지레짐작으로 제 불안을 털고자 장인 정창손과 함께 고변하였다.

　"전하, 소신을 죽여주십시오. 급히 이실직고할 변란이 있나이다."

　정창손과 얼굴이 하얗게 질린 김질이 머리를 바닥에 박고 얼굴을 들지조차 못하였다. 세조가 짐짓 태연한 표정으로 물었다.

　"도대체 무슨 변고란 말이더냐."

　"아뢰옵기 황송하오나 성삼문과 집현전 벼슬아치들이 상

왕을 복위시키려는 역모를 꾸몄사옵니다. 제 사위 성균관 사예 김질도 거기에 가담하였다가 뉘우치고 이렇게 죄를 빌러 왔나이다."

세조의 얼굴이 굳어지고 말이 떨려 나왔다.

"상왕 복위라? 지금 성삼문이라 했느냐?"

세조는 되물으면서 빠르게 지간의 사정을 짐작해보고 있었다.

"도대체 언제 어떻게 복위시킨단 말이냐?"

김질이 여전히 고개를 들지 못하고 부들부들 떨며 대답하였다.

"어제 광연전 잔치에서 별운검으로 시위하려던 성승, 유응부, 박쟁이 전하와 세자를 해치고 상왕을 세우려 하였나이다."

소름이 끼친 세조였다. 역시 한명회의 탁견으로 흉사를 모면할 수 있던 것이다. 세조는 당장 군사들을 집합시키고 우승지 한명회, 도승지 박원형, 병조판서 신숙주, 우부승지 조석문, 동부승지 윤자운을 입시하게 하였다.

폭우가 쏟아질 듯이 하늘은 시커먼 구름으로 뒤덮여 있었다. 국문장이 된 사정전은 낮인데도 그 어둠이 깊어 촛불을 밝혀야 했다.

역모죄로 문초받는 성삼문의 얼굴은 오히려 평온하였다. 그 침착함이 보기 괘씸하였던지 수양은 우선 곤장부터 치라 하였다. 혹독한 매질이 시작되었다.

"너 이놈, 내가 너를 대우함이 극히 후하였다. 그런데 어찌 이런 일을 저질러 나를 배반하느냐?"

매질당하는 고통이 목소리에 묻어나왔지만 성삼문은 한마디 한마디에 곧게 힘을 주어 대답했다.

"나으리, 배반이라니요? 그 말은 옳지 않사옵니다. 옛 임금 상왕께옵서 나으리나 정인지, 신숙주 같은 흉측한 무리들에게 쫓겨서 억지 선위하신 것이니 불사이군하는 신하가 복위시키려 하는 것은 당연한 의무 아니겠습니까. 선인께서 백성은 약하지만 힘으로 위협할 수 없고 어리석지만 지모로 속일 수 없다, 마음을 얻으면 따르고 얻지 못하면 떠나니, 따르고 떠나는 사이에 털끝도 끼어들지 못한다 한 것을 진정 모르십니까? 백성들의 마음이 나으리를 외면한 지 오래입니다. 나의 마음을 온 백성이 다 아는데 어찌 배반이라 하십니까?"

나으리라는 소리에, 배반이 아니라는 소리에 수양은 발을 구르며 더욱 흥분하였다. 나으리는 정3품 아래의 벼슬아치를 대접하여 부르는 말로 대감이라고 부를 수 없는 벼슬아치에 쓰이지 않던가. 또 왕자를 높여 부르는 말이기도 하였으니 이는 수양을 왕으로 인정할 수 없다는 뜻이었다.

"선위받던 때에는 막지 아니하고 나에게 복종하더니 어찌 지금 와서 나를 배반하는가?"

"하늘에는 두 해가 없으며 백성에게는 두 임금이 없음에 이제야 확실히 눈을 뜬 것이외다. 물론 나만이 그런 생각을 가진 것이 아님에 그 가늠을 하느라 좀 늦었습니다만."

"너 이놈, 네가 나의 녹祿을 먹지 않았느냐? 네가 나에게 신하라 하고도 어찌 나으리라 하느냐?"

성삼문이 수양을 쳐다보며 일갈하였다.

"나는 나으리의 녹을 먹은 일이 없소이다. 내 말을 믿지 못하겠거든 내 가산을 몰수하여 헤아려보시오. 그리고 임금이 엄연히 계신데 나으리가 어찌 나를 신하로 삼는단 말이오?"

수양이 분을 참지 못하였다.

"이봐라, 이놈을 당장 불로 지지어라."

내금위 무사가 시뻘겋게 달군 인두를 가지고 성삼문을 고문할 때에도 수양은 분이 끓어올라 앉지도 서지도 못하고 스스로가 인두를 직접 잡을 듯 안절부절못하였다. 청동

화로의 불은 붉게 타오르고 시뻘겋게 달구어진 인두가 내려앉은 데서 타는 살냄새가 사정전에 가득하였다.

고변하러 온 정창손이나 김질, 옆에 시립한 공신들도 이 참혹한 풍경과 살이 타는 냄새에 정신을 잃을 것 같았지만 성삼문은 점점 더 차분해지고 있었다. 이미 목숨을 내어놓은 터라 살이 타고 뼈가 부서지는 고통쯤은 견디기 어렵지 않았다. 수양의 곁에 시립하고 있던 신숙주는 창백한 얼굴로 애써 성삼문을 외면하려 하였지만 그 눈길만은 피할 수 없었다. 성삼문이 벽력같은 소리로 꾸짖었다.

"너 이놈 신숙주야! 네놈이 나와 함께 집현전에 있을 때 세종대왕께서 날마다 원손을 안고 오셔서 과인의 천추만세千秋萬歲 후에 이 아이를 잘 보살펴달라 하신 말씀이 아직도 귀에 쟁쟁하거늘, 박석 위에 엎어져서 눈물을 흘리며 그 고명을 지키겠다고 맹세하던 네놈이 어찌 이렇게 극악해졌단 말이냐. 문종 선왕께서 담비 갖옷까지 덮어주시며 은권을 베푸셨는데 한낱 강아지도 주인을 알아보거늘 임금을 지키기는커녕 임금의 선위를 졸랐다는 네놈을 내 손으로 죽이지 못한 것이 천추의 한이 될 것이다."

준열하게 꾸짖는 소리에 신숙주의 얼굴은 흙빛이 되어 성삼문도 수양도 쳐다보지 못하고 안절부절못했다. 그래도 신숙주의 주군이라고 수양이 그를 밖으로 내보내 그 자리를 모면하게 해주었다.

"학역재 대감!"

성삼문이 큰 소리로 부르니 조그만 덩치의 정인지가 움찔 놀라 큼큼 밭은기침부터 해대었다.

"대감이 집현전의 어른으로서 『훈민정음 해례본』 서문을 쓸 때 나도 그 재주에 감탄하였고 후생들이 많이 배우려고 들 따랐었는데 선왕의 스승 좌필선까지 지낸 어른이 그래 그 학식을 가지고 어린 임금자리를 뺏는 데 앞장서다니 참으로 경멸을 금할 수 없소. 대감이 후생들에게 충절을 가르친 사람이니 후생들이 더 욕하는 것이오. 세종, 문종 임금께 총애를 받아 정승 반열에 올랐으면 되었지, 무어가 더 아쉬워 이런 짓을 하는 게요. 꽃이 활짝 피면 아름답게 질 준비를 해야 할진대 대감의 재주가 높은 만큼 온 세상에 그 추한 향기가 더 진해졌소."

대꾸도 할 수 없는 모욕을 고스란히 받고 있는 정인지는 잔망스럽게 잔기침만 할 뿐이었다.

'하늘과 땅의 이치는 음양과 오행일 따름이니, 곤坤과 복復 사이가 태극이 되고 움직임과 고요함의 뒤가 음양이 된다……'

이 해례를 함께 쓴 이들이 집현전의 정인지, 신숙주, 성삼문 아니던가. 이들의 운명이 그러나 이렇게 얄궂게 갈리어가고 있었다.

화가 머리끝까지 오른 수양은 모의를 함께한 자들을 밝히라며 가혹한 인두질 고문을 독촉하였다. 참혹한 고문으로라도 성삼문의 항복을 받고 싶었다. 인두질이 가해지는 넓적다리와 장딴지는 타다못해 뼈까지 드러날 지경이었다. 그러나 성삼문의 얼굴이 피와 땀으로 얼룩져 있을지언정 눈빛만은 전혀 흔들림이 없어 고문으로 그를 꺾는 것은 누가 보아도 불가능하였다.

"너 이놈, 네가 지은 죄가 역적질이어서 네놈도 능지처사될 것이고 네 가족 삼대가 죽임을 당하는 멸문지화를 입을 걸 알고 있느냐? 네 처와 딸도 노비가 될 것이다."

그 참혹함을 모를 리 없는 성삼문이었다. 성삼문이 대꾸하기 싫다는 듯 눈을 감았을 때 그 눈꺼풀이 파르르 떨리는 것을 수양은 놓치지 않았다. 마음이 흔들리고 있다고 생각한 수양이 목소리를 낮추어 마지막으로 회유하였다.

"네가 지금이라도 잘못을 반성하고 나를 임금으로 모시겠다고 하면 너의 재주와 충절을 높이 사서 너를 용서하고 중용할 것이다."

어떻게 해서라도 성삼문의 의기義氣를 꺾어놓고 싶었다. 수양은 누구보다 충신 성삼문에게 전하라 불리고 싶었다.

"허허, 나으리. 역적이라면 계유년 때부터 수많은 충신을 도륙하고 형제들도 모두 죽이고 조카의 임금자리까지 뺏은 나으리가 역적이지 어찌 세종대왕, 문종 선왕께서 왕위를 물려준 상왕의 임금자리를 찾아주려 한 내가 역적이란 말입니까."

성삼문이 수양과 겁먹은 듯 서 있는 공신들을 하나하나 쳐다보며 다시 한번 준열하게 꾸짖기 시작했다.

"나으리, 충忠이 무엇이오? 흐트러지지 않은 중中의 심心이요, 사람의 마음心 가운데中 뿌리내린 기둥과 같은 것이오. 굳이 어느 임금에게 바치는 것이 아니더라도 바름正, 옳음義, 믿음信을 굽히지 아니하고 사람과의 약속과 도리를 지키는 것이 충忠이고 또 의리요. 사람의 영혼이나 정신을 굳건하게 붙들어주는 닻과 같은 것이오. 그걸 잃어버리면 설사 살아남아 부귀영화를 누린다고 하더라도 이미 뿌리가 뽑힌 부평초 같은 목숨이 되는 것이니 살아도 산 게 아니오, 차라리 죽는 것이 영광이외다. 역적인 나으리에게 붙어서 그렇게 살 수는 없소이다."

성삼문의 꾸짖음은 매서웠다. 피를 토하듯 천천히 쏟아

내는 가르침에 대꾸할 말도 없거니와 조롱하듯이 나으리라고 계속 불러대는 통에 수양은 우리에 갇힌 맹수처럼 포효하고 말았다.

"저놈의 주둥이를 인두로 지져라."

성삼문이 마지막이라는 듯 짓무른 입술로 소리를 질렀다.

"이 내 몸이 다 타서 없어지기로서니 내 가슴에 박힌 일편단심이야 나으리가 태울 수 없을 것이오."

그러고는 다시 수양을 꾸짖었다.

"나으리, 나으리께서 평소에 걸핏하면 주공을 닮아 주공의 역을 다하고 어린 임금을 보필하겠다고 하더니 그 주공은 어디에 있는 것이오?"

수양은 분노로 이성을 잃어버렸다. 인두질을 넘어서 쇠꼬챙이를 달구어 다리를 뚫게 하였다. 수양의 명에 따라 무사들이 찬물을 끼얹으니 겨우 정신을 차린 성삼문이 "나으리, 형벌이 참으로 가혹하오" 하고는 도로 기절하고 말았다. 정신을 잃은 것은 성삼문이었지만 수양이 더 초췌해 보였다. 늘어서 있던 신하들은 고개를 차마 들 수 없어 그저 바닥만 내려다보고 있었다.

이것이 충신의 피요,
한 점 붉은 내 마음도 이와 같소

박팽년이 끌려나왔다. 찬물을 끼얹어 물기 가득한 마루에는 기절한 성삼문이 참혹한 모습으로 의자에 붙들려 매인 채였다. 성삼문의 당당했던 처음처럼 박팽년도 그러하였다.

"나으리가 어린 임금의 보위를 빼앗았으니 신하로서 그 자리를 되찾아드리는 것은 당연한 도리 아니겠소. 이렇게 실패하였으니 그만 죽이시오."

박팽년도 나으리라 하였지 임금이라 부르지 않았다. 김질의 고변과 이휘의 자백에다가 성삼문의 고문으로 거사 참가자는 이미 거의 알려진 뒤였기에 박팽년은 순순히 이름들을 대었다.

"성삼문, 하위지, 유성원, 이개, 김문기, 성승, 박쟁, 유응부, 권자신, 송석동, 윤영손, 저의 아버지 박중림이오."

그럼에도 가혹한 고문이 그치지 않았다.

"신의 아버지까지 숨기지 아니하였는데 하물며 다른 사람을 대지 않았겠소이까?"

그러고는 수양을 똑바로 쳐다보고 나무랐다.

"이제 더 불러줄 이름은 없소. 내 할말은 있소. 지난번에 나으리가 역모죄로 몰아 죽인 혜빈 양씨나 그 아들 영풍군 이전, 한남군 이어, 그리고 유배 간 금성대군이나 영양위 정종, 화의군 이영이 무슨 죄가 있소? 그 사람들은 그저 상왕과 가깝게 지냈던 죄밖에 없소이다. 그들이 나으리에게 대항할지언정 어찌 상왕이 임금으로 계실 때 역모를 꾸몄단 말이오?"

엄중하게 꾸짖으니 수양은 할말이 없었다. 박팽년이 거사를 순순히 인정하는데다가 수양은 박팽년의 능력을 귀히 여겨왔던 참이었다. 사람들은 성삼문의 문장이 현란하고 호방하며, 하위지는 상소 문장을 가장 잘 쓰고, 유성원은 천재로서 일찍부터 대성하였으며, 이개는 청렴하고 총명하여 남보다 빼어났는데 이 모든 것을 집대성한 사람이 박팽년이라 칭송하곤 하였다. 경술, 문장, 필법에 모두 능함을 칭한 것이었다.

수양이 영의정이 되었을 때 단종이 연회를 베풀고 박팽년에게 시를 짓게 한 일이 있었다. 수양이 이 시를 대단히 좋아하여 이를 수놓아 저택에도 두고 볼 뿐만 아니라 부중府中에도 두고 읽어보도록 하였다. 그랬기에 정인지를 시켜 박팽년에게 조용히 전하였다.

"그대가 지금이라도 임금에게 귀부歸附하면 목숨을 살리고 너를 귀하게 쓸 것이다."

박팽년이 입가에 쓴웃음을 띤 채 아무 대답도 하지 않았다. 소이부답심자한笑而不答心自閑, 대답하지 않되 마음은 한가롭다는 경지의 얼굴이었다. 정인지가 옆에 서서 대답을 기다리고 있었다. 그들은 박팽년이 잠시 망설이고 있다고 생각하였다.

"나으리, 이 마룻바닥의 피를 보시오. 이것이 충신의 피요, 한 점 붉은 내 마음도 이와 같소."

그러고는 눈을 감고는 시를 한 수 읊었다.

금이 여수에서 난다 한들 물마다 금이 나며

옥이 곤강에서 난다 한들 뫼마다 옥이 날까
여필종부라 한들 님마다 좇을쏘냐

이는 수양과 그의 충신들을 한데 몰아 꾸짖는 것과 다름
이 없었다. 박팽년이 수양을 칭할 때마다 꼭 나으리라고 하
니 수양이 화가 나서 무사로 하여금 박팽년의 입을 쥐어 지
르게 하고 인두로 지지게 하여도 그는 내내 나으리라고 하
였다.

"그대가 이미 나의 녹을 먹고 내게 신(臣)이라 칭하면서
장계를 올렸는데 이제 나으리라고 부른들 무슨 소용이 있
는가?"

수양이 분기탱천하여 물으니 박팽년이 빙그레 웃었다.

"내가 상왕의 신하이지 어찌 나으리의 신하입니까? 군자
불사이군을 모르는 자는 나으리나 신숙주 같은 자뿐이외
다. 나으리가 임금이 된 후에는 내가 장계를 올릴 때도 신
이라 칭한 적이 없소이다. 또 나으리가 보내준 녹봉을 쌀
한 톨 손대지 않고 보관해두었으니 다 가져가시오."

꾀 많은 한명회가 승지에게 귓속말을 하더니 승지가 재
빠르게 박팽년이 올린 장계를 모두 들고 나왔다. 한명회가
몇 장을 살피더니 득의만면하여 수양에게도 보여주고는 다

시 박팽년에게 들고 나와서 눈 밑에 들이대었다.

"너 이놈, 거길 봐라. 네가 쓴 장계에 충청감사 신﹝臣﹞ 박팽년이라 쓰지 않았느냐?"

"너 이놈, 간신 한명회야. 너는 무뢰한 장사 놈들하고 모사만 꾸미고 다니더니 신﹝臣﹞ 자와 거﹝巨﹞ 자 구분도 못하는구나. 아서라, 이놈아. 하하하."

박팽년이 수양과 한명회를 싸잡아 한껏 조롱하고 야유하였다. 한명회가 놀랍고 창피해서 얼른 장계를 다시 집어 보았다. 아니나 다를까 신 자의 두 획을 뺀 거 자가 흘림으로 적혀 있었다. 한명회의 모자람이 일순 모두에게 까발려지는 순간이었다. 한명회는 제자리로 돌아와 천장을 쳐다본 채 앙앙불락하였다.

세종과 문종, 단종의 호위무사였던 무관 유응부가 끌려들어왔다. 귀밑머리가 희끗희끗해진 노장이었지만 기골이 장대하고 늠름한 위풍은 전쟁터를 누비고 왕을 호위하던 당당한 무사의 기품 그대로였다. 그는 묶여 있었지만 호송하던 병사들이 이끄는 것을 뿌리치고 당당하게 수양을 일별하지도 않고 꼿꼿하게 앉았다. 삼복더위 6월의 대전은 피비린내와 살 타는 냄새로 가득하였다.

"허허, 전장에서 늙어온 나도 이런 처참한 꼴을 본 적이 없소. 이 무슨 짓이오?"

"너는 늙어서 철없는 아이도 아니고 선비도 아닌데 어찌 성삼문 같은 자들의 꼬임에 넘어갔느냐? 도대체 무엇을 하려고 하였느냐?"

수양은 지금이라도 유응부가 다른 말을 하면 살려줄 요량이었다. 그러나 늙은 무관은 더 단호하였다.

"내가 연회하는 날에 일척 검으로 족하足下*를 죽이고 옛 임금을 복위시키려고 하였으나 족하가 운이 좋아 불행하게도 실패하고 간사한 자들에게 고발당하였다. 나 유응부가 다시 무엇을 하겠는가? 족하는 나를 빨리 죽여라."

수양은 그가 '나으리'도 아니고 '족하'라고 아랫사람 다루듯 하대를 하자 속이 뒤집혀버렸다.

"이놈, 이놈, 무엇이 어째? 족하라니? 네놈이야말로 상왕을 복위시킨다는 명분을 내걸고 난역을 도모한 게 아닌가?"

"주공의 역을 다한다더니 충신들을 다 죽이고 친동생까지 죽이고 영의정까지 되어서 무엇이 아쉬워 어린 임금까

* 같은 또래에서, 편지 받는 사람 이름 밑에 써서 존칭하는 정도의 말.

90

지 쫓아내었느냐? 난역을 도모한 자가 거기 앉아 있는 수양 자네인데 누구에게 난역을 도모했다 하느냐? 국문이니 고문이니 가소로운 짓 그만하고 어서 내 목을 쳐라."

유응부는 아예 수양을 하대하였다. 수양의 얼굴이 붉으락푸르락하며 자리에서 벌떡 일어섰다.

"저런 놈은 개처럼 매달아서 껍질을 벗겨버려라."

유응부가 달려드는 형리들을 뿌리치고 구석에 쓰러지다시피 있는 성삼문과 박팽년을 원망스러운 눈빛으로 쳐다보았다.

"세상 사람들이 서생들과 더불어 모의할 것이 못 된다 하더니 과연 그렇구나. 자네들의 충정을 그 뉘라서 따를 수 있겠느냐? 하지만 연회 하던 날 내가 칼을 쓰려고 하였을 적에 자네들이 말려서 오늘에 이르렀으니 너희들 때문에 칼 한번 휘두르지 못하고 이리된 것은 정말이지 분하구나."

수양이 역모한 자들을 더 추궁하고 나섰다.

"쓸데없는 짓 하지 말고 물어볼 게 있으면 저 어리석은 선비들에게나 물어봐라. 허허. 그래도 저 못난 선비들이 수양 자네나 그 옆에 서 있는 간신 놈들보다는 백배 훌륭한 만고의 충신들임을 알아야 할 것이야."

수양이 노하여 쇠꼬챙이로 허벅지를 쑤시게 하고 시뻘겋

게 달군 인두로 배 아래를 지지니 기름과 불이 아울러 지글거렸다. 유응부는 오히려 큰 소리로 이리 일갈하였다.

"쇳덩이가 식었다. 다시 달구어 오너라."

이개가 끌려들어왔다. 수양에게 갖은 아부로 병조판서를 거쳐 판중추원사를 지내고 있던 이계전은 조카 이개가 끌려오자 얼굴이 파랗게 질려 어쩔 줄 모르고 있었다. 역모를 삼촌인 자신이 몰랐다 하더라도 연좌되어 처벌될 수도 있었다. 게다가 이계전이 이개의 모의 사실을 알고 있었다는 의혹도 제기된 참이었다. 이계전이 먼저 나서서 이개를 꾸짖으로 하였다. 살기 위해서였다.

"너 이놈, 네가 충절의 신하 목은의 증손자로서 어찌 역모를 꾸며 이 자리에 나와 있느냐?"

이개의 강퍅해 보이는 얼굴에 조소가 서렸다. 참지 못한 수양이 나섰다.

"충절의 신하 목은뿐만 아니라 여기 너의 숙부 이계전이 삼공의 하나라 나에게 추요한 일을 하는 신하인데 어찌 조카인 네가 그럴 수 있느냐?"

이개가 실성한 듯 파안대소하며 말했다.

"하하하, 충절이라니, 추요한 신하라니, 내가 역모를 꾸몄다니, 나으리 밑에서 갖은 아부를 바치며 벼슬을 지내는 숙부가 부끄러워 얼굴을 들지 못한 일이 여러 번이었소. 나으리의 몸 생각한다고 술 조금만 드시라고 아부하다가 오히려 머리채 꺼들려 두들겨맞은 일로 온 장안에 소문이 나서 창피할 뿐이었소."

참았던 말문을 터뜨리고 보니 멈출 기세를 모르는 고언이었다. 이개는 수양 옆에서 새파래져 어쩔 줄 모르는 이계전을 바라보고 한심하다는 듯 나무랐다.

"숙부, 그래도 우리 집안이 어떤 집안이오? 저기 서 있는 간신 권람의 조부 권근 역시 훼절하여 사대부들의 온갖 비난을 받았지만 그래도 증조부께서는 그 많은 유혹에도 불사이군하는 정신으로 초야에 묻혀 선비들의 숭상을 받아왔소. 이런 절개의 집안에서 숙부 같은 사람이 나온 것이 부끄럽고 창피하오."

이계전뿐만 아니라 권람을 위시한 공신이라는 간신들이 모두 쥐 죽은 듯 할말을 잃고 말았다.

"숙부, 나는 추잡하게 간신으로 영화를 누리고 더러운 이름을 남기느니 차라리 지조를 지키는 충신으로 죽는 것이 더한 영광일 것 같소. 지금 보니 충절이나 배신이 집안 이름 높고 낮다고 나오는 것이 아님을 알겠소. 숙부 때문에 집안 망신이 이만저만이 아님을 톡톡히 아셔야 합니다."

이계전의 얼굴이 붉게 물들었다.

"어린 임금을 나으리에게 부탁했던 세종대왕과 문종대왕을 훗날 저승에서 어떻게 뵈려고 이렇게 흉악한 짓을 저지르시오? 그 임금을 다시 모시려고 거사를 도모한 우리들이 역적이겠소, 나으리가 역적이겠소. 한번 말씀해보시오."

이개가 퍼부어대는 야유와 조소에 수양은 아무 소리도 할 수가 없었다. 이개는 충절을 지켜 살기를 포기한 자였다. 그가 지은 시 '홍모경처사유영鴻毛輕處死猶榮, 목숨이 새털처럼 가볍게 여겨질 때는 죽음이 오히려 영광이다'라는 말 그대로였다. 삼촌 이계전은 이때 조카에게 한껏 모멸을 받았던 덕분에 살아남았다. 이개의 다른 삼촌 되는 이계정이 홍덕으로 유배 간 것에 비하면 조카에게 실컷 꾸지람받은 덕에 목숨을 건진 것이다.

하위지가 끌려나왔으나 수양에게는 그를 고문할 힘도 남아 있지 않았다. 수양이 임금자리에 오르기 전에 그에게 변함없이 어린 임금을 마음을 다해 잘 보필하라며 직언하던 자인데 이제 와서 그가 그 충심을 꺾을 리 만무했다.

계유정난이 일어나 수양대군이 영의정으로 모든 권한을

도맡게 되자 하위지는 벼슬을 사직하고 모든 관복을 팔고 고향 경북 선산으로 내려갔다. 그러다가 어린 임금이 여러 차례 출사를 종용하자 할 수 없이 벼슬길에 다시 나왔다. 그러고는 수양대군에게 어린 임금을 잘 보필하라고 직언하였다가 이를 기억해둔 수양에게 심한 보복을 당했다. 이때도 하위지는 벼슬을 던져버리려 했지만 성삼문과 박팽년이 간곡하게 말렸던 참이었다.

'이대로 사직하고 초야에 묻히는 것은 선비의 도리는 될지언정 우리처럼 고명 받은 신하들의 도리는 아닐세. 말 그대로 와신상담하면서 상왕을 복위시키는 것이 우리의 사명일세.'

하위지는 이 덕에 이를 악물고 오늘까지 버티었던 것이다.

"너 이놈! 충의를 부르짖는 놈이 어찌 임금을 배신하는 역모에 가담하였느냐?"

수양의 외침은 공허하였다. 하위지는 수양을 똑바로 쳐다보았다.

"나으리, 어질지 않고 올바름을 해친 자는 군주가 아니라 한 사내에 불과하므로 죽여도 된다고 한 얘기를 잊으셨소? 나으리는 임금이 아니오."

『춘추春秋』에 나오는 맹자의 말이었다. '인仁을 저버린 자는 적賊이라 하고 의義를 저버린 자를 잔殘이라 하고 잔적殘賊한 사람을 일부一夫라 하는데 일부인 주紂를 죽이는 것은 임금을 죽이는 것이 아니다.' 무서운 말이었다. 하위지의 서슬 퍼런 대답에 공신들은 주눅들었고 수양은 망연자실하였다.

"너 이놈, 너는 내가 내려준 벼슬을 받지 않았느냐?"

"나으리, 이 몸은 상왕이 내려준 벼슬을 받았지만 나으리가 내려준 벼슬에는 아예 손톱만큼의 마음도 없었소. 그저 어떻게든 견뎌내어 나으리와 역적 도당들을 처치하고 상왕을 복위시키려는 일념에 매일 쓸개를 씹는 심정으로 참고 견디고 있었소. 나으리와 더이상 얘기하는 것도 창피하고 싫으니 쓸데없는 짓 말고 빨리 죽이시오. 이 몸은 이렇게 죽음으로 나아가지만 나으리는 순자荀子께서 '임금은 배요, 백성은 물이다. 물은 배를 띄우기도 하지만 엎어버리기도 한다'고 하신 말씀을 잊지 마시오. 야 이놈들아, 그 인두 빨리 달구어 오너라."

유성원은 자가 태초太初이고 세종조에 식년시와 중시에 합격하였다. 계유정난 때 집현전 당직으로 근무하다가 수양대군의 계유정난을 칭송하는 조서를 집현전에서 쓰도록 하여 할 수 없이 이 일을 맡았다가 집으로 와서 통곡을 했던 선비였다. 성균관의 사례로 있으면서 거사의 연락책 역할을 충실히 수행하였다. 그가 성균관에 있다가 성삼문, 박팽년 등이 모두 붙잡혀 들어가 국문을 받는다는 소식을 듣고 피눈물을 흘렸다. 집으로 돌아가 부인에게 술상을 차리라 하고는 마지막 술잔을 나누었다. 부인과 아들 귀련, 송련에게도 술을 치게 하고 그들에게 술을 따라주었다. 아들들에게 당부하였다.

"남자가 의를 위해 죽을 수 있는 것을 감사하게 생각해야한다. 어떤 어려움이 닥치더라도 충절과 신의를 버려서는안 된다."

그러고 나서는 혼자 집 뒤편의 사당으로 올라가 조상들에게 참배한 후에 칼로 자결하였다. 이개의 매부인 집현전 부수찬 허조도 며칠 뒤 자결하였다.

이렇게 충절을 위해 기꺼이 목숨을 바친 성삼문, 박팽년, 하위지, 이개, 유응부, 유성원, 여섯 신하를 훗날 사람들은 사육신이라 칭하며 그들을 존중하고 기렸다.

백설이 만건곤할 제 독야청청하리라

쉴새없이 고문과 처형이 이어졌다. 조선땅이 붉게 물들어 갔다. 대역죄는 주범과 종범을 불문하고 능지처참에 처해졌다. 이들의 아비와 아들은 목매달아 죽는 형벌을 받았고 그들의 어미와 딸, 처와 첩, 손녀를 비롯한 여자 형제와 아들의 처첩까지 모든 여자들은 공신들의 노비가 되어야 했다.

자신들의 몸에서 뿜어져나온 피가 이토록 흥건하고 이토록 검붉은데 사육신들은 제 피를 보고서도 크게 놀라지 않았다. 흐트러진 봉두난발 쑥대머리에 입술은 인두질로 터지고 옷은 피고름으로 붉게 물들어 있었으나 고문이 심해질수록 더욱 형형해지는 눈빛은 쉽사리 범접하기 힘든 그들의 절개를 대신 말해주는 듯했다.

형장인 군기감 앞으로 향하는 길인 광화문 앞 육조 넓은 거리에는 백성들이 떼로 몰려나와 있었다. 상왕을 복위시키려다 역모로 죽게 된 충신들의 마지막을 슬퍼하지 않을 자 그 누구도 없었다. 그들을 태운 소달구지가 먼지바람을 일으키며 굴러나오기 시작했다. 광화문 앞은 온통 통곡 바람으로 번져가고 있었다. 이들을 제지해야 하는 군사들 역시 소리 죽여 눈물방울을 간간이 훔치고 있었다. 문무백관은 수양의 지시에 따라 거열형장인 군기감 앞에 둘러서 있었다. 이들에게도 공포를 심어주려는 심사였다. 도덕성과 정당성을 갖추지 못한 수양이 할 수 있는 일이라곤 겁박과 억압 말고는 없었다. 이들의 죽음으로 제 죽음을 막아보려는 처사였다.

'역적 성삼문'이라고 쓴 하얀 깃발이 꽂힌 달구지가 느릿느릿 굴러나오고 있었다. 성삼문의 아내 차산과 딸 효옥을 데리고 있던 성삼문의 어머니 미치의 온몸은 부들부들 떨렸다. 진땀이 등줄기를 타고 내려 바닥으로 뚝뚝 떨어지는 것이 몰래 삼킨 눈물과도 같았다. 달구지에 실린 처참한 몰골의 아들을 본 순간 온몸에 힘이 빠져 주저앉고 말았다.

"어머니, 관비로 여생을 보내게 만든 저를 부디 용서하지 마십시오."

몸 밖으로 흘러내리는 피와 가슴속에서 흘러내리는 피가 성삼문을 아득하게 만들었다. 성삼문은 정신을 놓을 것만 같아 자꾸 파란 하늘을 쳐다보았다. 6월의 하늘은 끝없어서 까마득했다.

미치는 충신의 어머니다웠다. 떨리는 목소리를 겨우 가다듬었다.

"장한 내 아들. 훌륭한 내 아들. 내 걱정은 하지 말거라. 나는 살 만치 살았다. 먼저 가서 평온히 지내거라. 네가 옳았음을 잊지 말거라."

말수 적고 살림에 능한 성삼문의 아내 차산 역시 눈물을 머금고 땅바닥에 앉아 큰절을 하더니 이내 아들과 딸에게도 자신처럼 행하게 했다. 소리 없는 통곡이 이어졌다. 숨을 삼킬 때 함께 삼켜야만 하는 울음이었다.

'여보게, 어릴 적 내게 와 내 살가운 정 한 번 내색하지 않았는데 결국 당신을 노비로 내몰았구려. 이 죄를 내가 어찌 용서받길 원하겠소. 평생 나를 저주하셔도 좋소. 미안하오.'

남편의 의중을 진즉에 알아차렸다는 듯 차산은 남편을 쳐다보았다. 그러고는 차산이 선왕께서 하사한 은잔에 술을 따라 성삼문의 입에 대어주었다. 포졸들이 모르는 척 외면하는 척 빈 하늘을 쳐다봐주었다.

어제의 단정했던 아비는 간데없고 피투성이로 흐트러진 오늘의 아비 앞에 효옥이 발을 동동 굴러가며 제 아비를 불러댔다.

'효옥아. 너는 사내가 아니니 죽임만은 면할 터, 그러나 긴긴 인고의 세월을 어린 네가 어찌 견딜지 억장이 무너지는구나. 그러나 꼭 살아남아야 한다. 살아남아야 길을 만들 수 있다. 내 죽어서도 너를 줄곧 지킬 것이니.'

성삼문을 실은 달구지는 유유히 죽음을 향해 제 바퀴의 속력을 내기 시작했다. 그 뒤를 어린 효옥이 잔걸음으로 쫓았다.

"아버지, 아버지, 가지 마세요, 아버지."

그 모습을 지켜보는 백성들은 소매로 효옥의 울음 같은 제 울음을 닦아내기 바빴다. 죄가 없음에도 역적이 되고 대역 죄인인데도 왕이 되는 기막힌 시절이었다.

그때 금부도사 김명중이 성삼문이 탄 달구지 앞에 다급하게 달려왔다.

"이보게 근보. 전하께서 지금이라도 자네가 죄를 빌고 용서를 구하면 추요한 자리에 중용하시겠다고 하셨네. 어떤

가. 자애로운 말씀이 아닌가. 어서 마음을 돌려먹게. 시간이 없네, 이 사람아."

멈춘 달구지 안에서 성삼문은 한참 말이 없었다. 이윽고 성삼문은 쓴웃음을 머금은 채 김명중을 바라보았다.

"내게 붓과 종이를 가져다주겠나."

금부도사는 어명을 받고자 함이 아닌가 하는 기대감에 서둘러 필묵을 챙겨다주었다. 펼쳐진 종이 앞에 붓을 든 성삼문은 의연하고도 꼿꼿했다. 그의 붓에서 핏방울이 떨어지는 듯했다.

이 몸이 죽어가서 무엇이 될꼬 하니
봉래산 제일봉에 낙락장송 되었다가
백설이 만건곤할 제 독야청청하리라

그날 군기감 앞에서 거열형을 당한 충신 열사는 열다섯이었다. 이들은 사흘 동안 장대에 매달려 효수되었다. 교형을 당한 이들의 아들이며 형제까지 백여 명이 연이어 죽어나갔다. 성삼문의 부친 성승, 동생 성삼고, 성삼빙, 성삼성이 모두 능지처사당하였다. 박팽년은 지독한 고문과 인두질을 당한 끝에 옥중에서 죽고 말았다.

2장
·
노비가
되다

우리 효옥이를 잘 부탁하네

미치와 차산은 줄줄이 죽어나간 사내들의 죽음을 추스를 새도 없이 자신들에게 밀어닥친 운명을 어찌 지탱해야 할지 이내 혼이 나갈 지경이었다. 와중에 미치만이 예의 그 꼿꼿함으로 우는 여인들에게 무언의 가르침을 안겼다.

수양이 왕이 된 이후 광흥창에서 녹봉으로 내려준 곡식은 성승의 엄명에 따라 어느 달의 녹인지 써붙여두고 하나도 손을 대지 않았다. 보리쌀 한 톨 손에 대지 않았으나 먹을 수 있는 곡식은 얼마 되지 아니하였다.

그럼에도 미치는 제 집안 살림에 손을 보태온 노비들의 문서를 찢어버리고 각자 자유의 몸으로 알아서들 살 수 있도록 했다. 그래봤자 얼마 될까 싶은 곡식과 면포들을 그들에게 나눴다. 그렇게 내보냈다.

와중에 차집* 일을 보던 순심과 그의 아들 바우는 나가지 않겠다고 끝끝내 버티어 무너진 성씨 집안에 남았다. 바우의 아버지는 성승이 함경도 북쪽 변방에 목사로 가 근무할 때 기습을 해온 여진족에 맞서 싸우다가 전사한 무관 박기현이었다. 당시 순심의 뱃속에는 아이 바우가 씨감자처럼 제 촉에 불을 켜고 있었다. 기별을 들은 성승이 박기현의 집에 병졸들을 이끌고 당도했을 때 박기현은 이미 죽어가고 있었다.

"장군, 여진족이 끌고 간 노비 순심을 구해주십시오. 먼 길을 끌려가다가 죽고 말 것입니다!"

절명하기 전 마지막 부탁을 성승은 외면하지 않았다. 추격전 끝에 노비 서넛을 구출하였는데 노비보다 많은 병졸이 죽고 다쳤다. 성승도 다쳤다. 그런 가운데 구출된 순심이고 바우였다. 바우는 유복자로 태어났다. 종모법에 따라 노비가 되었으나 종부법에 따르면 노비가 아니라 양반이어야

---

* 부유한 집에서 음식 장만 따위의 잡일을 맡아보던 여자. 보통의 여자 하인보다 높다.

마땅하였다.

　성승의 가족은 바우와 그의 어미 순심을 특별히 아꼈다. 특히나 성승의 바우에 대한 사랑이 컸다. 북방 출신의 바우는 제 아비의 호기로움을 타고난 것인지 어릴 적부터 말을 잘 다루어 성승 집안의 말을 슬기롭게 다 돌보았다. 바우는 말과 제 몸을 하나되게 할 줄 알았다. 말 위에서의 바우는 바람처럼 가벼웠다. 말수가 없기도 한 바우에게 말 타는 것은 말하는 것보다 훨씬 더 쉬운 일이었다. 말하는 것보다 말 타는 걸 더 좋아하는 아이가 그의 어릴 적 별명이었다. 그런 바우에게 성승은 무예 수련의 기본기부터 충실히 가르쳤다. 재능의 남다름을 알아본 성승은 제가 가진 비기 전부를 바우에게 남기려 그를 쉴새없이 바람 속에 벼려두었다. 졸음이 쏟아지는 늦은 밤까지 『천자문』에서 『사서삼경』까지 끊임없이 읽고 외우게 한 성승에게 바우는 불평은커녕 그 은혜를 뼈에 새길 줄 알았다. 영특한 아이였다. 책을 읽고 이해하는 속도가 여느 양반집 자제들보다 빨랐다. 그렇다고 노비로 태어난 걸 불평하거나 제 임무를 소홀히 행한 적도 없었다. 바우는 이른 아침부터 늦은 밤까지 끊임없이 부지런한 손발로 성승의 집안 곳곳에서 제게 주어지지 않은 일까지도 완수해내었다.

"바우야. 네 생각이 어떤지 묻기 전에 말한다만 이 어미
는 끝까지 이 댁을 따를 것이야. 우리에게 베풀어준 이 댁
어른들의 은혜를 우리가 잊는다면 우리는 사람이라 할 수
없을 것이야. 어미는 그렇게 살다 죽을 것이야."

바우 역시 제 어미와 같은 마음이었다. 그보다 바우는 언
제나 함께인 효옥과의 헤어짐을 상상조차 해본 일이 없었
다. 그날 밤 미치와 차산이 순심과 바우를 불렀다.

"그간 고생들이 많았네. 내 그걸 모르면 사람도 아니지.
게다가 떠나지 않고 여기 이렇게 남아줘서 몸 둘 바를 모르
겠네. 참으로 고맙네."

"마님, 그게 무슨 말씀이세요. 오갈 데 없는 우리 모자를
이렇게 혈육처럼 거둬주신 것이 누구신데요. 자꾸 그러시
면 저 너무 섭섭해져요."

웃음 많던 순심이었다. 말 없는 바우와 달리 세상사 무어
그리 좋다고 항상 웃는 얼굴의 순심이었다. 그러니 누구라
도 순심을 좋아하지 않을 수 없었다.

웃다보면 울 일도 웃을 일로 바뀐다며 웃고 또 웃던 순심
인데 오늘은 운다. 순심은 터져나오는 제 울음보를 어찌 꿰
매야 할지 몰라 옷고름으로 제 입을 자꾸만 틀어막았다. 울

음은 쉽게 번지는 것인지 미치와 차산, 그리고 바우의 눈가도 이미 붉어져 있었다.

"내 부탁이 있어 자네 모자를 불렀네."

미치가 나지막하게 입을 열었다.

"말씀만 하세요. 제가 할 수 있는 일이라면 무조건 해낼 겁니다."

"우리 효옥이, 우리 효옥이를 잘 부탁하네. 자네하고 바우라면 우리 효옥이를 우리보다 더 잘 돌봐줄 게 아닌가. 다른 걱정은 하나 없는데 저 어리고 불쌍한 것 때문에 죽기도 힘이 드네."

미치의 말이 끝나기가 무섭게 순심의 입에서 곡이 새어 나왔다. 효옥 아씨라면 날 때부터 제 피붙이처럼 끌어안고 살지 않았던가.

"내가 감추고 아낄 게 더 뭐가 있겠는가. 목숨이라도 팔아서 가질 수 있는 게 생긴다면 내 당장에 내놓을 작정이네만 이보게, 이게 내가 가진 전부네."

미치는 옥비녀 한 개와 은가락지 한 개, 은장도 한 개를 싼 조그만 보자기를 순심의 손에 쥐여주었다. 그게 가진 패물의 전부였다. 차산은 시어머니 미치에게서 받았던 삼작노리개를 순심에게 맡겼다. 삼대가 한집에서 행복하게 잘

살기를 빌어주는 것이 삼작노리개이거늘, 삼대가 풍비박
산이니 애써 간직할 일이 무슨 소용인가 싶기도 하였다. 그
러고는 낡은 몇 권의 서책을 바우 앞에 조심스레 내밀었다.
얼마나 넘겨 읽었는지 겉표지가 너덜너덜 까지고 들뜬 채
였다.

"분명 어려움이 있을 것이야. 하루하루 왜 아니 그러하겠는
가. 그럼 참지 말고 김시습 스님이나 원호 대감을 찾아가게.
그들이라면 자네 모자와 우리 효옥이를 내치지 않을 걸세.
그리고 이 검…… 세종 임금께서 하사하셔서 영감이 목숨
을 걸고 아끼던 검일세."

보검 세한송백이었다.

첨벙, 꽃이 피었다가 지는 순간에

난신의 부녀들은 모두 공신들의 집 노비로 제 운명이 정해졌다. 미치는 계림군 이흥상에게 배분되었다. 목숨을 겨우 부지해서 역도들을 처단하겠다고 임금을 찾아나선 김종서를 벤 공로로 공신도 되고 계림군으로 봉군된 자였다. 차산과 효옥은 운성부원군 박종우에게 노비로 배분되었다.

갈 곳들이 정해지던 날 밤 미치는 며느리들을 불러모았다. 그러고는 나지막한 목소리로 천천히 말을 이어나갔다.

"누굴 원망할 것이냐. 나는 충절의 신하였던 성승 대감의 안사람으로, 지혜롭고 어진 성삼문의 어미로, 이 가문에 시집와 살아온 세월에 후회가 없었느니라. 그런데 이제 와 우리 집안을 피로 물들게 한 자들의 대문을 열고 들어가 종살이라니. 내 무슨 미련이 더 있어 그 더러운 밥숟갈을 계속 구걸해야 하겠느냐. 살 만큼 살고도 남았느니라. 더는 이 생에 무슨 미련이 있겠느냐. 난 이제 대감의 뒤를 따를 것이다. 너희들은 아직 젊으니 너희 갈 길을 스스로 선택하여라."

며느리 차산이 말을 이었다.

"저 역시 그런 결심 속에 있었사옵니다. 어머님을 두고 제가 먼저 그리하는 것이 불효가 아닐까 저어했는데 먼저 말씀해주시니 속이 편하옵니다. 어머님, 저도 어머님과 함께할 것입니다."

며느리의 말끝에 쏟아진 시어머니의 울음이 며느리들 모두를 방성대곡하게 만들었다. 오히려 자신들을 짓눌러왔던 불투명한 앞날에 대한 답답함이 가시니 숨통이 트이는 듯했다.

노비가 되고 공신들의 노리개가 되어야 하는 자신의 운명도 받아들이기 힘들었지만, 차산은 효옥이 같은 집에 들어가서 노비로 지내야 하는 걸 차마 볼 수가 없었다. 죽어 효옥을 지킬 수만 있다면 당장에 귀신이 되고픈 마음뿐이었다.

그날 밤 차산은 효옥을 꼭 껴안은 채 잠에 들었다. 제 어미와 영영 이별을 하게 될 것을 알 리 없는 효옥은 오늘따라 저 자신을 으스러지게 껴안아주는 차산의 품속을 더더욱 파고들었다. 차산의 얼굴은 눈물로 짓이겨졌다. 더는 눈물을 참고자 입술을 깨물지 않아도 된다고 생각하니 입 밖으로 곡이 저미게 흘러나왔다.

내일 새벽이면 제 곁을 떠나는 어미의 운명을 아는지 모르는지 차산은 가혹한 삶 앞에 오롯이 던져진 효옥이 안타까워 견딜 수가 없었다. 밤이 새도록 천지신명을 부르고 또 부르면서 제 딸아이의 앞날이 모진 풍파 앞에 꺼지지 않는 촛불이기를 빌고 또 빌 뿐이었다.

이튿날 새벽 미명이 터올 무렵 미치와 그녀의 뒤를 따르던 네 명의 며느리들이 소복 차림에 장옷을 뒤집어쓴 채 집을 나섰다. 누구도 입을 여는 이 하나 없었다. 이윽고 양화나루에 다다랐고 가장 험난한 절벽으로 가 하나하나 섰다.

미치가 제 자식 삼문을, 차산이 딸 효옥을 가슴속으로 불렀다. 그 간절함 때문인지 그 이름이 메아리처럼 하늘에 떠돌았다.

첨벙……

첨벙……

첨벙……

첨벙……

첨벙……

차례로 한강에 작은 물보라가 일었다. 어둠을 밀어내는
아침 햇살이 강물에 찬연히 부딪치는 바로 그 시간 다섯
개의 하얀 연꽃이 푸르른 강물 속에 피었다 지기가 찰나
였다.

첨벙, 꽃이 피었다가 지는 순간에 어린 효옥은 무슨 꿈이
라도 꾼 것일까. 여느 때와는 다르게 일찍 잠에서 깨 제 어
미와 할미를 찾기 시작했다.

"어젯밤 분명 어머니와 함께 잠이 들었는데 이른 새벽에
대체 어디에 가신 거지?"

효옥은 제 방문을 열고 나가더니 방마다 문을 열어젖혔
다. 급기야 댓돌 위에 제 신 하나만이 놓여 있는 것을 보고
는 자리에 털썩 주저앉고 말았다.

"어머니, 어머니, 나도 데려가요. 할머니, 할머니, 왜 나만
버리고 가신 거예요? 나도 갈래요."

통곡을 하다 혼절하기를 몇 번이나 반복했을까. 순심은
그런 효옥을 으스러지게 안아주었다. 제 눈을 타고 내리는

눈물에 효옥의 눈물이 섞일까 순심은 이를 앙다문 채 제 울음을 켜켜이 삼켰다.

그렇게 얼마나 울었을까. 효옥은 지쳐 순심의 무릎을 벤 채 잠이 들었다. 잠든 효옥의 통통 부은 두 눈 아래로 홀쭉해진 양볼이 안쓰러워 순심은 몇 번이고 그 작은 얼굴을 쓸어내렸다.

'걱정 말아요, 아기씨. 제가 단단히 약조를 했는걸요. 제가 지켜드릴 거예요. 그래야 저도 죽어 저승엘 가서 안방마님 뵐 낯이란 게 생기니까요. 아프더라도 너무 아파하지 마세요.'

효옥은 며칠 밤낮을 신열로 앓았다. 악몽에 시달리는지 신음소리를 내다가 찐득찐득한 눈물을 흘리다가 알 수 없는 잠꼬대를 반복하다가 이내 눈을 번쩍 떴다. 그러고는 순심이 가져다주는 물사발을 다섯 차례나 연거푸 들이켰다.

"왜 이렇게 목이 마른 걸까?"

"오래 잠에 빠져 계셨으니까요."

"그런 생각이 들었어. 물이 너무 마시고 싶은데…… 나는 물을 마실 수 있으니까 그 물이 너무 맛있으니까 있지, 여기 마음이 너무 아파. 묵직한 게 걸린 느낌이야. 할아버지도 할머니도 아버지도 어머니도 목이 마를 텐데…… 그럼 누가 물을 떠다 먹여줄까. 나만 이렇게 물을 마셔도 될까."

효옥은 다시금 울음을 터뜨렸다. 순심은 토닥토닥 효옥의 등을 다독이며 말했다.

"물뿐이시겠어요. 매일같이 진수성찬 잡숫고 계실 거예요. 그런 곳으로 가신 거거든요. 아기씨 걱정을 많이 하고 계실 거예요. 아기씨가 울면 다들 밥도 못 드시고 우실 거예요. 그러니까 이제 울음 그치시고 밥 잡수시고 일어나셔야 해요."

순심은 효옥을 품에 안았다. 그러고는 마당에 나와 하늘을 올려다보며 반짝이는 별들 가운데 몇을 가리키며 말했다.

"저기 보세요. 다 저렇게 눈을 반짝이며 아기씨 내려다보고 계시잖아요. 아기씨도 힘들면 땅 보지 마시고 고개 들어 하늘을 보세요. 별들과 눈을 맞추시면 힘이 날 거예요. 네?"

응, 하며 효옥은 순심의 등 위에서 하염없이 하늘을 올려다보았다. 그런 효옥의 시간을 순심은 묵묵히 기다려주었다. 이내 잠이 든 효옥이 깰까 순심은 마당 안뜰을 느릿느릿 걷기를 반복하였다.

다음날 이른 새벽 효옥은 목욕을 하고 뒷산에 올랐다. 살아낢아야 한다는 아버지의 갈라진 목소리가 몸에 가득 채워진 듯했다. 성승에게 배웠던 무예를 다시금 연마하며 자연의 맑은 공기를 제 안으로 삼켜 새로이 피로 돌게 하였다. 가쁜 숨을 몰아쉬며 연신 흐르는 땀을 닦아내려 할 때 뒤에서 무명천을 내미는 손이 있었다. 바우였다.

"바우야."

"괜찮으십니까?"

"웅, 바람이 참 달구나."

바우는 효옥이 하는 대로 입을 벌려 바람을 삼켜보았다.

두 사람은 뛰었다 걸었다 속도를 내었다 줄였다 서로 앞서거니 뒤서거니 하며 산길을 내려왔다. 그들의 네 발이 속도의 보폭을 맞추어 집안에 들어섰을 때 근심 서린 얼굴로 서 있던 순심과 마주하였다. 순심과 바우는 자유의 몸이 되었지만 효옥은 노비의 신세가 된 터였다. 하필이면 원수라 아니할 수 없는 박종우 대감 집으로 가게 된 터였다.

박종우 대감의 집으로 향하는 효옥은 순심과 바우와 헤어지며 끝도 없이 눈물을 흘렸다. 뒤를 돌아 그들 모자를 자꾸만 쳐다보는 효옥의 모습을 순심은 바로 쳐다볼 수 없었다. 효옥의 뒤를 쫓던 바우가 터덜터덜 돌아왔다. 제 어미는 쳐다보지도 않은 채 방에 처박혀 주먹으로 벽을 찧는 소

리를 연거푸 내었다. 그게 자신의 울음소리인 양 바우는 밤
이 새도록 쿵쿵 벽을 찧었다.

아이이나 아이만은 아닌 아이일세

운성위 박종우는 정난공신이지만 본디 온건하고 신실한 사람이었다. 자리가 높아도 아랫사람들에게 너그러웠다. 태종 임금의 옹주 중 첫째인 정혜옹주에게 장가를 들었고 부마가 된 뒤 1419년 운성위 작위를 받았다. 대대로 부호의 집안이니, 정인지, 윤사로*, 윤사윤**과 함께 조선의 4대 부호로 꼽혔다.

안평대군과 가까웠지만 계유정난이 있던 날 밤, 한참 아

* 세종의 첫째 옹주 정현옹주의 남편.
** 세조의 처남.

래인 수양에게 스스로 찾아가 그의 편에 서겠다고 맹세를 하였다. 그에게 우선 중요한 것은 물려받은 부귀와 영화를 보존해나가는 일이었다. 그는 일등공신이 되었다.

박종우가 제 집 안방에서 대청마루를 내다보고 있을 때 그의 집 수노首奴 용호가 머리를 조아린 채 그에게 고했다.

"대감마님, 새로운 비자가 와 있어 현신 드리고자 하는뎁쇼."

박종우는 성삼문의 부인이 자결을 하여 그의 딸만이 비자로 오게 되었다는 소식을 이미 들어 알고 있었다. 내색하지는 못했으나 그는 성승과 성삼문의 충절을 높이 기리고 있었다.

아비어미를 잃고 노비가 된 충절의 딸아이라…… 박종우가 스스로 수양에게 찾아가 그와 뜻을 함께하겠노라 머리를 조아리지 않았다면 그 역시 안평대군의 당여로 몰려 죽임을 당했을 것이다. 뿐이랴. 그의 아내와 딸들 역시 성삼문의 여식과 그 운명의 배에 함께 올랐을 것이 뻔했다. 갓끈을 묶듯 마음 한번 고쳐먹었을 뿐인데…… 박종우는 쓰디쓴 입맛을 다시며 제 앞에 선 작은 여자아이를 빤히 쳐다보았다.

"이름이 무엇이더냐."

흔히 볼 수 있는 얼굴의 아이가 아니었다. 하얀 얼굴에 커다란 눈 속 눈동자가 유독 까매서 흰자위에 맺히는 물기가 눈물처럼 반짝이는 듯했다. 짙은 눈썹에 오뚝한 콧날은 선명한 인상을 남기기에 충분했는데 무엇보다 박종우의 눈에 든 것은 효옥의 다부진 입매였다. 그저 자신을 향해 인사를 하겠노라 잠시 섰을 뿐인데 그 작은 아이에게서 묘한 기품이 뿜어져나오고 있었다.

"효옥이라 하옵니다."

거무튀튀하고 거친 무명 치마저고리에 미투리 짚신을 신었지만 박종우는 효옥의 얼굴에서 눈을 뗄 수가 없었다.

'범상치 않은 아이로세. 아이이나 아이만은 아닌 아이일세.'

머리가 좋은 만큼 몸이 빨랐던 효옥은 난생처음 해보는 노비 일에 금방 적응을 해내었다. 눈치가 없다면 이내 밀려났을 심부름을 아주 톡톡히 잘해냈다. 노비들 가운데서는 절의의 충신 성삼문의 여식이라고 안쓰럽게 여기는 이들이 많아서 알게 모르게 도움도 많이 받던 효옥이었다. 현명하게 일을 잘해내는 그 꼴을 못 봐주겠다며 질시하고 괴롭히는 이들 또한 없지 않았다.

물 한번 제 손으로 떠다 먹은 일이 없던 효옥에게 특히나 부엌일은 큰 어려움이었다. 당연히 서툴 수밖에 없어 상을 놓치거나 찬기를 깨거나 전을 제때 뒤집지 않아 태우는 일도 부지기수였다. 비슷한 나이인 동자치*의 딸이 가장 앞장서서 효옥을 사사건건 괴롭혔다. 호락호락 제 손아귀에 들어오지 않는 효옥을 눈엣가시로 보곤 하였다.

"아기씨!"

부엌일을 하던 효옥 곁에 순심이 다가와 있었다. 순심을 보고 깜짝 놀란 효옥은 손에 들고 있던 놋그릇을 떨구고 말았다. 어떻게 하면 효옥을 지킬 수 있을까, 어떻게 하면 효옥을 딸처럼 품겠다 했던 약속을 지킬 수 있을까, 고심하던 끝에 순심은 바우와 함께 제 발로 노비가 되겠다고 박종우 대감의 집에 들어왔다. 어릴 적부터 유독 말 다루는 재주가 뛰어났던 바우는 말을 돌보고 가마를 드는 가마꾼으로, 음식 솜씨가 좋기로 소문난 순심은 곁동자치로 박종우 대감 집에서 노비로 제 역할을 맡았다. 그러나 무슨 연유에서인지 순심은 처음부터 제 아들이 바우임을 끝끝내 숨겼다.

곁동자치인 순심 덕분에 효옥의 부엌일은 한결 수월해지

* 부엌일을 하는 여자 하인.

124

고 능해져갔다. 그런 효옥에게 바우가 자주 들르고는 하였다. 일거리를 핑계 삼거나 그도 없으면 물이라도 달라는 식이었다. 사내다운 생김새에 날이 갈수록 장대해지는 기골의 바우를 동자치의 딸이며 가내 여인들이 눈여겨보고 있었다.

얼마 안 가 순심은 동자치의 자리를 맡게 되었다. 아무리 무디게 따르는 척을 한들 타고난 그녀의 함경도 음식 솜씨는 좀처럼 숨길 수가 없었다. 자리가 그쯤 되니 순심도 눈치를 보며 뒤로 몰래 효옥을 챙기지 않아도 되어 좋았다. 순심이 음식을 만드는 것을 지켜보다 몰래 간을 핑계삼아 나물이라도 입에서 오물거릴라치면 효옥은 제 집에서 어미와 둘러앉아 먹던 밥상이 생각나 눈물이 핑 돌곤 하였다. 순심의 손맛은 어머니와 마주했던 밥상의 냄새였다.

애초에 효옥의 총기를 맘에 들어한 박종우 대감은 그 아이를 안방에 들여 저와 제 안사람의 몸종 노릇을 하게끔 하였다. 몸이라도 덜 쓰라고 박종우가 충절의 딸에게 베푼 배려였다. 부엌일보다는 덜 고되기는 하였으나 눈치껏 집중하지 않으면 어디서 어떻게 불호령이 떨어질지 모르기에 효옥은 더욱 촉각을 곤두세워야 했다. 그런 효옥도 눈이 팔려 제 신세를 잊을 때가 있으니 이는 박종우 대감이 바둑을 둘 때였다. 그럴 때마다 효옥은 박종우 대감에게 부채질을 하던 손을 그대로 멈춘 채 바둑판 위의 돌들을 뚫어져라 쳐다보고는 하였다. 당시 궁궐 안팎에서 바둑이 유행이었다. 세조는 정무가 끝나면 대신들을 불러 술을 나누며 바둑을 두게 하였다. 조정에서 박종우는 알아주는 고수였다.

"바둑을 둘 줄 아는 것이냐."

"아, 아니옵니다."

"둘 줄 아는 것은 죄가 아니니 솔직히 말해보거라. 바둑을 아는 얼굴이었다."

"할아버지께 포석과 행마의 기본 정도를 곁눈질로 배웠을 뿐이옵니다."

"내 일찍이 네 활솜씨가 제법이라 들었거늘, 재주가 많은 여식이었구나. 나와 함께 두어보지 않겠느냐."

"아닙니다. 제가 어찌 대감마님과 마주앉아 감히 돌을 얹겠습니까."

"허허, 와서 어서 앉으라 하지 않느냐. 네 바둑 수가 낮지 않은 건 네가 바둑판을 넘겨볼 때 이미 알았느니라. 나는 봐주는 사람이 아니니 너도 실력을 다해야 할 것이야."

연거푸 사양하였으나 박종우에게서 세상을 뜬 성승의 인자함을 언뜻 느껴버린 효옥은 천천히 바둑판을 사이에 두고 맞은편으로 가 앉았다.

딱……

딱……

고요히 흐르는 침묵 속에 바둑알들 오가는 소리만이 한겨울 얼음장 갈라지듯 쩍 쩍 하고 울려왔다. 효옥이 한 수 위였다. 행마는 새처럼 가벼운데 공격은 피할 데 없을 만큼 묵직하고 날카로웠다.

효옥의 대마가 빈사 상태에 빠져 박종우가 유리한 듯한 국면에서도 효옥의 돌들은 흐트러지지 않았다. 실낱같은 틈새를 뚫고 끝내 수를 만들어낼 줄 알았다. 순식간에 판을 뒤집은 효옥이었다. 박종우는 탄복을 금할 길이 없어 혼자 중얼거렸다.

'그래, 불리하고 어려운 국면에서도 포기하지 않고 새 길을 찾아나가는구나. 그리고 끝내 역전해내고야 마는구나. 그게 바둑의 묘미 아니겠느냐? 인생도 마찬가지지. 아직 이토록 어린데 기특하고 대견하구나.'

박종우는 중국에서 구해온 바둑책 『현현기경』*을 선뜻

---

* 묘수풀이 문제를 수록한 중국의 바둑 고전. 서문에 「위기십결」이 수록되어 있다.

내어주었다. 효옥은 그가 내민 책자를 가슴에 품고 신이 나 책장이 너덜거릴 때까지 틈틈이 읽고 또 읽었다. 책 속에 나와 있는 사활 문제는 기기묘묘해서 계속되는 감탄으로 머릿속에 아로새겨졌다.

　하루는 신숙주가 박종우 대감 집에 왔다가 효옥을 보게 되었다. 신숙주가 바둑을 좋아하여 하도 졸라대니 박종우가 고수라 칭하며 효옥을 불러내었다. 효옥의 수가 높았다. 노비에게 바둑을 진데다가 그 아이가 한때 며느리로 삼고 싶어했던 성삼문의 딸임을 안 신숙주는 적잖이 당황하였다.

　"칼이 힘이다. 칼이 정의를 정의한다. 강력한 새 임금과 함께 부국강병하는 것이 뜻있는 일이지 네 아비는 참으로 쓸데없는 짓을 하였다. 결국 너를 이리 만들지 않았더냐."

　네 번의 고명을 배신하고 스스로 수양의 힘에 기댄 자가 그 길을 합리화하는 것도 모자라 둘도 없는 친구를 능욕하는 얘기였다. 분함을 참을 수 없던 효옥은 순심에게 부탁하여 밥상 위에 숙주나물을 바쳐 올렸다.

　"이것은 녹두나물이온데 하도 쉽게 변해서 사람들이 숙주나물이라고 부릅니다."

세월이 역적도 낳았고 공신도 낳았습니다

수양의 둘째 아들 이황, 곧 해양대군은 효옥을 잊지 못하고 있었다. 효옥의 집안이 역모로 모두 죽고 효옥이 노비가 된 사연 또한 익히 알던 참이었다.

세자가 못 된 대군은 평생 정사에 거리를 둔 채 자신을 드러내지 않고 살아야 한다. 둘째 아들로 태어나 조카의 자리를 빼앗아 임금이 된 세조는 적장자의 왕위 계승 전통을 스스로 무너뜨린 격이 되었다. 그러니 임금이나 세자가 가장 경계할 수밖에 없는 사람이 세자의 동생 대군이었다. 이제는 제 혈통을 위해서 적장자 전통을 다시금 세워야 했다. 그런 만큼 세자가 아닌 대군의 언행은 극히 조심스러워야만 했다.

그러니 양녕대군이 그러했듯이 미친 짓하는 대군들도 많았다. 세조 역시 둘째 아들 황이 책과 바둑에 심취하고 사냥이나 즐기면서 조용히 살아주길 바라는 마음이었다. 아버지의 바람을 아는지 황은 독서를 즐기고 박혁인을 불러들여 바둑을 두는가 하면 서예에 능했기에 긴 시간을 그리 몰입하고는 하였다.

수양궁에 있을 때 황은 삼촌 안평대군을 많이 따랐다. 특히 그가 사는 인왕산 수성동 계곡에 놀러가길 좋아하였다. 황은 안평에게서 바둑도 배우고 안평을 따라 한강 뱃놀이에도 따라가곤 하였다. 마포 북쪽 기슭에는 안평이 지어놓은 담담정淡淡亭*이 있었다. 그곳에서 바라보는 한강과 산들은 계절마다 새로운 진경이었다. 마포의 밤비, 밤섬의 아지랑이, 관악산의 봄 구름, 양화의 가을달, 서호의 배 그림자, 용산의 고깃배 불빛은 아름답고 낭만적이었다. 그 풍경을 담담정 십이경이라 칭하며 안평은 시를 읊고 그림을 그렸다.

황은 그토록 따르던 삼촌 안평대군이 역모 때문에 목숨을 잃어야 한다는 사실이 안타까웠지만 무어라 한마디도

* 훗날 신숙주의 별장이 되었다.

할 수 없는 처지임을 알아 입을 다물었다. 안 그래도 과묵했던 황은 더 말이 줄어갔다. 말수가 적었으나 생각은 넘쳤다. 그래서인지 그가 입 밖으로 가끔 꺼내는 말들은 냉정하면서도 명철하다는 인상을 주기에 충분했다.

세조는 임금이 되기 전 대군 시절부터 관심을 두고 있던 성승과 성삼문의 핏줄인 효옥을 안타까워하고 있었다. 인물 됨됨이로 치자면 드높다 할 성씨 가문의 피니 부인 윤씨와 함께 두 아들 가운데 무조건 하나는 반드시 배필로 삼아주자 입을 맞춘 지 오래이기도 했다. 미모가 뛰어나다는 소문만이 이유가 아니었다. 예사롭지 않을 정도로 지혜로운데다 일찌감치 무예까지 익혔다는 얘기를 듣고 호기심이 컸던 까닭이었다.

그러나 어쩌랴. 자신을 처치하려던 사건의 주동자가 성삼문이 아닌가. 그에 두고두고 세조의 마음에 크나큰 아쉬움으로 지워지지 않은 게 바로 효옥의 그림자였다.

세조가 신하들과의 결속을 다지려고 공신들과 그의 친자들을 모아 오공신회맹연五功臣會盟宴을 열었다. 태조 때의 개국공신과 태종 때의 정사공신, 좌명공신, 계유정난 때의 정난공신, 세조가 등극할 때 공을 세운 좌익공신과 그의 친자들을 합하니 이백이십육 명에 이르렀다. 그들이 조선 왕조 사직과 임금을 만들어가는 자들이었다. 한데 모인 그들은 구리 쟁반에 피를 나누어 마시고, 맹세를 적은 오공신회맹 축에 돌아가며 서명을 하였다. 말마따나 세세대대로 충성을 다하겠다는 서약의 단합대회였다. 피를 나누어 마시는 무시무시한 행사를 마치자 술이 돌았다. 몇 순배가 지난 뒤 해양대군이 박종우의 아들이며 세종의 조카뻘 되는 박선규와 일부러 어울렸다. 해양대군도 세종의 손자이니 오촌격이었다.

박선규는 출세하고픈 욕심이 그 누구보다 큰 인물이었다. 그러나 능력이나 성품이 과거에 등과할 정도가 되지도 못하는데다 파락호의 기질마저 다분한 사내였다. 박선규의 꿈은 음서로 말단 궁직이라도 하다가 변란을 일으켜 일거에 재상의 반열에 올라 권력과 부를 누리는 한명회처럼 살아보는 일이었다. 예술적 재능이 뛰어나고 품위가 넘치는 해양대군이 주색잡기에 능한데다 타고난 사람의 됨됨이가 간장종지에나 담길까 싶은 박선규와 어울리는 것은 그 스스로 썩 내켜서가 아니었다. 오로지 효옥을 만나보기 위함이었다. 또하나 이 파락호와 친하게 지내는 것은 살기 위해 제 자신의 본성을 감춰야 하는 운명의 팔자, 조선조 대군

모두에게 닥친 끊을 수 없는 굴레 때문이었다.

그날 대군이 박선규를 졸라 그의 집에 와 바둑을 두게 되었다. 그는 애초에 대군의 적수가 될 수 없었다. 대군은 방 안을 살뜰히 오가며 심부름을 하는 한 어린 비자에게 계속 눈길이 갔다. 활터에서 헤어진 지 거의 3년이나 되었으나 대군은 한눈에 효옥임을 알아보았다.

"저 아이가 눈에 드십니까?"

"이 집에 오래 있던 아이냐?"

"얼마 전에 새로 들어온 비자인데 바둑의 고수라 합니다. 저희 집 대감께서 그리 말씀을 하셨습니다. 당해낼 재간이 없었다고 하셨습니다."

"뭐라? 박종우 대감을 이겼다고? 그렇다면 정녕 범상치 않은 비자가 아닌가."

대군이 짐짓 놀라는 척하였다.

"실은 저 아이의 아비가 성삼문이옵니다."

"뭐라, 지금 뭐라고 했느냐, 성삼문? 그게 정말인가."

진정 저 아이가 효옥이구나. 맞구나. 세상일이 여의하였다면 내 배필이 될 수도 있었을 것을.

대군은 박선규로 하여금 효옥을 당장에 불러들이라 명

하였다. 대군 앞에 선 효옥의 얼굴은 제법 적당하게 그을려 더 건강해 보였다.

"네가 바둑을 둘 줄 안다 들었다. 오늘은 내가 이 집에 온 손님이니 내 청을 들어주겠느냐. 나와 바둑 한 판을 두어보자꾸나. 오늘 네 실력을 들여다보고 가야겠구나."

효옥은 고개를 숙이고 있었지만 일별에 그가 활터에서 만난 수양의 아들임을 알아보았다. 시간이 흐르기도 했지만 대군이 되어서인지 더 의젓해 보였다. 아버지를 죽인 세조의 아들. 그런데 적의 못지않게 묘한 반가움이 한편에서 솟아나 그녀의 얼굴을 붉게 물들이는 것이었다.

"저는 바둑을 둘 수 없습니다."

효옥은 겨우 그 말을 하고는 다시 고개를 숙였다.

박선규의 앙칼진 목소리가 들려왔다.

"이분이 누군지나 알고 지금 이러는 것이냐. 어디 비자 주제에 입을 함부로 놀리느냐. 어서 이리……"

"허허, 참. 그리 소리지를 일이 아니래도."

효옥을 다그치는 박선규의 말을 자르며 대군이 부드럽게 말했다.

"바둑에 능히 소질이 있다는 어린 비자를 내 본 일이 없어 그러는 게다. 그 신묘함을 볼 수 있는 기회를 주지 않겠느냐."

효옥은 당장 눈물이 쏟아질 것 같았다. 차라리 고개 숙여 바둑판만 보는 게 나을 듯싶었다.

대군과 효옥의 바둑이 시작되었다. 막상 바둑알을 손에 쥐자 효옥의 눈빛은 이내 그 수 싸움에 날카로워져갔다. 쭈뼛쭈뼛 처음에는 물러날 듯 소심하게 갖다올리던 바둑알에 점점 힘이 붙었다. 때가 되면 바위처럼 둔중한데도 칼끝처럼 날카로웠다. 대군은 건성이었다. 그렇게 밀리는 대군이었다. 뒤처지는 대군이었다. 앞서나갔고 끌고 나갔고 머잖아 두 판을 내리 이겨버리는 효옥이었다. 안절부절 그 광경을 보고 있던 박선규는 대군이 바둑을 져서 심란한 것으로 생각했다.

"무슨 잡기를 쓰지 않고서야 이거야 원. 버릇이 없기는…… 허헛, 참."

"아니 그게 무슨 소리인가. 바둑은 봐주라고 두는 게 아님세. 바둑에 예의 타고남이 있는 아이구나. 영특하구나. 바둑이 나보다 두세 점은 높은 상수구나. 이 아이에게 바둑을 배우지 않으면 두고두고 후회를 할 것이니."

대군은 효옥을 만나러 밖에 나올 구실을 이리 만들었다.

"너의 행마에 빈틈이 없더구나. 그런데 너의 바둑에 살기가 가득하더구나."

'살기라…… 대군이 나를 알아보고 있구나.'

증오 때문인지, 행여 그리움 때문인지 분명치 않지만 기실 솟아오르는 눈물을 숨기려고 효옥은 두 눈을 부릅떴다.

"참 지난번에 자네가 재미있다고 얘기하던 그 책을 지금 가져다주지 않겠나?"

박선규를 자리에서 비키게 한 뒤 대군이 금실로 수놓은 옥색 손수건을 꺼내 효옥에게 건네었다. 눈물이 맺히긴 대군도 마찬가지였다.

"닦거라."

효옥이 놀라서 손수건을 슬며시 밀어내었다.

"어서 닦거라. 그래야 나도 닦는다."

효옥이 옥색 손수건에 얼굴을 묻었다. 뱉어내지 못한 통곡을 삼키느라 효옥의 목덜미는 순식간에 붉어져갔다. 그 안쓰러운 모습에 대군은 저도 모르게 효옥의 어깨를 다독일 뻔하였다.

"나를 기억하느냐?"

효옥은 대답하지 않았다.

"왕궁에 들어오기 전 내 너를 활터에서 단 한 번 보았다만 그후로 너를 잊은 적이 없다."

효옥이 겨우 소리를 내었다. 작은 목소리였지만 결기는
분명하였다.

"제가 어찌 대군을 잊었겠습니까? 저의 할아버지, 아버지
가 모두 죽은 걸 모르십니까?"

아버지를 죽인 원수의 아들이어서 잊을 수 없다는 얘기
인지 제 어려운 처지 때문에 잊지 못했다는 것인지 불분명
하게 들리는 말이었다. 대군은 이 복잡함이 다 담긴 말이라
생각하였다.

"언제라도 날 원망하여라. 내가 감수해야 할 원망임을 모
르지 않느니라."

효옥은 또 말이 없었다.

"내 다음에 또 들러 너와 겨룰 것이니 내내 잘 지내고 있
어야 한다."

효옥은 마음의 갈피를 잡을 수 없었다. 그런데도 어쩐 일
인지 대군의 말이 싫지 않았다. 천하의 외로운 고아 노비
효옥을 위로하는 말임은 분명한 터였다. 이때 눈치란 걸 전
혀 타고나지를 않은 박선규가 들어와서 끼어들었다.

"이 비자 바둑뿐이 아니라 제 할아비인 역적 성승에게서
활과 검술까지 익혀 그 솜씨가 제법 뛰어나다 들었습니다

만."

대군이 놀란 체하는 얼굴로 다시금 효옥을 바라보았다.

"아니, 칼도 쓸 줄 안단 말이지. 참 활쏘기는 전에도 내가 진 적이 있지."

무슨 말인지 모르는 박선규는 어리둥절해했다.

"다음에는 그 둘을 대어 나와 실력을 가늠해보자꾸나. 궁에서 매일같이 연마하지 않고는 내 이 집에 발도 못 들이겠구나. 네게 질 것만 같구나. 그러나 그냥 져줘서는 아니 되거늘, 몸 성히 잘 있어야 한다."

효옥은 대군이 건넨 옥색 손수건을 손바닥 안에 숨기듯 꼬옥 말아쥐고 고개를 숙이는 것으로 인사를 대신했다. 대군은 대문 앞까지 저를 배웅하러 나온 박종우 대감과 박선규에게 다가가 조용히 당부하였다.

"범상치 않은 아이 아닙니까?"

"예? 아 예. 그러하옵지요."

"세월이 역적도 낳았고 공신도 낳았습니다. 그러하지 않습니까."

"……예."

"우리끼리 하는 얘기지만…… 만고충신의 핏줄입니다.

조선에서 제일가는 명장의 손녀입니다. 조선에서 제일가는
선비의 딸입니다. 대감께서 저 아이를 잘 돌봐주실 것을 알
기에 대감을 믿고 오늘은 이만 물러가겠습니다."

유유히 사라지는 대군의 뒷모습을 보며 박종우는 쿵쾅거
리는 심장을 천천히 가라앉혔다. 제 아비 세조를 역사의 뒤
안길로 사라지게 하려던, 어찌 보면 대역 죄인 원수의 집안
딸이 아니던가. 그런 성승과 성삼문을 칭송하는 대군의 기
개에 박종우는 죽어도 이기지 못할 어떤 큰 기세를 느꼈다.

멀찍이서 말을 돌보던 바우가 이 이야기를 숨어 들었다.
바우는 효옥은커녕 제 어미에게도 이 이야기를 전하지 않
았다. 하지만 이날 이후 바우는 느낄 수 있었다. 해양대군과
재회한 이후부터 효옥의 웃음이 많아졌다는 사실을.

노비도 분명 사람입니다

대군 황이 다녀간 뒤 박종우는 효옥의 거처를 따로 챙겼다. 효옥에게 별채에서 은세공을 하는 병길이 부부의 뒷바라지를 하라 명하였다. 별채에는 방이 하나 따로 있었으니 효옥에게는 큰 도움이 되었다. 은세공으로 먹고사는 은장이 부부는 삼각산 승가사로 향하는 길목에 제 집을 두긴 하였다. 그러고는 일거리가 넘쳐나는 대갓집에 서너 달씩 머물면서 필요한 그릇이나 세공품들을 접수받은 대로 만들어 주곤 하였다.

은장이 병길의 할아버지는 고려 말부터 손재주로 이름난 은대공銀大工이었다. 그가 만든 화려한 은세공 주전자나 그

받침대인 승반은 명나라에서도 탐을 내었다. 몇 년에 걸쳐 한 점 만들기도 힘드니 아무나 할 수 있는 일이 아니었다. 만들어지는 족족 그걸 들고 궁이나 명나라로 갔다. 병길은 할아버지에게서 땜질까지 배워두었다. 그러나 지금은 은 그릇이나 주발, 그리고 비녀나 노리개, 가락지, 은장도 같은 걸 만드는 세공에 만족한 처지였다.

효옥은 어디서도 본 적이 없는 기술로 반짝반짝 빚어내는 그들 부부의 은세공 솜씨를 넋을 잃고 바라보곤 하였다. 효옥은 부부의 손을 거들며 저도 모르게 흉내를 내었는데 부부는 효옥에게 옛날 할아버지가 만들던 은 보물들에 대해 소상히 설명함을 잊지 않았다. 숨이 막힐 만큼 아름답고 정교한 주전자, 승반, 신선로 등을 말로 설명해주면 총명한 효옥이 그림으로 그것을 재현해냈다.

"제가 언젠가는 이걸 만들어볼 거예요."

병길이 귀한 은까지 써가면서 효옥에게 땜질을 가르쳤다. 일취월장, 하나를 가르치면 둘을 아는 게 효옥이었다. 은쟁이 부부는 효옥을 제 딸인 듯 아껴주었다. 부부가 주는 사랑의 순도가 은처럼 정직한 것이란 걸 본능적으로 안 효옥도 이들 부부에게 크게 의지하고 있었다.

그들이 일을 마치고 삼각산 언저리 집으로 돌아갈 때에는 효옥을 데리고 가서 며칠씩 묵기도 했다. 노비 신세인 효옥이었으나 박대감이 사정을 봐주었기 때문에 가능한 일이었다. 동네에는 은장이 부부 말고도 노리개 만드는 장인, 옻칠장 만드는 장인, 칠보 만드는 장인, 자개 만드는 장인, 신발만드는 갓바치, 참빗 만드는 목소장 들도 살고 있었다. 이들모두 효옥을 맘에 들어하고 예뻐하였는데 효옥이 붙임성 있게 그들이 만드는 물건과 그 제작 과정에 눈을 반짝이며 호기심을 보여온 탓도 컸다. 특히 효옥은 만듦새를 위한 밑그림을 그리는 데 탁월했다. 붓을 쥐고 쓱쓱 그려내는 비녀나떨잠, 앞꽂이나 노리개, 주전자와 승반에 수저, 그릇 모두 일품이었다. 타고난 손기술이 타고난 심미안을 만났음에 은장이 부부는 효옥에게 뭐든 그려보라는 주문을 멈추지 않았다.

할머니 미치가 순심에게 맡긴 삼작노리개 모양을 눈에익혀두었던 효옥은 병길에게 삼작노리개를 색실로 바꾸어달라 부탁했다. 그 색실로 삼작노리개 모양을 직접 꼬아 만들었다. 은세공품이나 옥을 갈아 모양낸 것을 이어놓으면그대로 작품이 되었다.

대군 황은 궁에 돌아와서도 효옥의 모습 때문에 잠 못 이루고 전전반측하였다. 그녀를 위로해주고 싶은 간절한 마음이 대군을 잠 못 들게 하였다. 대군 황은 잔인무도한 세조와는 바탕부터가 달랐다. 뿐만 아니라 대군은 아버지가 그렇게 찬탈한 권력마저도 서서히 공신들의 손아귀에 잡혀가는 현실 정치에 대한 분노를 가슴속 깊이 묻어두고 있었다. 세조에게 왕좌를 뺏어다주기는 했으나 그 권력을 서서히 파먹고 들어오는 노회한 공신들의 음흉한 욕심에 치를 떠는 것이 황이었다. 그러나 그 분노를 드러내는 순간 제 잇속에 피가 맺히리라는 사실 또한 모르지 않는 것이 황이었다.

그러나 제 혈육 앞에서는 누구보다 따뜻한 아비가 세조였다. 유독 제 앞에서 더 말수를 아끼는 대군 황, 언제나 홀로 사색하기를 즐겨하는 대군 황, 돌을 좀 만진다 하면 누구든 불러들여 바둑을 두곤 하는 둘째 황을 안쓰러운 마음으로 바라보곤 하였다.

'사내가 열넷이면 통양通陽한다는데……'

차라리 숙부 양녕대군처럼 술독에 빠지거나 여자들의 뒤꽁무니를 따르거나 시끄럽게 말이라도 늘어놓으면 보는 제 속이 더 편하련만, 황은 언제 어디서나 분명히 제 단속을 할 줄 알았다.

하루는 그런 해양대군이 세조를 직접 찾아왔다. 전에 없던 일이었다.

"드릴 말씀이 있어 이리 찾아뵈었나이다."

"내가 부르지 않았음에도 네 발길이 내게 이리 향한 것을 보면 긴한 일이 아닐 수 없을 터, 망설이지 말고 어서 네 속 내를 고하거라."

"노자奴子와 비자婢子 말입니다. 그 노비*에 대해 어찌 생각하시는지요."

뜬금없는 물음이었다.

"노비도 분명 사람입니다. 이는 맞는 말이 아닌지요."

근본 있는 물음이었다. 영문을 몰랐으나 노비라는 단어 앞에 세조의 얼굴은 점점 굳어져가고 있었다.

"하늘 아래 다 같은 사람인데 어찌 노비가 소나 말 취급

---

* 『경국대전』은 노비의 법정 가격을 말 1필과 같은 가치인 쌀 20석이나 무명 40필로 정했다. 실제로 노비는 이보다 훨씬 못한 취급을 받았다. 고려 후기부터 일천즉천一賤則賤 원칙이 통용되었는데 부모 둘 중 하나라도 노비이면 그 소생도 노비가 되었다. 소유한 노비를 양인과 결혼시켜 낳는 자식들은 모두 주인의 노비이자 재산으로 쳤다. 그러나 세금과 군역을 부담하는 양인이 곧 국가의 힘이고 생산력의 원천이었기에 태종은 양인의 수를 늘리려 아버지가 양인이면 자식도 노비가 되지 않는 종부법從父法을 택했다. 노비 소유에 욕심이 넘치던 공신들의 거센 요구에 따라 세조 때 다시 일천즉천 제도로 되돌아가고 말았다.

을 받아야 하는지요? 노비가 사람이 맞다면 다른 백성들처럼 임금이 돌봐야 함이 옳지 않을는지요."

세조는 대군 황의 말에 심히 놀란 눈치였다. 속내를 알 수 없는 아들이었건만 이같은 물음을 제게 던질 줄은 미처 몰랐었다. 일그러졌던 그의 표정이 이내 살짝 펴졌다. 어떤 이유로 제 아들의 입에서 노비라는 단어가 꺼내어졌는지 모를 일이었으나 왕의 핏줄이라면, 제왕의 그릇이라면 이 일을 한 번쯤 다시 궁구窮究하는 것도 필시 긴요하기는 할 터였다.

"아바마마, 노비도 사람입니다. 짐승이 아니고 말을 알아듣는 백성입니다. 임금의 힘은 공신들이 아니라 백성에게서 나온다 그리 배웠습니다."

세조는 해양대군의 말에 놀랄 수밖에 없었다. 대군의 물음은 혁명적인 이야기였다. 세조는 화를 내려다 이내 차분히 말을 이어갔다.

"네 의문에 일리는 있다. 그러나 우리가 사는 세상은 반상의 구별이 분명하고 노비는 재산으로 거래되어왔다. 네 얘기는 세상의 근본을 뒤흔드는 얘기다. 아직은 아니다. 먼 훗날에나 논의해볼 수 있을 게다."

세조는 해양대군의 말에 내내 허가 찔린 기분이었다. 눈앞에 보이는 현실을 넘어서 더 큰 개혁의 그림을 그릴 수 있는 해양대군이 얌전한 세자보다 군왕지재였다. 그래서 더 위험할 수 있었다.

"내 지금 네 얘기는 안 들은 것으로 할 것이다. 다시는 노비 이야기를 어디에서도 거론하지 마라. 네가 세자의 동생 대군임을 잊지 말아야 할 것이다. 한 번만 더 정사에 관여할라치면 내 너를 가만두지 않을 것이다. 물러가 있거라."

오늘 난 놀라운 사내를 봤소

날이 갈수록 바우의 몸집은 단단해져갔다. 눈빛은 날카로운데 잘생긴 외모에 반듯함도 덧입어갔다. 타고난 제 골격의 장대함이 장마 후의 대나무처럼 얼마나 더 클지 가늠조차 안 되었다. 그럼에도 효옥이 저를 볼 때면 소금 먹은 배추처럼 숨이 죽어 어쩔 줄 몰라 하였다. 효옥을 대할 때와 달리 다른 노비들과 함께하는 자리에서 바우는 언제나 능동적이었다. 처음 그를 질시하고 따돌리던 노비들도 시간이 갈수록 악의 없이 정직하고 순수한 바우를 점점 따르게 되었다.

말을 돌보며 가마꾼 노릇을 하는 틈틈이 바우는 자빗간*

에서 책을 읽거나 홀로 무예를 단련하는 일에 여념이 없었다. 박달나무로 무거운 목검을 만들어 채 수련이 덜 된 세한검법을 스스로 터득해나가고 있었다. 틈나는 대로 단전호흡으로 몸을 단련하고 빠르게 달리는 훈련을 계속하였다. 주인이 말을 탈 때는 말과 같이 달렸다. 성승 대감의 가르침을 이제야 하나씩 깨달아갔다. 좀처럼 가만히 제 몸을 쉬게 하는 일이 없는 바우였다. 바우의 몸에 동앗줄 같은 근육이 유기적으로 엉켜 딱딱한 몸피를 자랑하였음에도 그는 제 힘을 자랑하거나 제 몸을 뽐내는 일이 없었다. 바우는 뒤로 저 자신을 잘 숨기면서 제가 들고 나는 자리를 잘 알아 행하였다.

세조는 공신들의 집을 옮겨다니며 술 마시기를 즐겨하곤 하였다. 밤새 술자리가 끊이지 않고 두세 차례씩 자리를 바꾸어가며 이어지는 동안 가마꾼들은 거나하게 취한 주인들이 가마에 오르기를 기다리며 세상 온갖 소문들을 낄낄거리며 나누기에 바빴다. 공신들의 가마꾼들은 그들의 호위무사 역할 역시 겸하고 있었다.

그들 가운데 한 사람이던 용호는 틈이 날 때마다 바우에

---

* 가마, 초헌 따위의 탈것을 넣어두던 곳간.

게 검술을 가르쳤다. 성승 대감에게 배웠던 정통 검술이 아닌 저잣거리의 아류 검술도 익히다보니 그 묘미가 다분했다. 바우는 가마꾼 호위무사들에게서 수박이나 맨손 무예도 배우고 인체의 경락과 기혈도 깨쳤다. 가마꾼 호위무사 중에 갑돌이 수박과 맨손 무예의 고수였다. 그가 바우에게 많은 기술을 가르쳤다. 효옥과 함께 세한검법에 단전호흡을 익혔던 바우이기에 받아들이는 속도가 놀라우리만치 빨랐다. 바우는 갑돌에게서 배운 그대로를 제게 적용하여 실전의 감을 익혔다. 특히나 바우는 급소를 공략하는 데 탁월한 동물적 감각을 자랑했다.

지근거리에서 효옥을 지킬 수 있음에 바우는 더 바랄 것이 없었다. 바우는 그림자처럼 효옥 곁에 머물렀다. 효옥 역시 그 사실을 모르지는 않았다. 바우는 저 자신에게 보내는 효옥의 깊은 신뢰의 눈빛을 묵직하게 받아들였다.

단오나 추석 같은 큰 명절 때에는 여러 대감 집 하인들과 백성들이 모여 씨름대회를 벌이곤 하였다. 단오를 앞두고 박대감 집을 대표할 선수를 가리는 시합이 연이어 벌어졌다. 이 집의 오랜 장사였던 수노 용호가 바우를 이기고 박대감 집 대표로 뽑히게 되었다. 처음 출전한 씨름대회이자 실력꾼들이 즐비한 박대감 집에서 이인자로 등극했으니 바우의 실력 또한 대단하다고밖에 말할 수 없었다. 오랜 경험의 용호는 이를 모르지 않았다. 힘으로 따지자면 바우가 더 나았다. 다만 씨름의 기술을 익히지 못한 바우가 손기술에 능한 자신에게 일격을 당한 것뿐이라고 평한 용호였다. 검술로나 씨름으로나 기술로는 노비들 중 최고로 평가받는 용호였지만 나이가 제법 든 그였다. 그의 힘과 기술로는 매년 우승을 도맡아 하며 황소를 끌고 가는 홍윤성 대감 집의 개동을 이길 수가 없었다. 그는 매년 씨름대회에서 우승하는 실력꾼이자 장사였다. 용호는 고심 끝에 제 샅바를 포기하고 바우에게 씨름의 기술을 가르치기로 하였다. 바우라면 제 가르침으로 일취월장하여 실력을 선보이게 할 수 있을 거란 확신이 들어서였다.

용호의 고향은 전라도였다. 세종 임금 시절에 일가친척들이 모두 함경도로 이주한 탓에 그곳 출신인 바우를 용호는 고향 냄새나는 피붙이처럼 아꼈다. 용호의 마음씀씀이를 바우 역시 모르지 않았다. 그 역시 용호에게서 한 번도 경험해보지 못한 아비의 냄새를 맡았다. 그러나 순심의 아들이 바우이며 바우의 어미가 순심임을 모두에게 숨긴 상황이었다. 실은 홀아비인 용호가 순심에게 마음을 빼앗긴

지 오래였다. 홀아비가 홀로인 여인을 흠모하는 것이 지극히 당연한 일이거늘 그때마다 왜 바우가 그토록 눈에 밟히고 마음이 쓰이는지 알 도리가 없던 용호였다.

단옷날의 씨름대회. 바우는 용호가 가르쳐준 씨름 기술로 첫 출전이라는 부담도 잊은 채 결승까지 승승장구하였다. 용호와 박대감 집 하인들은 흥분의 도가니 속에 목청이 터지도록 바우의 이름을 외쳐댔다. 바우는 기술 하나만이 아니라 그 기술을 방어하느라 흐트러진 상대를 다른 기술로 공격하였다. 앞무릎 짚고 밀기, 뒷오금 짚기에 이어 밭다리 감아돌리기, 호미걸이를 연속해서 시도했다. 상대가 누구든 거목 같은 그들이 쓰러져갔다. 시합에 시합을 거듭할수록 스스로 터득한 기술이 장족의 발전을 이루어 눈부신 몸놀림으로 토해지고는 했다. 바우의 등판에 흘러내린 땀이 햇빛을 받아 반질거리고 있었다. 후끈 달아오른 씨름판의 열기 속에서 바우는 가빠지는 호흡과 흥분을 가라앉히느라 아래 단전으로만 호흡하였다. 그러니 호흡이 흐트러지지 않았다. 상대가 질릴 수밖에 없었다. 몸으로 겨루는 것이 씨름이지만 그 정신의 겨룸이 또한 씨름이기도 한 탓에 두 눈을 크게 뜨고 두 귀는 막은 채 온전히 모래판에 눕힐 상대와의 기 싸움에 집중하였다.

드디어 삼판양승, 결승전이 시작되었다. 상대로 나온 개동의 덩치는 조선 팔도에서도 알아주는 산이었다. 게다가 몇 년간 씨름판에서 우승을 했던 실력자답게 여유가 넘쳤다. 초짜인 바우의 떨림을 일순 알아채버린 감에 있어서는 여우의 탈을 쓴 승부사였다. 누가 보더라도 불 보듯 빤한 싸움이었다. 서로가 샅바를 움켜쥔 순간 개동이 바우를 바로 들어메치는 상상은 누구라도 할 수 있었다. 그러나 막상 경기가 시작되자 바우는 개동으로부터 팽팽히 저 자신을 지켜냈다. 장딴지에 불끈 힘을 준 채 힘으로 자신을 제압하려는 개동을 버텨냈다. 공중에 들렸다 다시 모래 위로 떨어질 때는 두 다리로 제 몸의 균형을 탄탄하게 잡을 줄 알았다. 경기가 예상치 못한 방향으로 흘러가자 구경꾼들은 상대적으로 작은 덩치로 대견스럽게 버티는 도전자 바우를 응원하기 시작했다. 조급해져가는 건 개동이었다. 머리로는 분위기에 휩쓸리면 안 된다고 계속 되뇌고 있었지만 몸은 조바심을 내고 있었다. 배지기를 시도한 개동이 기술이 먹혀들지 않아 잠시 쉬는 틈을 타, 바우가 앞무릎치기를 하는 듯 개동의 무릎을 파고들어왔다. 그 순간 개동의 앞무릎이 살짝 퍼졌다. 영리한 바우는 그 흔들림을 놓치지 않은 채 샅바를 잡은 손에 바싹 힘을 주더니 두 손으로 개동의 오금을 동시에 끌어당겨 채어넘겼다. 이는 용호가 필살기로 가르쳐준 콩꺾기라는 기술이었다.

참으로 싱겁기 짝이 없게 곰 같은 개동이 제자리에 풀썩 주저앉았다. 이 광경을 눈으로 보고 있음에도 믿을 수가 없다는 듯 구경꾼들 사이에 일순 정적이 돌았다. 개동이 왜 주저앉은 것인지 스스로도 어이없었지만 구경꾼들은 한참이 지나서야 승부를 알았다. 그 어리둥절함도 잠시, 여기저기서 환호성과 박수가 터져나왔다. 그렇게 첫 판을 이긴 바우의 입에서 그제야 안도의 숨이 비어져나오는 듯했다. 긴장으로 참고 또 참았던 제 안의 깊은 숨이었다. 예상치 못한 일격을 당한 개동의 호흡이 상대적으로 거칠게 뿜어져나오는 것을 바우는 놓치지 않았다. 당황한 개동의 허둥거림이 그대로 바우에게 읽히는 순간이었다. 호흡이 가빠진다는 건 기가 위로 올라간다는 얘기였다. 바우의 온 몸통이 밀착해온 상대방의 몸짓을 읽고 있었다. 힘의 중심이 바뀌는 찰나를 놓치지 않았다. 있는 힘을 다해 제힘으로 바우를 누르려는 개동의 중심이 살짝 위로 들리는 순간 바우는 무릎을 앞으로 깊게 굽히고 상체를 눕히는 듯했다. 개동이 미는 대로 바우가 뒤로 주저앉지 싶은 순간이었다. 그런데 바로 그때 바우의 몸을 덮치던 개동의 몸이 위로 살짝 솟구쳐 올랐다. 바우가 자신을 짓누르는 개동의 힘을 용수철 같은 제 무릎과 허리의 힘으로 들어올려버렸다. 황소처럼 거대한 개동의 몸이 공중에서 잠시 머물더니 모래판 위에 뒤집어진 채 꽂혔다. 이루 말할 수 없는 먼지가 모래판에 가득 일었다. 뒤집기였다. 큰 기술이었다. 그러고도 개동은 한동안 일어서질 못했다. 바우의 온전한 승리였다. 바우가 새 천하장사로 등극하는 순간이기도 했다. 박대감 집 하인들뿐 아니라 구경 나온 모든 백성들이 환호했다.

박대감 집 하인들이 신이 나 황소를 끌고 갔다. 한 무리는 바우를 무등 태워 집으로 데려왔다. 시끌벅적한 걸음걸음이었다. 무등을 타 시선이 높아진 가운데 바우는 다급하게 누군가를 찾기 시작했다. 효옥이었다. 사람들의 무리 속에 섞여 있지는 않았다. 그들과 떨어진 나무 밑에서 환히 웃고 있는 효옥을 찾을 수 있었다. 효옥이 눈짓으로 바우의 공을 치켜세웠다.

'진정 자랑스럽구나.'

효옥의 목소리는 들리지 않았지만 바우는 그 말을 그대

로 전해듣는 심정이었다.

'아씨의 응원 덕분에 힘을 낼 수 있었던 걸요.'

바우의 목소리는 들리지 않았지만 효옥 역시 바우의 말이 지척에서 들리는 듯했다. 이들이 눈빛을 주고받는 동안 장옷을 입은 또 한 명의 여인이 바우를 지켜보고 있었다. 씨름판에서부터 줄곧 바우를 따라다니던 여인은 박대감 댁 며느리요, 홍윤성의 딸인 홍옥녀였다.

바우가 상으로 타온 황소는 동네 잔칫상 위에 올랐다. 박대감 댁의 노비들뿐 아니라 동네 사람들까지 소고기가 듬뿍 들어간 뜨끈한 국밥을 얻어먹을 수 있었다. 바우의 인기는 최고였다. 고기를 잔뜩 썰어넣고 쉴 틈 없이 국밥을 끓여내는 순심 곁에 어느 순간 용호가 와 떠들고 있었다.

"씨름은 그저 몸보다는 머리외다. 직접 봤어야 하는데, 아 얼마나 놀라웠는지 모른다오. 타고난 청년이오, 바우는. 여기서 저렇게 말만 다루기에는 아까운 사람인데 하여간에 오늘 난 놀라운 사내를 봤소. 나도 저 나이 때 그래도 웬만큼 힘 좀 쓴다 하는 축에 속해 있었는데 바우와는 비하기가 어렵소. 아 그런데 내 기분이 왜 이렇게 좋은지 내 그걸 잘 모르겠다는 말이오."

용호의 말에 아무런 대꾸 없이 끓고 있는 솥에서 국밥을 퍼내는 순심의 마음도 한량없이 좋았다. 말로 꺼내지 못하니 더더욱 커지는 마음의 뿌듯함을 행여 들킬세라 순심은 연기가 풀풀 피어오르는 솥 속에 얼굴을 파묻고 제 입가에 번지는 미소를 몇 번이나 감았다 풀곤 하였다. 그간의 시름을 그렇게 국밥 속으로 털어넣어가며 순심은 제 아들에 대한 자랑스러움을 혼자 묵묵히 숨겼다.

내가 누구인지 알고 이 길을 나선 것이냐

매월당 김시습은 조선을 떠들썩하게 하던 천재였다. 다섯 살에 이미 『사서삼경』을 모두 꿰어 외우고 시를 지어 사람들을 놀라게 하였다. 세종 임금 앞에서 직접 시재를 자랑하기도 하였다. 어린아이가 임금께서 상으로 내린 비단을 끌고 어전을 나와 그 영특함으로 세상 많은 사람들을 놀라게 하였다.

김시습은 삼각산에서 공부를 하다 수양이 보위를 찬탈했다는 소식을 들었다. 이후 사흘간 곡기를 끊고 통곡을 하다 읽었던 모든 책을 불사른 채 불교에 의탁했다. 법호는 설잠雪岑이었다.

스님은 스님인데 스님답지 않은 설잠이었다. 왕실이나 신료들은 물론 백성들에게서도 고승 대접을 받았지만 사상이 자유로워 저 스스로를 미친 중이라 칭하였다. 어느 누구도 거칠 바 없는 무애의 김시습이 진짜 미쳤다고 생각하지는 않았다. 온갖 서적을 통달하여 어느 방면에서든 막힘이 없었으나 분개할 만한 세속에서 방랑자의 삶을 택한 그였다.

병자년에 역신으로 몰려 거열된 사육신의 시신 일부를 수습해서 노량진에 묘를 만들어준 것도 김시습의 일이었다. 역적의 시신을 거두어 제사를 지낸다는 것은 그 자신이 역적이 될 일이었다. 김시습은 이를 아랑곳하지 않은 채 묵묵히 그들의 찢어진 살점들을 일일이 거두었다.

세조에게 사육신의 거사를 고하여 좌의정 자리를 꿰어찬 정창손이 그의 사위 김질과 함께 행차에 나섰다. 취라치 소리가 드높았다.

"에우쭈루, 저리 비켜라."

벽제 소리 외치는 하인의 거드름에 지나던 사람들이 모두 길 밖으로 물러서거나 무릎을 꿇었다. 마침 그 길을 지나던 김시습이 영화를 누리는 배신자들의 모습에 분이 끓어올랐다. 두 눈을 치켜뜬 김시습이 정창손과 김질에게 달려들어 고래고래 고함을 질렀다.

"정가 이 도둑놈아, 김가 이 변절자야. 너희들이 언제까지 부귀영화만 누릴 거 같으냐? 그러고도 너희들이 고이 눈을 감을 것 같으냐? 너희들 역시도 살가죽이 낱낱이 쪼개지는 고통 속에 이 생을 뜰 것이니 그날만을 기다리거라, 이놈들!"

그러던 어느 날 큰 삿갓에 수염을 길게 기른 김시습이 스스로 미친 중이라 칭하며 박대감 댁에 나타났다. 그러고는 박대감에게 볼일이 있다며 그와 자리하기를 청하였다. 대문 밖 소란이 고해지자 박종우는 당장에 뛰어나가 김시습을 맞아들였다. 안방으로 그를 정중히 모시고 나니 과거 성삼문, 신숙주, 김시습과 더불어 경학을 논하고 시를 읊던 시절의 풍경이 되살아나는 듯했다. 박종우가 제일 연장자였고 그때 김시습은 나이 어린 천재였다.

"대감 댁에 상서로운 기운이 가득하구려."

김시습의 덕담에 박종우 내외는 안도부터 들었다. 하루 아침에 생사화복이 갈리는 어지러운 세상사였다. 보고 느끼는 바 그대로 전해지는 젊은 고승의 덕담은 귀한 것임에 분명했다.

"그렇게 말씀해주시니 소인의 마음이 일견 편하면서도 무거운 까닭을 알 것도 같고 모를 것도 같소만."

그때 김시습은 머리를 조아리는 박대감보다는 마당을 가로지르는 발소리에 집중하고 있었다. 고개를 돌려 마당을 조용히 걸어나가던 한 비자를 김시습은 뚫어지게 쳐다보았다. 송충이 같은 설잠의 눈썹이 꿈틀하였다.

"옷차림으로 보아 비자임이 분명한데 얼굴에서 빛이 나는구려. 이 집안의 서기瑞氣가 저 아이로부터 비롯되는 것을 내 어찌 설명할 수 있으리오."

박대감은 영문을 모른 채 김시습을 빤히 쳐다보았다. 김시습은 눈을 지그시 감고 무어라 중얼거렸다. 박대감으로서는 전혀 알아들을 수가 없는 말이라 답답함을 참으며 그는 설명을 기다렸다. 이윽고 김시습의 입이 열렸다.

"서기가 저 아이로부터 시작되는 것도 분명하고 끝나는 것도 확실하외다. 도저히 설명이 안 되는 기운인데 밝은 만큼 또한 어둡고 깜깜한 만큼 탁하오. 저 어둑함을 깨줘야 이 집안에 더한 광명이 들 것 같은데 말이오."

"대체 무슨 말씀을 하시는 건지 학식이 모자란 저는 도저히 알아들을 길이 없소이다. 부디 저 같은 미천한 자가 알아들을 수 있게 쉽게 말씀을 해주시면 아니 되시겠소이까."

"내 이렇게까지 말을 했는데도 기미조차 살필 수가 없단 말이오?"

"면목이 없소이다. 제 모자람이 이렇게나 깊소."

"저 아이 얘기를 하고 있지 않소. 범상치 않은 아이외다, 이 말이오."

"사실 저 아이는……"

머뭇거리던 박종우가 이내 사실대로 고하기 시작했다.

"성삼문의 여식이외다. 제 애비, 어미가 죽고 홀로 된 아이가 이 집으로 온 지 꽤 되었다오."

이를 모르지 않은 김시습이었다. 이미 그 사실을 알고 찾아온 설잠이었다. 그러나 그는 놀라운 기색을 흘려 박종우를 안심케 하였다. 김시습은 잠시 눈을 감고 깊은 생각에 빠진 척했다.

"저 아이가 여기 온 것은 대감 댁의 액운을 막아주기 위해서요. 저 아이 덕에 이 댁 식구들이 산목숨인 걸 박대감도 모르지는 않았을 것이고…… 허허 그걸 몰랐다니, 그렇다면 평생의 그 공부 무슨 소용이리까. 박대감이 사시고자 한다면 저 아이에게 얽힌 한을 반드시 풀어주어야 할 거요. 그러지 않고서는 박대감 댁에 화가 크게 미칠 것이오."

박종우는 놀라 제 온몸을 떨었다. 김시습의 단호함에 그 어떤 의심의 눈초리도 보낼 수가 없었다. 효옥을 처음 보았던 날 자신도 그 신묘함에 놀라지 않았던가. 설명할 수는 없으나 온몸으로 끼얹어오던 그 아이만의 힘. 그렇다면 팽팽히 당겨지던 화살 같은 그 기운이 저와 제 집안을 살리는 생명줄이었단 말인가. 박종우는 그저 김시습의 처사를 기다릴 수밖에 없었다.

"내 저 아이를 한 이틀 절에 데려가야겠소. 삼천배를 마친 뒤에 다시금 돌려보내도록 하겠소. 내 청을 받아들이면 기다리고 아니 받아들이면 지금 당장 이 집을 나가겠소. 나역시 더 머물다가는 화를 입을 것 같으니 말이오."

박종우 내외에게는 거절할 이유가 없는 청이었다. 박종우의 아내는 황급히 쌀이며 명주, 무명 등의 시주를 챙겼다. 박대감 식솔들이 효옥의 채비를 돕는 동안 집 안팎으로 거닐던 김시습의 눈에 바우가 들어왔다.

"내 시주는 저 총각이 이고 지고 날라주면 좋을 듯하오. 뭐 굳이 여럿 따라올 것도 없겠소. 힘 좋아 보이는 저 총각만 함께 빌려주시오. 내 저 총각을 비자와 함께 내려보낼 테니 말이오."

융숭한 대접을 받고 대감 집을 나서는 김시습의 뒤를 효옥과 바우가 보폭을 맞추며 따라가기 시작했다. 얼마나 걸었을까. 박대감의 집으로부터 꽤 멀어졌다 싶을 즈음 효옥과 바우를 향해 뒤를 돈 스님이 이리 말을 걸었다.

"내가 누구인지 알고 이 길을 나선 것이냐."

둘은 고개를 가로저었다.

"내가 누구인지도 모르면서 겁도 안 나던 것이냐."

둘은 고개를 아래위로 끄덕였다.

"허허 참. 그런데 둘이 묘하게 닮은 구석이 있구나. 나로 말할 것 같으면 김시습이라 하는데."

순간 바우의 얼굴에 놀람의 기척이 스쳐갔다. 효옥의 할머니 미치가 순심과 자신을 불러 사정이 어려울 적에 찾아가라 했던 그 이름이 아니던가. 효옥도 바우에게서 그 이름을 전해들은 후로 잊지 않고 있었다. 다시금 김시습이 앞장서 걷기 시작했다. 그 뒤를 따르는 두 사람의 발걸음이 몇 걸음 전보다 훨씬 가벼워져 있었다.

노량진 시장가를 지나는데 비릿한 냄새가 코끝을 자극하였다. 한강에서 나는 온갖 민물고기와 서해에서 잡아온 온갖 바닷고기가 장터에서 활기차게 팔리고 있었다. 김시습은 술과 과일, 말린 생선 몇 마리를 사 바우에게 들게 하였다.

다시 한참을 걸어 노량진 언덕배기에 이르렀다. 한강의

물줄기는 유장했고 산천은 아름다웠다. 멀리 상류 쪽으로는 당대의 최고 권력자인 한명회가 지은 압구정 정자가 호화롭게 번들거렸다. 김시습이 매섭고 가늘게 뜬 눈으로 잠시 그쪽을 쳐다보았다. 그러고는 또 마포 쪽을 한참 쳐다보았다. 안평대군의 담담정을 신숙주가 별장 삼아 빼앗아 쓰고 있었다. 살기가 어린 김시습의 표정이었다. 설잠은 있는 힘껏 가래침을 모아 퉤 하고 내뱉었다. 그러고는 다시금 또 걸었다.

한참을 앞장서 걷던 김시습이 우뚝 제자리에 섰다. 그 자리에 작은 흙무덤 하나가 평평하게 다져져 있었고, 그 언저리 나무 팻말이 이리 꽂혀 있었다. '성씨지묘' 두 개와 박씨, 하씨, 이씨, 유씨, 그리고 또 유씨라 적힌 것을 효옥은 한눈에 읽어내려갔다. 김시습이 남몰래 나름으로 지은 사육신의 사당이었다.

김시습은 효옥에게 이곳이 할아버지, 아버지의 산소임을 알려주었다. 효옥이 한참 멍하니 쓸쓸한 비목을 쳐다보기만 하더니 이내 울음을 터뜨렸다.

"할아버지, 할머니, 아버지, 어머니……"

바우의 눈에도 그칠 수 없는 눈물이 줄줄 흘러내렸다. 제게도 부모 같은 이들이었다. 저를 부모처럼 품어주던 이들의 얼굴이 떠올라 바우는 제 감정을 추스를 수가 없었다. 주저앉아 흙을 손에 쥐며 우는 효옥 옆에 바우가 묵묵히 서 있는 동안 김시습은 작은 제사상을 진설하였다. 통통 부은 눈으로 간신히 자리에서 일어난 효옥이 술을 부어 올리고 는 큰절을 올렸다. 한참을 머리를 숙인 채 일어나지 못하는 효옥을 간신히 바우가 일으켜세웠다. 바우 또한 큰절을 올 렸다. 그런 둘의 곁에서 조용히 목탁을 꺼내 두드리는 김시 습의 구슬픈 염불이 효옥과 바우의 속내를 더 애달프게 하 였다. 그러나 소리 없이 흐르는 유장한 한강은 여전히 아름 답기만 하였다.

그 사람들은 대신 영원한 삶을 산다

목탁을 내려놓고 술 한잔을 삼킨 김시습이 둘을 앉혀놓고 말을 잇기 시작했다. 효옥은 제 아비 성삼문이 어떻게 죽음에 이르게 되었는지 알게 되었다. 왜 할아버지 성승이 특히 그즈음에 하루가 멀다 하고 이른 새벽에 검술 수련에 매진했는지 검을 휘두를 때마다 바람을 가르는 휘휘 소리에 왜 그토록 강인한 힘이 실렸는지 이제야 알 것만 같았다. 모진 고문과 회유 속에서도 굴하지 않고 묵묵히 죽음을 택한 제 아버지의 신조는 너무나 큰 것이었다. 효옥은 제 아비를 잠시나마 원망했던 일을 후회했다.

"모자란 자식이었습니다. 아버지의 크나큼에 죽어서도

미치지 못하겠지만 이제 더는 쓸데없는 눈물에 허송세월하지는 않겠습니다."

김시습은 말없이 흐르는 한강을 한참이나 굽어보고 있었다.

"궁금한 것이 하나 있사옵니다."

"말해보거라."

"역적이라고는 하나 저는 제 아비의 옳음을 믿사옵니다."

"그러니 내가 너를 이곳까지 데려오지 않았겠느냐."

"그런데 왜 의로운 일을 하는 이가 무참히 죽어야 하는 겁니까. 정통을 지키려고 한 것이 옳은 일이 아닙니까. 왜 하늘은 옳은 자를 돕지 않습니까. 하늘은 왜 말이 없는 겁니까."

슬픔 속에 여전히 눈물이 그렁그렁한 눈으로 효옥이 분에 넘쳐 말했다.

"참으로 어려운 일이다. 이기고 지는 것은 이 세상의 시간으로는 판단할 수 없다. 우주 만물은 영원하고 세세대대 생명은 이어진다. 그 긴 시간 속에서야 이기고 지는 걸 판별할 수 있다. 또 세상살이에서 정의가 꼭 불의를 이기는 것이 아니다. 사바세계에서 짧은 시간으로 보면 선이 악에게 질 때가 더 많다. 악은 이기기 위해 선택하는 방법조차

도 교활하고 부도덕하지만 선은 그리할 수 없기 때문에 판판이 악에게 지고 만다. 그런데 긴 시간을 두고 보면 이긴다는 것도 진다는 것도 별 의미 없다. 죽음과 삶이 하나이듯 이 모든 것이 형체가 없어 무라고밖에 할 수 없다."

"도대체 충절이 무엇이기에 그걸 지키고자 남자들은 삼대가 다 죽어나가고 여자들은 모두 노비가 되어야 하는 겁니까?"

"그 일은 아무나 할 수 없는 귀한 일이다. 참혹한 희생이 따르기 때문에 사람들이 대를 이어 우러르는 것이다. 나부터도 그 참혹한 일을 따라 할 수가 없었다. 어찌 그들이 받아야 할 존숭을 같이 받을 수 있겠느냐? 그 삶은 단지 잘 먹고 잘살기를 바라는 보통 사람들의 소망과는 다르다. 육신을 떠나 고매한 정신으로만 가능한 거다. 그 사람들은 대신 영원한 삶을 산다. 지금은 내가 이렇게밖에 대답할 수가 없구나."

김시습은 한참을 잔잔히 멈춰 있는 듯한 강줄기를 쳐다만 보더니 이내 말을 이었다.

"너는 저 강물이 고여 있다고 생각하느냐."

"고인 물은 썩는다고 들었사옵니다. 안 보이는 듯해도 흐르고 있음이 분명하겠지요."

"네가 이미 답을 알고 있구나."

"네?"

"시간이 멈춰 있는 것 같아도 매 순간 우리는 죽음으로 향해 가지 않더냐. 그들도 얼마 안 가 제 운명 속에 죽음을 맞이할 것이다. 아무리 용을 쓴들 세조도 한명회도 머잖아 죽을 것이다. 남는 건 이름뿐이다. 짧도다. 부질없도다. 악이 찰나라면 선은 영원한 것…… 너는 어떤 사람이고자 함이냐."

입안에 맴도는 말은 있었으나 내뱉지는 않던 효옥이었다.

"천천히 생각하도록 해라. 그래도 내 너를 이곳에 데려온 게 뿌듯하여 죽어도 여한이 없을 듯하구나. 이제 그만 내려가자꾸나. 하룻밤을 저 아래에서 자고 또 너희는 돌아가야 할 것이니."

"스님을 따라가면 안 되는 겁니까. 스님이 저를 거두어주시면 안 되는 겁니까."

"그랬다면 애초에 이 무덤가에 너희 둘을 데려오지도 않았을 것이다. 맹자께서 이리 말씀하셨다. 하늘이 장차 큰일을 맡기려는 사람에게는 그의 심지를 괴롭게 하고 근골을 수고롭게 하고 곤궁에 빠뜨려 참을성을 기르게 하는 법이니 이는 그가 할 수 없는 일이 없게 하려 함이니라 하고 말이다. 내 지금 말해줄 수 있는 건 순리라는 두 글자고 분명한 건 우리는 또 만나게 되어 있다는 사실뿐이니라. 어떻게든 살아남아라. 죽지 말고 견뎌내라."

3장

·

울타리를
넘어서

저를 왜 이렇게 죽이려 하십니까

피비린내가 가시고 눈물이 마르기가 무섭게 정인지와 신숙주를 비롯한 종친들은 상왕을 유배하고 종내에는 처치하여야 한다고 주청을 끊임없이 올리고 있었다. 대국 명나라에서도 임금이던 경제景帝를 폐위시키고 상왕이던 영종英宗을 복위시킨 일이 있었기 때문에 세조 역시 상왕을 더는 살려두어서는 안 되겠다는 그 결심을 굳혔다.

한명회, 신숙주, 세조의 손위 처남 윤사윤이 함께 모인 날이었다.

"어차피 상왕을 처치하려면 상왕의 처족들도 같이 정리하여야 할 터이니……"

한명회의 모들뜬 눈이 분주하더니 말꼬리를 흐렸다.

"쓸 만한 놈 하나가 있습니다. 제게 맡겨주시지요."

주소 불상, 직업 불상의 백성 김정수가 윤사윤에게 찾아와 상왕의 장인 송현수와 후궁의 아버지 판관 권완의 역모가 있다고 고변하였다. 윤사윤이 잘 알던 자였다. 계유정난 때 황보인의 종으로서 이름을 알 수 없는 갖바치와 권람의 종 계수가 등장해서 이들의 역모를 고변한 것과 비슷하였다.

윤사윤은 왕비의 오빠로 세조가 집권한 덕분에 정인지, 박종우, 영천부원군 윤사로와 함께 조선의 4대 부자 중 하나가 되었다. 학업에는 영 재주가 없었다. 전시殿試를 보던 날 저물녘까지 아무것도 못 쓰고 있는데 바람이 불어 날아온 답안지 한 장을 베껴 써서는 합격하였다. 어찌 답안지가 임금의 손위 처남에게만 날아든 것인지 사람들의 비웃음에 개의치 않던 윤사윤이 톡톡히 공을 세울 기회를 맞은 것은 분명하였다.

단종비의 아버지와 후궁의 아버지가 함께 역모를 꾸몄다는 것은 사실 설득력도 없고 납득하기 어려운 일이었다. 그러나 이들에게 무슨 힘이 있겠는가? 연루된 문관이나 무관도 없었다. 세조와 정인지, 신숙주와 한명회가 그저 상왕의 곁에 유일하게 남아 있는 장인 송현수와 권완을 없애고 상왕마저 이에 연루되었다는 죄를 덮어 씌울 작정이었던 터라 물살 타듯 자연스러운 흐름이었다.

세조가 공신들을 불러들여놓고 두 사람을 국문하기 시작했다. 조용하고 소심하여 친구였던 세조를 어려워만 하던 송현수였다. 그 덕에 수양이 임금의 장인으로 만들어준 사람이거늘 역모라니, 끌려 나올 때부터 이미 살기를 단념하였는지 소심한 그답지 않게 정면으로 세조를 마주보았다.

"내 이런 일이 있을 줄 진즉에 알았거늘, 그래서 왕비 책봉 때 훗날 무슨 일이 있더라도 소인을 의심하여 역적으로 몰지 않겠다는 약속을 받아냈거늘, 지난번에 나를 불러 안심하라고 술까지 내려주시더니 결국 거짓이었구려."

아예 죽음을 각오했는지 송현수는 세조를 임금이라 부르지도 않았다.

"내가 역모를 꾸밀 위인이 되지 못한다는 건 나으리가 더 잘 알 텐데 말이오."

"필시 역모하여 상왕과 통모한 정황이 분명하게 드러났으니 어서 죄를 고하시게."

어떻게든 상왕을 걸어넣으려 옆에 서 있던 정인지가 세

조를 대신하여 물었다.

"여보시오, 영의정. 내가 역모에 엮인 줄 나도 모르는데 상왕께서 이를 어찌 아시겠소? 아서시오."

갖은 혹독한 고문을 가했음에도 송현수는 끝까지 이를 부인하였다. 권완은 모진 고문 끝에 한 달 만에야 거짓 자백하였다. 송현수는 한 달을 고문해도 끝까지 인정하지 않고 견디어냈다. 권완은 능지처사되었지만 송현수는 목숨을 부지한 채 관노로 부려졌다. 권완처럼 거짓 자백조차 받아내지 못한데다 친구인 세조가 약조했던 바가 참작되어서였다.

그들을 처음 국문하던 바로 그날 두 사람의 역모를 핑계로 상왕은 노산군으로 강봉되었고 영월로 유배를 가게 되었다.

어린 임금을 낡은 수레에 태워 죄인과 다를 바 없이 호송하여 유배지로 향할 때 백성들이 길가에 엎드려 눈물로 노산군의 행차를 지켜보았다.

멀고먼 길이었다. 6월의 뙤약볕 아래 어린 임금은 산 넘고 강 건너 인적 없는 산길을 돌고 돌아 영월의 청령포에 겨우 도착하였다. 청령포는 영월의 서쪽 서강西江가의 절해고도와 다름없는 곳이었다. 삼면이 절벽 같은 산 육륙봉과 숲으로 둘러싸여 있었다. 적막한 곳이었지만 그나마 새소리와 물소리가 그치지 않았다. 너무도 아름다운데 참으로 적막해서 더 슬픈 곳이었다.

어린 임금의 시는 피를 토하는 것 같았다.

달 밝은 밤 두견새 우니月白夜蜀魂啾

시름 못 잊어 누대에 기대었네含愁情依樓頭

네 울음 애달파 내 듣기 괴롭구나爾啼悲我聞苦

네 소리 없으면 내 시름도 없으련만無爾聲無我愁

이 세상 괴롭고 힘든 이에게 권하노니寄語世苦勞人

춘삼월 자규루에는 부디 오르지 마시오愼莫登春三月子規樓

수양대군의 동생 금성대군은 대군들 중에서도 누구보다 강직하고 의리가 있었다. 역모 혐의를 지고 삭녕으로 유배 갔다가 다음해 사육신 사건이 생기고 나서는 다시 경상북도의 순흥으로 이배移配되었다.

순흥은 노산군이 유배 온 영월과 지척으로 소백산을 마주하고 있었다. 소백산 동남쪽이 순흥이고 서북쪽이 영월이고 청령포였다. 순흥을 중심으로 서쪽으로 풍기, 남쪽으로 영주, 동쪽으로 봉화였으니 충절과 의리를 전통으로 하는 이 지방의 지조 있는 사대부들을 중심으로 많은 사람들이 금성대군을 따르고 있었다.

금성대군은 귀하게 자란 왕자이며 대군이라는 지위에도 불구하고 벼슬이 낮은 관리나 산속에 묻혀 있는 사대부들 누구와도 만나면 겸손하게 그들의 얘기도 듣고 곡진하게 경학이나 시국도 논할 줄 알았다. 신의와 충절을 제일가는 도리로 아는 이들이 금성대군과 흉금을 털어놓고 시국을 논하다보니 자연스럽게 상왕의 복위가 논의되지 않을 수 없었다.

금성대군이 이보흠과 영남 사대부들과 뜻을 같이하기로 하였다. 소백산을 넘어 상왕을 순흥으로 옮겨 모시고 난 뒤 비분강개하던 영남의 선비와 무사들과 함께 군사를 일으켜 문경새재와 죽령 두 길을 막고 거사를 일으킬 계획을 세웠다.

그러나 팔자를 고치려는 순흥의 관노 하나가 격문을 훔쳐서 달아났다. 격문 한 장이면 역모의 증거가 충분히 되고도 남았다.

관군이 순흥부에 들이닥쳐 아무런 준비도 없던 역모 연루자들을 색출하여 죽이기 시작하니 순흥부가 피바다로 일렁였다. 이 고을 죽계竹溪 강물이 모두 붉어지고 피가 죽계의 하류까지 흘러 피끝이라는 지명까지 생길 정도였다. 금성대군과 뜻을 같이하기로 한 증거가 되는 당여록黨與錄을 찾으려 순흥 읍내 근처의 땅이 다 파헤쳐졌지만 헛수고였다. 그 덕분에 사람들이 덜 죽어나갔다지만 피살된 이가 족히 삼백여 명이 넘었다.

세조가 순흥부는 역향逆鄕이라 하여 순흥부 자체를 없애 일부는 풍기군에 붙여버렸고 관사와 건물은 모두 부수어버렸다. 삭녕에서 지내던 금성대군을 순흥으로 보낸 것부터가 영월의 노산군과 엮어 동시에 제거하려는 계책이었다는 소문이 돌았다.

금성대군의 역모 사건을 빙자하여 결국 노산군을 죽였다. 어린 임금은 구차하게 살아남지 않고 기꺼이 죽음을 택했다. 가엾은 어린 왕의 죽음 뒤에 남은 건 세조의 불안 증세였다. 세조는 밤마다 귀신에 붙들렸다. 노산군의 생모 현덕왕후가 하루도 빠짐없이 그의 꿈에 나타나 잠 못 들게 하였다. 그의 얼굴에 침을 뱉는 일도 있었다. 분명 꿈이었거늘 그 생생함에 벌벌 떨던 세조였다. 세수에 세수를 거듭하였음에도 끈적거리는 침은 씻기지 않는 듯했다. 그게 결국엔 세조의 피부병이 되었다.

귀신은 세조에게만 나타난 것이 아니었다. 세자 도원군에 게도 나타나 있는 힘껏 그의 목을 조르곤 하였다. 도원군이 제 목을 조르는 죽은 현덕왕후의 두 손을 부여잡고 애원하 기를 한두 번이 아니었다.

"저를 왜 이렇게 죽이려 하십니까. 제게 무슨 죄가 있다 이러시는 겁니까. 부디 살려주시옵소서. 숨이 막히옵니다."

결국 도원군은 이름 모를 열병에 걸려 자리보전을 하고 말았다. 어떤 명의의 침술로도 탕약으로도 그는 기력을 찾지 못했다. 세조는 병든 세자나 자신을 괴롭히는 게 귀신이라고 믿었다. 병력을 최대한 늘리고 으뜸으로 믿는 무장 홍달손과 양정으로 하여금 밤낮없이 제 궁을 호위하게 하였다. 그러나 제 마음에 스며든 귀신을 칼과 철퇴로 때려잡을 수는 없을 터, 결국 스스로를 죽이지 않고서는 끝나지 않을 원죄의 고 통 속에 세조는 세자를 잃고 말았다. 1457년 9월 2일의 일 이었다.

참척의 슬픔에 심해진 피부병으로 세조는 부처님에게 의 지하는 한편 술에 의존하기를 멈추지 않았다. 그렇게 스스 로를 망가뜨리는 가운데 그의 둘째 아들 해양대군 황이 죽 은 도원군에 이어 세자로 책봉되었다.

네가 앞서 피해야 한다

　박종우의 아들 박선규의 처 옥녀는 당대의 권력자이자 공신 홍윤성의 딸이었다. 타고남이 사악하고 간교한 홍윤성이었으나 당대의 으뜸가는 실세였으니 그의 혼담을 거절할 수 없었던 박종우였다. 아들놈이라 하지만 하루가 멀다 하고 술과 기생에 빠져 사는 박선규 역시 박종우 대감에겐 눈엣가시였다. 뒷전인 학문이야 고사하고 한탕주의에 빠져 입만 열면 허풍이었다. 과거에 합격하지 않아도 공신의 아들은 음직으로 벼슬을 얻을 수 있었다. 뿐이랴. 토지와 노비, 그리고 부까지 제한 없이 세습되었다. 신숙주의 아들 신정이나 박종우의 아들 박선규 같은 공신의 아들들은 음직 출신인 종9품 한명회가 계유정난 한 번으로 최고의 권력을 누리는 것을 보면서 굳이 공부할 필요를 느끼지 않았다. 괜스레 글줄이나 읽어 인의 도덕과 충절에 매여서 멸문지화를 당하느니 술이나 마시고 계집이나 탐하다가 기회가 닿으면 힘있는 자와 역모라도 도모하여 영화를 누리는 것이 목숨을 보전하는 길이라 비아냥대었다.

세조는 공신들이 역모를 꾸미지만 않는다면 살인을 저질러도 그 죄를 묻지 않았다. 그러니 이들의 권속이나 하인들까지도 행패를 부림에 제어할 방도가 전혀 없었다. 공신전이라 하여 수백 결의 땅을 나누어주고 난신전이라 하여 죽은 충신들의 땅을 빼앗아 또 나누어주었다. 공신이 죽으면 그의 처들에게 정절을 지키고 재가하지 말라고 수신전도 나누어주었다. 물려받은 재산이 많은데도 그 아들과 손자들이 먹고사는 데 불편함이 없도록 휼양전을 또 주었다.

관직이 없는 공신과 종친에게도 평생 녹봉을 주었다. 정초나 동지 같은 절기 날에 하례 의식에만 참석하면 되었다. 오백여 개에 불과한 조선의 벼슬을 두고 공신들이 대거 싹쓸이를 하였다. 계유정난과 왕위 찬탈을 도운 공범들의 충성과 결속을 보장하기 위한 일종의 미끼요, 장물의 배분이었다.

공신들을 끼고 있는 대고大賈*들이 백성들의 전세田稅나 공납貢納을 대납할 수 있게 하였다. 지역의 수령과 아전들이 공모해서는 전세, 공납을 직접 납부하지 못하게 하였다. 그러고는 그 대납 금액을 서너 배로 더 받아내었다. 공신들의 창고는 차고 넘치는데 국고는 탕진되고 송곳 하나 꽂을 땅이 없는 백성들의 신음소리만 더 커져갔다.

하고많은 사람 가운데 한명회가 될 꿈을 품다니, 박종우는 제가 지켜온 재산 대신 잃은 것이 무엇인지 뼈저리게 알고 짙은 한숨을 쉬었다. 옥녀 역시 이런 박선규에게 지친 지 오래였다.

그러던 어느 날 옥녀의 눈에 바우가 들어차기 시작했다. 비록 노비였지만 박선규와 다르게 잘생기고 성실한데다 과묵하기까지 한 바우였다. 언제나 한 여자에게 지극한 눈길을 보내는 것이 예의 범상치만도 않았다. 여인의 집요함을 아직 알 리 없는 바우는 제 가는 곳마다 옥녀가 자리를 지키고 있는 것이 그저 우연이라고만 짐작했다.

* 큰 상인.

"씨름판에서 내 너를 보았다."

어느 이슥한 밤에 옥녀가 바우를 불러 세웠다.

"예?"

"씨름판에서 내가 널 줄곧 지켜봤다는 얘기다."

"……"

바우는 갑작스러운 옥녀의 말에 적잖이 당황하였다.

"얼굴을 들어 나를 보아라."

그럼에도 바우의 머리는 쉽사리 들리지 않았다. 옥녀는 강제로 바우의 머리를 들어 저를 보게 하였다.

"네가 사내로 탐이 나서 나는 견딜 수가 없구나. 어떠냐. 너는 내게 아무런 동함이 없단 말이냐."

"소인은 물러가보도록 하겠습니다."

"가란 말도 안 했는데 어딜 감히 물러간단 말이냐. 나를 보란 말이다, 나를."

옥녀는 자꾸만 고개를 수그리는 바우의 얼굴을 억지로 들어 그녀를 보게 하였다. 옥녀는 바우의 손을 자신의 저고리 안으로 가져가려 하였으나 힘이 센 바우는 꿈쩍도 하지 않았다. 화가 난데다 창피하기까지 한 옥녀는 바우의 뺨을 갈기고 또 갈기기를 반복하였다. 바우는 꿈쩍 않고 우뚝 제자리를 지킬 뿐이었다. 옥녀는 약이 올라 견딜 수가 없었다.

그때였다. 순심의 목소리였다.

"바우 거기 있느냐. 바우야."

당황한 옥녀가 황급히 뒷걸음질치기 시작했다. 제 치맛자락에 걸려 몇 번이나 넘어질 뻔했으나 완전히 나뒹굴지는 않았다. 옥녀가 자리를 뜬 것을 확인하자 순심이 어둠 속 바우 앞에 제 모습을 드러냈다.

"괜찮은 것이냐?"

순심은 바우의 양 뺨을 어루만졌다. 영문을 알 수 없는 밤의 소란에 알 수 없는 부끄러움은 온전히 바우 제 몫 같았다.

"네 잘못이 아니다."

"어머니 저는……"

"안다, 내 일찍 눈치를 챘거늘. 마님이 너를 보는 눈이 심상치가 않더구나. 씨름이 있던 날도 장옷을 걸쳐 입고 나가 너를 보았다더구나. 고약한 여인이다. 애써 피하지 않으면 네가 옴팡 뒤집어쓸 억울할 일들이 앞으로도 있을 거다. 조심하여야 한다. 반드시 네가 앞서 피해야 한다."

정말이지 옥녀의 집요함은 놀라운 것이었다. 바우는 되도록 혼자 있는 시간을 줄였고 무리 속에 섞이려고 애썼다.

간혹 홀로 남겨질 때면 잔뜩 쌓여 있는 장작 위에 장작을 더 쌓으면서 제 어미의 시야에서 계속 머무르려 했다. 호시탐탐 바우를 꾀어내려 했으나 그때마다 순심이 제 눈앞에 나타나는 것이 옥녀는 영 마뜩잖았다. 먹지도 않을 온갖 음식을 해내라 하면서 순심과 바우를 떼어놓았다 싶을 때면 어김없이 바우 곁에 효옥이 자리해 있었다. 옥녀의 분함은 나날이 커져갔으나 제풀에 꺾이는 것도 그만큼이었다.

활을 쏜 것은 복수요,
과녁을 비낀 것은 마음이었을까

세자로 책봉된 이후 황은 궁 밖 출입이 자유롭지 못하게 되었다. 세자로 받아야 할 의례만도 첩첩이었다. 대군 때에는 건춘문 밖에 있던 종학宗學에만 다니면 되었으나 세자가 되니 오로지 세자만을 위한 세자시강원 공부로만 하루종일이었다. 가르치는 사師가 정1품 영의정이요 부傅가 좌·우의정 중 하나였다. 그 외에도 스무 명의 관원이 교육을 담당했다. 대군 때는 읽을 수 없는 책도 만날 수 있었다.

"임금의 학문은 마음을 바르게 하는 것이 근본입니다. 임금의 마음이 바로 서야 백관이 바르게 되고 백관의 마음이 바로 선 연후에야 백성들이 바르게 됩니다. 마음을 바르게 하는 요지는 오로지 이 책에 있습니다."

세종대왕은 서너 차례나 경연에서 이 책『대학』을 읽었다. 이 책은 임금이나 세자만 읽을 수 있었다. 그야말로 군왕의 책이었다. 세조 임금은 세자를 거치지 않았으니 왕도를 가르치는 이 책을 그리 좋아하지 않았다. 패도覇道를 대표하는『정관정요』를 경연에서 읽는 정도였다. 그나마 경연도 집현전도 모두 폐지해버린 세조였다.

세자는『논어』『맹자』『중용』『사서』를 읽고『시경』『서경』『주역』을 다시 논해야 했다. 거기에다『춘추』『사기』까지 읽고 또 읽었다.

사정전에서 임금이 주재하는 상참에도 참여하였다. 세조는 조용하고 말없이 사색을 즐기고 책 읽기나 바둑을 좋아하는 세자에게 무예를 익히고 강무를 자주 나가 호연지기를 기르도록 권하였다. 첫째 아들이 불귀의 객이 되어버렸으니 둘째 세자는 우선 건강하기를 바라는 게 당연한 부왕의 마음이었다.

학습에 열중하던 황이 단 한 가지 마음 쓰이는 일은 효옥이었다. 자유롭게 지내던 세자에게 꽉 짜여 있는 궁궐 생활이 답답하기만 하였다. 그 답답함에 한숨이 차오를 때면 황은 효옥과 약조했던 바둑 시합과 활쏘기 시합을 떠올려보곤 하였다. 그새 시간이 얼마나 지난 것인가. 자신을 잊은 것은 아닐까? 하루는 세자가 박선규에게 강무에 참여하도록 명하였다.

"효옥이 말일세. 아무도 모르게 효옥이를 강무에 데려오게."

"아니 그게 무슨 말씀이신지."

박선규의 짧은 생각으로는 세자의 명을 이해할 수 없었다. 노비인데다가 계집아이를 강무에 참가시키다니…… 세자는 앞뒤 생략하고 간단히 명하였다.

"남장을 하면 무리가 없을 것이 아닌가. 그 아이와 활쏘기 시합을 하기로 약속을 하지 않았던가."

"그 아이는 역적의 여식이옵니다. 잊으셨습니까."

"자네는 그 사실이 겁이 나는가. 한집에서 살고 있으면서도 그러한가."

곧 왕이 될 세자였다. 팔난봉 박선규의 생명줄이었다. 박선규는 효옥에게 남장을 시켰다. 그러고는 세자의 명을 받잡아 바우와 노비 몇 명을 몰이꾼으로 함께 궁으로 데려왔다. 짧은 시간이지만 몰라보게 성장한 효옥이었다. 투박하게 남장을 하였다고는 하나 빛나는 얼굴은 가릴 것이 못 되었다.

"많이 자랐구나. 그새 키도 훌쩍 더 큰 것 같구나."

"네. 세자가 되셨다고 들었습니다."

"번잡한 일들이 많구나. 그래서 내 시간을 만들 수가 없구나. 내 예전으로 돌아갈 수만 있다면 당장이라도 그리 살고픈 지경이구나. 그건 그렇고 나와의 활쏘기 약속을 잊지 않았다냐."

"어찌 제가 세자 저하와 한 약속을 잊었겠사옵니까."

효옥의 동개활과 애기살 솜씨에 세자는 크게 놀라면서도 반기었다. 바우는 부지런히 사슴과 노루를 몰아주었다. 그러나 효옥의 활시위는 자꾸만 세자에게로 향하고 있었다. 바우는 효옥에게 계속 소리 없이 말하고 있었다.

'지금은 때가 아니옵니다. 세자는 세조가 아니지 않사옵니까.'

효옥의 애기살이 시위를 떠났다. 화살은 아슬아슬 세자를 피해 노루의 몸통을 꿰뚫었다. 일순 다리가 풀린 효옥이 그 자리에 주저앉았다. 활을 쏜 것은 복수요, 과녁을 비낀 것은 효옥의 마음이었을까? 세자 역시 놀란 가슴을 씻어내리기는 마찬가지였다. 순간 호위무사들이 칼을 빼든 채 효옥을 에워쌌다.

"물러들 가거라. 노루를 쏜 것이 아니더냐. 나를 맞힌 것이 아니지 않느냐. 썩들 물러가거라."

효옥의 두 눈에서 뜨거운 눈물이 흘러내리고 있었다. 좀처럼 일어설 수가 없었다. 그대로 울음을 터뜨린 효옥에게 세자가 다가가 무심한 듯 먼산을 향해 몇 마디 말을 거들었다.

"나를 쏘지 그랬느냐. 그래서 네 분이 풀린다면 그리하지 그랬느냐."

효옥은 제 의중을 정확하게 꿰뚫어 본 세자에게서 더한 놀라움을 느꼈다.

"부디 저를 죽여주시옵소서."

"믿지 않겠지만 나는 네 아비인 성삼문을 존경하였다. 아바마마도 두고두고 성삼문 승지의 일에 가슴 아파하셨다. 차라리 나를 증오하여라. 내 너에게 그 말 말고는 더 할말이 없구나."

부드러운 말에 묘하게 제 분노가 풀어지는 것이 놀라울 지경인 효옥 가까이 세자가 다가왔다.

"이건 네게 주는 선물이다. 내 이름이 여기 새겨져 있다. 이 활을 쏠 때마다 나를 떠올려주려무나."

세자는 효옥에게 동개활과 애기살을 선물하였다. 평보平甫라는 세자의 어릴 적 자字가 새겨져 있었다.

그날 밤 효옥의 꿈에 아비 삼문이 나와 한참을 머물렀다. 강무에서 돌아온 이후 복잡한 심경을 어쩌지 못해 끼니도 거른 채 일찌감치 이부자리에 누웠던 효옥이었다. 한 번도 경험하지 못한 마음의 싱숭생숭함. 효옥은 그 마음을 어떻게든 지워보려 애썼다. 아비의 무덤가를 떠올리고 나무 팻말에 적힌 이름 또한 연거푸 상기해냈다. 그래서였을까. 꿈에서 효옥은 울고 있었다.

—아버지 어떻게 해야 하나요. 대체 마음의 이 요동침은 무엇 때문일까요.

—마음이 시키는 대로 하거라. 마음이 가자는 대로 가보거라. 세조나 공신들의 악행은 하늘이 갚을 것이다. 세자를 죽인다고 해서 내가 살아나겠느냐. 부질없는 복수다. 효옥아, 그 누구보다 너를 믿거라. 너를 믿어야 네가 산다. 너는 언제나 옳았다. 네 옳음을 부정하지는 말거라.

잠에서 깬 효옥은 한참을 두리번거리며 사방을 훑었다. 등을 끊임없이 쓸어주던 제 아비의 여운을 느끼고자 이불 속에 몸을 웅크리고 다시 누웠다. 효옥은 너무도 생생한 꿈

속 아비의 말을 잊을까 그 여운이 다할 때까지 기억에 새겨
두었다.

이 아이가 세자를 보할 것입니다

강무에서 효옥을 만났던 그날 이후 세자의 마음은 더더욱 궁 밖으로 꼬리를 길게 뻗어나갔다. 그 간절함을 더는 참을 수 없어 세자는 세조와 왕후에게 간절히 청하였다. 어처구니없는 지경임을 알면서도 눈물로 호소하는 자식의 마음을 끝내 외면할 수만은 없는 부모였다. 큰아들을 잃고 유일하게 남은 세자가 아니던가.

"성삼문의 여식을 면천시켜주시옵소서."

순간 세조는 까무러치듯 놀랐다. 세자가 어찌 효옥을 안단 말인가. 그 역시 왕후와 함께 일찌감치 효옥의 명민함을 엿보고 탐낸 적이 있었으나 이는 성삼문이 역모를 일으키기 전의 이야기였다.

"이 아비를 죽음으로 몰아넣으려던 자의 딸이다. 내가 역모죄로 처단한 자의 딸이다."

"효옥이 벌인 일은 아니잖습니까. 그 아이가 무슨 죄란 말입니까. 더더욱 아바마마께서는 성삼문을 높이 칭해오지 않으셨습니까. 부디 통촉하여 주시옵소서. 그저 노비의 신분에서 그 아이를 풀어만 주십시오. 지혜로운 아이입니다. 기품이 있는 아이옵니다."

세자가 이미 맘속 깊이 효옥을 품었다 판단한 세조와 정희왕후는 세자비 간택을 서두르기 시작했다. 정희왕후가 점술사 기백을 불렀다.

"그때 효옥의 관상이 좋다 하지 않았느냐?"

세조가 임금이 되리라 예언한 덕분에 소격전에서 별제別提 정6품 벼슬까지 하나 얻은 기백이었다.

"관상도 시에 따라 변하는 법이지요. 얼굴빛이 조석으로 바뀌는 것과 같지요. 그때는 세자를 보할 좋은 관상이 틀림없었습니다. 온갖 풍파에도 혼자 일어설 수 있는 강인함이 충분했지요. 마마의 부름을 받고 오늘 아침에 제가 뽑은 주역의 괘가 택수곤澤水困 곤困괘였습니다. 괘사를 읊자면 엉덩이가 나무 그루터기에 끼여 곤란을 당하고 어두운 골짜기에 들어가서 3년이 되도록 햇빛을 보지 못한다, 이리 나왔사옵니다."

"3년 동안은 안 좋다는 걸 알겠다만 그다음은 어찌 된단 말이냐?"

"궁즉통窮卽通이 주역의 생각입니다. 이 아이는 스스로 길을 열어갈 것입니다. 결국 이 아이가 세자를 보할 것입니다."

"한낱 노비 계집이 세자를 무얼 어찌 한단 말이냐? 세자를 보하다니…… 그게 가당키나 한 소리냐."

정희왕후는 성삼문의 딸이 세자와 인연을 이어간다는 예언을 받아들일 수 없었다. 그렇다고 기백의 괘를 무시할 수만은 없는 노릇이었다. 장고 끝에 정희왕후가 박종우 대감을 은밀히 궐 안으로 불러들였다.

"성삼문의 여식 효옥이 대감 집 노비로 있다 들었소만."

박종우는 바짝 긴장을 한 채 머리를 조아리고 우물쭈물 답하였다.

"그러하옵니다, 마마."

"그 아이를 하루라도 빨리 처치해주시오. 세자가 찾을 수 없는 유일한 곳이 성삼문이 있는 그곳이 아니겠습니까. 시간이 없습니다. 서둘러주세요."

고심 끝에 박종우가 세자의 당부를 왕후에게 털어놓고 말았다.

"세자께옵서 잘 보호해달라는 당부를 제게 여러 차례 남기셨습니다. 세자 저하의 뜻을 거스르는 일 또한 신하된 도리에 어긋나니 어찌해야 할지…… 부디 통촉하여주시옵소서, 마마."

정희왕후가 제 앞에 놓인 소반을 거세게 내리쳤다. 깜짝 놀란 박종우 대감이 얼굴을 들어 정희왕후를 올려다보았다.

"그러니 내가 대감을 궐 안으로 황급히 모신 거 아닙니까. 아셨습니까. 세자가 더 고집을 피운다면 내 대감께 어떤 짓을 할지 나도 잘 모르겠습니다. 이만 물러가보세요."

세조는 자신을 왕으로 만든 일등공신 한명회의 힘을 붙잡아두려 그의 딸을 세자빈으로 맞아들였다. 당연히 세자의 의중은 안중에도 없던 정략혼인이었다. 세자빈을 향한 세자의 눈이 고울 리 만무하였다.

세조는 의숙공주의 배필이자 부마로 정인지의 아들 정현조를 찜했다. 실세 공신들을 정략결혼으로 결속을 다지듯 묶어두던 세조였다. 세자빈은 이듬해 인성대군을 낳고 죽었다. 인성대군은 세 살에 죽었다. 세조의 불안증은 날로 더해갔다. 낮에는 공신, 밤에는 귀신에 시달리기가 점점 더 심해져갔다. 술 없이는 단 하루도 잠들지 못하는 왕이었다.

이제 정말 떠나야 할 때가 왔나봅니다

박종우의 아들 박선규는 효옥에 푹 빠져가고 있었다. 술을 마시면서 끼고 놀던 여인네들과는 달라도 너무 다른 효옥이었다. 햇볕에 그을렸지만 빛나는 얼굴에 슬픔이 서린 듯 우수에 잠긴 모습이 보는 사람의 마음을 더 저릿하게 만들곤 하였다.

팔난봉 박선규는 호시탐탐 효옥을 탐하고자 그 틈을 엿봤다. 그의 시선을 차갑게 외면해버리거나 말의 대거리를 종종 묵살해버리는 도도한 효옥의 자부심마저 단단히 짓밟아버리고 싶은 욕망에 시달리던 박선규였다. 단지 세자가 효옥을 끔찍이 아낀다는 걸 알기에 다른 짓을 하지 못하고 있을 뿐이었다. 그런 와중에 박선규는 아버지 박종우가 정희왕후로부터 효옥을 죽이라는 지시를 받고 고심하고 있음을 알게 되었다.

'어차피 죽어 마땅한 년이 아니던가. 그렇다면 내가 나서서 저년을 처리한 뒤 정희왕후에게 고해야겠군. 이거 일이 생각보다 아주 수월하게 돌아가겠는걸.'

폭우가 쏟아지고 천둥번개가 내리치던 초가을 밤이었다. 박선규의 계략에 집밖 외딴 폐가에 심부름을 나왔다가 큰비를 맞게 된 효옥은 그만 마수의 손아귀에 걸려들고 말았다. 박선규는 다짜고자 효옥에게 달려들어 옷부터 벗겨내려 안간힘을 썼다. 활을 쏘고 검을 배워 다부지게 날렵한 힘을 키운 효옥이었다. 그러나 자신보다 큰 덩치를 가진 젊은 남자의 완력을 밀어내기에는 역부족이었다.

"어머니…… 살려주세요…… 아버지…… 아버지…… 살려주세요. 바우야…… 바우야……"

끝끝내 혼절하지 않으려 효옥은 제 입술을 깨물고 또 깨물었다. 피투성이가 된 효옥의 입술에 제 입술을 갖다 대던 박선규가 찝찌름한 피의 맛에 놀라 그녀의 뺨을 쳤다.

"가만 좀 못 있겠느냐. 아주 그냥 진을 쏙 빼놓는구먼. 그래 어디 누구든 부를 테면 불러보거라. 여기 누가 널 구하러 오는지. 아주 밤을 새워보자고."

다시금 박선규의 입술이 효옥의 입술에 와닿았다. 그러고는 그녀의 입술 안으로 제 혀를 밀어넣으려 하였다. 바로 그때 효옥이 그의 혀를 있는 힘껏 깨물었다. 악 소리와 함께 저에게서 떨어져나간 박선규를 뒤로한 채 효옥은 폐가의 문을 차고 나왔다. 거대한 빗줄기를 뚫고 앞이 전혀 보이지 않는 가운데 효옥은 달리고 또 달렸다. 저고리는 풀어헤쳐지고 곱게 땋아내린 머리카락도 물에 젖어 헝클어진 채 효옥은 어디가 어딘지도 모른 채 그저 앞으로 뛰고 또 뛰었다.

어느새 정신을 차린 박선규가 효옥의 이름을 부르며 뒤따르고 있었다. 자칫 숨이라도 한번 고르면 금방에라도 따라잡힐 거리로 둘 사이가 점점 좁혀져갔다. 바우야…… 바우야…… 외친다 한들 깊은 밤 잠에 혼곤할 바우에게 들릴까. 효옥은 이 길 저승길이구나, 울면서 정신없이 달렸다.

그 시각 알 수 없는 악몽에 잠에서 깬 바우가 제 방에서 나와 큰비가 쏟아지는 마당 안팎을 내다보고 있었다. 그러고는 뭔가에 홀린 사람처럼 산을 향해 걷기 시작했다. 뭔지

모를 힘에 이끌려 걷던 바우가 일순 뛰기 시작했다. 그의
귀에서 분명 효옥의 부름이 들렸다. 이 밤에 이 빗속에 효
옥이 자신을 찾을 리 없다는 걸 알면서도 제 발걸음은 깊은
산속을 향해 빠른 속도로 빨려들어갔다.

그때였다. 저멀리 제 앞을 향해 다급하게 뛰어내려오는
사람이 있었다. 귀신인가. 일순 뒤로 살짝 물러났던 바우는
무서움을 잊은 채 그 몸집과 마주했다. 효옥이었다. 입술에
서 묻어나온 피가 빗물에 섞여 턱 아래로 흐르고 있었다.

"바우야!"

"아씨!"

빗속의 두 사람은 서로를 마주하고도 믿을 수 없다는 듯
일순 서로를 쳐다보기만 하였다. 가까운 데서 다급한 발소
리가 들리기 시작하자 그제야 바우는 사태를 직감했다. 제
앞에 서 있는 이가 바우인 걸 확인한 효옥은 그만 정신을 놓
고 말았다. 그사이 산에서 내려와 효옥의 등뒤에 선 박선규
는 와중에도 쓰러진 효옥의 치마를 걷어올리려 허둥거렸다.
미친 들개처럼 포효하던 박선규였다. 박선규의 양 입가에서
도 피가 줄줄 새어 나오고 있었다. 야차가 따로 없었다.

눈에서 불이 튀어나오는 야차 같기는 바우도 마찬가지였
다. 바우는 속도를 내어 뛰어가서는 냅다 박선규의 가슴팍

을 발로 내질렀다. 뒤로 발라당 나뒹군 박선규의 손에 칼이 들려 있었다. 술에 취하고 비에 젖어 무거워진 몸으로 박선규는 제 칼임에도 그 쓰임을 낯설어하고 있었다.

박선규는 칼을 들어 바우에게 덤벼들었다. 살짝 몸을 피하며 바우가 박선규의 발을 가볍게 걸었다. 땅바닥에 떨어진 칼끝의 방향이 바뀌었다. 그 칼을 다시금 잡아보고자 칼을 좇던 박선규의 가슴이 그만 칼끝을 정확하게 받아내었다. 박선규의 심장에서 뿜어져나오는 피가 칼끝을 타고 젖은 땅을 적셨다. 붉은 피와 빗물과 눈물은 어둠 속에서 그저 같은 색일 뿐이었다. 박선규는 털썩 하고 그대로 엎어졌다. 크게 뜬 두 눈으로 연신 빗물이 흘러들고 있었다.

바우는 효옥을 들쳐업고 집으로 향했다.

"아씨, 이제 정말 떠나야 할 때가 왔나봅니다."

효옥은 말없이 바우의 등에 제 얼굴을 묻었다. 비가 거세게 내리고 있음에도 제 볼에 닿은 바우의 등은 따뜻했다.

효옥은 색실과 삼작노리개, 동개활과 애기살을 챙겼다. 바우는 순심이 넘겨준 패물과 보검 세한송백을 단단히 꾸렸다. 빗속에서 다급히 떠나게 된 효옥과 바우의 손을 순심은 양손에 뜨겁게 쥐었다.

순심은 울지 않았다. 그들이 시야에서 완전히 사라진 뒤에야 빗속에서 목놓아 울음을 토하기 시작했다. 그날 밤 비가 그치고 동이 터올 때까지 순심은 빌고 또 빌기를 반복했다. 두 손바닥이 아려올 때까지 순심은 그리하였다. 그렇게 순심은 매일같이 빌기 시작했다. 자신만이 아는 두 사람의 운명에 길운이 들기를 바라고 또 바라는 마음뿐이었다.

아무도 못 가본 새 길을
우리가 가고 있는 거요

쫓기는 신세가 된 두 사람이었다. 사람들의 눈에 띄지 않기 위해 효옥은 총각 행세를 하였다. 머리를 길게 땋고 꽁지에 흰 오라기 댕기를 묶었다. 머리를 흰 수건으로 감싼 뒤 흙을 얼굴에 묻혀 비비고 나니 그런대로 잘생긴 사내의 냄새를 풍겼다. 둘은 등에 괴나리봇짐을 멨다. 바우는 보검의 칼집을 제 아는 곳에 표 안 나게 묻었다. 칼은 무명으로 둘둘 싸서 지팡이로 삼았다. 칼끝이 무뎌질세라 지팡이에 한껏 몸을 싣지는 아니하였다.

둘은 설악산 관음암에 머물고 있는 김시습을 찾아가기로 했다. 김시습은 설악산이나 동해의 삼화사, 삼척의 천은

사 같은 천년 고찰을 두루 다닌다고 전해듣기는 하였다. 가는 길에 원주의 원호 대감도 찾아보기로 하였다. 둘은 포졸들의 추적을 피해 깊은 밤중에나 걸음을 옮겼다. 함께 있는 둘의 행색이 눈에라도 띨까 효옥이 앞서 걷고, 한참 거리를 둔 뒤로 바우가 뒤따르는 형국으로 보폭의 계산을 맞추었다. 누가 물으면 바우는 일남이, 효옥은 이남이, 배가 다른 형제라며 강원도 삼척 고향집을 찾아가는 길이라며 입을 맞춰놓았다.

하남 언저리에서 산수털벙거지를 쓴 포졸 셋과 맞닥뜨린 날도 있었다.

"가만, 너희 둘 차림새가 보통 수상쩍은 것이 아니로구나."

둘에게 달려드는 포졸 셋을 바우가 잇달아 제압했다. 그저 간단히 혈을 짚어 움직이지 못하게 하는 일로 피의 서리는 피한 참이었다.

"다시 우리를 따라온다면 뼈를 퉁겨 거동조차 못하게 할 것이니 그저 우리를 못 본 척하시오."

양평 언저리에서 다시금 포졸 네 명의 검문을 받게 되었다. 그들 중 포졸 한 명이 둘의 얼굴을 유심히 살피고 질문을 하는데 그들 중 우두머리격인 듯한 사내가 그 옆에서 한참을 쳐다보더니 효옥을 따로 불렀다.

"키 작은 너, 너 잠시 나 좀 보자꾸나."

사내는 효옥의 괴나리봇짐을 뒤지는 척하더니 복화술을 하듯 이리 말하는 것이었다.

"무사히 보내줄 터이니 저 모퉁이에서 인가로 가지 말고 산길로 가십시오. 마을 전역에 포졸들이 쫙 깔렸습니다요."

"네?"

"효옥 아씨 아니십니까. 한눈에 알아볼 수 있었습니다. 부디 무사하셔야 합니다. 이렇게 해서라도 승지 어르신을 기리고 싶사옵니다. 한시 바삐 걸음을 재촉하십시오."

사내는 전과는 확연히 달라진 목소리로 효옥의 등을 떠밀며 말했다.

"아니 얼굴은 곱상하게 생겨가지고 더럽기가 이루 말할 수가 없구나. 냄새나는 옷가지에 코가 썩겠다. 얼른들 가거라. 이보게들, 고향땅 얼른 가서 빨래하게 길들 터주게나."

효옥은 이내 바우의 팔을 잡아끌었다.

"형님 어서 갑시다. 고향 계신 노모가 이러다 턱이 빠지겠수."

다음날 여주 언저리 주막에 여장을 푼 효옥과 바우는 국밥으로 저녁을 해결하고 모처럼 술 한잔씩을 걸쳤다. 과묵한 바우였으나 혹여 의심을 살 수도 있는 노릇이라 주모가 듣는 데서 효옥에게 괜한 말을 건넸다.

"이남아, 이 형한테 술 한잔 안 따르고 뭘 하는 것이냐. 한번 따라보거라."

말수라고는 좀처럼 없는 바우가 저를 이남이라 부르니 풋, 하고 웃음이 터져나오는 효옥이었다. 저를 이남이라 불러놓고 웃음을 참지 못한 바우의 얼굴을 효옥은 빤히 쳐다보았다. 얼마 만에 보게 된 바우의 웃음이던가. 괜스레 코끝이 찡해지고 눈물이 솟구쳐 효옥은 애써 웃으며 빈 잔을 바우에게 내밀었다.

"형님, 나 잔 비었는데 술 한잔 더 따라주시구려."

"어린놈이 한잔 걸쳤으면 됐지 무슨 술을 더 한단 말이냐. 되었다."

"아니오, 주소. 그리고 형님도 한잔 더 하시구려. 내 따라드림세."

둘은 그렇게 기분 좋게 술을 나누어 마셨다. 모처럼 밥도 술도 눈치보는 일 없이 마음 편히 먹은 날 같았다. 바우는 봉놋방 하나를 얻어 일단 효옥의 잠자리부터 봐주었다. 그러고는 방 끝으로 가 괴나리봇짐을 베개 삼아 벽에 제 몸을 최대한 갖다붙였다. 덮을 이불이 하나뿐이었다. 효옥이 자꾸만 제 이불을 준대도 마다한 채였다. 혹여 효옥이 신경을 쓸까 잠이 들지 않았음에도 바우는 잠든 척 코 고는 소리를 억지로 내었다.

"형님, 형님, 코 좀 골지 마라."

어느새 자연스레 저를 형님이라 부르는 효옥의 부름에도 바우는 등을 돌리지 않았다.

"벌써 잠이 들었단 말이오? 하기야 얼마나 피곤했을까. 이거라도 덮고 자지. 사람 마음 불편하게."

어느새 쌕쌕거리며 효옥이 잠들었다. 바우 역시 그 소리에 평온함을 느끼며 단잠에 빠져들었다.

박종우 대감의 집에서는 무사가 출발하였다. 홍윤성은 자신의 호위무사이자 조선 최고의 검객이라는 일검을 사돈댁으로 보내었다. 사위를 죽인 노비 연놈들을 보는 즉시 최대한 고통스러운 방식으로 죽이라는 명을 내렸건만 홍윤성의 딸 옥녀는 떠나기 직전 일검을 따로 불렀다.

"바우를 찾거든 절대 죽이지 말아야 할 것이야. 생포를 해오란 말이다. 그 효옥이란 계집은 바로 죽여야 한다."

옥녀는 박선규가 칼에 맞아 죽은 것에 차라리 잘되었다 안도하던 참이었다. 주체할 길 없이 주색잡기에 빠진 난봉꾼으로 꼴도 보기 싫었던 제 서방이 알아서 죽어 없어졌으니 이제 바우만을 제 사내로 들이면 더 바랄 일이 없었다.

다음날 바우와 효옥은 일찌감치 주막을 나왔다. 깊은 산골 음력 10월의 아침은 제법 쌀쌀한 바람세를 품고 있었다. 붉게 물든 단풍과 노랗게 내려앉은 은행잎들은 쫓기는 신세가 된 둘의 운명을 잠시나마 잊게 하기에 충분했다.

"형님, 이리된 거 어차피 잘되었다 싶소. 사는 게 재미있다는 생각도 처음 들었소. 형님, 우리가 도망가는 게 아니오. 아무도 못 가본 새 길을 우리가 가고 있는 거요. 이게 재미있는 거 아니오?"

말없는 바우가 제가 외웠던 시 한 수를 읊어주마 했다. 효옥이 눈을 동그랗게 뜨고 놀라워했다.

"아고, 형님이 시도 외우셨네. 어서 읊어보오."

바우가 부끄러운 듯 읊으며 땅바닥에 시를 적어나갔다.

일월위등등부진 日月爲燈燈不盡

건곤위옥옥무변 乾坤爲屋屋無邊

차신수처생애족 此身隨處生涯足

기식송화갈음천飢食松花渴飮泉

해와 달로 등불 삼아 등불이 다함이 없고
건곤으로 집을 삼아 집이 가이없어라
이 몸은 가는 곳마다 생애가 족하거니
배고프면 솔꽃이요 목마르면 샘 마시네

『장자』의 한 대목이었다. 효옥의 할머니가 주신 책을 힘
이 들 적마다 읽고 외우면서 마음을 다지던 바우였다.

봉위수기逢危須棄라……

　　둘이 한적한 산중턱을 오를 때 칼을 등에 진 꽤나 날렵한 몸놀림의 사내가 남몰래 이들 뒤를 쫓고 있었다. 한눈에도 자객임을 바로 알 수 있었다. 소리 없는 잰걸음은 바람처럼 빨랐다. 뒤에서 느껴지는 인기척에 예민해진 효옥과 바우 앞을 어느 틈엔가 일검이 막아섰다.

　　그는 온통 바우를 잡아들이는 데 집중하고 있었다. 바우가 보기에 납득이 안 되는 상황이었다. 목숨을 노린다고 하면 존재감이 없는 자신보다는 효옥이어야 하지 않는가. 일검은 왼손 엄지로 칼의 코등이를 살짝 누르고 있었다. 언제라도 발검을 할 수 있을 만한 태세였다.

"목숨을 살려줄 것이니 이 오랏줄을 받아라."

말을 듣기도 전에 바우는 산속으로 냅다 뛰었다. 오로지 바우 자신을 노리는 자객임을 본능적으로 알아차릴 수 있었다. 일검은 산속을 날듯 가벼이 발끝으로 뛰는 바우를 쉽게 잡아들이지 못하였다. 도망을 치던 바우가 어느 정도 거리가 벌어진 걸 확인하자 무명 속에 둘둘 말아 감췄던 보검을 꺼내 천천히 뒤로 돌아섰다. 일검은 산길 아래에서 가쁜 숨을 몰아쉬며 호흡을 가다듬고 있었다. 이미 바우는 제 호흡의 평온을 찾은 뒤였다. 아침 해를 등진 바우가 오른발을 뻗으며 표두세 자세를 몹시도 정확히 취하고 있었다.

일검은 놀라움을 금치 못하였다. 바우가 들고 있는 장검은 한눈에 보아도 쫓기는 노비의 칼로는 어울리지 않는 명검이었다. 일검은 적잖이 당황하였다. 가까이 다가서 몇 차례 공격을 시도해보았으나 바우의 자세는 흐트러짐이 없었고 유리한 제 고지도 뺏기지 않았다. 부드럽게 바람을 가르던 소리로 제 자태를 뽐내던 바우는 일순 엄청난 힘으로 자객의 머리를 향해 검을 내리쳤다. 이를 제 칼로 막아서던 일검의 칼등이 그의 머리를 아슬아슬하게 스쳤다. 성승 대감이 가르쳐준 방식 그대로 단전의 힘으로, 발놀림의 힘과 합하여 내리치면 힘이 배가 되는 검술이었다. 초조해진 일검이었다. 반드시 산 채 결박하여 데려가야 한댔다. 바우는 일검이 제게 뻗는 칼의 목적이 제 목을 베려는 뜻에 있지 아니하다는 것을 이미 알아차렸다. 바우의 칼 역시 일검의 목덜미에 두 번이나 가닿았지만 더 깊이 찌르지는 아니하였다. 이로써 서로가 서로를 죽이려는 목적으로 마주한 것이 아니라는 걸 암묵적으로 동의한 둘이 몇 합을 더 겨루는데 일검의 칼이 일순 툭 하고 부러지고 말았다. 실은 검술에서 진 게 아니라 검의 부딪힘에서 진 것이었다.

"죽이거라. 무사에게 부러진 칼은 잘린 목과 같은 운명. 네 칼이 부러졌어도 난 널 베었을 것이다. 더이상의 치욕은 원치 않는다. 죽이거라."

이내 바우는 제 검 끝을 땅 아래로 향하게 하였다.

"애초에 날 죽이려는 칼이 아니었소. 박종우 대감이 보낸 자객이 맞소? 그렇다면 가서 전하시오. 박선규를 죽인 건 내가 아니오. 그 스스로 아씨를 욕보이려다 제 칼에 스스로 찔려 죽은 것이오. 박대감을 뵐 면목은 없소이다만 이 말이 진실이오. 우리 둘을 더는 쫓지 말아달라고 전해주시오. 내 목숨이 아까워 이러는 게 아니오. 내 칼끝이 피를 부를까봐, 그 꼴을 내 더는 보고 싶지 않아 당부하는 것이오. 오늘 당신은 진 게 아니오."

효옥과 바우를 추포하러 나섰으나 일검 역시 내켜서 나선 길은 아니었다. 충신 성삼문의 딸인 효옥에 대한 안타까운 마음도 있었다. 팔난봉 박선규의 잘못에서 비롯된 그들의 처지가 십분 이해되고도 남음이었다.

　　일검은 자신을 보낸 홍윤성 대감과 박종우 대감에게 바우의 뜻을 충분히 전하겠다 말하였다. 제 목숨이 아까워서가 아니었다. 박선규의 죽음을 둘러싼 진실을 고하는 것이 무사된 도리라 여겼다.

　　일검은 넉 자나 되는 자신의 장검을 부러뜨린 바우의 칼이 명검임을 알아보고는 그 내력에 대해 물었다. 일검은 바우의 칼이 세종께서 하사하신 보검임을 알고 벌떡 일어나더니 큰절을 올렸다.

　　"이 칼과 겨룰 수 있었다니 무사로서 저는 더 바랄 바가 없소이다. 다만 몰라보고 칼끝을 겨눠야 했던 제 무지에 대해서는 부디 용서를 해주시오."

　　비록 홍윤성의 칼잡이였지만 일검은 바탕이 순수하고 의리를 아는 이였다. 특히나 성삼문의 충절을 익히 들어 아는 이였기에 효옥에게 더없이 깍듯하였다.

　　"한 가지 궁금한 것이 있소. 대체 왜 나를 죽이지 아니하고 생포하려 한 것이오?"

"아 그것이 참…… 박종우 대감의 며느리가 당신을 절대로 죽이지 말고 사로잡아 오라고 하지 않았겠소. 내 당신을 만나고 보니 왜 그런 말을 했는지 알 것 같기도 하오."

"오늘은 검이 좋아 내가 이겼다지만 다음에 기회가 닿으면 내 당신의 검술을 필히 배우고 싶소. 부디 부탁을 드리오."

바우는 제 진심을 담아 일검에게 말하였다. 일검은 바우의 말에 힘입어 부러진 제 검으로 잔뜩 움츠러든 자존심을 회복할 수 있었다. 박종우의 집으로 돌아온 일검은 바우에게 들은 그대로의 진실을 모두에게 고하였다. 아들 박선규의 품행이 어떠했는지 알고도 남았던 박종우는 더는 제 아들의 죽음에 그 누구도 토를 달지 못하게 하였다. 주변에 입단속을 시켜 새어나가는 일이 없도록 하였다. 제 여식 옥녀가 홀로됨을 가슴 아파한 홍윤성 대감만이 일검의 무능을 탓하며 욕지거리를 한참이나 해대었다. 그리고 그 역시 사위 박선규에 대한 일을 끝끝내 누구에게도 발설하지 않았다.

발걸음을 재촉하던 바우와 효옥 뒤로 수십 명의 군사들

이 바싹 붙어 달려오고 있었다. 바우는 겁이 났다. 제 목숨의 위태로워서가 아니라 저 수십의 병사들을 제 칼로 찔러야 둘이 살 수 있음이 답답하고 갑갑했다. 한편으로 중과부적이었다. 피하는 길이 있다면 그것이 상수였다. 산세가 험하기로 유명한 치악산 언저리에 이르러 바우와 효옥은 더는 나아갈 수 없는 절벽을 바로 앞에 두게 되었다. 그 아래로 깊이를 알 수 없는 강물이 넘실넘실 제 몸을 틀고 있었다. 더이상 피할 데가 없었다.

"아씨."

효옥은 칼로 시선을 가져가는 바우에게 애써 고개를 저어 보였다. 바우 역시 같은 생각이었다. 바우가 효옥의 곁으로 다가섰다.

"눈을 감으세요. 온몸의 힘을 빼세요. 무엇보다 저를 믿으셔야 합니다."

효옥은 바우가 시키는 그대로 그의 몸에 제 몸을 맡겼다. 봉위수기라, 위기에 처하면 버릴 것은 과감히 버리고 적당한 때가 올 때까지 기다려야 함이었다. 버릴 것은 포기해야 할 것이다. 이는 할아버지에게서 배운 바둑 격언이었다. 칼에 맞아 죽는 것보다는 차라리 깨끗이 강에 뛰어드는 게 낫다 싶었다. 바우는 효옥을 꼭 껴안은 채 절벽 아래 강물을 향해 뛰어내렸다. 넘실대는 강물은 이내 두 사람을 온데간데없이 삼켜버렸다. 해질 무렵 붉은 노을에 물든 10월의 강은 아름다웠지만 얼음장같이 차가웠다. 군사들이 편을 나누어 강 아래로 내려가 샅샅이 뒤졌으나 묘연한 행방이었다. 그들은 관가로 가 효옥과 바우가 절벽 아래 차가운 강물에 제 목숨을 던졌다고 보고하였다. 그 사실에 의심을 품은 자는 그 누구도 없었다.

　박선규가 죽었다는 소식을 뒤늦게 전해들은 세자는 박종우 대감을 궁으로 불러들였다.

　"참척의 아픔이 크리라 생각하오. 삼가 위로를 전하오만. 그래, 효옥의 소식은 들은 바가 있소?"

　망설임 끝에 박종우는 세자께 고하였다.

　"미욱한 아들놈이 자처한 죽음이었사옵니다. 저하께서 효옥을 잘 보살피라 명하셨는데 제가 그걸 받들어 모시지 못하였사옵니다. 소인을 죽여주시옵소서."

　박종우는 효옥의 후일에 대해 낱낱이 세자에게 고하였다. 충격으로 세자의 낯이 검붉은색으로 어둡게 물드는 걸 박종우는 두려움에 떨며 지켜보았다. 박종우가 짐작한 것보다 효옥을 향한 세자의 마음이 더 컸던 것이 분명하였다.

세자는 제자리에서 좀처럼 발을 떼지 못하였다. 만일 효옥을 겁탈하려 했던 선규가 살아 있었더라면, 효옥은 죽고 선규 혼자 살아남았더라면, 세자의 칼날이 바로 선규의 목을 두동강 내고도 모자를 판의 분노가 서린 채였다.

박종우는 왕후에게도 효옥이 죽었다고 보고했다. 어두워진 아들의 얼굴과 달리 어미의 얼굴엔 화색이 돌았다. 박종우는 세자의 명을 지키지 못했지만 왕후의 명은 수행한 꼴이 되었다.

지금 내리고 있는 이 비를
는개라고 부르네

　강줄기를 따라 얼마쯤 떠내려간 뒤 바우는 효옥을 등에 업은 채 저벅저벅 물에서 걸어나왔다. 소용돌이를 지나자 얕은 곳에 이르렀다. 달빛조차 자취를 감춘 날인지 사방이 깜깜하였고 두려움과 추위로 부들부들 떨다 혼절해버린 효옥의 숨소리만이 이 둘의 살아 있음을 유일하게 일깨워주고 있었다. 바우는 몸을 녹일 수 있는 곳을 찾아 주변을 살피었다. 귀를 쫑긋 세운 채 사람의 말소리나 발소리가 있는 곳이라면 어디든 재빨리 뒤를 쫓을 참이었다.

　어둠 속에서 간신히 성황당을 찾았다. 불씨가 꺼진 지 꽤 오래되어 추위를 피하기는 어려웠다. 흠뻑 젖은 옷은 한기를 더 빨아들여 효옥의 입술을 더 시퍼렇게 물들여놓고 있었다. 괴나리봇짐 속 여분으로 들어 있던 효옥의 옷가지도 얼음장처럼 딱딱하게 굳어 있기는 매한가지였다. 하는 수 없이 그중 비교적 덜 젖은 고의적삼 하나를 꺼내 마루에 깔았다. 그러고는 효옥을 눕히고 효옥이 입고 있던 젖은 옷가지들을 벗겨냈다. 깜깜한 사위 가운데 효옥의 몸은 아름다운 곡선으로 빛났다. 저멀리 산의 능선들을 바라볼 때의 부드러움을 효옥이 제 몸으로 증명해내는 듯했다. 아름답구나. 그저 곱고도 곱구나. 바우는 숨이 막힐 듯 빼어난 효옥의 몸에 쉽사리 손을 대지 못하고 있었다. 얼른 호흡을 가다듬어 몸과 손바닥의 기를 끌어올려 효옥의 급소와 혈자리를 비비고 문질러야 할 터인데 바우의 단전호흡은 쉽지 않았다. 그러나 효옥을 살리겠다는 일념은 바우의 온몸에 비 오듯 땀을 쏟게 하였다. 오로지 행공에 온 정신을 모으고 또 집중했다. 욕망인지 안타까움인지 뜨겁게 끓어오르던 마음도 서서히 식어갔다. 효옥의 몸에 서서히 온기가 퍼져나가기 시작했다. 성황당에 남아 있던 차가운 노구매*를 꼭꼭 씹어 효옥의 입에 흘려넣었다. 잠결에 제 어미 품을 파고들듯 효옥이

* 산천의 신령에게 제사할 때, 신에게 올리려 노구솥에 지은 밥.

땀으로 범벅인 바우의 몸을 파고들었다. 잠시 그대로 바우의 숨이 멈추어졌다. 행여 효옥이 깨어나 벌거벗은 모습에 놀랄까 더 깊은 잠에 들 수 있도록 기척을 줄였다.

'아씨가 죽으면 저도 죽습니다. 그렇게 태어난 게 저란 놈인가봅니다. 아씨가 웃으면 저도 웃고요, 아씨가 울면 저는 피눈물이 납니다. 부디 그 마음만은 믿어주세요.'

바우는 제 품을 더더욱 파고드는 효옥을 보며 속엣말을 멈추지 않았다. 아기 재우듯 효옥을 겨우 눕히고 몸을 일으킨 바우는 효옥의 버선과 옷들을 제 위에 걸치고 몸의 열기로 옷을 말렸다. 얼마나 지났을까. 효옥의 얼굴에 점차 화색이 돌기 시작했다. 뒤척이며 잠에서 깰 듯 효옥의 입에서 웅얼거리는 말들이 흘러나오자 바우는 벗어두었던 제 옷으로 재빨리 효옥의 몸을 가려준 채 멀찍이 떨어졌다. 행여나 잠에서 깬 효옥이 민망할까 마음이 쓰여서였다.

눈을 뜬 효옥은 사방을 둘러보았다. 어둡고 낯선 곳에 살아 있었음에 두려워 효옥은 바우부터 찾았다.

"여기가 대체 어디야? 우리 어떻게 된 거야?"

바우는 마치 제가 벌인 일이 아니라는 듯 무심하게 효옥 곁으로 다가갔다. 그제야 제 헐벗음을 느낀 효옥은 바우의 옷으로 제 몸을 단단히 가렸다.

"다른 건 둘째치고서라도 몸에서 열부터 더 찾으셔야 할 텐데요."

그제야 효옥은 제 몸에 더운 기를 불어넣었을 바우의 수고로움을 짐작할 수 있었다. 그 역시도 자신처럼 추위에 덜덜 떨었을 것이 분명한데 저를 이렇게 품어 살리기 위해 바우는 얼마나 많은 땀을 흘렸을까. 효옥은 날이 갈수록 바우를 향한 마음에 혼란스러움이 더해짐을 느끼고 있었다.

바우의 애씀으로 효옥의 몸은 빠르게 회복되어갔지만 편히 걸을 수 있을 지경까지는 아니었다. 다행히 원주에 원호 대감이 살고 있음을 수소문 끝에 알아낼 수 있었다.

원호는 문과에 급제하고 집현전 직제학에 이르렀던 학자였다. 계유정난으로 대신들이 죽고 수양이 정권을 잡자 세상을 등지고 고향인 원주 남송촌으로 들어와버린 대쪽 같은 선비이기도 했다. 단종이 영월로 쫓겨났을 때 청령포 서쪽 상류의 사내평으로 가서 관란정이라는 정자를 짓고 글을 읽고 시를 쓰며 살았던 이였다. 나랏일에 품었던 욕심을 다 내버린 뒤의 일이었다. 사육신처럼 죽지는 못하였지만 절개를 지킨 채 벼슬을 버리고 산야에 묻혀버린 김시습, 원호, 이맹전, 조려, 성담수, 남효온 같은 충절들을 사람들은 생육신이라 불렀다. 원호는 세조가 치악산까지 찾아와 출사를 권하였건만 병을 핑계로 만나는 것조차 사양했던 인물이었다. 사육신처럼 죽음으로써 충절을 지키지 못한 것을 부끄러워하였다. 물결을 바라본다는 뜻의 관란觀瀾이란 호를 제 이름으로 삼은 채 그는 그야말로 흐르는 강물처럼 살아가고 있었다.

원호는 자신을 찾아온 효옥과 바우를 친자식처럼 맞아주었다. 예까지 오는 중에 있던 일들을 차분히 얘기하는 효옥의 말을 듣다 말고 굵은 눈물을 뚝뚝 흘리기까지 하였다.

원호 대감은 둘을 데리고 단종이 목숨을 버린 청령포로 떠났다. 영월 서편 산골의 초가을 정취는 너무 아름다워서 슬플 지경이었다. 깊은 강물을 다스리듯 병풍처럼 막아선 산은 가팔랐는데 그 가파름 가운데서도 크고 작은 나무들은 제각기 뿌리를 내리고 어우러져 있었다. 소나무, 전나무, 편백나무 같은 상록수들의 푸르름은 신갈나무, 오리나무, 단풍나무 잎새의 붉은 화려함과 잘 어울렸다. 짙은 안개비 속에 이들의 우듬지까지 타고 올라간 노란 칡잎까지 더하여 누군가가 가을색으로 추상화를 그린 듯, 몽롱해서 아득하였다.

계곡을 따라 흐르는 강물은 하도 깊어서 소리가 없었다. 청령포로 가는 계곡 길은 는개에 싸여 적막한데 빗속에 꿈 꾸듯이 젖어 있는 나뭇잎들과 깊어서 유유히 흐르는 푸른 강은 누군가 숨죽여 우는 듯하였다.

"지금 내리고 있는 이 비를 는개라고 부르네. 안개보다는 조금 굵고 이슬비보다는 가는 비…… 무우霧雨, 연우煙雨라 고도 하지."

강을 따라 천천히 오르는 길 위에서 바라보는 산천은 는 개 속에 침잠하고 있었다. 청령포로 가는 길 내내 는개는 그치지 않았다. 청령포의 뒤쪽 삼면은 절벽이었다. 겨우 트 여 있는 앞면으로 깊고 넓은 강이 유유히 흐르고 있었다. 청령淸泠, 말 그대로 서늘하고 맑은 강이었다. 서쪽은 험준 한 암벽이 가로막고 동남북 삼면은 강으로 감싸인 천혜의 유배지였다. 어떻게 이런 곳을 골라서 임금을 유폐했을까. 이곳 수령을 지낸 신숙주가 도저히 살아서 빠져나올 수 없 는 곳이라 했던 말이 가히 틀리지는 않은 듯했다.

작은 거룻배를 타고 섬 같은 청령포 안으로 들어갔다. 는 개 가운데 있는 울창한 소나무 숲에 아름드리 관음송들이 낙락히 서 있었다. 그저 빽빽이 서 있는 송백들을 바라보았을 뿐인데 효옥의 마음속에 들어차는 심경은 설명할 길 없이 가슴이 북받쳐올라 눈시울이 뜨거워졌다. 그렇게 한참을 소나무 숲속에서 머무는 사이 머리와 옷까지 는개에 폭 젖어버렸다. 청령포는 항상 는개에 젖어 있어야만 할 것 같았다.

바꾸어야 하지 않겠는가

효옥과 바우는 원호의 집에 머물렀다. 그사이 둘은 다시금 책을 꺼내 읽고 무예를 단련해나갔다. 원호는 눈 내리는 초겨울의 강 위에 작은 배 하나를 띄우고 그 위에서 낚싯대를 드리우곤 하였다. 낚싯대의 바늘에는 미늘이 없었다. 그저 그림같이 물위에 고요히 떠 있음이 전부였다. 효옥이 혼자 있을 때는 은제 주전자나 승반, 떨잠의 모양새를 그리거나 색실을 꼬아 삼작노리개를 만들었다. 그 일에 집중하는 동안은 힘든 시간도 잊을 수 있었다.

따뜻한 봄이 오자 원호는 이들과 함께 농사를 지었다. 사대부 출신이었으나 물어가며 농사일을 직접 배워뒀던 그였다. 농사일에 능통한 바우는 효옥에게 하나하나 농사의 기본기를 가르쳤다. 처음 해보는 농사일이 어렵기도 하였지만 씨를 뿌리고 물을 대어 잘 가꾼 만큼 무성하게 자라난 보리며 옥수수를 수확할 때의 기쁨은 효옥을 흥이 나게 하기에 충분했다. 초여름 짙푸르게 자라난 보리밭 가운데 숨은 효옥이 바우에게 장난을 걸기도 하였다. 자연 속에서 하염없이 신이 난 효옥의 웃음소리가 바우도 웃게 하였다. 효옥은 불길한 마음이 행여 머리라도 들라치면 보리밭 사이를 뛰거나 색실 꼬기에 전념하였다. 그렇게 부지불식간에 떠오르는 잡념으로부터 저 자신을 지키려 애썼다.

원호가 낚시를 하는 강가에서 둘은 낚시도 하고 활쏘기도 단련하였다. 효옥의 쌍단검 솜씨와 애기살 쏘는 솜씨는 나날이 일취월장해갔다. 두 자 되는 짧은 단검 두 개를 쌍검으로 쓰는 효옥의 검술이 강경하여 바우가 쩔쩔 매는 날이 있을 정도였다. 그렇게 사계절을 원호의 집에서 머물렀다. 효옥은 정양을 하는 사이 기력을 완전히 회복할 수 있었다. 작별을 고하는 두 사람 앞에 원호가 말했다.

"노비로 살아보니 어떻던가. 노비들이 고통스럽지 않게 살아갈 수 있는 세상을 만들어야 하지 않겠는가. 바꾸어야 하지 않겠는가. 조선 개국을 설계한 삼봉 정도전의 할머니와 어머니도 노비였다. 종모법에 따르면 정도전도 노비여야 했다. 이 나라는 노비 출신의 정도전이 밑그림을 그린 나라다. 노비든 선비든 다 같은 사람이다. 노비든 상민이든 사람으로 태어나 평생 열심히 일을 하고도 노비로서의 삶에서 벗어날 수 없는 세상, 자식이 또 노비가 될까봐 혼인하고도 자식 낳기를 두려워하는 세상, 가족들이 편안하게 몸이라도 누일 수 있는 초가삼간 집 하나 마련할 수 없는 세상이라면 그 세상은 잘못된 것이다. 바꾸어야 한다. 명심하거라. 그리고 언제라도 숨고 싶으면 이곳으로 와 스미거라. 농사를 지으면 된다. 낚시를 하면 된다."

두 사람은 원호에게 큰절을 올렸다. 원호는 웃으면서 이 둘을 배웅하였다.

원호가 알려준 대로 둘은 삼화사三和寺로 길을 떠났다. 강원도 동해 두타산 자락의 천년 고찰이었다. 불교와 승려에 대한 탄압이 심한 시절이었지만 신라 때 창건된 삼화사나 삼척의 천은사天恩寺는 신도들의 발길이 끊이지 않았다. 김시습은 원래 설악산 관음암에 있었지만 동해의 삼화사나 삼척의 천은사를 제 집처럼 드나들며 유유자적하는 이였

다. 주지 스님은 아니었지만 불교의 큰스님으로 어떤 절에
서든 그를 깍듯이 받들어 모셨다.

몸의 기력이 충분히 채워진 탓인지 험준한 산을 넘고 물
을 건너 삼화사까지는 한나절 만에 도착할 수 있었다. 이제
나 저제나 효옥과 바우가 오기만을 기다린 김시습은 따뜻
하게 두 사람을 맞아주었다.

"그새 어른들이 다 되었구나. 이곳은 안전하니 걱정은 하
지 않아도 될 것이니라."

바우와 효옥은 김시습을 따라 삼화사, 관음암, 천은사를
편하게 다녔다. 온 산천이 연녹색으로 뒤덮이는 봄이 오면
때맞추어 산벚꽃, 복사꽃, 살구꽃 들이 흰 물감을 뿌린 듯하
였다. 여름은 여름대로 울창한 숲은 차가운 대기로 효옥을
식혀주었다. 가을의 노랗고 빨간 단풍으로 뒤덮인 산천이
또다른 장관을 효옥에게 보여주었다. 삼화사와 천은사는
겨울에도 따뜻하였다. 천애의 고아요, 노비가 된 효옥이었
지만 산천과 초목이 효옥을 감싸주고 있었다. 봄, 여름, 가
을, 겨울 어느 때고 할 것 없이 산천은 효옥에게 고마우리
만큼 아름다웠다.

김시습은 노환으로 병석에 누워 죽음을 기다리고 있다는

박종우 대감의 집을 찾아갔다. 김시습은 그에게 효옥과 바우가 아직 살아 있음을 알렸다. 제 집안의 운을 쥐고 있다는 효옥의 운명은 역시나 범상치 않았다. 탄식 속에 박종우는 간신히 제 숨을 몰아쉬었다.

"부탁이 있소 대감. 바우의 면천을 허락해주시오. 바우도 종부법에 따르면 엄연히 양반이 아니오. 양반이 될 수 있음에도 효옥을 위해 노비가 된 아이였소. 부디 이 세상 떠나기 전에 젊은이 하나 살리고 가소."

박종우는 순순히 바우의 노비 문서를 내주었다. 바우의 몸값은 쌀 40섬이었다. 조선의 4대 부자 박종우의 곳간에서는 누가 집어가도 모를 만큼 적은 양이었다. 김시습은 돌아와 이 사실을 둘에게 알렸다. 바우는 믿기지 않는다는 듯 단단히 얼어붙은 얼굴이었다.

"정말입니까? 바우가 정말 노비의 신분에서 벗어난 겁니까?"

효옥이 진심으로 더 기뻐하였다. 저 때문에 스스로 노비의 굴레를 뒤집어쓴 바우가 아니었던가. 바우는 여전히 믿기지 않는다는 투였다. 평생 노비가 아닌 삶은 꿈조차 꿔본 일이 없는 바우였다. 그간 누추한 제 신분으로 효옥 앞에서 한 번도 사내인 척을 할 수 없던 바우였다. 그는 대장부로

서 더한 힘을 길러 평생을 효옥 곁에 머물고 싶다는 욕심을 이제는 품어도 되려나 하는 마음도 생겨났다.

김시습은 바우에게 새 이름과 호패를 만들어주었다. 열여섯 살 이상의 남자는 지위 고하를 막론하고 호패를 차야 했다. 세조의 강력한 호패법이었다. 호패를 찬다는 건 세금과 군역에 책임을 져야 한다는 징표나 다름이 없었다. 정책으로는 실패였으나 새로운 신분으로 살아가야 하는 바우에게는 기회이기도 했다.

바우는 바위 암巖을 써 박암이라는 새 이름을 얻었다. 박암은 세상을 바꾸기 위해서는 진정 힘이 있어야겠다고 나날이 깨달아갔다.

"호랑이를 잡으려면 일단 호랑이 굴로 들어가야 하겠지요? 스님, 저에게도 당당한 새 이름을 지어주세요."

바우처럼 새 인생을 살려는 효옥의 뜻을 충분히 느낀 김시습은 효옥에게도 새 이름을 지어주었다.

"옳을 의義 믿을 신信, 의신이 어떠냐?"

무서운 검이여, 알 수 없는 칼날이여

효옥은 '성의신'이라는 이름으로 세상에 새롭게 뛰어들었다. 효옥은 바우에게 같이 은세공을 하거나 농사를 지어보자 권유했다. 효옥은 벼슬살이가 하루살이 파리목숨 같은 게 싫었다. 힘센 자의 편에 서서 힘센 자의 논리로 그들에게 영합하지 않고서는 배겨나기 힘든 벼슬살이보다는 은세공같이 재미있는 일을 하고 싶었다.

김시습은 박암에게 무과에 응시하도록 강권하였다.

"암아. 너는 무술 실력도 뛰어나고 경서도 많이 읽었으니 무과 시험에는 별 어려움 없이 붙을 것이다. 그러나 네가 벼슬아치가 된다 한들 나라의 운명을 바꾸기에는 역부족일 것이다. 하나 네가 도적으로 살 수는 없는 노릇이 아니더냐. 언제까지 이 절간에 숨어 자연을 벗삼아 유유자적이나 할 것이냐. 나가야 한다. 은나라 탕왕 때 노비 출신인 이윤이라는 분이 온 백성을 잘살게 하는 명재상으로 이름을 드높인 적이 있었다. 너라고 그리되지 않으리라는 법이 있겠느냐. 일단 말단 무관 벼슬이라도 시작해서 나라의 운명을 가늠해보거라."

박암은 낮에는 활쏘기, 창술, 검술을 수련하고 밤에는 경서를 읽었다. 무과에 응시하기 위해서는 추천인과 보증인의 이름이 필요했다. 이는 김시습이 책임져주었다.

결국 박암은 식년 무과에 초시와 복시를 거쳐 전시까지 무난히 합격하였고 등과하였다. 그리고 종6품 종사관으로 의금부에 소속된 벼슬아치가 되었다.

의금부에서 근무를 서던 어느 날 박암은 누군가 자신을 찾는다는 전갈을 받았다. 다급히 달려가보니 거기 일검이 웃으며 서 있었다.

"내 강원도에서 뛰어난 무예로 급제한 이가 있다 하여 자네라고 생각은 하였네만 정말 축하하네."

"저, 저는……"

"걱정 말게. 내 자네의 과거는 이미 다 잊어 기억나는 일이 하나도 없네. 이름이 박암이라 했지. 단단한 이름일세. 자세를 꼭 닮은 이름이야."

한때 목숨을 걸고 칼을 겨뤄본 사이였으니 그 돈독함이 더 단단했을지도 모를 일이었다. 일검은 박암을 위해 축하주를 내었고 둘은 거하게 술잔을 부딪쳐가며 회포를 풀었다. 술이 돌자 일검은 검객으로 살아온 자신의 지난날을 이야기하기 시작했다.

"처음에 동가식서가숙하는 신세로 있다가 군역에 동원되어 왜구들과 몇 번 싸우게 되었지. 내가 다른 건 몰라도 검술 실력은 있지 않은가. 하하. 하여 얼마 안 가 중간 간부 자리도 꿰차고 그랬네. 그때 왜군과 싸우면서 전과도 많이 올렸어. 그러다 죽은 왜놈 장수의 칼을 얻게 된 거야. 마침 조선군으로 귀화한 왜군이 하나 있어 그에게 일본 검술을 배웠다네. 운이 좋아 사무라이들의 밑바닥 실전 검법을 배울 수 있었다네."

더는 그의 검에 상대할 자가 없었다. 그러던 어느 날 전투중에 죽게 된 늙은 부하가 숨을 거두기 전 자신의 과년한 딸을 일검에게 부탁했다. 일검도 그 집을 드나든 적 있었기에 모르지는 않는 여인이었다. 빼어난 미인이었다. 여인도 일검을 싫어하지 않았다. 여인은 일검의 아내가 되었다.

일검은 젊은 아내와 함께 한양으로 올라왔다. 그의 검술은 소문이 자자해 당대 최고의 공신인 홍윤성의 집에 호위 무사로 들어갈 수 있었다. 오래 홀아비로 살아온 그였다. 죽음을 맞는다 한들 저 하나 있다 없어지는 것이니 겁날 것이 없었다. 그러나 아내를 만난 이후 많은 것이 달라졌다. 죽음을 맞는다 하면 홀로 남을 젊은 아내 걱정에 그의 칼은 잡념으로 자주 흔들렸다. 어깨에 힘을 빼야 칼에 날렵함을 실을 수 있는데 자꾸만 칼을 쥔 두 손과 어깻죽지에 저도 모를 힘을 싣고 있었다.

'홀로 된 무사는 외롭기 때문에 제 검에 바람을 실을 수 있는 거구나. 속세의 욕망을 채울 때는 제 검에 사람을 실을 수밖에 없는 거구나. 무서운 검이여, 알 수 없는 칼날이여.'

일검은 연거푸 몇 잔의 술을 더 들이켰다.

"너무 늦지 않으셨습니까. 댁에서 처가 기다리고 계시지 않은지요."

"내 아내는 이제 이 세상 사람이 아니네."

일검보다 한참 어린 젊은 여인이라 했으니 그 죽음에는 필시 무슨 사연이 있으리라 짐작되고도 남음이었다. 그러

244

나 바우는 그 어떤 말도 성가시게 덧붙이지 않았다. 애꿎은 술잔만 기울였다 놓는 일검에게 연이어 술이나 따라주었다. 일검은 간만에 마음 편히 거나하게 취해갔다. 그럼에도 끝끝내 다문 입을 열지 않았다.

설악산 관음암에 머물던 효옥도 박암을 쫓아 한양으로 올라왔다. 그간 박암이 보관했던 패물을 팔아 인왕산 무계정사가 있던 인적 드문 산중턱에 조그만 집을 마련했다. 나중에 어려운 일이 생기면 요긴하게 쓰라고 미치가 순심에게 전해놨던 것을 이제야 효옥의 손으로 쓰게 되었던 참이었다. 안평대군이 죽은 후 무계정사는 폐허가 되어 그야말로 월색만 고요했다. 사대문과의 거리도 멀었으나 박암의 빠른 걸음으로는 문제될 것이 전혀 없었다. 잔심부름을 거들며 세공 기술을 배우던 어린 효옥에게 부모처럼 따뜻하게 대해준 은장이 병길 부부도 이 근처에 살고 있었다. 그간의 세월이 그대로 묻어 있는 주름진 얼굴로 부부는 잃어버린 딸을 찾은 듯 글썽거리며 효옥을 껴안았다. 효옥은 매일같이 다시금 그 집에 드나들며 은세공품을 만들었다. 전처럼 은장이 부부가 몇 달이고 대갓집에 일을 봐주러 가면 효옥이 그 집을 지켰다. 그렇게 여러 날을 홀로 있게 되는 날이면 효옥은 집안 곳곳을 가득 채우고 있는 은으로 된 세공품들을 하나하나 놓고 그 생김새와 만듦새를 자세히 뜯어보곤 하였다. 그러고는 날이 밝는 줄도 모르는 채 하나하나 빛이 나도록 닦고 또 닦았다. 제 얼굴이 비치나 안 비치나 가까이 제 눈에 가져가 보며 그 아름다움에 심히 탄복하고는 하였다. 효옥은 은장이 부부가 만든 것과 같은 형태의 세공품들은 절대로 만들지 않았다. 오직 자신만이 만들 수 있는 모양새의 물건이라야 성에 찼다. 저는 부끄러워 그런다지만 효옥은 그런 제 은세공품들을 그 누구에게도 선보이지 않은 채 저만 아는 헛간 한구석에 나무상자를 가져다놓고 그 안에 차곡차곡 쌓아두었다. 그걸 한 번씩 열어서 만져도 보고 닦아도 보는 것이 어느덧 효옥의 낙이 되어갔다.

아직 노비의 신분이라 박종우 대감의 집에 가는 즉시 잡혀들 게 빤한 효옥은 먼 거리로의 바깥나들이를 웬만하면 삼갔다. 대신 박암의 어미인 순심이 그들의 집으로 찾아들었다.

"이리 만나게 되다니 꿈입니까 생시입니까. 어디 아프신 데는 없으십니까."

죽은 줄 알았던 효옥과 아들이 이렇게 살아 있었다니, 기쁨에 겨운 순심은 울었다 웃었다 어쩔 줄을 몰랐다.

호형호제를 약속한 우리들이 아닙니까

순심이 다녀간 뒤 외진 박암의 초가집에 그들과 친분이 두텁던 이들이 하나하나 얼굴을 디밀기 시작했다. 박암에게 씨름 기술을 전수했던 수노 용호와 수박을 가르쳤던 가마꾼 갑돌이 뒤를 이었다. 이들은 바우가 박암이라는 이름으로 무과 급제를 한 것이 자신의 일인 듯 기뻐서 어쩔 줄을 몰라 했다. 술을 걸치고 또 걸쳐도 좀처럼 취기가 돌지 않는다며 벌게진 얼굴로 박암의 손을 잡고 어깨를 두드렸다가 머리를 쓰다듬었다가 할 수 있는 온갖 그 좋음의 표현은 다 하고 있었다. 여전히 순심을 향한 순애보를 간직한 용호는 뒤늦게 둘 사이가 모자 관계임을 알고는 배신감에 박암의 등짝을 거세게 내리쳤다.

"사람 참, 어찌 그렇게 감쪽같이 우릴 속일 수가 있단 말
인가. 최소한 나한테는 말을 해줬어야 하지 않은가."

"제가 특별히 말씀드려야 하는 이유라도 있는지요. 저는
그걸 잘 모르겠습니다만."

순심을 향한 용호의 마음을 모르지 않는 박암은 장난기
가 발동하여 그에게 그리 대거리를 하였다. 한집 살림을 꾸
리지는 않았지만 용호와 순심은 이미 마음을 합한 바 오래
였다.

조촐한 잔칫상이 벌어졌다는 소식에 일검이 합세하였다.
초면임에도 그들은 금세 배짱이 통하여 부어라 마셔라 형
님아 동생아 친분을 다지기 시작했다. 나이순으로 보자면
수노인 용호가 가장 큰형님이었다. 둘째는 자객 일검, 가마
꾼 검객인 갑돌이 셋째, 막내는 박암의 차지였다. 하게체는
노비들이 벼슬아치에게는 감히 쓸 수 없는 말이라 막상 서
열을 정하고 나니 박암에게 말을 하려는 그들의 혀가 쭈뼛
거리기만 하였다.

"박암이라는 껍데기를 뒤집어썼다고 해서 바우가 어디
갑니까. 그러지들 마시고 하시던 대로 편하게 제 이름을 불

러주세요."

그렇게 밤늦은 시간까지 술이 돌고 웃음이 퍼져 화기애
애한 술자리로 두둑한 정을 나누는데 일검의 표정이 점점
일그러져갔다.

"이 사람 일검, 왜 갑자기 소태 씹은 얼굴인가."

"형님도 보셨습니까. 저도 아까부터 일검 형님 안색이 나
빠져서 무슨 일이 있으신가 걱정이 되던 참이었지요. 형님,
일검 형님, 말씀을 좀 해보시오."

"내 미처 형제들에게 못다 한 말이 있어 그러하오."

일검이 일견 정색하며 말하였다.

"호형호제를 약속한 우리들이 아닙니까. 우리들 앞에서
는 서로 감출 것도 부끄러울 것도 없어야 할 것입니다."

박암마저도 그렇게 거들었다. 박암은 전에 둘이 마주앉
아 술을 걸쳤을 때 죽은 아내 얘기를 꺼냈던 일검의 표정이
지금과 같았음을 떠올리며 직감적으로 그와 관한 속내가
아닐까 예견하였다.

"나이 차가 꽤 나는 젊고 어린 여인이 내 처였소. 아주 짧
은 시간이었지만…… 부부 금슬이 좋았소. 평생 칼잡이로
떠돌던 내가 칼을 버려도 좋다 생각할 만큼 처를 사랑했소.
예쁜 사람이었지. 얼굴도 그러하지만 마음이 진심 그러하

였단 말이오. 그런데 목구멍에 풀칠은 해야 했으니 그 처를 집에 두고 일이 생기면 내 먼 곳으로 칼을 쓰러 다녀야만 했으니…… 고통이었소. 달포씩 집을 비우는 게 보통이었고. 아, 그러니까 내가 그 여인을 끝끝내 욕심을 내는 것이 아니었는데……"

말을 채 다 잇지 못한 일검은 연거푸 술잔을 비워댔다.

"꽤 긴 시간 집을 비웠다 오니 처가 전과 같지를 않습디다. 홍윤성 대감이 내게 자꾸만 일을 주더이다. 그러던 어느 날 집을 나서려는데 그러는 법이 없던 처가 가지 말라고 나를 붙잡고 애원을 하고 그럽디다. 간신히 뿌리쳤다 일을 마치고 돌아왔는데 내 처가 목을 매 죽었습디다. 난 죽은 처의 얼굴도 못 봤소. 거적에 둘둘 말아 지게꾼이 지게에 져 저기 뒷산에 묻었다고 합디다. 몇 날 며칠 산짐승처럼 거기가 울었지. 한 며칠 지나 저와 친분이 두텁던 가노가 제게 귀띔을 해줍디다. 내가 없을 때마다 홍윤성 그 발라먹어도 시원찮을 놈이 내 아내를 짓밟았다고, 그 사실을 내게 발설하는 순간 목을 따버리겠다고 하여 집안 가노들의 입을 막았다고……"

누구보다 박암의 충격이 컸다. 홍윤성의 지시를 받고 자신과 효옥의 뒤를 밟았던 일검이 아니던가. 그들은 서로 홍윤성을 처단하겠다며 일검을 위로하고 나섰다.

"이래서 형제가 좋은 것이구려. 그러나 홍윤성의 모가지를 따는 일은 기필코 내 손으로 하고 싶소. 그래야 저승에가 내 처 볼 낯이 서지 않겠소. 그렇게라도 해서 끊어졌던부부의 연을 다시 잇고 싶소. 아 오늘따라 술이 왜 이리 잘도 넘어가나 모르겠소."

바우는 벼슬살이를 시작했지만 얼마 지나지 않아 괴로움에 한숨을 쉬었다. 바우가 의금부에 근무하면서 접한, 온 나라에서 쏟아져들어온 억울한 사연과 탄원들이 모두 공신과그 권속에게서 비롯된 패악과 비리였기 때문이었다. 살인을 저지른 공신들에게 죄를 묻지 않는 시대였다. 임금은 공신이라는 이유로 살인죄까지 용서해주었다. 같이 근무하는벼슬아치 중에서도 공신들에게 아부를 하며 출세에 매진하는 자들이 더 많았다.

그런데 공신이라는 것이 계유정난을 도운 정난공신 마흔세 명, 사육신 사건이 있은 후 좌익공신 마흔일곱 명에다가원종공신이 무려 이천 명이 넘었다. 공신이 아니라 왕위 찬탈을 도운 공범들이 이렇게나 많았다. 그들이 할일은 오로지 찬시한 임금의 자리만 보장해주는 것뿐이었다.

많은 전답을 공신전으로 받고 양인을 노비로 만들고 대납으로 배를 불렸지만 백성들을 염려하는 공신은 없었다. 공신들을 제어할 힘이 없는 왕은 백성을 돌볼 여력도 없었다. 정권을 공고히 하기 위해 공신 중의 실세 한명회의 딸을 죽은 도원군의 둘째 아들 자을산군의 배필로 맞아들였다. 한명회는 세자뿐 아니라 세손의 장인이 되었다.

한편 효옥은 그동안 만들고 숨겨두었던 비녀, 떨잠, 뒤꽂이, 노리개 같은 은세공품을 조금씩 내다팔기 시작했다. 뛰어난 손재주로 만들어낸 최상급의 품질에 장사꾼들이 너도나도 몰려들기 시작했다. 효옥은 그들에게 몇 개씩 넘기기도 하고, 어떤 집에는 방물장수 행세를 하며 직접 가져다 팔았다. 정경부인이나 첩들은 대고나 지방 수령들이 공신들 집에 올려다 바친 은을 제대로 구분도 못한 채 세공품과 교환하였다. 이들이 대가로 주는 은에는 천은天銀이나 정은正銀처럼 순도 높은 것에서부터 칠품은七品銀이나 육성은六成銀처럼 품위가 낮은 것도 있었다. 효옥은 귀함을 알아보는 눈으로 늘 손해보지 않는 거래를 하였다. 효옥의 수중에 눈덩이 굴러가듯 재물이 쌓여갔다.

무엇보다 공신가의 여인들은 효옥이 만든 은세공품들을

보는 순간 눈이 휘둥그레져서는 어쩔 줄을 몰라했다. 넘치는 토지와 노비, 해마다 쏟아져들어오는 농산물, 대고들이 바치는 금·은·피륙에 보석까지 가진 것이 넘쳐나니 쓸데를 찾는 그들이었다. 한번쯤 본 것이라야 흥미를 잃을진대 효옥이 가져오는 품목들은 어디서도 본 적이 없이 낯설면서도 진귀한데다 그 모양새의 화려함에 혼이 빠질 정도였다.

재주도 재주였으나 효옥의 손을 거치면 담담하고 수수한 은그릇도 세상에 둘도 없는 보물로 탈바꿈하였다. 알게 모르게 효옥의 몸을 감싸고 있는 우아한 기품은 일개 방물장수임에도 그녀를 함부로 대할 수 없게 하기에 충분했다. 공신이 되어 집안에 남아도는 금은붙이를 대가로 노리개들을 사들이기 시작한 부인들은 너 나 할 것 없이 효옥을 친구로 삼으려 온갖 수단과 방법을 가리지 않았다.

4장

·

새 이름으로
나아가다

부디 저를 그 일에 써주십시오

삼각산 비봉 끝자락에 자리한 승가사. 김시습은 이곳에 머물고 있었다. 하루는 효옥과 박암이 그를 찾아갔다.

"일은 할 만하더냐."

박암의 표정에 그늘이 깊게 드리움을 김시습은 일찌감치 알아챘다.

"내 그 어떤 기대도 하지 말라 미리 말했거늘. 비단 어제 오늘만의 일이겠느냐."

수양이 패륜을 일삼는 동안 백성들의 삶은 더욱 곤궁해져가고 있었다. 간혹 면천된 노비들이 자진하여 다시금 노비로 돌아오기도 했다. 노비는 군역이라도 피할 수 있었기 때문이었다. 태평성대였던 세종의 업적으로 겨우 먹고산 것이 오늘이었다. 이러한 사정을 김시습과 박암, 효옥이 탄식하며 의논하였다. 효옥은 어렵사리 입을 떼었다.

"그런 생각을 해본 적이 있습니다. 양반이었던 제가 노비가 된 것은 하늘의 뜻이 아닌가 하고 말입니다. 할아버지와 아버지는 '노비도 다 같은 사람이다'라고 제게 언제나 말씀하셨지요. 저는 정말 그런 줄 알았습니다. 이 두 삶을 경험해보니 왜 세상이 바뀌어야 하는지 그 일에 저 스스로를 걸수 있을 것만 같아졌습니다. 부디 저를 그 일에 써주십시오. 그게 하늘이 저를 살리신 이유 같습니다."

"가만계세요. 제가 합니다, 제가 해요. 기필코 이 손으로 천지가 개벽할 만한 일을 도모할 겁니다."

둘의 대화를 가만히 듣고 있던 김시습이 긴 수염 끝을 매만지며 이리 말했다.

"공자께서 『춘추』를 통해 이런 말씀을 남기셨다. 찬시를 저지른 자를 죽이는 것은 시해弑害가 아니라고. 수양이나 공신들을 치는 것은 기실 죄가 아닐 것이니라. 그러나 그게 지금 가당한 일인지는 냉정하게 생각해봐야 할 것이야. 박암아, 네게 그럴 만한 힘이 있느냐. 그깟 무예 조금 익혔다고 이 조정의 병사들을 네가 다 벨 수 있을 것 같으냐. 명분

258

이 분명한 싸움이기는 하나 힘이 모자라면 그 명분은 한낱 흘러가는 구름처럼 부질없는 것이 되고 만다. 때를 기다려야 한다. 은인자중하고 그날을 기다리는 것이 어떠하겠느냐."

박암도 효옥도 김시습의 말에 대꾸하지 않았다. 그런 둘의 심중을 김시습도 이해하지 못하는 것은 아니었다. 때를 기다린다고 하여 세상을 바꿀 만한 힘이 모아지는 것이 아니란 걸 그들도 모르지 않았다. 김시습의 한숨은 깊어갔다. 그러나 끝끝내 제가 미리 점을 쳐본 그들의 앞날을 고하지는 않았다.

'실패할 도모로세. 예정된 숙명이로세. 세상은 바뀌지 않겠지만 그 실패가 명약관화지만 그래도 너희들이 세상에 뿌릴 씨앗은 바람을 타고 비를 먹고 전국 방방곡곡에 퍼질 것이니라. 몇 겹의 시간이 필요할 것이리라. 그 시간의 끝이 언제쯤인지 그 누구도 살아 말할 수는 없으리라. 자연만이 눈을 뜨고 이를 보아주리라. 그러나 우매한 사람들은 끝내 자연의 말을 듣지 못하리라.'

박암이 벼슬아치로 개혁을 꿈꾸는 동안 효옥은 방물장수를 하면서 얻은 정보를 발판으로 박암을 돕겠다고 나섰다.

박암은 거칠고 단호하게 반대하였다. 행여 효옥을 알아보는 이가 있어 화라도 당하면 어쩌나 하는 마음이 크게 앞섰다. 그러나 한번 결심을 하면 그 누구도 말릴 수가 없는 고집쟁이가 또한 효옥이었다.

효옥은 본격적으로 사대부 여인들에게 장신구를 팔러 다니기 시작했다. 방물장수는 큰사랑, 작은사랑, 행랑채, 대청, 안방, 하인청까지 백여 명이 넘는 이들이 살고 있는 공신들의 집 곳곳을 버선발로 누비며 그 구조를 익히기에 적합한 직업이었다. 덕분에 효옥은 대갓집으로 장신구를 팔러다니니 저택의 중문간을 넘어서 안방, 안대청이 있는 안채까지 쉽게 드나들 수 있었다. 호위무사들이 어떻게 방을 지키고 섰는지부터 공신들이 누구와 만나 어떤 계략을 꾸미는지 그 비밀 얘기까지 여차하면 엿들을 수 있었다. 이는 효옥에게 몸에 잘 맞는 옷처럼 수월한 일이기도 했다. 행여 헷갈릴까 싶어 한번 다녀온 집에 대해서는 그 구조며 무사들의 동선까지 종이에 붓으로 치밀하면서도 꼼꼼하게 그려 놓곤 하였다.

효옥을 피붙이처럼 아껴주는 은장이 병길네가 사는 인왕산 자락에는 칠보, 자개, 목소, 옻칠, 나전, 화각 등을 만드는 다양한 장인들도 일가를 이루며 살아가고 있었다. 효옥이 인왕산 아래 자신의 집을 의신공방義信工房이라 이름 붙이고 장인들을 불러모았다. 이는 김시습이 새로 지어준 이름을 딴 것이었다. 장인들이 물건을 만들어 오면 이를 살펴 효옥이 팔아주었다. 그동안은 풍저창에 납입하거나 양반댁에서 밥이나 얻어먹어가며 몇 달을 걸려 만들어주는 식의 납품이었는데 그와 달리 효옥이 높은 값을 쳐주니 좋은 물건은 의신공방에 줄 수밖에 없었다.

효옥은 이렇게 벌어들인 돈으로 순심의 노비 문서를 사들였다. 효옥은 목기, 칠보까지 취급하는 큰 거래상 대고가 되어 그 재산을 크게 불렸다.

효옥은 제 손과 눈을 거친 은세공품마다 의신순은義信純銀이라고 새겨넣었다. 의신순은의 은세공품은 은 함량이 낮은 정은에 비교할 수 없을 정도로 좋은 천은만을 썼다. 그러니 대갓집에서는 의신이 새겨진 은세공품만을 찾아다니기에 바빴다. 터무니없이 비싼 값을 불러도 그저 만들어만 달라고 사정할 뿐이었다. 궁 안의 왕후와 후궁은 말할 것도 없고 대갓집 정경부인들까지 아름답고 귀한 은세공품은 온통 신분을 경쟁하고 자랑하는 데 쓰였기에 이에 대한 탐은 너 나 할 것 없이 날로 커져갈 수밖에 없었다.

벼슬아치들은 허리띠와 그 장식물인 과대와 요패까지 의신공방에 맡겼다. 효옥을 찾는 양반들이 점점 늘어났다. 효옥의 재물은 거하게 쌓여갔다. 대갓집에서 값으로 쳐주는 금이나 은, 옥, 산호, 호박, 진주는 또다른 의신공방 명품의 재료가 되어주었다. 아름답고 정교한 명품 떨비녀, 옥비녀, 앞꽂이, 삼작노리개, 후봉잠 들은 궁의 비빈들에게 상납되는 것이 수순이었다. 큰 상인들도 의신 제품을 경쟁적으로 찾기 시작했다. 의신의 재주 좋은 장인들은 반 이상이 외거노비였다. 독립되어 산다지만 엄연한 노비였다. 효옥이 이들의 노비 문서를 하나하나 사들여 찢었다. 이들 장인들이 자유로운 양인이 되니 의신공방 소속으로 온 힘을 다하여 일하였다.

박암은 뛰어난 무예 실력을 인정받아 세자궁의 종5품 호위무관으로 발탁되었다. 세자는 박암을 유독 가까이에 두려 하였다. 행동이 진중하고 입이 무거운 것도 맘에 들었지만 무엇보다 뛰어난 무술 실력이 세자의 마음을 흡족하게 하였다.

"내 너를 지켜보니 입 하나는 참 자물쇠로더구나."

"예?"

"내 진심 하고픈 말을 너에게 해도 탈이 나지 않겠다는 뜻이다."

"예."

"나는 이 나라 조정을 싹 다 바꿔놓고야 말 것이다. 내가 보위에 오르면 실로 강력한 힘을 백성들에게 나눌 것이다."

박암은 세자의 꿈이 자신과 다르지 않다는 걸 이미 짐작하고 있었다. 오래 못 보았으나 박암은 어릴 적 대감의 집에서 훔쳐봤던 해양대군의 그 신의를 믿어 의심치 않았다. 박암은 세자를 통해 세상이 바뀔 수 있기를 희망하였다. 세자의 개혁이 곧 그의 개혁이었다.

효옥이 의신이 되었다고
사람이야 달라지겠느냐

한편 비빈이나 후궁들까지 매조잠이나 옥비녀, 떨잠을 찾으면서 효옥은 궁 안팎을 들락거리게 되었다. 시전의 상인들이나 대고들이 노리개나 은세공품은 하나같이 의신공방의 것을 최우선으로 친다는 소문을 듣게 되었다. 하품들은 시전에서 여전히 그런대로 팔 수 있었지만 궁이나 정경부인들은 의신공방의 것이 아니면 눈길조차 주지 않았다. 이를 시전의 상인들이 가만히 두고 볼 리 없었다. 그들은 입을 모아 의신의 정체가 의심스럽다고 고발했고 염알이꾼이 의신을 취조하기 시작했다.

궁 앞에서 내금위 군사에게 갑작스레 붙들려 간 효옥은

그 보따리부터 뺏기었다. 장신구들이야 그렇다 쳐도 대갓집의 내부를 그린 도면이나 세자의 어릴 적 자, 평보라는 글자가 새겨진 동개활과 애기살은 큰 문제가 될 수 있었다. 내금위장은 보따리에 든 물건들이 어딘가 세자와 깊은 연관이 있다 싶어 당장에 세자궁으로 달려가 이를 고하였다.

내금위장이 뺏은 보따리에는 세자의 화살과 금실 수가 놓인 옥색 손수건도 있었다. 이를 모를 리 없고 잊을 리 없던 세자였다. 친히 세자가 국문장으로 향하기 시작했다. 이는 필시 효옥에게 있어야 할 세자의 물품들. 그렇다면 효옥의 보따리를 훔친 이가 잡혀왔다는 것인가. 그러나 효옥은 이미 죽었다고 하지 않았던가.

멀리서도 효옥이었다. 가까이에서도 효옥이었다. 세자 곁을 그림자처럼 지키느라 국문장까지 함께 따라온 박암의 눈에도 그 효옥이었다.

"박암만 남고 모두 이곳을 비키어라. 내 친히 이 계집을 다스리겠다."

내금위장은 무슨 영문인지 몰라 쭈뼛쭈뼛 그대로 정승처럼 서 있기만 하였다.

"당장에 병사들을 이끌고 국문장을 나가란 말이다."

"하오나……"

"호위무관이 여기 있지 않느냐. 당장에 나가거라, 어서!"

단호한 세자의 명에 국문장은 이내 셋으로만 채워지게 되었다.

"절벽에서 떨어져 죽었다 들었다."

"저하."

"나를 알아보겠느냐? 나는 한눈에 너를 알아보았느니라."

"효옥이는 그때 이미 죽었사옵고 저는 성의신이라 하옵니다. 효옥은 이제 저도 모를 사람이옵니다."

"이름을 바꿀 수밖에 없던 지간의 사정은 내 짐작하고도 남는다. 그 효옥이 이 의신이 되었다고 사람의 근본이 달라지겠느냐? 내가 그러하듯 마음은 그대로다."

즉위를 눈앞에 둔 세자였다. 효옥이 훌쩍 자란 만큼 세자도 건장한 젊은이로 다부진 체력을 자랑하게 된 나이였다. 숯덩이 같은 눈썹은 더 진해졌고 눈빛에는 군왕의 위엄이 자연스레 배어 있었다.

"내가 준 손수건도, 화살도 예 있었구나."

"제가 버리지 못할 것임을 알고 주신 것이 저하의 뜻이 아니셨겠는지요."

"나는 곧 보위에 오를 것이다. 효옥아……"

"예."

"이제 더는 너를 못 놓을 것 같구나. 내 너로 말미암아 사람 사는 세상의 이치란 걸 다시 생각하게 되었다. 아느냐? 너뿐 아니라 네 가문도 신원하려 했던 게 내 진심이었다."

망설이던 효옥이 무겁게 입을 떼었다.

"아뢰옵기 송구하오나 제겐 마음에 두고 있는 사내가 있사옵니다."

마찬가지로 한참이나 말없이 효옥을 내려다보던 세자는 고개를 들어 하늘을 봤다. 멀리 관악산 봉우리에 흰 구름이 맥없이 걸려 있었다.

"그래, 긴 세월이었다. 그새 나는 세자빈도 맞았다. 아들까지 보았다. 그러나 세자빈도 아들도 다 잃었다."

"저하……"

"죽은 네 아비로 인해 나에 대한 원망이 여직 남아 있다면 부디 이제 거둬다오. 더이상 너에게 미움을 사는 사내로 살고 싶지 않구나."

효옥이 고개를 숙였다.

"오래전 강무 때 네가 쏜 화살이 나를 향했던 것임을 내 모르지 않았느니라. 내 너를 아끼지 않았다면 바로 베었을 것을 그때 나는 내 마음을 알아버렸다. 내 너를 내 목숨보다 귀히 아끼고 있더구나."

어떻게든 무덤덤히 마음을 다스리려 애쓰던 효옥의 눈에 눈물이 맺혔다.

"네 바둑 실력이 여전한지 한번 겨뤄보고도 싶구나."

"바둑이야 언제든 두어드리겠습니다."

"그나저나 네가 마음에 둔 자가 누구이더냐. 혹 내가 아는 자이더냐."

세자의 곁을 지키고 섰던 박암의 시선이 순간 흔들렸다. 박암의 가슴은 조용히 두방망이질 치고 있었다. 효옥은 아무런 말도 하지 않은 채 발아래로 시선을 두었다.

"알았다. 내 더는 묻지 않으마. 다만 그 복 많은 사내가 어찌 생겼는지 내 꼭 그 생김은 봐둘 것이야."

세자는 효옥이 그간 어떻게 살아왔는지 궁금했다. 효옥의 집을 확인할 겸 효옥의 궁 출입을 관리할 담당 내관 하나를 그녀에게 붙였다. 세자가 그 역할을 맡은 홍내관을 불렀다.

"의신은 인왕산 자락 의신공방에 살면서 동네 장인들과 함께 여러 은세공품이나 노리개를 만들고 있었습니다. 찾는 손님들도 많았습니다. 같이 사는 집에 오라비가 하나 있었는데 그자가 지금 내금위에 있는 박암이었습니다."

"뭐라, 오라비라 부르는 자가 박암이라니……"

말을 잇지 못하는 세자였다. 그러나 짐작 가는 이가 하나 있었다. 박선규네 집에서 저 먼발치에 서 있던 사내. 강무에서 효옥을 따라다니던 그 잘생긴 사내가 그렇다면 박암이었다는 말이 된다.

"원래 그의 이름이 박암이더냐?"

"강원도 출신인데 김시습과 삼척 현감이 추천했습니다."

효옥을 좇던 홍내관을 알아본 김시습은 그에게 미리 언질을 하였다.

"머잖아 세자를 찾아뵙겠다 전해주시오. 괜찮은 청년이니 걱정을 마시라 전해주시오."

아니 보았다면 좋았을 것을……

세조의 건강이 급속도로 악화되고 있었다. 명산 고찰에
신료들을 보내 기도를 드리게 하고 고명한 스님들을 불러
제를 올리기도 했다. 당연히 설잠 김시습도 궁에 불려 들어
왔다. 그러나 김시습이 궁에 든 까닭은 세자를 만나고자 함
이었다.

"그 옛날 세자께서 효옥을 살려주셨다 들었습니다. 정말
잘하신 처사이셨사옵니다. 그 현명함에 언제고 절을 올리
고 싶었사옵니다."

"아니 대사께서 그 사실을 어찌 아신단 말입니까."

김시습은 그간 효옥에게 있었던 모든 일들을 세자에게

일일이 고하였다. 어떤 인고의 세월을 보냈을지 생각할수록 참혹하였던 효옥의 삶을 어찌 보상해줄 수 있을지 세자는 그 궁리에 머리가 복잡할 지경이었다.

"바우가 없었다면 일찍이 효옥은 이 세상 사람이 아니었을 겁니다. 바우가 살렸습니다, 효옥이는."

"지금 그래, 그 바우는 어떻게 살고 있단 말이오."

"부탁이 있사옵니다. 훗날 바우가 친히 저하께 고하기 전까지는 모르는 척을 해주셔야 하옵니다."

"알겠소. 어서 빨리 말해주시오."

"저하 곁에 있는 박암이 바로 바우이옵니다."

김시습은 바우가 어떻게 박암이 되었는지 그간의 사정을 상세히 고하였다. 박선규의 죽음에 관한 진실 또한 그제야 듣게 된 세자는 지극한 분노로 얼굴을 감싸쥐었다.

"인고의 세월이었습니다. 그 둘을 세자께옵서 각별히 품어주시길 간청하고자 아니될 일임을 알면서도 저하를 찾아왔사옵니다. 부디 통촉하여주시옵소서."

"내 머잖아 보위에 오르면 성삼문을 비롯하여 억울하게 죽은 충신들의 가문부터 복원시킬 것이오. 그들의 처와 딸들부터 면천시킬 것이오. 비단 효옥 때문만은 아니오. 노비 제도 혁파는 제 어린 날부터의 꿈이었소. 그러니 대사께서 제게 큰 힘이 되어주셔야만 하오."

"참으로 저하의 깊은 뜻이 놀랍고도 깊다 하겠나이다. 진정 옳으신 처사이십니다. 자고로 한 나라의 왕이란 제 백성을 다스리는 데 차별이 없어야 합니다. 사람임이 분명한 노비를 사람 취급 안 해서야 어디 그게 군주의 도리라 하겠습니까. 일찍이 선대왕이신 세종께서는 노비 출신들도 능력이 있으면 발탁해서 중용하시곤 하였습니다. 황희 정승도 사실은 모친이 천계賤系요, 노비 출신으로 종2품 무관이 된 윤득홍, 경원절제사가 된 종2품 동지총제 송희미, 정3품 상호군이 된 장영실도 그러하였습니다. 태조께서는 어떠셨던가요. 노비 출신 박자청을 중용하셨지요. 그가 어떤 인물입니까. 공조판서까지 올라 한양도성 건물을 짓고 완공하는 것을 감독하여 빠른 시일에 마무리 지은 인물 중의 인물이 아니었습니까. 평양 관노 출신으로 호군이 된 김인, 한방지도 있습니다. 저하께서 이미 알고 계실 거라 짐작을 하고 있습니다만."

"황희 정승이 천계였다는 소리를 들은 적이 있지만 다른 사람들 이야기는 처음 듣소. 이러니 대사께 배울 일이 태산이라 하는 거요. 필히 대사께서 곁에 있어주셔야 하는 이유요. 약조를 간곡히 청하오."

"저하의 뜻이 대의이옵니다. 미력하나마 제 힘이 쓰일 수 있다면 저하를 보필하겠습니다. 무엇보다 양인이 많아져야 할 것입니다. 그게 국부입니다. 임금은 백성을 하늘로 섬겨야 하고 그것이 천하 대의일 것입니다."

"일단 과거시험 제도를 개편할 것이오. 한글로도 책문을 지어 바칠 수 있게 할 거요. 양반만이 아니라 상민들도 과거를 볼 수 있게 할 거요."

김시습은 이 말에 심히 놀랐다. 이는 개혁을 넘어서서 천지가 개벽할 만한 전대미문의 사건이 될 터였다.

"제 모자람을 저하께서 이렇게 꾸짖으시는군요. 저 같은 불자의 미천한 생각으로는 도저히 닿을 길이 없는 정책이시옵니다. 세종보다 더 큰 개혁 군주가 되실 것이 분명하옵니다."

"혼자의 힘으로는 불가하오."

"박암을 믿으시옵소서. 큰 힘이 되어드릴 겁니다. 저하의 개혁에 박암을 쓰시옵소서. 그 아이는 저를 그리 쓰려고 평생을 수련하게 두었사옵니다."

"내 하나만 묻겠소. 혹시 효옥이 마음에 둔 사내가 박암…… 그가 맞소?"

"저도 그 둘의 앞날을 장담은 못하겠나이다."

274

"아니 그게 대체 무슨 말이오."

"박암은 실로 갸륵한 사내입니다."

김시습은 잠시 숨을 가다듬었다. 그동안 효옥과 바우가
지나온 고단한 세월이 주마등처럼 스쳐가는 듯했기 때문이
었다. 이윽고 입을 열었다.

"잘 모르기는 하나 효옥의 첫정은 오히려 세자 저하였던
듯하옵니다. 첫정이란 게 워낙에 무시무시한 것 아니겠습
니까."

세자는 안도와 기쁨이 뒤섞여 머리가 아뜩해졌다.

들뜬 심경의 세자와 달리 김시습의 표정은 어두웠다. 김시
습은 세자의 짧은 인중을 오래 쳐다보았다. 아무리 살펴도
단명할 상이었다.

'아니 보았다면 좋았을 것을……'

세자의 관상을 다 훑고 난 김시습은 쓴 입맛을 다셨다.

군신 간의 분의分義부터 바로잡으리라

세자는 임금이 되면 군신 간의 분의부터 바로잡으리라 마음먹었다. 하루는 세자가 효옥과 박암에게 물었다.

"백성들이 어찌 사는지 세상 돌아가는 일이 어떠한지 가감 없이 얘기해보라."

효옥이 방물장수로 돈을 벌면서 대고까지 되니 대납의 폐해를 훤하게 알게 되었다. 효옥은 백성들이 얼마나 고통 속에 사는지 낱낱이 고하였다.

"국고와 내탕고는 텅 비었는데 나라의 모든 재산과 부는 공신들이 차지하고 있구나."

박암은 미복 차림의 세자와 남장을 한 효옥을 기생집으

로 안내하였다. 일검이 박암에게 축하주를 사주었던 한양의 큰 기생집이었다.

술 몇 잔이 돌았는데 옆방이 시끌벅적하였다. 주인에게 물으니 대고들의 술자리라 하였다. 술기운이 번지자 대고들의 소리는 점점 커져만 갔고 그 덕에 그들의 대화를 세세하게 엿들을 수 있었다.

"저자들이 누구보다 세상 돌아가는 일을 가장 빨리, 그리고 정확하게 알 것입니다."

대고들이 기생들을 앉히고 술자리를 한창 벌이는 중에 주인이 들어와 연신 사죄를 하였다. 그러고는 기생들을 모두 불러내어 데리고 나갔다. 항의하는 대고들에게 주인은 신숙주의 아들 신정, 홍윤성의 아들, 정인지의 아들이며 의숙공주의 남편인 정현조 등 공신들의 자제 십여 명이 몰려와 기생을 요구하니 빼내어 갈 수밖에 없다고 사정하였다.

제아무리 대고들이라 하더라도 공신들의 망나니 자제들을 이길 수는 없었다. 기생이 빠져나가고 나자 대고들의 푸념과 욕설이 이어졌다.

"이런 죽일 놈들. 애비 놈들은 어린 임금을 쫓아내고 새 임금을 세우는 데 앞장서더니 아들놈들은 기생이나 탐하며 탕진이니 내 참 더러워서 어디 살겠나."

"임금이 체면 때문에 기생집에는 못 오고 공신들 집에 술 마시러 오가는데 특히 홍윤성, 민발 대감의 집을 자주 간다고 하네. 왜 그런 줄 아는가?"

"민발의 첩인 막비가 천하의 절색에 요부라더이다. 임금이 그 집을 자주 찾는 이유가 바로 그것이라지. 그런데 첩 막비가 공신인 이석산과 통정했다고 하네. 민발이 이석산을 죽여서 그의 국부를 도려내고 눈을 파내서 죽였다고 하지 뭔가. 형조참의 이휘가 현장 검증까지 해서 범행에 쓰인 민발의 화살과 함께 창까지 찾아냈는데 임금이 민발의 죄를 묻지 않았다고 하네. 오히려 사실대로 조사한 이휘를 파직했다지 않나. 왜 그랬을까? 임금이 민발의 첩인 막비와 그렇고 그런 사이라고 해서 그렇다네. 이게 어디 말이 될 일인가."

박암과 효옥이 세자를 일으키려 하였으나 그 둘을 그대로 주저앉힌 임금의 아들이었다.

"홍윤성의 첩도 지방 순시할 때 양반집 딸을 뺏어와 첩으로 삼았을 만큼 천하의 절색이라던데 임금이 그 첩을 형수라고 부르면서 그네가 술 따르는 것을 특히 좋아한다고 하더이다. 그러니 홍윤성이 사람을 죽여도 왕이 나서 처벌할 수나 있겠나 말이외다."

계유정난 당시 스물아홉 살에 불과했던 홍윤성은 정난 이후 예조판서와 영의정까지 지냈다. 홍윤성이 어마어마한 재물을 모아 그 집에 문객이 만 명에 이르렀다. 시끄러운 풍악소리가 밤낮으로 이어졌다. 세조는 술을 마시고 여색을 밝히며 수작을 부리는 것부터 홍윤성과 배짱이 통하였다. 욕심 많고 우악스럽고 거친 행동까지 둘은 비슷한 점이 많았다. 세조는 임금이 되고 나서도 홍윤성의 집에까지 여러 차례 행차하여 술 마시기를 좋아하였다. 홍윤성의 후처인 젊은 부인이 나와서 술을 따르며 수양의 흥을 돋우었다.

홍윤성이 숙부의 논을 뺏으려고 자기를 키워준 숙부를 죽인 일도 있었다. 세조가 온양온천으로 행차할 때 홍윤성의 숙모가 밤새 버드나무 위에서 기다리다가 임금에게 호소를 했다. 임금이 승지에게 시켜 어인 일인지 물어보자 권력 있는 신하의 일이어서 임금께 직접 호소하겠다고 하여 임금이 직접 이 일을 듣게 되었다. 모두 사실임이 확인되었는데도 임금이 홍윤성의 죄는 묻지도 않고 애꿎은 노비만 열 명을 죽였다. 키워준 숙부를 죽인 친족 살해범이요 강상을 어지럽힌 대죄인인데 노비 열 명을 참하는 재산형으로 대신한 것이다.

"천하에 이런 임금에 이런 신하가 있을 수 있는가?"

영의정이 된 홍윤성의 패악이 극에 달하니 겁 없는 종들까지 무소불위, 무법천지로 패악을 일삼았다. 그 뿌리가 홍윤성임에도 세조는 그를 처벌할 수 없었다.

세자가 한숨을 쉬었다. 바우가 그만 가자고 그를 일으켜 세우려고 했지만 고개 숙인 세자는 술잔만 비우고 있었다.

"천하에 도가 있으면 백성들이 정치 문제를 논의하지 않는다*는 선인들의 가르침 그대로일세. 도가 무너져버렸으니 장사꾼들까지 이러는 게 아닌가."

대고들의 이야기는 계속 이어졌다.

"간신 병조판서 이계전은 매일 밤 신하들의 집으로 술을 퍼마시러 다니는 세조에게 술 좀 덜 드시라고 직언을 했는데 세조가 쓸데없는 간섭을 한다고 병조참의 홍달손으로 하여금 머리채를 끌고 나가서 두들겨패게 했다네. 그런 걸 보고도 밤새 술을 퍼마셨다고 하네."

"우리야 일개 장사꾼이니 수양이 죄 없는 김종서를 죽이든 안평대군을 죽이든 어린 조카의 임금자리를 빼앗든 상

---

* 『논어』의 「계씨」 편 중, "천하유도즉 서인불의天下有道則 庶人不議".

관없지. 그저 나라 살림 잘하고 백성들 잘살게만 하면 왕으로 그만 아닌가. 그런데 이거야 시굴거영의 작태 그대로니 이거야 원."

"쉿. 목소리 좀 낮춤세. 요새 조금만 떠들면 난언죄로 끌고 간다니 말조심들 하게."

세자가 그 밤 들이켠 술잔의 수는 셀 수가 없을 지경이었다. 그러나 그 어느 날보다 정신은 온전하였다. 차라리 술에 취하기라도 하면 좋으련만 술이 찰수록 정신은 더더욱 또렷해졌다.

그 시각 세조는 술을 마시고도 잠들 수 없었다. 피부병을 앓는 세조에게 술이 해로운 건 당연하였다. 어의가 술을 자제하시라 말하기도 어려웠다. 병조판서 이계전이 술 그만 드시라고 했다가 갓이 벗겨지고 밤새 두들겨맞은 사건도 있었기 때문이었다.

북방에서 오랫동안 고생하고 돌아온 양정이 왕에게 인사를 고하자 세조가 위로하는 술을 많이 내려주었다. 술에 취한 양정이 세조를 똑바로 쳐다보고 말하였다.

"이제 편히 쉬실 때도 되지 않으셨습니까."

이에 세조가 격분하여 옥새를 가져오라 한 다음 세자에게 전위하라고 명을 내렸다. 궐 안이 뒤집어졌다. 술에 취해서인지 그게 진심이었는지 양정은 고집을 굽히지 않고 잘못을 빌지도 않았다. 신숙주는 한사코 어보를 바치지 않은 채 붙들고 있었다. 양정은 세조가 김종서를 습격하였을 때 칼을 휘둘러 죽인 공로가 컸다. 세조가 제일 믿고 신임하던 신하 양정이었지만 그는 다음날 목이 잘리는 참수형을 받았다. 양정의 취기가 벌인 혼자만의 실수라 하여 세자는 역모의 의심에서 자유로울 수 있었다.

세조가 조회를 연 것은 한 달에 한 번 정도밖에 안 되었다. 나머지는 네다섯 명 측근들만 참석하는 상참을 열었다. 상참 후에는 항상 술자리가 벌어졌고 악공을 부르고 악기가 진설되었으며 기생을 불러 놀기도 하였고 공신들에게 상을 걸고 바둑을 두게 하는 일이 잦았다.

조선 개국 초기 새 궁궐이 완성되자 정도전이 임금의 침전 이름을 강녕전이라 지으면서 혼자 계실 때도 나태하시면 절대 강녕하실 수 없습니다 하고 당부하였다. 임금은 침소에서 쉴 때조차 안일해서는 안 된다는 충고였다. 이는 세조에게 들릴 리 만무한 말이었다.

세조가 강녕전에 불러들인 기생 이름만 해도 옥부향, 자동선, 양대, 초요갱, 이 넷이나 사관에 의해 실록에 기록되었을 정도였다. 비단 술뿐이랴. 세조는 더운 여름에 방안에서 숯불을 피워놓고 이불을 뒤집어쓴 채 땀을 뻘뻘 흘리기를 즐기기도 하였다. 임금의 이상한 행동이 계속되었다. 재위 말기 증상이었다.

세자가 왕과 왕후를 다시금 설득하기 시작했다. 왕조의 앞날을 위해서도 사육신 같은 충절의 신하들을 신원하여 추존하는 것이 신하들의 충성을 확보할 수 있는 상징적 조치가 될 수 있었다. 그러나 이것은 부왕 세조의 왕위 찬탈을 인정하는 것이 될 터, 왕후가 더 펄쩍 뛰었다.

"세자, 이 무슨 말씀이시옵니까. 감히 임금께서 왕좌에 오른 것을 찬역으로 몰려 하시는 게옵니까. 세자가 이방우라도 되려 하시는 겁니까?"

고려 왕조를 배신한 이성계의 역모를 비난하고 산으로 숨어 죽음을 맞이한 이성계의 맏아들 방우를 들먹여도 세조는 분노하지 않았다. 오랜 피부병과 여러 질병으로 죽음의 징후를 감지한 세조였다. 죽을 때가 다가오자 조카 단종과 형제 대군들, 무고한 충신들을 수없이 죽인 것에 대한 후회와 회환이 깊어져가던 세조였다.

세조의 병이 깊어지니 혜성이 나타나고 경상도에 메뚜기

떼 피해가 심하였다. 임금 대신 사정전에서 정사를 이끌게 된 세자가 결심 끝에 드디어 노비된 자들의 면천을 거론하고 나섰다.

"주상이 불예不豫하니 난신에 연좌되어 유배 갔거나 노비가 된 자들을 방면하고 면천시키는 일을 의논해주셨으면 하오."

아니나 다를까 구공신 한명회, 신숙주, 홍윤성이 반대하고 나섰다. 그러나 병세가 기운 세조의 뒤를 이을 세자의 하명을 무조건 반대하고 나설 수만은 없겠다는 게 간교한 그들의 판단이기도 했다.

"병자년 난신의 일로부터 세월이 얼마 지나지도 않았으니 급히 논하는 것이 타당하지 않다 보입니다. 다만 계유정난 때 연좌된 자들은 방면하셔도 좋을 듯하옵니다."

타협책이 아닐 수 없었다. 이를 세자가 노골적으로 나무랐다.

"난신에 연좌된 자들을 방면하는 데 어찌 세월 운운하겠소? 공신에게 나누어진 노비들을 방면하는 게 싫은 것 아니오?"

계유정난 때 노비 된 자들을 면천하는 데는 합의를 보았다. 그러나 세조를 죽이고 단종을 복위하려던 병자년의 난신들을 신원할 수는 없었다.

"효옥아, 너를 면천시키려 했는데 내 힘이 아직 미치지 못하는구나. 그러나 멀지 않았다."

"저는 지금 이대로도 좋사옵니다. 지금 제 하는 일에 제 신분이 방해되는 일도 없사옵니다. 그러니 특별히 괘념치는 마시옵소서."

세자는 효옥을 궁에 데려오고 싶은 생각이 간절할 뿐이었다.

"그래도 면천이 되어야 궁에 들어올 것 아니냐?"

"설사 면천이 되더라도 전 궁에 들어가지 않을 겁니다. 가끔 부르시옵소서. 그럼 저하를 뵈러 궁에 갈 것이옵니다. 저는 지금이 좋사옵니다."

효옥의 진심이었다.

조선의 충절은 창녕 성씨가 만들었다

이즈음 명나라 사신의 힘은 대단하였다. 조선으로 오는 명나라 사신은 대부분 조선인 출신이었다. 명나라에 바친 어린 환관이 어른이 되어 조선인 사신으로 돌아오는 식이 대부분이었다.

조선의 임금은 규곽지성葵藿之誠을 다하여 명나라 황제를 섬기겠다고 수차례 다짐하여야 했다. 규곽지성이란 해바라기가 해를 향하는 것처럼 신하가 임금을 향해 충성을 다하겠다는 뜻이다. 조선의 임금은 명나라 황제의 신하라고 스스로를 낮추어야 했다.

명나라에서 사신이 도착하면 임금은 직접 태평관에서 하

마연下馬宴을 베풀었다. 다음날 베푸는 잔치가 익일연翌日宴이고, 온짐연溫斟宴이 닷새째 되는 날의 연회요, 떠나는 날이 정해지면 베푸는 전별연이 상마연上馬宴으로 아예 이름까지 따로 지어져 있었다.

황해도 서흥 출신인 환관 윤봉 역시 사신이 되어 조선에 돌아왔다. 그는 명나라에서 태감으로 승진하여 사신의 고향 마을의 관호가 도호부로 승격되기도 하였다.

사신이 요구하는 물목은 무엇이든 내주어야 했다. 윤봉은 조선의 임금이 몇이 바뀌는 내내 사신으로 왔으니 그 위세를 감당할 자가 없었다. 일흔 살이 넘은 나이인데도 정정하기 이를 데 없었다. 윤봉은 특히나 효옥의 은세공을 높이 샀다. 고려시대부터 중국 원나라나 명나라가 감히 따라가기 어려울 정도로 정교하고 아름다운 은세공품들을 의신공방에서 발현해내고 있었다. 그중 선봉잠과 떨잠은 그 세공이 기막히게 정밀한데다 금사로 만든 가는 용수철이 조금씩 움직일 때마다 화려하게 진동하니 아름답기 그지없었다. 명나라 궁궐에서 황후부터 후궁들까지 그 인기가 대단하였다. 의신공방의 물건 몇을 명나라에 가져가 내명부 요직들에게 선물하니 그 칭찬이 하늘을 찌를 정도였다. 윤봉은 의신이라 하는 장사치를 만나러 나섰다.

의신은 아름다웠다. 무엇보다 놀라웠던 건 의신의 큰 뱃심과 손이었다. 의신은 극상품 몇 개를 윤봉에게 거저 쥐여주었다. 장사의 이치를 너무나 잘 알고 있음이었다. 윤봉이 아무리 보아도 의신은 보통 인물이 아니었다.

"의신이라…… 특이한 이름이 아닐 수 없구나. 옳을 의 자에 믿을 신 자인 것이더냐."

"그렇사옵니다."

"누가 지어준 이름이냐?"

효옥은 말을 삼갔다.

"나를 믿어도 좋다. 너의 좋은 물건은 조선에서만 쓰이기에는 너무도 아깝다. 내가 명나라에서 크게 장사할 수 있도록 도와주겠다. 나하고 손을 잡고 일해보면 어떻겠느냐."

윤봉이 효옥을 자세히 들여다보다가 전에 자주 만났던 성승 대감의 얼굴 윤곽을 떠올렸다.

"너 혹시 창녕 성씨 아니냐?"

대답을 하지 않다가 몇 번을 다그치자 효옥이 마지못해 답하였다.

"그러하옵니다."

윤봉이 눈을 크게 떴다. 얼굴 표정이 복잡해졌다. 윤봉은 성삼문 집안과 오랜 인연을 갖고 있었다. 성삼문의 조부 성 달생이 윤봉과 막역한 사이라 세종 때부터 윤봉이 사신으로 오면 전송할 때 성달생이 반송사伴送使로서 명나라까지 호송하였다. 윤봉이 성달생을 존경하여 조선에 오면 성달생의 집을 찾아가 교분을 나누거나 성달생의 모친 제사에도 사람을 보낼 정도였다.

"조선의 충절은 창녕 성씨가 만들었다. 죽은 성삼문의 아버지 성승 대감과 조부 성달생 대감을 내가 잘 안다. 너의 증조부 성달생 대감이 살아계실 때에 너의 집을 여러 차례 방문했었다."

효옥의 눈빛이 흔들렸다. 윤봉이 구태여 대답을 기다리지 않았다.

"내가 선왕 단종이 선위한 직후에 사신으로 왔던 내 부하 고보에게서 성승 대감에 관한 이야기를 들은 적이 있다."

윤봉이 효옥을 찬찬히 쳐다보면서 말을 이어갔다. 효옥이 침을 삼키며 귀를 세웠다. 할아버지의 이름이 다른 이의 입에서 불리는 것이 오랜만이었다.

세조가 임금이 된 직후 사신 고보가 명나라로 돌아가는 길에는 중추원사 황치신이 반송사로서 명나라까지 따라가며 모셨다. 돌아가는 길목마다 사신을 위로해주는 선위사宣慰使가 있었다. 벽제에서는 우의정 이사철, 병조판서 이계전, 개성은 판중추원사 이맹전, 평양은 형조판서 권준, 증산은 공조판서 이변, 안주는 파평위 윤암, 의주에서는 중추원부사 성승이 선위사로 명나라 사신을 환송하였다.

고보가 출발한 지 얼마 안 되어 조선에 있는 고보의 친모가 죽어 상을 당하였다. 임금의 비서실인 승정원에서 장례를 직접 챙겨주었다.

성승은 세종 때부터 임금을 모신 호위무사 무관이었지만 문관 못지않게 시, 서, 경학에도 밝았다. 중국어에도 능통하여 중국 사신의 반송사로 명나라에도 다녀왔다. 세종 임금 때에는 성절사聖節使*로, 문종 임금 때에는 정조사正朝使**로 명나라에 다녀왔고 성삼문 역시 자제 군관으로 아버지를 수행하여 명나라를 다녀왔다. 보기 드문 명나라통 가문이었다.

고보는 조선의 경계인 의주에 이르기까지 극진한 대접과 환송, 수레에 가득한 선물로 만족스러웠지만 딱 하나 선위

* 명나라 황제의 생일을 하례하는 사신.
** 정월 초하루를 하례하는 사신.

한 어린 임금 생각에 마음이 무거웠다. 조선의 왕위 계승을 전후한 사정을 누구보다 꿰뚫어 보고 잘 아는 고보였다. 그렇기에 황제와 황후뿐만 아니라 사신에 대한 선물까지 어느 때보다 가득하고 후한 이유가 그 때문이라는 사실도 알고 있었다.

그러나 고보는 세조가 상왕을 동반하여 전송연을 베풀어 줄 때 어린 상왕의 얼굴을 잊을 수가 없었다. 백관들이 바치는 술잔을 받고, 반배하고, 풍악을 울려 춤을 추는 동안 상왕의 눈은 먼 곳을 보고 있었다.

마지막 의주에서 수령의 송별 잔치 술자리를 끝내고 고보는 성승 장군과 마주앉았다. 고보는 이 무관에게 물어보고 싶었다. 명나라에 돌아가 선위 사실을 설득하는 데 확신을 가지고 싶기도 하였다.

"대감, 어린 상왕께서 물러난 것이 상왕 본인에게도 새 임금에게도 조선에도 두루 도움이 되기 때문에 스스로 내린 결단이 맞소이까?"

성승은 말없이 고보를 쳐다보았다. 성승의 눈에서 흐르는 눈물이 촛불에 비쳐 번쩍했다. 더이상 물어볼 필요도 없었다. 그 눈물이 진실을 말하고 있었다.

고보가 명나라에 돌아와 윤봉과 황제에게 단종이 선위하

게 된 배경을 자세히 보고했지만 명나라 황제나 조정은 굳이 단종의 선위나 세조의 즉위를 번복하려 들지 않았다. 명나라야 즉위 과정에 약점이 많은 세조를 왕으로 묵인하는 대신 복속력을 더 높이고 충분한 대가만 얻으면 될 일이었다. 명나라에서도 정략이나 이利가 명분보다 우선하였다.

아직은 때가 아니니

윤봉은 의신공방에서 만든 물목들을 진상품으로 올리라고 조정에 요구하였다. 물건을 다 대기 어려울 정도의 양이었다. 명나라 진상품인데다 물건이 모자라니 시중에서 효옥의 의신공방 제품들은 부르는 게 값이 되었다.

효옥은 윤봉과 물건을 직접 거래하여 명나라의 귀한 물목을 얻을 수 있었다. 윤봉과의 친분으로 손해볼 일은 하나도 없었다. 조선의 그 누구도 효옥에게 함부로 할 수 없었다.

윤봉은 효옥의 재주를 아끼는 마음에서 명나라에 들어갈 것을 진심으로 권하였다. 대처에 가서 큰 기회를 잡으라는 권유였다. 윤봉은 효옥에게 언제라도 명나라 통행이 가능하도록 통행권을 만들어주기도 하였다. 그러나 효옥은 예를 갖춰 사양하였다.

'아직은 때가 아니니, 그러한 때를 기다릴 줄 아는 것도 장사치의 능력이고 재능일 것이니.'

1468년 9월 7일 세자가 조선의 8대 임금 예종으로 등극하였다. 바로 그다음 날 세조가 세상을 하직하였다. 예종은 즉위하자마자 개혁에 장대한 칼끝을 겨눴다. 백성을 위한 첫번째 개혁으로 둔전을 개방하여 경작할 수 있게 해주었다. 둘째가 강력한 분경 금지였다. 임금이나 신하들이나 하얀 최복衰服*을 채 벗지도 않은 때였다.

"권세가에 인사 청탁하는 자나 왕래하는 자는 비록 종친이나 공신일지라도 즉시 일족을 멸하겠다."

선왕 세조가 공식적으로 허용해준 분경을 일거에 금지시킨 것이니 이는 공신들에 대한 전쟁 선포나 다름없었다.

"전하, 분경을 금지해도 실효성이 없기 때문에 선왕께서도 허용해준 것입니다. 부디 어명을 거두어주시옵소서."

* 아들이 부모 등 조상의 상중에 입는 상복.

한명회가 반대하고 나서자 뒤이어 영의정 이준, 우의정 김질 등의 정승들이 모두 나서 너무 가혹한 처사라며 주청하였다. 누구 하나 젊은 임금을 편드는 자가 없었다. 모두들 늙은 공신들의 눈치만 보고 있었다. 분경을 감시하는 자들마저 하나같이 공신의 사람이니 이 무슨 실효가 있을까 냉소하는 신료가 대부분이기도 했다.

젊은 임금 역시 이 사실을 모르지 않아 답답하긴 매한가지였다. 이내 젊은 임금의 결심이 섰다. 임금은 측근 선전관을 차출하여 은밀히 움직이도록 해두었다.

"효옥이 가진 대갓집 도면을 빌려 쓸 때가 왔다."

선전관 군사들을 대갓집 문밖에 숨게 한 뒤 효옥으로 하여 물건을 팔러 들어가서 분경하는 자를 확인하게 하였다. 최고 실세 신숙주의 집부터 들렀다. 신숙주의 처는 신숙주의 변절이 부끄럽다고 목매어 죽은 바 있었다. 대신 새로 들인 부인이 치장을 좋아했다. 이 시대 공신 부인들에게는 가체를 높이는 게 경쟁이었다. 가체를 높여 쓸수록 비녀, 앞꽂이, 뒤꽂이, 첩지, 떨잠이 더 많이 쓰였으니 효옥의 물품이 필요치 않을 수 없었다. 효옥이 신숙주의 둘째 부인에게 새로 나온 떨잠을 들러 갔다. 그곳에 분경, 즉 인사 청탁을 하러 왔음이 분명한 사람들이 있었다. 이를 확인한 효옥이 동개활로 애기살 효시嚆矢*를 쏘아 신호했다. 이렇게 하지 않고는 한 명도 잡을 수 없었다.

고령군 신숙주의 집에서 함길도 관찰사 박서창이 보낸 김미를, 영의정 구성군 이준의 집에서 내은달을, 우의정 김질의 집에서 경상도 관찰사 김겸광이 보낸 주산을 체포하였다. 병조판서 박중선의 집에서 김산을, 이조판서 성임의 집에서 소비라는 여종을 잡았다.

임금의 어명이 있은 지 보름이 채 되지 않았건만 공신 그 누구도 분경에 대한 금지 지침을 따르지 않고 있었다. 젊은 임금의 분노는 컸다. 의금부가 인사 추천자인 정승들을 국문조차 할 수 없으니 예종은 하옥된 이들을 친히 국문까지 하였다.

예종이 다음으로 선택한 개혁 조치는 대납 금지였다. 대고들과 관찰사들 양쪽에서 재물을 챙겨온 공신들에게는 청천벽력과 같은 소식이 아닐 수 없었다. 이는 조정의 신료뿐

* 화살 속이 비어서 날아갈 때 소리가 나 '우는 화살'이라 하였다. 이것으로 전쟁을 선포하였다.

만 아니라 큰 대고들과 작은 장사치들의 반발까지 부른 큰 정책이었다.

"대납을 금지한다. 만약 대납하는 자는 공신, 종친을 불문하고 극형에 처한다."

젊은 임금 예종의 개혁은 백성들의 환호를 부르기에 충분한 것이었다. 개혁의 가파른 실현 속에 하루는 예종이 효옥을 불러들였다.

"나에게 해줄 조언이 없느냐? 내 너의 이야기라면 귀를 기울일 터다."

이에 효옥이 글로 써서 답하였다. 세고취화勢孤取和. 세력이 약할 때에는 싸우지 말라는 바둑의 격언이었다.

"부디 서두르지 마십시오. 그들이 편당하여 전하의 뜻을 거스를 수도 있습니다."

"임금 아래 모두가 임금의 세력이다. 걱정하지 마라."

"전하의 세력을 더 만드셔야 합니다."

"나는 군자주이불비란 말을 좋아한다."

『논어』의 「위정」 편에 나오는 말로 군자주이불비君子周而不比 소인비이부주小人比而不周, 군자는 도의를 지키고 실천하여 사람이 저절로 모이도록 할 뿐 붕당을 이루지 않고, 소인은 붕당을 이루지만 사람들이 스스로 따르지는 않는다는 뜻이었다. 공자가 군자는 군이부당群而不黨, 어울리되 파당을 짓지 않는다 한 말과 비슷했다. 선왕 세조와 달리 젊은 임금은 『논어』『맹자』『대학』의 가르침을 잊지 않고 있었다.

"또 있다면 말해다오. 내 새기고 또 새길 것이니."

효옥은 또다시 붓을 들었다. 아생연후살타我生然後殺他. 내가 살고 나서야 적을 죽일 수 있다는 뜻으로 이것 역시 바둑의 격언이었다. 예종의 편에 서서 임금을 적극 지원할 수 있는 신료가 더 보여야 한다는 의미이기도 했다. 노회한 공신들에 대항할 수 있는 세력을 구축한 뒤에야 이 공격이 힘을 받을 수 있었다. 예종이 복잡한 표정으로 효옥을 바라보았다. 공신들의 반격을 내다본 효옥의 조언이었다.

사람이 사람을 위하여 우는 게
어찌 사랑 때문만이겠습니까

임금의 개혁이 급격히 진행되는 동안 공신들은 숨죽이고 있었다. 면전에서 고개를 숙이고 조아리고 있었으나 조용한 호수에 떠 있는 오리 새끼처럼 물밑에서는 발이 바빴다. 우선 임금의 우군이 될 수 있는 신공신에 대한 공격을 시작하였다. 구공신들은 임금의 개혁에 제동을 걸어야 했다. 한명회와 그의 재종형 한계희, 신숙주, 유자광이 모여 앉았다. 임금이 가장 두려워하는 것이 역모다. 역모를 꾸미든지 아니면 역모를 꾸미는 자를 만들어내야 했다.

이시애의 난 때 큰 공을 세운 남이가 도마에 올랐다. 젊은 공신 중에 떠오르는 실세였다. 태종 임금의 진외증손이요, 문무를 겸비한 장수였다. 한명회의 오늘날 영화가 있게 만들었던 죽마고우 권람의 사위이기도 했다.

한명회가 남이에게 넌지시 역모의 미끼를 던졌다.

"임금이 될 만한 적장자가 누구인가?"

적장자라면 세조의 맏아들이요, 예종 임금의 친형, 즉 죽은 의경세자의 맏아들 월산군이었다. 이는 한명회의 외손자 뻘 되었다.

한명회가 남이를 포섭하여 왕을 내치고 월산군을 세울 생각을 하였다. 그런데 남이가 손에 잡히지 않았다. 제 속내를 훤히 읽고 있던 남이였다. 한명회는 남이를 제거하기로 하고 대신 유자광을 앞장세웠다. 서자 출신으로 출세와 영달이라면 무슨 짓이라도 할 사람이었다. 과연 한명회를 빼다박았다 할 만하였다. 늦은 밤 유자광이 임금에게 독대를 청하였다.

"남이가 역모를 꾸몄나이다. 남이가 세조는 우리를 아들처럼 대우했는데 이제 돌아가셨으니 간신들이 나선다면 우리는 개죽음당할 것이다, 주상이 선전관을 보내 재상들의 집에 분경하는 자들을 색출하니 재상들 불만이 많다, 지금이 거사할 때니 함께 나서자고 하였나이다."

누가 보더라도 고변의 내용이 역모로 보기에는 터무니

302

없이 엉성했다. 그러나 불같은 젊은 예종은 이 엉성한 고변이 숨기고 있는 권력투쟁의 음모를 미처 헤아리지 못했다. 효옥이 말한 세고취화의 깊은 뜻을 다 새기지 못하였던 것이다.

자정이 가까운 삼경에 대신들을 불러들인 예종은 도성을 경비하여 한계순을 보내 남이를 체포하였다. 지독한 고문에도 남이와 그 측근 장수들은 모두 역모를 부인하였다. 오로지 유자광의 엉성한 증언만 있었다. 와중에 튀어나온 이름이 박암이었다.

'박암이라니…… 그는 내게 반역할 사람이 아니다.'

유자광의 입에서 튀어나온 강순, 문효량 같은 장수들은 모두 잡아들이는데 유독 박암만을 뺄 수도 없는 노릇이었다.

이른 새벽 인왕산 의신공방 바깥이 소란스러웠다. 음력 10월의 산자락은 얼음처럼 차가웠다. 효옥이 옷매무새를 고치고 바깥을 나오니 내금위 군사들이 박암을 결박해 데려가고 있었다. 박암은 담담한 얼굴로 전혀 저항은 하지 않은 채였다. 묵묵하였다.

효옥이 젊은 임금을 찾아나섰다. 하루종일 국문장에 임한 임금이기에 저녁나절에나 예종을 마주할 수 있던 효옥이었다.

"나도 믿을 수가 없구나. 그가 역모에 가담했다니."

"전하, 남이가 박암의 무술을 높이 사 주변에 둔 듯합니다만 박암이 역모에 가담할 사람이 아닙니다. 전하도 잘 아시지 않습니까?"

"피곤하도다. 오늘은 이만 돌아가거라. 내 골치가 너무도 아프구나."

남이의 역모에 연루된 장수들에게 혹독한 고문이 가해졌다. 박암이 같이 연루되었느냐는 고문에 어떤 자가 그렇다고 답하였으나 그는 사실 박암이 누군지도 몰랐던 터였다.

며칠 뒤 예종은 친히 효옥을 찾았다.

"내 너와 바둑을 둘 것이니 네가 나를 이기면 박암은 살 것이고 네가 진다면 박암은 죽을 것이니라."

"전하. 사람의 목숨을 두고 바둑 내기라도 두실 겁니까?"

"역모라 하지 않느냐? 증좌가 없어도 고변을 당한 남이의 당여들이 모두 죽었으니 박암도 죽어야 마땅할 것이다. 그러나 박암 그자만은 내가 죄가 없음을 너무도 알겠으니 이를 어쩌란 말이더냐. 그래서 바둑이었다. 바둑이 나나 그자를 살릴 것만 같았느니라."

임금의 포석은 차분하고 침착한데 효옥의 돌은 그렇지 아니하였다. 상대의 진영 깊숙이 서둘러 뛰어들고 있었다. 입계의완入界宜緩이라, 상대방 세력권에 뛰어들 때는 조급히 서둘러서는 안 되고 경계선상에서 가볍게 착수하는 것이 그 원칙이라 할 터, 위기십결의 두번째 경구였음에도 효옥은 이를 잊을 만큼 긴장한 채였다.

스스로 과한 수라고 느끼면서도 어려운 자리만을 골라 찾고 있었다. 결국은 초반에 대마가 포위를 당하였다. 필패 국면이었다. 이에 임금은 더 여유가 생긴 듯하였다.

"네가 박암을 죽이려 하는구나."

임금도 박암을 살리는 일이 쉽지는 않았다. 연루된 증좌도 없이 죽어간 장수도 많았다. 연루되었다는 자백이 있음에도 박암을 살려준다면 들끓을 공신들의 공격을 감당하기 어려울 터였다. 박암이 연루되지 않았다는 임금의 믿음은 애초부터 변함이 없었다.

순간 임금이 돌 서너 개를 바둑판 위에 흘렸다. 복기하기 어려울 만큼 판은 흩어져버리고 말았다.

"내 실수다. 이 판은 내가 진 걸로 하자."

바둑알을 거둬들이며 쓸쓸히 웃는 임금이었다.

"임금이라고 해서 실수가 없겠느냐."

임금의 말에 효옥은 무어라 말하려다 입술을 깨문 채 눈물을 흘렸다.

"날 위해서도 울어줄 수 있겠느냐?"

"사람이 사람을 위하여 우는 게 어찌 사랑 때문만이겠습니까?"

한참이나 효옥을 쳐다보던 임금은 굳게 마음먹은 듯이 얘기하였다.

"내 너를 비妃로 들일 작정이다. 오래 고심하였다."

"전하……"

임금은 긴말을 하지 않았다.

이 칼이 하늘을 대신해 너를 처단한다

그날 밤 임금은 정희왕후와 마주앉았다. 명절이 아닌 때 임금이 대비를 따로 찾아 문안드릴 때는 주요한 정사가 있는 경우가 많았다.

역모 사건의 뒤끝이라 임금의 문안에 대비도 잔뜩 긴장하고 있었다. 어찌 보면 임금도 속내를 다 드러내놓고 의논할 만한 신료가 없었다. 그래서 대비를 찾는 젊은 왕이 더 마음이 아팠다. 그런 임금의 입에서 전혀 상상할 수도 없는 말이 튀어나왔다.

"대비마마. 제가 성삼문의 딸 효옥을 비로 들이고자 하옵니다."

감히 세상이 정한 질서나 윤리를 가볍게 무시하고 새로운 질서를 만들 수 있다고 생각하는 예종의 배포는 아버지 세조에게서 물려받은 것인지도 모르겠다. 순간 대비의 얼굴은 시커멓게 흙빛이 되었다.

'기백의 예언이 맞았구나……'

말도 하지 못한 채 대비는 임금을 노려보았다.

"뭐라 하시는 게요? 도대체 죽었다는 아이가 살아는 있단 말씀이오? 살아 있다 한들 도대체 그게 말이 되는 소리요? 정녕 주상께서 미친 게 아니고서야 어찌 그런 망발을 내뱉는 게요?"

대비는 흥분을 넘어서 체통을 잊고 막말까지 내뱉을 참이었다.

"선왕을 죽이려다 능지처사당한 역도의 딸이오."

젊은 임금이 침착하게 입을 열었다.

"그 충신들은 선왕을 죽이려고 한 게 아닙니다. 단지 단종 임금을 제자리에 복위시키려 했던 겁니다. 정통을 찾으려 했습니다. 이제는 충절과 정통성이 존중받도록 만들어야 왕통도 안녕할 것입니다. 적통성이 무너지고 적자가 따로 없으니 누구라도 힘있는 자는 임금이 되려 할 것입니다. 궁안은 항상 불안할 겁니다. 제 후손을 위해서도 적통성을 세

위야 합니다. 남이도 태종 임금의 외손자에 불과하지만 왕통이 있다고 임금자리를 노린 게 아닙니까? 병자년의 충신들을 신원하여 복권시키고 노비가 된 부녀자들은 면천하고 그 충절에 걸맞게 높이 모셔 받드는 게 왕통을 안정시키는 길입니다.

"주상이 무슨 이야기를 해도, 나를 죽여 내 눈에 흙을 쏟아붓기 전에는 나는 들어줄 생각이 없소. 안 그래도 분경과 대납을 금지시켜 공신들의 불만이 하늘을 찌를 듯한데 이런 논의를 듣기라도 한다면 아마 병란이라도 일으킬 거요. 그나마 이씨 임금이 주상 대를 마지막으로 끝날 수도 있소. 내가 그걸 그냥 두고 볼 수 없소. 나가보시오. 오늘 얘기는 두 번 다시 아무에게도 하지 마시오."

대비가 땅이 꺼지게 한숨을 쉬었다. 대비는 과연 강인한 여인이었다. 임금이 물러가고 나자마자 임금의 형이자 죽은 도원군의 아들 월산대군과 자을산군을 떠올리고 있었다.

예종의 명을 받든 박암이 이시애의 난 때문에 미루어두었던 공신들의 징치에 적극 나서기로 하였다. 공신들을 응징하여 계유정난과 찬역이 역모였음을 확인받고 이들이 예종의 개혁에 반발하지 않고 앞장서도록 만들기 위해서였다.

일검이 홍윤성부터 죽이자고 박암을 채근하였다. 이에

김시습이 간곡히 당부하였다.

"살생을 하지 마라. 업만 쌓일 뿐 달라지는 건 없느니라. 대신 그들이 백성을 살리는 일에 앞장서도록 만들어서 임금의 개혁을 돕도록 해라."

그러나 홍윤성에 대한 일검의 원한은 누구도 말리기 힘든 것이었다.

홍윤성이 다른 공신의 집에서 늦게까지 술자리를 하고 돌아오는 길목이었다. 박암과 처용탈을 쓴 일검이 이를 기다리고 있다가 가마를 막아서고 나섰다.

달빛이 교교한 가운데 대여섯 명의 호위무사가 박암과 일검의 칼에 차례차례 쓰러져나갔다. 깊은 밤 칼날 부딪치는 소리와 짧은 비명소리가 한데 뒤엉켰다. 네 명의 가마꾼도 모두 칼을 다룰 줄 알지만 내로라하는 호위무사 대여섯 명이 한칼에 쓰러지는 것을 보고는 칼만 빼들었지 서로 눈치볼 뿐이었다. 일검이 소리쳤다.

"조용히 비켜서라. 너희들을 해치고자 함이 아니다."

일검의 칼솜씨를 본 가마꾼들이 모두 도망을 갔다. 칼을 빼든 홍윤성이 드디어 가마에서 나왔다.

"감히 어떤 놈들이냐?"

처용탈을 쓴 일검과 쓰러진 호위무사들을 본 홍윤성은 일순 뒤를 돌아서는 죽을힘을 다해 어둠 속으로 달아나기 시작했다. 처용은 외간남자와 통정하는 여자의 남편이었다는 생각이 들자 탈을 쓴 검객이 분명 일검이겠구나 싶었던 것이었다.

일검이 그를 쫓아 50여 보쯤 달린 뒤 그의 한쪽 다리를 베었다. 홍윤성이 지르는 비명이 갈기갈기 밤공기를 찢었다.

"내가 잘못했네. 내가 전 재산과 예쁜 비자를 모두 자네에게 줄 터이니 목숨만은 살려주시게."

일검이 대답 없이 그의 앞에 서자 그는 피범벅이 된 무릎을 꿇고 다시 목숨을 구걸하였다.

"이 칼이 하늘을 대신해 너를 처단한다."

그 순간 박암이 소리쳤다.

"죽이지는 마십시오."

일검의 한을 생각하면 그리하기 어려움을 알았으나 김시습의 당부가 떠오른 것이었다.

증오가 가득 담긴 일검의 단칼에 홍윤성의 갓이 반토막이 되어 땅바닥에 굴렀다. 상투가 잘라져서 산발이 되니 욕심 많은 얼굴이 더욱 사납게 일그러졌다. 그의 아랫도리에서 국부를 도려내었다.

온 조정이 발칵 뒤집혔다. 홍윤성과 원한관계에 있던 자들을 모두 조사했지만 그 과정에서 오히려 홍윤성의 비행과 패악질만 세상에 더 드러났다. 사건은 미궁에 빠지고 말았다. 원한관계가 아니라면 공신들에 대한 공격을 의미했다. 공신들은 집 안팎을 더 단단히 지키고 호위하는 무사들의 인원을 늘렸다.

달도 구름에 가려진 어느 깊은 밤, 박암 일행은 신숙주의 집에 잠입하였다. 박암은 집을 지키고 선 무사들을 익숙하게 혈을 눌러 기절시켰다. 남장한 효옥은 골목 어귀나 담장 위 또는 지붕에 숨어 있다가 결정적인 순간 애기살을 날려 박암을 도왔다.

탈바가지를 쓴 박암과 일검, 효옥이 방안에 들이닥치니 신숙주는 혼비백산하였다. 홍윤성을 베었던 처용탈이었다. 박암이 세한송백 보검을 신숙주의 목울대에 대었다.

"홍윤성처럼 베일 것인가 아니면 살아서 죄를 자복할 것인가."

신숙주는 당연히 살아남는 쪽을 택하였다. 목숨만 살려달라 애원할 뿐이었다.

"너는 부국강병한다고 수양에게 빌붙어 선왕의 자리를

빼앗고 수많은 충신들을 죽였다. 네놈은 백성을 위해 무엇을 하였느냐?"

그는 아무런 답도 하지 못하였다.

"지난번 분경을 하다 걸린 함길도 관찰사 박서창을 기억하느냐? 온 나라의 지방 수령들이 모두 네 집 앞에서 줄지어 서 있다. 앞으로 분경을 없애고 대납이나 노비 제도를 분명 혁신할 수 있겠느냐?"

신숙주는 이들이 새 임금과 무언가 통하고 있다고 느꼈으나 목숨 부지가 급하여 무조건 응하겠다 약조하였다. 박암은 신숙주에게서 다음과 같은 글귀를 받아내고 수결까지 하게 하였다.

─계유정난과 보위 찬탈은 동전의 앞뒷면과 같은 것이다. 고명을 배신한 죄를 영릉과 현릉 앞에 무릎 꿇고 사죄한다. 억울하게 죽은 친구 성삼문에게도 엎드려 사죄한다. 임금의 개혁에 적극 앞장설 것이다.

신숙주가 멈칫거리며 초서로 썼다. 글씨만큼은 유려한 명필이었다.

한명회는 저택의 방비를 대궐과 다름없이 철저하게 하였다. 입을 닫고 있지만 신숙주 목에 난 상처를 보아 이미 공격받았음을 그는 짐작하였다. 그렇다면 다음 순서는 한명회 그 자신이 분명함을 알았다.

효옥이 한명회의 집에 몇 번이나 방물장수로 들어가서 집의 구조와 무사, 하인들의 배치 상황까지 파악했지만 한명회는 빈틈을 보이지 않았다. 계유정난 때 무사들을 한명회가 모아들였듯이 그가 거느리는 무사들도 하나같이 뛰어난 검객들이었다.

박암 일행은 한명회가 호위무사와 하인들 수십 명을 데리고 압구정에 가는 날 밤을 노렸다. 사대문 안 가회동에서 멀리 강 건너 압구정까지 가마를 들고 시종을 하였으니 하루종일 경비를 선 무사, 하인들은 전부 지쳐 있었다. 번을 서는 무사들이 대부분 졸고 있던 자시에 침투하였다. 압구정 옆의 한명회 별장 방문 앞에서 선잠에서 깨어난 무사들과 한바탕 싸움이 벌어졌다. 제아무리 천하의 고수라지만 이들이 박암과 일검, 갑돌의 검술과 효옥의 활솜씨를 당할 수는 없었다.

한명회가 방문을 열고 내다보았다. 박암의 검은 단연 압권이었다. 춤추는 것처럼 부드러웠지만 칼은 정확하게 적의 빈틈으로 파고들었다. 희생을 줄이기 위해 박암이 네댓 명을 베고 한명회의 방으로 바로 뛰어들어 그의 목에 칼을 댔다. 신숙주의 목에 칼자국을 남긴 자들임을 한눈에 알아본 한명회가 무사들을 모두 물러서게 하였다.

그들은 신숙주에게 받아냈던 약속과 마찬가지로 한명회에게 응할 것을 요구하였다.

—계유정난은 수양대군과 한명회, 권람, 신숙주가 주동이 된 역모요, 반란이었다. 병자년에 처형당한 이들은 충신이다. 임금의 개혁에 적극 앞장설 것이다.

마찬가지로는 수결도 이루어졌다. 효옥과 박암은 신숙주와 한명회가 수결한 문서를 노량진의 충신들 무덤 앞에 펼쳐놓고 제사를 지냈다. 이제 이 나라를 떠나는 일에 아무런 미련이 없었다.

귀신을 속일 수 있으면 됩니다

효옥은 명나라에 가서 걸림이 없이 큰 장사를 해보고 싶었다. 병길과 장인들이 먼저 명나라로 떠나기로 하였다. 그곳에서 자리를 잡을 수 있게 효옥이 돕기로 하였다. 나귀 열 마리가 동원된 큰 상단이 명나라로 먼저 출발하였다. 사신 윤봉이 만들어준 통행증을 보여주니 행보에 거침이 없었다. 효옥은 젊은 임금이 개혁을 하는 데 있어 큰 걸림돌 둘을 치웠으니 박암의 목숨을 살려주고 저를 아껴준 임금에게 어느 정도 보은은 했다는 안도가 들었다. 이제 남은 일은 예종이 벌이는 개혁의 속도전을 멀찍이서 지켜보기만 하면 되는 터였다.

대비가 임금을 찾았다. 예종의 개혁이 너무 가팔라 그 위험성이 너무도 커 보였다. 태풍의 눈처럼 고요하지만 언제라도 폭풍과 뇌우가 몰아칠 수 있는 게 정세였다.

"주상, 더이상 두고 볼 수만 없어서 불렀소."

"말씀하시옵소서."

"공신들과 더이상 맞서지 마시오. 저들이 지금 조용한 것은 주상의 개혁을 따르기 때문이 아닐 거요. 오히려 다른 움직임을 준비하는 게 틀림없소."

"다른 움직임이라니요? 역모를 꾸민 자들을 처형까지 하지 않았습니까?"

기실 임금은 역모에 몰린 남이나 젊은 무장들이 제 편이 되어줄 수 있었던 세력임을 그때껏 깨닫지 못하고 있었다. 젊은 공신들이 노회한 공신들에게 한판 크게 진 것일 뿐이었다. 대비는 그 판세를 읽고 있었다.

"주상. 노회란 말이 무엇이오? 늙고 경험이 많아서 교활한 거 아니오? 선왕께서 15년을 통치하면서도 왜 그들 눈치를 보아오셨겠소. 그들이 왕권을 뒷받침하기 때문이었소. 그들의 힘을 무시할 수만은 없는 것이 정치요."

'어마마마. 그건 선왕께서 어린 임금을 내쫓고 정통성 없

이 임금자리를 차지했기 때문이었습니다. 이제는 다릅니다.'

속내가 그러하였으나 침묵하고 만 예종이었다.

"그들의 불만이 턱까지 차 있소. 그들을 살펴야 하오."

"어마마마. 제 어찌 그 사실을 모르겠습니까. 그러나 임금인 제가 늙은 공신들에게 휘둘려서 어떤 개혁도 할 수 없다면 저는 차라리 임금자리를 내어놓고 일개 범부로 사는게 마땅하다 여기옵니다. 저는 백성으로부터 제 힘이 나온다 믿사옵니다. 이제 그 길에서 한치의 양보도 없을 것입니다."

"개혁을 하려거든 긴 시간을 두고, 힘을 모으고, 차근차근 한발 한발 나아가야 하오. 무지렁이 백성들이 주상에게 어찌 편이 되어줄 수 있겠소. 먼 훗날 저간의 사정이 다 알려질 때까지는 장삼이사 백성들은 알 턱이 있을 리 만무하옵니다. 소문도 가진 자들이 만들어내는 겁니다."

"어마마마의 심려는 충분히 알겠사옵니다. 그러나 옳은 것이 무엇인지 알아버린 이상 더는 망설일 수가 없사옵니다. 사필귀정事必歸正이란 말이 있지 않사옵니까. 설사 제가 죽는다 하더라도 그대로 밀고 나가려 하옵니다."

'제가 죽더라도……'

이 말이 나오는 순간 대비는 임금의 결심을 꺾기 어렵다는 걸 깨달았다.

"번개가 치고 천둥이 울면 두렵기야 하지만 그래야 비가 내리고 초목이 삽니다. 이는 초목을 죽이기 위한 것이 아니라 살리기 위한 것입니다. 그것이 천지현황의 질서입니다. 초목이 비바람에 흔들리면서도 다시 떨쳐 일어나는 것이 자연의 섭리입니다. 설사 제가 거두지 못할지언정 씨는 반드시 뿌려야겠사옵니다."

임금에게서 폭풍 같은 말들이 쏟아져나왔다.

"죽은 난신들을 신원하여 기필코 복권시킬 것이옵니다. 노비가 된 그들 식솔들을 제 손으로 면천시킬 것이옵니다. 그런 다음 성승지의 여식 효옥을 제 비로 들이겠습니다."

다시는 입밖에도 내지 말라고 했던 그 얘기를 임금은 다시 꺼내었다.

대비는 파르를 떨리는 눈꺼풀을 내려 감았다.

'더이상 물러설 데가 없구나.'

임금은 홍윤성을 죽인 범인을 잡는 데 그리 적극적이지 않았다. 오히려 홍윤성의 패악질을 미리 징치하지 못한 사간원이나 의금부를 심히 꾸짖었다. 한명회와 신숙주는 저희들이 공격당한 사실을 입 밖에 내지 못하였지만 필시 이

사건이 임금의 개혁과 연관이 있으며 공신들을 공격한 자들이 임금의 측근임을 모르지 않았다. 밀운불우密雲不雨라, 공신들이 엎드려 눈치를 보고 있었지만 무언가 폭풍우가 몰아칠 듯한 무겁고 음습한 분위기가 대궐 안팎에 가득하였다.

그런데 정인지의 집에 분경하러 드나드는 자를 체포하려던 사헌부의 관리 두 명이 정인지의 가노들에게 두들겨맞고 옷이 찢어지는 행패를 당하는 일이 발생했다. 공신들의 사병이 공권력을 구타한 것은 왕의 개혁에 대한 노골적인 반발의 신호탄이기도 하였다.

한명회, 신숙주, 정인지, 한계순, 정현조, 유자광이 움직이기 시작했다. 이들이 대비 정희왕후를 찾았다. 대비는 애초에 왕이 된 해양대군보다 죽은 맏아들 의경세자를 끔찍이 사랑했었다. 어리지만 않았다면 죽은 의경세자의 아들이며 손자인 월산군이나 자을산군을 적통으로 임금자리에 밀었을 것이다. 한명회가 남이에게 적통을 이야기한 것은 바로 의경세자의 아들로 임금을 바꾸어보려는 시도였다. 한명회로서는 사위인 자을산군이라면 더욱 좋을 일이었다. 자을산군에 대한 대비의 사랑은 특히 각별하였다. 젊은 임금은 현실과 적절히 타협하거나 한계를 인정하지 않았다.

사사건건 힘센 공신들과 부딪히니 마음 편안한 날이 없었다. 게다가 역모로 죽은 성삼문의 딸을 비로 들이려는 생각까지 하고 있으니 대비는 젊은 아들이 오랫동안 임금자리를 지키기 어렵다고 판단하였다. 예종도 한명회의 사위였지만 그 딸이 죽었고 외손자 인성대군마저 죽었다. 이후 한백륜의 딸이 중전이 되었으니 한명회의 마음속에 예종은 예전의 사위가 아니었다.

하루는 한명회가 신숙주를 대동한 채 대비를 찾았다.

"소문을 들어 아시는지요. 전하께오서 중전마마 말고 곁에 품으신 여인이 있다 하던데 말입니다요."

대비는 짐짓 몰랐다는 듯 눈을 크게 뜬 채 한명회를 바라보았다.

"궁으로 불러 친히 바둑도 두신다고 소문이 파다하거늘 정녕 모르셨사옵니까."

"그래 그 여인이 누구라 하더이까?"

대비는 제 속앓이가 들키기라도 한 듯 아닌 척 처음인 척 벌게진 얼굴로 되물었다.

"장사치가 된 성삼문의 딸 효옥이라 들었사옵니다."

"누구요? 효옥?"

한명회가 이리 알고 있다면 늙은 공신들 역시 이 사실을 공유하고 있음이 분명하였다.

"무어라고요? 죽었다는 보고를 들었는데 죽은 아이가 어찌 궁에 드나든다는 말입니까."

"전하께서 명철함을 잃으신 듯해 큰 걱정이옵니다. 이 나라가 위태롭나이다."

대비의 귓전에 임금의 목소리가 들리는 듯했다.

'효옥은 어릴 때부터 제가 품었던 아이옵니다. 기필코 면천을 시켜 궁에 데려올 것이옵니다.'

"어쩌면 좋겠소?"

한명회, 신숙주, 정인지가 드디어 본색을 드러냈다.

"주상의 성총이 많이 흐려진 듯하여 사직이 염려되지 않을 수 없사옵니다. 고구려 태조왕 때 태후께서 수렴청정한 이래로 태후께서 섭정하신 고례는 많사옵니다. 지금이라도 대비마마께서 사직을 보존해나가심이 온당하다 사려되옵나이다."

"주상께서 저리 계시온데 내 어찌……"

한명회의 모들뜬 눈이 희번덕거렸다.

"적장자는 원래 의경세자의 아들이신 월산군이 아니십니까."

대비는 대답 대신 한숨을 쉬었다. 묵인이며 방조였다.

대비는 밤새 전전긍긍 잠을 이룰 수 없었다. 맏아들 도원군을 먼저 보내야 하는 참척의 슬픔을 겪었는데 또다시 창자를 끊어내는 고통을 스스로가 만들 수는 없는 노릇이었다. 어쨌거나 왕통을 지켜내어야 했다. 기백을 불러들였다.

"주상이 대군 시절에 효옥이라는 아이를 만난 적이 있지 않느냐?"

기백이 머뭇거리자 대비가 채근하였다.

"주상이 세자가 되었을 때 내가 한번 더 묻지 않았느냐. 그때 자네가 그 아이가 세자를 보할 상이라 하지 않았느냐."

"기억이 날 듯도 합니다만…… 오래된 일이라서 지금은 그 얼굴이 잘 떠오르지 않사옵니다."

"세자를 보할 상이라고 말했을 때에는 분명히 관상을 보고 답을 낸 게 아니더냐. 떠올려 짚이는 게 있으면 숨김없이 말해보거라. 자네가 아는 건 다 얘기해야 나라를 살릴 거네."

대비는 지난번부터 기백이 말을 삼가는 듯한 기색을 눈치채고 있었다.

"그때 그 아이의 관상은 말씀드린 대로 빼어나게 좋은 관상이었습니다. 주상을 보하고 합을 이룰 관상이었습니다. 아뢰옵기 황송하오나 오히려 주상께서……"

기백은 말을 잇지 못하였다.

"천지간에 사람의 명운이 정해져 있다면 그 기미나마 알고자 너를 불러온 것이다. 서슴지 말고 얘기하여라."

"아뢰옵기 황송하오나 사주로나 관상으로나 주상께 단명의 기운이 서려 있사옵니다. 죽여주시옵……"

기백이 말끝을 흐렸다. 대역이 될 수도 있는 말이었다. 그러나 대비는 움찔하지 않았다. 마치 운명을 짐작했고 그 답을 기다리고 있었던 사람 같았다.

"명을 늘릴 수 있는 방법은 없겠느냐."

기백이 용기를 내어 겨우 할말을 마저 보탰다.

"온 천지간에 선왕이 해한 원혼들이 떠돌아다닙니다. 온 나라 산천에 원혼들의 원한이 켜켜이 쌓여 있습니다."

"그게 주상이 빨리 죽어야 할 이유란 말이냐? 그래 도원군도 어린 나이에 죽었다. 며느리들도 다 죽고 손자들도 내 손으로 묻었다. 선왕께서도 지난해에 훙薨하였다. 그래 어 쩌란 말이냐? 차라리 나를 데려가라 해라."

대비가 눈물을 흘렸다.

기백의 외눈이 눈물 흘리는 대비를 희번덕 쳐다보았다.

"귀신을 속일 수 있으면 됩니다."

"귀신을 속이다니……?"

"천지간 산천에 가득한 귀신을 속일 수 없으니 드리는 말씀이옵니다."

"대체 이 무슨 말장난이더냐."

"삶과 죽음은 본래 하나이지 않사옵니까. 자연이라 하지 않사옵니까. 자연이 되면 죽어도 죽지 않을 수 있사옵니다. 귀신은 그렇게 속일 수 있사옵니다."

대비가 어의 권찬을 불러들였다. 세자 때부터 임금의 내시였던 홍내관도 불러들였다. 대비는 홍내관에게 세 가지를 하명하였다. 인왕산 자락의 비해당을 깨끗이 청소하는 게 그 하나였다. 안평대군이 죽고 나서 폐허처럼 비어 있던 곳이었다. 유달리 임금이 어릴 때부터 좋아하던 곳이었다. 그리고 당분간 의신공방을 피해 있으라는 대비의 전언을 비밀리에 효옥에게 전하게 하였다.

주상의 유명이요, 어명이옵니다

예종이 족질을 앓았다. 다리에 생긴 종기이니 정사를 보기 어려운 정도는 아니었다. 내금위 군사들의 열병식에 참여하여 이들을 격려할 정도는 되었다. 어의 권찬이 족질 약을 지어오고 환부를 찜질하였다. 이상하게 족질 약을 먹고 나서는 밤새 혼미하여 아침에야 겨우 잠을 깰 정도로 어지러움을 심히 일으켰다.

임금이 약사발을 밀어내었다. 대비까지 침전에 들어와 약 들기를 재촉하였다. 어의가 가세하여 거머리로 하여금 환부를 빨게 하는 질침법^{蛭鍼法}까지 썼지만 듣지 않았다. 침상에 홀로 앉은 임금이 홍내관을 불렀다.

"지난번 내가 읽던 『금강경』의 대목을 다시 읽어보아라."

"무릇 형상이 있는 것은 모두 허망한 것이니, 그 형상이 형상이 아님을 알게 되면 곧 여래를 볼 것이다. 목숨을 걸고 쟁취하려던 그 무엇이 사실 그리 집착할 만한 것이 아니었으며, 이룬 것도 없고 잃을 것도 없으며, 나타난 것도 없고 소멸된 것도 없으며 모든 것이 끊어진 적멸의 자리가 바로 이 세상이다. 일체의 유위법有爲法이 꿈과 같고 환상과 같고 물거품과 같고 그림자와 같고 이슬과 같고 번개와도 같으니 마땅히 이와 같이 볼지니라."

"그래 맞다. 범소유상 개시허망 약견제상비상 즉견여래 凡所有相 皆是虛妄 若見諸相非相 卽見如來라."

보이는 모든 만물이 실로 허망한 것이니 만물이 본래의 모습이 아닌 것을 보게 되면 그것이 부처님이라. 임금은 게송을 따라 읊고, 가만히 생각에 잠겼다. 이내 편안해진 얼굴로 어의가 바쳐올리는 약사발을 마셨다.

축시가 훌쩍 지난 때였다. 자미당에서 지내던 임금을 입직하던 박암이 찾아뵈었다. 어의 권찬이 불안한 눈빛으로 임금이 계신 자미당 밖을 서성대고 있었다. 잠자리에 계셔야 할 임금이 보료에 기댄 채 힘없이 앉아 있었다. 내시와 상궁 하나가 근거리에서 어찌할 바를 모르고 있었다. 임금의 얼굴은 심히 창백했다. 박암은 임금을 자리에 눕혀드리려 했다.

"눕히지 말거라. 자꾸 토할 것 같아 누울 수가 없구나. 피가 섞였다. 피를 보았느니라."

피 묻은 수건을 손에 쥐고 있던 예종이었다.

어의 권찬이 안절부절못하고 있었다. 오히려 홍내관은 임금의 죽음을 예비하고 있는 듯한 표정이었다.

'홍내관까지 어의와 한패거리란 말이냐?'

임금이 또 한번 울컥 피를 토하였다.

"세상을 바꿔보려 했는데 참도 허무하구나. 백성을 잘살게 하지도 못하고, 욕심 많은 공신들을 제압하지도, 왕권을 되찾지도 못하였다."

임금은 박암을 가까이 불렀다.

"나는 틀린 것 같다. 박암, 그래 너는 효옥의 박암이지 않더냐. 효옥도 죽이려 할 것이다. 어서 가 효옥을 지키거라. 어명이다. 효옥에게 가거라."

"전하, 제가 곁에 있어드리겠사옵니다. 더는 말을 마옵소서."

"반드시 살아남아라. 살아 있어야 살게 할 수 있느니라.

반드시 꿈꾸거라. 꿈이 있어야 꿈을 꿀 수 있게 만드느니라."

가쁜 숨을 몰아쉬던 임금의 고개가 힘없이 앞으로 기울어졌다. 박암에게 기댄 상체에 힘이 빠져나갔다. 족질을 앓았다지만 젊은 임금이 급사할 만한 위중한 병은 아니었다.

박암이 밖으로 나오자 대궐 문밖으로 정체를 알 수 없는 무사들이 복면을 쓴 채 잔뜩 포진해 있었다. 박암의 세한송백 보검이 분노의 검광을 번득이며 이들을 낙엽처럼 쓰러뜨렸다. 박암은 포위망을 뚫어가며 말을 달렸다. 달리는 말 잔등 위로 박암의 뜨거운 눈물이 흘러내렸다.

어두운 새벽하늘에 함박눈이 소리 없이 쏟아지고 있었다. 백성을 위한 개혁을 해보려 애쓰던 젊은 임금의 안타까운 영혼이 눈송이가 되어 차가운 하늘로 흩뿌려지는 듯했다. 재위 14개월 만에 이대로 이렇게 세상에 하직을 고하는가.

임금이 독살당하였다는 소문이 파다하게 퍼졌다. 사헌부에서 어의 권찬을 처벌하라고 주청이 올라왔으나 대비가 묵살하였다. 오히려 두 달이 지나 어의 권찬을 가선대부 현복군으로 승진시켰다.

예종의 둘째 아들 현은 네 살밖에 안 되었다. 그가 어려서 안 된다면 적장자인 의경세자의 큰아들 월산군이 왕위 계승자였지만 대비가 열세 살 자을산군을 임금으로 지명하였다. 그가 한명회의 사위였기 때문이다. 정희왕후와 신숙주, 한명회가 후사 논의를 사정전 뒤뜰에서 하였다. 사관의 기록을 피하려 함이었다.

문종이 세종 승하 후 엿새 만에, 단종이 문종 승하 후 나흘 후에 즉위하였는데 세자도, 적장자도 아닌 자을산군 성종은 예종이 죽은 지 불과 여덟 시간 만에 후계자 선정, 즉위식, 교서 반포까지 모두 마쳤다. 열세 살 어린 성종을 대신하여 대비가 섭정한다고 하였으나 사실 한명회와 늙은 공신들이 섭정하려 한 준비된 임금 교체였다.

음력 11월 하순 새벽의 인왕산 자락에 눈발이 날리고 있었다. 효옥은 홍내관이 앞뒤 없이 전했던 대비의 전갈을 납득할 수 없었다. 명나라로 떠났던 병길과 장인들에게서 전갈이 왔다. '명나라 연경에 자리를 잘 잡았고 대국에 진출해도 좋을 듯하다'는 소식을 들은 바 조선에서는 더이상 할 수 있는 일들이 없을 듯하여 명나라에서 열방을 상대로 크게 장사나 해볼까 생각을 하던 차였다. 이러한 때에 대비로부터 뜬금없이 몸을 피하라는 전언이라니, 효옥은 혼란스러울 수밖에 없었다.

초겨울의 이른 새벽 효옥이 집을 나서려는데 무사들이 이를 에워쌌다. 박암이 의신공방에 당도했을 때 횃불을 밝힌 채 칼과 활을 든 수십 명의 무사들이 공방 앞을 에워싸고 있었다. 이미 싸움이 한창이었던 듯 쌍검을 든 효옥의 머리카락은 잘리어 흩어지고 옷자락이 베이기도 한 채였다. 효옥을 등지고 포위망에 갇힌 일검도 상처투성이였다.

"모두 비켜라! 어명이다."

그때 유자광이 말 위에서 간악한 웃음을 날렸다.

"나도 새 임금의 명을 받았다. 당장에 저자를 죽여라."

무사들은 박암에게 벌떼처럼 달려들었으나 나비 같은 그의 칼날이 서너 명을 동시에 쓰러뜨렸다. 이들이 박암의 검술 실력을 한눈에 알아보고 일순 뒤로 물러섰다.

"저 망할 계집부터 당장에 해치워라."

효옥과 명나라에 갈 작정으로 짐까지 싸두었던 장인들이 먼발치에서 발을 동동 구르며 어쩔 줄 몰라 했다. 노비에서 면천된 화각장이 짧은 칼을 들고 달려들었지만 한칼에 어깻죽지를 베이고 말았다. 중과부적이었다.

박암의 등에 화살이 꽂혔다. 날렵했던 박암의 움직임이 눈에 띄게 느려졌다. 무사의 칼날이 박암의 장딴지를 스쳤다. 눈치를 보던 무사들이 슬금슬금 포위망을 좁혀왔다. 수십 명의 무사들과 이대로 싸워서는 얼마 안 가 죽을 것이 뻔했다. 박암은 마음을 먹었다. 그래야 효옥만이라도 살릴 수 있었다.

온몸이 피투성이가 된 박암이 마지막 혼신의 힘을 다해 유자광을 덮쳤다. 잠시 후 둘은 함께 말에서 떨어졌다. 박암이 유자광의 목줄기에 칼을 겨누었다.

"의신을 빨리 이 말에 태워라."

박암의 말에 일검이 눈치껏 효옥을 유자광의 말에 태웠다. 유자광의 목숨을 겨눈 칼이니 무사들 중 누구 하나 박암에게 달려들 수가 없는 노릇이었다.

"얼른 가십시오. 길을 트십시오. 반드시 살아남으셔야 합니다. 이는 주상의 유명이요, 어명이옵니다."

유명이라는 말에 어안이 벙벙해진 효옥이었다. 일검은 효옥이 탄 말의 궁둥이를 칼등으로 후려쳤다. 달리는 말 위에서 효옥이 울부짖기 시작하였다.

유자광을 밀쳐내자 박암에게 빗발치듯 화살이 쏟아졌다. 몸통 곳곳에 꽂힌 화살은 박암이 움직일 때마다 더더욱 깊이 꽂혀들었다. 지붕 위에 매복한 궁수들은 유자광의 지시에 따라 일찌감치 화살촉에 독을 발라둔 터였다. 박암이 격렬하게 움직일수록 독은 몸속으로 빠르게 타고 흘렀다. 마당에 쌓인 하얀 눈 위로 점점이 붉은 매화가 송이송이 피어났다.

박암은 온몸이 점점 뻣뻣해져가는 걸 느꼈다. 더는 버틸 재간이 없었고 눈이 감겨왔다. 효옥을 태운 말이 더는 보이지 않게 된 것을 확인하고서야 박암의 무릎이 풀썩 꺾였다. 눈을 뜨고 있었지만 흰 눈말고는 보이는 그 무엇이 아무것도 없었다. 무사들의 칼날이 바람을 갈랐다. 순백의 눈밭이 검붉게 물들었다. 박암의 눈동자는 공허하게 빈 하늘을 향하였다.

효옥이 말 위에서 울부짖었다.

'천지신명은 나에게 왜 이리도 가혹한 것인가요?'

여러 군데 칼에 찔려 피투성이가 된 박암이었다. 빗발치는 화살을 온몸으로 받아낸 박암이었다. 살아서 돌아오기를, 그래서 다시 만나기를 고대한다는 건 무리일까. 달리는 말 위에서 창자가 끊어질 듯한 고통 가운데 박암이 했던 말을 다시금 떠올려보니 의아함과 두려움만 더 커질 뿐이었다.

그렇게 또 봄은 지척에 와 있었다

영월 원호의 집에 간신히 당도한 효옥은 음식은커녕 몇 날 며칠을 물조차 마시지 못하였다. 다행히 효옥은 원호 대감의 염려와 그 댁 식솔들의 간절한 간호에 힘입어 자리보전은 겨우 면하게 되었다.

정신을 차리고 보니 새 임금이 등극하였고 선왕은 독약을 마시고 죽었다는 풍문이 영월 산골짜기까지 들려왔다.

음력 11월 하순의 영월 산골짝은 산천이나 수목이나 모두 눈에 덮여 있었다. 백두대간을 타고 몰아치는 삭풍은 사람의 뼛속까지 얼게 만들었다. 효옥은 답답증이 나서 집안에 있을 수 없었다. 칼날같이 차가운 바람을 맞으며 산천

계곡을 정처 없이 다니는 게 차라리 견딜 만하였다. 눈송이가 쏟아지는 날도 어김없이 눈을 맞으며 산천을 헤매었다.

장옷을 뒤집어써도 온몸과 손발까지 꽁꽁 얼었다. 그러고는 눈 덮인 보리밭 가 큰 소나무 밑에 하염없이 앉아 있었다. 따뜻한 방에 있기보다는 그래도 추운 벌판에 나와 있는 게 차라리 더 나았다.

모처럼 따뜻한 햇살이 비쳐 보리밭을 덮은 눈이 더욱 하얗게 빛나던 날이었다. 체념한 탓인지 하늘을 향해 치밀어 오르던 원망도 많이 가라앉았다. 죽음으로 이별하게 된 두 인연에 천지신명을 원망도 하였으나 지금까지 두 사람에게 받은 지극한 사랑은 태산에 비할 데가 못 되었다. 효옥은 희디흰 눈 위에 그리움을 가득 담아 시도 한 수 적어보았다.

근래안부문여하 近來安否問如何
백설건곤여한다 白雪乾坤女恨多
약사몽혼행유적 若使夢魂行有跡
문전석로반성사 門前石路半成沙[*]

요즈음 어찌 지내시는지 정말 궁금합니다
백설이 온 천지에 가득한데 저의 한도 가득입니다
꿈속에 넋이라도 오간 흔적이 남는다면
문 앞의 돌길도 반은 모래가 되었을 것입니다

　주먹만한 눈송이가 내리기 시작하였다. 사위를 분간하기
어려울 정도로 눈송이가 탐스럽게 쏟아지고 있었다. 그때
맞은편 소나무 아래 검은 갓에 흰 도포를 엄정하게 차려입
은 옥골선풍의 선비 하나가 보였다. 온 사위가 새하얀 눈으
로 뒤덮인 가운데 흰 도포를 차려입고 서 있는 사람이라 혹
신선이 아닌가 헷갈리기도 한 참이었다.

　쏟아지던 눈발이 차츰 잦아들고 있었다. 그 덕에 앞이 훤
해져서인지 멀리 서 있던 선비의 풍채가 보다 분명하게 눈
에 들어왔다. 효옥은 놀라서 주저앉을 것 같았다.

　'이제는 내 눈에 헛게 보이는구나.'

　신선인가 싶던 선비가 가까이 다가와 서 있었다. 어딘가
익숙한 얼굴이었다. 아니다. 이는 기실 그럴 수가 없는 일이

* 조선시대 시인 이옥봉李玉峰의 「몽혼夢魂」이라는 시에서 두번째 행 '月到
紗窓妾'을 '白雪乾坤女'로 바꾸었다.

었다. 짙은 눈썹의 선비였다. 그가 효옥을 보며 웃고 있었다. 효옥은 천천히 한 발씩 어렵게 내딛고 있었다.

몽혼약을 먹은 임금은 비해당에서 깨어났다. 해독제를 마시고도 이틀이 지난 때였다. 이미 새 임금이 등극한 뒤였다. 홍내관이 예종을 지켜주고 있었다.

비해당 앞의 계곡물은 여전하여 흐르는 소리가 못내 정겨웠다. 예종은 대비가 남긴 언문 편지를 읽고 있었다. 군데군데 눈물로 얼룩진 피끓는 모정의 가슴 아픈 글귀였다.

'삶과 죽음이 다르지 않으니 이 세상에서 죽은 듯이 그저 살아만 있어다오.'

읽어내려가는 임금도 흐르는 눈물을 어쩌지 못하였다. 세상사의 흐름이 제 타고난 보폭과 맞지 않음에 무엇으로 그 속도를 맞출 수 있을 것인가. 예종은 어미의 큰 뜻을 그제야 알아차렸다.

독한 약 때문이었는지 다행히 족질은 깨끗이 나아 있었다. 몸을 추스르자마자 예종은 바로 영월로 향하였다.

효옥은 제 신이 벗겨지는 줄도 모르는 채 눈밭을 가로질러 선비에게로 달려갔다. 이황이 두 팔을 벌려 효옥을 맞이

했다. 그렇게 효옥은 제 첫정이던 이황을 처음 제가 당겨 끌어안았다.

건곤이 온통 백설로 얼어붙었는데 그 위에 또 폭설이 내려 쌓이고 쌓였다. 그러나 그 혹독한 추위와 겹겹이 쌓인 눈더미 아래에서도 보리는 푸른 새싹을 차가운 눈 속으로 밀어내고 있었다. 그렇게 또 봄은 지척에 와 있었다.

작가 후기

어릴 적 사육신 이야기를 들을 때는 가슴이 벅차고 떨렸다. 청령포와 단종 임금이 묻힌 장릉에서도 비슷한 경험을 하였다. 실록을 읽다가 노비가 된 성삼문의 딸 효옥을 만나던 날은 안타까움에 잠을 이루기 어려웠다. 조선 역사상 두 번 다시 없던 개혁 군주 예종이 재위 1년 만에 숨진 것도 가슴 아팠다.

이긴 자와 진 자, 죽은 자와 살아남은 자, 가문이 멸문당하고 처와 딸들이 노비가 된 자와 당대에 부귀와 영화를 누린 자의 운명이 극명하게 갈렸지만 신의와 믿음을 위해 처참하게 죽은 사람들을 안타까워하고 같이 눈물 흘리는 마음은 조선시대의 정신사를 관통하였다.

세조가 큰 업적을 남겼다면 역사의 정통성과 충절과 신의는 무시되어도 좋은가? 과연 세조는 그러한 업적을 남기는 치세를 하기는 하였는가? 예종의 놀랄 만한 개혁 정책은 왜 좌절되었는가? 그 의문도 화두가 되었다.

역사적 기록으로는 효옥의 나이를 알 수 없었다. 야사 『추강집』에는 '대여섯 살'이라는 대목이 있다. 예종의 실제 나이와 비슷하다. 소설에서는 노비가 되는 1456년에 열두 살쯤 되는 것으로 보았다. 예종의 나이도 실제 나이보다는 다섯 살 정도 많은 것으로 상상하였다.

상상 속에서나마 효옥이 아픔을 딛고 스스로의 길을 당당하게 개척해나가는 젊은 여성이길 간구하였다. 소설의 전개와는 달리 『조선왕조실록』은 효옥과 그 어머니 차산이 성종 임금 때에야 박종우의 노비에서 면천되었다고 기록하였다(『조선왕조실록』, 성종 6년, 1475년 5월 7일). 노비가 된 지 20년 만이다.

낮고 어두운 곳에서, 억눌러두었던 말들이 아름다운 글로 승화되기를 간절히 기도하였다.

실록을 읽고 많은 자료를 뒤적였지만 모자람은 채워지지 않았다.

연필로 쓰고 지우고 수없이 고친 천여 쪽이 넘는 무초蕪草 더미를 보면서 천학비재함을 수십 번 탄식하였지만, 그래도 이 부박하고 믿음 없는 시대에 감히 화두라도 내어본다고, 먼지가 가득 덮인 와사등을 닦는 심정으로 겨우 종이를 메워갈 수 있었다.

글은 졸拙함으로써 나아가고 도道는 졸함으로써 이루어진다 文以拙進 道以拙成라는 옛 어른의 말씀을 믿고 감히 예까지 올 수 있었다.

2021년 봄
대관령 우거에서
전군표

효옥

ⓒ 전군표 2021

1판 1쇄 2021년 6월 25일
1판 5쇄 2021년 7월 21일

지은이 전군표
펴낸이 김민정
책임편집 김동휘 편집 유성원 권순영 송원경
표지 디자인 고은이
본문 디자인 최미영
마케팅 정민호 김도윤
홍보 김희숙 함유지 김현지 이소정 이미희 박지원
제작 강신은 김동욱 임현식
제작처 천광인쇄사(인쇄) 경일제책(제본)
펴낸곳 난다
출판등록 2016년 8월 25일 제406-2016-000108호
주소 10881 경기도 파주시 회동길 210
전자우편 nandatoogo@gmail.com
트위터 @blackinana 인스타그램 @nandaisart
문의전화 031) 955-8865(편집) 031) 955-2696(마케팅)
팩스 031) 955-8855

ISBN 979-11-88862-30-6 03810

KB057653

신들메를
고쳐매며

신들메를
고쳐매며

이 문 열 지음

문이당

책머리에

　오랜만에, 실로 열두 해 만에 산문집 한 권을 엮는다. 첫 장(章) '신들메를 고쳐매며'는 그런대로 한 주제를 따라가며 썼지만, 나머지 네 장은 이것저것 함부로 건드린 잡문들을 주제별로 묶어 만들었다. 잡문들은 주로 신문에 쓴 시론이나 칼럼이고, 드물게 기행문이나 미셀러니에 해당되는 게 있지만 이 또한 신문에 실렸던 글이 대부분이다. 하지만 그 글들도 소설의 형식이 아닌, 시대와의 직접적인 대화라는 점에서는 공통된 부분이 있다.

　금년은 내가 〈동아일보〉 신춘문예를 통해 중앙 문단에 나온 지 25년, 작가 데뷔 은(銀)경축에 해당되는 해다. 사반세기 짧지 않은 세월이지만, 그동안 참으로 많은 것이 변하였다. 3공화국부터 6공화국까지 네 공화국을 보았고 여섯 번째 대통령을 맞았다. 문학적으로도 개인적으로도 훼예포폄(毁譽褒貶)과 영욕의 크고 작은 순환이 있었다.

　그만한 세월이면 단정하고 경건한 늙은이로 늙어 가야 할 내 몸과 마찬가지로 나의 글도 결이 삭고 풍미 넘치게 숙성될 때도 되었다. 그런데도 군데군데 행간(行間)의 목소리는 분노로 높고 혀는 조롱과 야유의 악의로 뒤틀려 스스로 듣기에도 민망할 지경이다. 장년이 되어 혈기 바야흐로 강성할 때는 싸움을 경계하라던 옛 성현의 가르침이 아니더라도, 잘못 살고 있지 않은가 스스로 걱정된다.

　그러나 어찌하랴. 이러한 한 때가 있으면 저러한 한 때도 있을 터, 이 또한 내 삶의 자취이니 마냥 지워 없애 버리기만 할 수도 없는 일이다. 거기다가 책 묶기를 간절히 권하는 이가 있어 차마 그 뜻을 물리치지 못했다. 부끄러움을 누르고 슬며시 서두 한 장(章)을 얹어 문학으로의 귀거래사(歸去來辭)에 갈음하려 한다.

　나 돌아가리. 방금 빠져 있는 부질없는 시비에서 벗어나는 대로 나 떠나온 곳으로 되돌아가리. 모두 훌훌 털고 돌아가 쓰고 꿈꾸고 사랑하며 살리. 때로는 나 떠나오기 전처럼 읽고 그리워하고 가슴 저려하며 살리.

2004년 2월 초순
부악산록에서

3장 시속(時俗)과 더불어

5장 낯선 길 위에서의 상념

1장
신들메를 고쳐매며

신들메를 고쳐매며

들린 시대의 아이들에게

젊은 나를 인상 깊게 기억하는 이들에게는 조금 느닷없이 들리겠지만, 이제는 나도 늙어 가고 있음을 스스로 깨닫는다. 내 삶이 처음보다는 끝에, 태어남보다는 죽음에 가까워지고 있음을 드디어는 조금씩 실감한다. 어떻게 둘러대도 다섯 해만 있으면 환갑을 맞이할 이 나이를 아직 늙지 않았다고 우길 수는 결코 없다.

앞으로 내가 이 세상을 쓸 시간은 그리 길지 않다. 내가 우리 시대 평균치의 건강을 나누어 받았다고 쳐도 그 시간은 20년을 많이 넘지 못한다. 의학의 발달로 목숨이 붙어 있는 시간은 더 길어질 수도 있겠지만 그것은 이미 세상을 '쓰고' 있는 것은 아니다. 팔순의 늙은이가 살아 있다는 것은 그저 몸이 아직 세상에 머물러 있다는 뜻이지, 그가 세상을 쓰고 있다고 말하기는 어려울 터이다.

일과 생산을 염두에 두고 남은 날을 헤아려 보면 더욱 한심하다. 우리 사회 모든 분야의 정년(停年)은 길어야 65세, 글쓰기도 거기서 크게 벗어날 수 있을 것 같지는 않다. 따라서 내게도 글을 쓸 수 있는 기간은 기껏해야 10년밖에 남지 않았다고 보는 편이 옳다.

직업으로서 문필가가 누리는 특혜 가운데 하나는 정년이 없다는 것이고, 실제로도 다른 분야의 정년을 넘겨 노익장을 자랑하는 우리 선배들이 없었던 것은 아니다. 세계 문학의 주류를 이루는 서구 문학에서도 65세 이후에 쓰인 걸작을 꼽기는 어렵지 않다. 괴테의 《파우스트》나 밀턴의 《실락원》은 모두 우리 정년을 넘긴 나이에 발표된 것들이며, 톨스토이는 일흔하나에 《부활》을 썼고 토마스 만은 일흔둘에 《선택된 인간》같이 만만찮은 작품을 남겼다. 우리 대중에게 특히 인기 있었던 프랑스 시인 구르몽의 〈낙엽〉도 팔순이 가까워 쓴 시라고 들었으며, 1981년에 노벨 문학상을 받은 영국 작가 엘리아스 카네티도 일흔이 훨씬 넘어 역작 《구제된 혀》를 쓴 것으로 알고 있다.

하지만 조금만 차분히 살피면 서구 문학의 그 찬란한 노익장의 행진에는 감춰진 두 그늘이 있다. 하나는 작가의 남다른 자기 관리요, 다른 하나는 예외적 천재성이다.

《파우스트》의 초고는 이미 괴테의 30대 후반에 발견되며, 작품 일부도 그 무렵 하여 먼저 발표된 것으로 알려져 있다. 4부로 완결시킨 것은 일흔이 넘어서였지만, 어쩌면 《파우스트》는 괴테 일생에 걸친 대작(大作)이라고 하는 편이 옳을지도 모른다. 그 밖에도 서구 작가들에게는 이른바 '만년(晩年)의 대작'이란 게 일찍부터 기획되는 것이 아닐까 싶을 만큼 철저한 자기 관리를 느끼게 되는 경우가 많다. 발표는 비록 늙은 뒤에 할지라도 그 중요한 구상과 취재는 이미 청장년 시절에 거의 되어 있는 경우를 자주 본다.

거기다가 그들 '만년의 대작'은 문학사를 세대(世代) 단위로만 갈라 놓고 헤아려 보아도 터무니없을 만큼 예외적임을 이내 알 수 있다. 몇 세기를 두고 손꼽으면 그렇게 수다한 노후의 걸작을 들 수 있지만, 또한 그사이 생산된 모든 걸작들에 비하면 그것들은 백에 하나 있는 예외일 뿐이다. 톨스토이 시절 1백 명의 소설가들 중에 오직 톨스토이 하나만이 일흔하나에 《부활》을 쓸 수 있었다고 보아야 한다.

나는 젊어서부터 철저하게 작가로서의 삶을 관리해 오지도 못했고, 내게서 백에 하나 있는 예외적 천재성을 믿지도 못한다. 달리 말해, 내 글쓰기의 정년을 우리 사회의 다른 분야보다 높여 잡을 근거가 없다. 그런 만큼 기우는 해를 바라보는 내 마음은 다급하고 가버린 날들을 돌아보는 눈길에는 한스러움이 깃든다.

지난 세월 나는 다산성(多産性)으로도 주목받은 적이 있고, 한때는 스스로도 그걸 은근한 자부(自負)로 삼았다. 사람들은 작품의 질이 손상되지 않은 다산이라며 젊은 나를 터무니없이 추켜세웠으며, 나도 그 말을 덩달아 믿어 손가락 사이로 빠져나가는 모래처럼 속절없이 흐르는 세월을 아까워할 줄 몰랐다. 하지만 이제 와서 돌아보면 쌍방 모두 오해였다.

지금까지 내가 쓴 글은 대략 2백 자 원고지로 6만 매 남짓하다. 하지만 번역이나 재구성을 빼고 창작이라고 할 수 있는 것만 치면 장르가 애매한 잡문까지 합쳐도 4만 매를 넘지 못한다. 그리고 그 4만 매 중에서도 읽을 만한 소설은 한껏 관대하게 보아 주어도 3만 매를 채우기 어렵다. 그게 한때는 다작(多作)으로도 주목받았던 내 문학적 생산의 실상이다.

참고로 지금의 나보다 5년밖에 더 살지 못한 도스토예프스키는 그의 4대 걸작 《죄와 벌》, 《악령》, 《백치》, 《카라마조프 씨네 형제들》

을 비롯하여 이미 세계 명작으로 손꼽히는 작품만으로도 3만 매는 쉽게 넘어서고, 근래 우리말로 번역된 전집은 어림잡아 쳐도 8만 매는 넘어 보인다. 토마스 만도 《부덴브로크 가(家)의 사람들》과 《마의 산》, 《요셉과 그 형제들》, 《선택된 인간》 같은 대작에 이미 고전이 된 명작 중·단편들만 더해도 우리 원고지로 3만 매는 거뜬히 채울 것이다. 발자크처럼 그 방면으로 특히 이름난 대가까지 끌어들이지 않더라도, 내 다산은 소문만 요란한 껍질뿐이었음을 쉽게 알 수 있다. 결국 나는 눈 밝지 못한 이웃들의 감탄에 우쭐해 일과 생산의 한낮을 게으르게 마감해 오고 있었던 셈이다.

하지만 그래도 내게 위로는 있다. 일이 그릇되기는 해도 영 글러 버린 것은 아니며, 날이 얼마 남지 않았다고는 해도 아주 늦어 버리지는 않았기 때문이다. 이제라도 신들메를 단단히 묶고 뉘엿해지는 햇살을 재촉 삼아 부지런히 걷는다면 못 따라 잡을 길은 없다.

더군다나 나는 진작부터 세계와 우리의 1980년대를 소설적으로 형상화하고 그 시대 정신을 규명하는 것을 내 만년의 대작 가운데 하나로 공언하였으며, 그 밖에도 미뤄 온 몇몇 작품은 벌써 제목까지 세상에 띄워 보냈다. 남의 스승 노릇 하기 좋아하는 병통 때문에 가깝게 받아들였던 몇몇 후학들에게는 소설을 통한 인문학의 통합이란 엄청난 화두를 제시한 바 있고, 그들 중 순수하면서도 용기 있는 몇몇은 아직도 그걸 한 이상(理想)으로 안고 가고 있다. 그 모든 내 공언과 제시가 허풍으로 끝나지 않고, 일찍이 품었던 야심의 절반만 성취되어도 내 소설은 양과 질 모두에서 그리 부끄럽지 않게 마감될 수 있을 것이다.

이에 생산이 부진했던 지난 몇 년은, 의도하지는 않았지만 내 마지막 가열(苛烈)한 여정을 위한 휴식으로 여기고 다시 몸을 일으킨다. 헤퍼 밑천이 우그러들기는 해도 아주 거덜나 버린 것은 아닌 장사꾼처럼 스스로를 북돋아 가며 켜켜이 쌓인 방심과 나태의 먼지를 털고 일어선다. 해 질 녘까지 남은 두어 점(點) 거리 길을 이번에는 어김없이 가기 위해 신들메를 단단히 고쳐맨다.

그런데 해진 신들메를 다시 꼬고, 풀어진 곳을 새로 동여매는 동안에도 끊임없이 돌아보게 되는 일이 있다. 지난 몇 년 무슨 권리인 양 퍼질러 앉은 동안에 말려들게 된 세상과의 시비이다. 마주 보고 앉아 웃으며 얘기하다 갑자기 뒤집어쓰게 된 오물처럼, 분하거나 성나기보다는 황당하게만 들리던 세상 일부의 악담과 험구이다.

나는 처음 그 시비를 1980년대 이래의 만성적인 시대와의 불화가 형태를 바꾸어 다시 찾아온 것으로만 알았다. 그러나 두어 해 겪는 사이에 차분히 살펴보니 이번의 시비는 80년대의 그것과는 성질이 다르고, 더구나 세대 문제가 끼어들어 있었다. 그때 내게 보수 반동의 죄목으로 돌을 던지던 이들은 또래거나 손위가 되는 이념가(理念家)들이었는데, 요즘 앞장서서 마구잡이 욕설을 퍼붓는 이들 속에는 젊은 천둥벌거숭이들이 더 많기 때문이다.

모두는 아니라 하더라도, 그렇게 젊은이들로 시비의 상대가 바뀌고 나면 문제는 크게 달라진다. 그들은 평균 수명이 지금대로라도 앞으로 5, 60년은 이 세상을 더 쓸 사람들이다. 따라서 천둥벌거숭이 같건 말건, 이 세상에 대해서는 길어야 20년 남짓 쓸 수 있는 나보다는 그들의 몫이 크다. 곧 세상은 이미 우리 세대보다는 그들 세대의 것이며, 세상의 미래를 결정하는 것도 그들의 권리이다. 그들이 무슨 선택을 하든 그 결과를 거두는 것 또한 그들이기 때문이다.

따라서 다음 세상의 모양을 결정하는 일은 그들 젊은이들에게 맡기고, 기성 세대는 자신의 시대나 책임 있게 마감하는 것이 온당할지 모른다. 미래를 두고 젊은이들과 부질없는 시비에 빠지기보다는 과거나 잘 마무리 짓는 것이 더 의연한 태도일 수도 있다.

하지만 아무리 온당하고 의연해지려 해도, 모든 것을 그들 젊은이들의 선택에 맡기고 마음 편히 돌아설 수 없게 하는 것들이 있다. 그 젊은이들 뒤에 숨어 헤헤거리며 개혁이나 진보로 자신들의 질 나쁜 패자 부활전을 겉꾸림하는 하류 지식인들이 그러하고, 덜떨어졌거나 비뚤어진 생각과 믿음을 재야나 시민 단체란 그럴듯한 포장지에 싸서 젊은이들을 홀리는 일부 기성 세대가 그러하다. 지난 시대의 모순과 부조리를 자신들에게만 유리하게 재단하여 무대를 꾸민 그들의, 표독스럽고 간교하여 오히려 휘황해 보이는 연출에 갈수록 '들려' 가고 있는 듯한 이 시대가 또한 그러하다.

거기다가 문화란 본질적으로 계승과 축적에 바탕한다. 지금까지의 세계와는 전혀 무관하면서도 자족적이고 빛나는 문화가 홀연히 솟아나게 하는 마술은 없다. 지난 시대의 정신적인 축적이 계승되고 당대의 지적인 경험이 보태져 다음 시대의 문화는 형성된다. 내 체험과 견문이 바로 그 문화적 계승과 축적의 대상이 된다고는 감히 말할 수 없지만, 그렇다고 다음 세대에 전혀 무용(無用)한 것이라고 말할 수는 없을 것이다. 내 체험과 견문도 내가 산 시대의 중요한 지적 경험의 일부이며, 지난 시대의 그것들에 보태져 다음 시대 문화의 바탕을 이룰 수도 있다.

이에 남은 내 길을 마저 가기 위해 신들메를 고쳐매고 떠나기에 앞서 젊은이들에게 몇 마디 남기려 한다. 특히 들린 시대에 내몰려

자신도 알지 못하는 길을 가고 있는 듯한 이들에게 내가 해독(解讀)한 이 시대를 들려주려 한다. 간교하고 추악한 연출자들이 조작한 이미지에 홀려 현상과 감각만으로 세계를 파악하려 드는 정신들에게 내 체험과 견문에 바탕한 우려와 전망을 들려주려 한다.

1. 패러디의 불행한 종말

돌이켜 보면 우리 경험에는 좀 낯선 형태의 네거티브 현상이 바다 건너에서 수입된 후기 문화의 여러 현상들과 섞여 이 땅에 처음 모습을 드러낸 것은 1990년대 후반이었다. 우리 경험에 낯설다는 것은 이 땅의 뿌리 깊은 네거티브 전통이나 현대사의 모순과 부조리가 더해져 일쑤 격렬한 정치 투쟁의 수단으로 전환되곤 하던 1980년대의 네거티브와는 외양이 달랐음을 뜻한다. 간교함에서였는지 아니면 앞선 세대의 실패에서 배운 지혜인지 모르지만, 처음 그들은 네거티브의 대상을 문화 분야에 국한시키고, 객관성과 합리로 위장한 채 조심스럽게 입을 떼기 시작했다. 그 때문에 우리는 그걸 물 건너에서 공부하고 돌아온 영세(零細) 지식 오퍼상이 아직 우리에게는 잘 알려지지 않은 서구의 최신 문화 패션 중에 하나를 긴급 수입해 가두판매로 들어간 것쯤으로 알았다.

후기 문화의 징후들

문명 유기체설(文明有機體說)이란 게 있다. 크게 덩이 지어 보면,

문명도 나고 자라고 늙고 죽는다는 주장이다. 문명이 시간에 비례해 무한히 성장해 가는 것일 때에는 위대한 고대 문명들의 사멸을 설명할 길이 없다. 예를 들어 이집트 문명이 발생 초기의 속도를 유지하면서 세월과 비례해 발전해 왔다면, 지금 이 세계는 우리가 상상하기조차 어려운 초문명(超文明)을 누리고 있어야 할 것이다. 고대 이집트 문명의 어떤 분야는 기원전 2천 년의 것이 20세기 수준을 능가하기도 한다. 이집트 문명의 기원을 외계인의 도래(渡來)에서 찾으려 들거나, 그 사멸을 외계로의 이전(移轉)으로 설명하려 드는 것은 바로 그런 문명 유기체설을 받아들일 수 없는 사람들의 고안이다.

이 문명 유기체설을 받아들인다면 문화도 나이를 먹어 젊은 문화와 늙은 문화가 있게 된다. 하지만 지금 우리가 살고 있는 세계가 어떤 문명의 어느 연령층에 있는 문화인가를 규정하는 일은 쉽지 않다. 그러나 많은 사람들은 이 세계를 주도하고 있는 것을 구미(歐美) 문화로 보고, 그 구미 문화의 뿌리가 그리스 문명에 있음에 착안해, 우리는 지금 그리스 문명의 후기 문화에 속해 있는 것으로 본다.

말할 것도 없이 그런 견해에 대해서는 만만찮은 반론도 있다. 산업혁명처럼 문명사의 혁명적인 사건을 전후로 문명의 본질이 바뀌어졌다고 보는 이들이나 나침반, 화약, 활자 같은 것으로 대표되는 동서의 교류로 절충과 종합의 새로운 문명이 이루어졌다고 믿는 이들은 지금의 문화를 그리스 문명의 전개로 보는 것에 반대한다. 또 그리스 문명과의 연관을 인정하는 쪽도 후기라는 시대 구분에는 얼른 동의하지 않는다. 기껏해야 이제 겨우 세 번째 천년기(千年期)를 채워 가고 있는 그리스 문명은 이집트 문명이나 바빌로니아 문명이 누린 수명에 아직 터무니없이 못 미친다는 주장이다. 고대 바빌로니아의 지방신(地方神)에서 자라난 마르두크는 만능의 유일자(唯一者)로 고대 세계에 군림한 시기만도 3천 년이 된다고 한다.

문명의 혈통이나 친연성(親緣性)을 규명하는 일은 거창하고 복잡하기만 할 뿐 이제 내가 살피고 싶은 일과는 별로 연관이 없다. 그러나 우리 시대의 문화의 연배를 가늠하는 것은 그 특성을 밝히는 데 결정적인 도움이 된다. 그런 점에서 지금 우리가 누리는 문화가 그리스 문명의 친자(親子)인가 아닌가는 이 논의에서 그리 중요하지 않지만, 젊었는가 늙었는가를 따져 보는 일은 반드시 필요하다.

내가 보기에 우리 문명은 이미 늙었거나 늙어 가고 있으며, 문화는 벌써 지난 세기말부터 후기 문화의 증상을 드러내 보이고 있다. 그 중에서도 20세기 들어 후기 문화의 특성을 가장 잘 드러낸 현상은 패러디의 번성과 해체(解體)의 대두일 듯싶다.

문화에서 창조성이란 말만큼 정의하기 까다로운 말도 없을 것이다. 창조라는 말을 엄격히 해석하면 '하늘 아래 새로운 것은 없다'가 되어 창조성은 초월자에게 고유한 권능이 될 것이고, 느슨하게 적용하면 흉내나 베끼기도 얼마든지 창조성을 획득할 수 있다. 그런데 패러디는 바로 그 엄격함과 느슨함의 경계에 자리 잡은 창조성이다.

다 알다시피, 패러디란 작품의 원전(原典) 또는 원형(原型)을 베끼거나 흉내 내되, 뒤집고 뒤틀어 비꼬거나 우스꽝스럽게 드러내는 수법 또는 그렇게 재구성한 작품이다. 대개는 원전의 하향적 변형이거나 하위 혼성 모방(混成模倣)인데, 변형이나 혼성 모방 과정의 재구성이 창조성을 얻게 한 듯하다. 엄격한 의미의 창조성이 고갈된 후기 문화의 틈새를 파고들어 자신을 인정받은 별난 창조성이다.

그런데 20세기 들어 우리는 예술의 각 분야에서 패러디의 분출을 보았다. 특히 무대 예술은 번성이란 말로도 모자랄 만큼 패러디의 천국을 이루어, 우리는 권총을 들고 뉴욕 뒷골목을 어슬렁거리는 로미오와 M-16에 암살당하는 리어 왕을 보았으며, 청바지를 입은 파우스트와 전화를 걸고 있는 페드라를 보았다. 시커멓고 뚱뚱한 백조가 무대를 휘젓고 다니고, 남자 지젤이 그로테스크한 동성애를 춤추었다. 그림도 패러디를 피하지는 못해 모나리자에게는 수염이 났으며, 성모(聖母)와 예수는 흑인으로 종족을 바꾸었다. 문학도 아주 예외는 아니었다. 우리는 독일 빈농의 아들딸로 다시 태어난《마을의 로메오와 율리아》를 읽었고, 오쟁이 진 '푸른 수염'과 그런 어수룩한 남편을 거꾸로 모살(謀殺)하는 악독한 그의 아내 얘기를 듣기도 했다.

모든 창조는 패러디로 한 번 더 창조될 수 있다. 하지만 패러디는 다시 패러디하지 못한다. 패러디는 누구든 다 아는 원전의 존재를 전제하지만, 그 자신은 지명도를 획득해도 또 새로운 패러디의 원전이 될 수는 없다. 그런 면에서 패러디는 창조성의 한계 영역에 있고, 창조성이 소진된 후기 문화의 특징적인 표현 양식이 된다.

어떻게 보면 우리 현대 문화는 그 자체가 서구 문화를 패러다임으로 삼은 거대한 패러디 체계일지도 모른다. 정치와 경제, 우리가 겪은 전쟁과 혁명과 산업화도 서구를 패러디한 것이라 할 수 있다. 하지만 그것은 창조였으며 동시에 스스로 새로운 원전을 만들어 내기 위한 창조성의 습득과 연마 과정이었다. 곧 패러디는 후기 문화의 한 징후이기는 하지만 반드시 문화의 말기적 양식만은 아니며, 우리에게서도 그랬다.

후기 문화의 징후들 중에서 패러디 다음으로 들 수 있는 것으로는 한때 포스트모더니즘과 함께 우리 사회의 주의를 끌었던 해체 또는 해체론(解體論)이 될 것이다. 해체는 해체할 대상으로서 기성 문화의 존재를 전제로 한다는 점에서 패러디할 원전 또는 원본이 반드시 있어야 하는 패러디를 닮아 있다. 그러나 패러디가 원전의 구조를 유지하면서 재활용하는 데 비해 해체는 해체해야 할 대상의 구조를 흔들고 허무는 일부터 시작한다.

해체에 대한 통속적인 오해 중에 하나는 해체란 말이 분해를 거쳐 붕괴나 파괴의 개념으로 비약하고, 흔들기와 허물기는 바로 부정과 부인으로 보는 데서 나온다. 해체 과정의 어떤 부분만을 과장하고 왜곡한 탓인데, 그렇게 되면 해체는 후기 문화의 자기부정으로 그 가장 말기적 현상이 될 수도 있다.

하지만 모든 가치에 대해 의문을 품는 경향과, 반(反)형이상학적이고 반(反)본질주의적인 태도에도 불구하고 해체가 파괴와 부정만으로 이해될 수는 없을 것이다. 권위 부정이나 탈중심은 기존의 형이상학 체계에는 '흔들기'나 '허물기'가 되겠지만 그것은 어디까지나 진실 또는 진리의 소재를 찾기 위한 노력이다. 종종 해체가 분석이나 탈(脫)신비화란 말과 동의어로 쓰이는 것도 그 때문일 것이다.

해체가 오히려 적극적인 창조와 진리 추구의 태도에 가깝다는 것은 그 선구로 보는 이들의 활동을 통해서도 짐작이 간다. 그들은 '중심 있는 구조'란 개념에 본래부터 내재되어 있는 모순을 폭로하는 탈중심화의 노력을 통해 우리를 무력감과 억압에서 해방시키려 했는데, 탈중심화 뒤에는 반드시 새롭고 안정된 참조점(參照點)을 제시하려 했다. 해체론의 선구랄 수도 있는 니체나 프로이트 같은 이들이 그러하였다.

니체는 신에게 사망 진단서를 발부하고서도 그 빈자리에 초인(超人)을 불러냈고, 프로이트는 우리의 의식 세계를 무력하고 왜소하게 만든 대신 그보다 몇 배나 깊고 역동적인 무의식 세계를 제시하였다. 올바른 연결이 될지 모르겠지만, 해체주의의 동양적 선구인 노자(老子)에게서도 해체의 대안성(代案性)을 본다. 노자는 무위(無爲)로 유가적(儒家的) 형이상학 구조를 흔들고 허물었으나, 그래도 그의 무위는 유위를 대신할 수 있는 '구조 밖의 중심' 같은 데가 있었다.

네거티브 현상

늙고 지친 문화가 창조의 활력을 온전히 상실하고 자기부정으로 접어드는 것이 네거티브 현상이 아닌가 한다. 변형이나 재구성의 원전으로서는 아니지만, 부정하고 거부하기 위해서도 대상이 될 기성 문화의 존재를 전제로 한다는 점에서 네거티브 현상 또한 패러디와 닮은 데가 있다. 하지만 창조성의 결여란 네거티브의 특성으로 보면 닮았다기보다는 패러디의 가장 조악한 퇴행, 또는 패러디의 불행한 종말이라는 편이 옳을 것이다.

다 같이 부정과 부인을 내용으로 하고 있지만 네거티브는 변증법의 안티테제와는 구별되어야 한다. 모순에 빠진 정(正) 명제에 대해서는 부정과 부인의 기능을 하고 있어도, 안티테제는 어디까지나 합(合)에 이르기 위한 단계이다. 새로운 생산을 지향하는 치열하고 역동적인 창조의 과정이다.

네거티브는 또 후기 문화의 또 다른 징후인 허무주의와도 구별되어야 한다. 현실 세계와 연결되어 있는 허무주의는 종종 해체의 기능을 수행하고, 관념적인 허무주의는 그 철저한 비타협성에서 네거티브와 구별된다. 하지만 네거티브는 관념보다는 태도 또는 수단으로서 언제든 조악한 대안과 손잡을 준비가 되어 있다.

하지만 네거티브는 또 대안을 가진 비판과도 구분되어야 한다. 대안을 가진 비판에는 개선이나 개혁의 요구가 담겨 있고, 그것이 충족되면 부정과 거부가 철회될 수도 있다. 그러나 네거티브는 결정적 거부이다. 네거티브는 개선이나 개혁을 요구하기 위한 비판과는 달리 처음부터 부정과 부인을 목적으로 하고 있다.

1990년대 후반 우리 사회에 처음 일단의 네거티브 현상이 모습을 드러낼 때 그 대상이 된 당사자 외에는 아무도 그것을 심각하게 눈여겨본 사람이 없었다. 심지어는 그 네거티브의 대상이 된 사람들조차 그게 다음 시대를 뒤틀어 놓을 문화적 현상으로 자리 잡을 줄은 몰랐다. 우리가 이전에도 경험했던 네거티브 현상이 새로운 주기를 맞아 되살아난 것 정도로 무심하게 보아 넘겼다.

사람들의 그 같은 안일한 대처에는 여러 가지 원인이 있겠지만, 가장 큰 원인은 처음 이 사회에 광범위하게 네거티브를 걸고 나온 사람들 때문이 아니었던가 싶다. 해외 유학을 패자 부활전쯤으로 여겨 이 악물고 국제적으로는 엘리트 면허를 따왔으나, 국내 엘리트 리그에서는 시드 재배정을 제대로 받지 못한 사람들이 주도하고 있었기 때문이었다. 거기다가 그들이 네거티브 뒤에 숨기고 있던 목적도 진작부터 간파되었다. 그리하여 많은 사람들은 그게 네거티브 현상이 아니라 빤한 목적을 네거티브 뒤에 감추고 기성 사회 또는 제도권에 걸어 오는 질 낮은 시비 정도로만 여겼다.

빤한 목적이란, 오랜 대의(代議) 민주주의 정체(政體) 아래서 길러진 반(反)엘리트주의 정서와 1980년 광주(光州)의 비극으로 반전된 지역 감정의 지원을 받아, 이미 세 번이나 대권 도전에 실패하고 정계 은퇴까지 선언한 야당 지도자를 다음 대통령으로 만들려는 시도를 말한다. 그들은 그렇게 정권과 세상을 바꿈으로써 사적(私的)으로는 엘리트 리그의 시드 재배정까지 얻어 내려 하고 있는 것으로 보였다.

우리 사회가 그들을 그렇게 본 근거는 처음 네거티브의 대상이 된 사람들이 가진 공통점 때문이었다. 그들의 네거티브 대상은 한결같이 서울대학교 출신이거나, 반(反)김대중 또는 제도권 동조적이거나, 영남 출신 또는 친(親)영남 정서를 가진 이들이었다. 이 세 가지는 나중에 그들 진영 내부에서도 지적된 네거티브 대상의 공통점이기도 하다.

그에 따라 보수 정객으로부터 언론인, 학자, 예술가뿐만 아니라, 자기 분야의 정상 부근에 있다면 논전(論戰)에서는 가여울 정도로 무력할 수밖에 없는 20대 여배우까지 그들 네거티브의 칼날을 피해 가지 못했다. 그들은 중국 문화혁명 때의 '반동 학술 권위' 같은 것에서 커닝한 듯한 '문화 권력'이란 말로 '촉나라 개 해 보고 짖어 대듯(蜀犬吠日)' 우리 사회의 성취들을 짓씹어 댔다.

마침 대통령 선거가 멀지 않은 때라, 그때의 야당 후보를 위해서는 기성 권위와 제도권 문화에 대한 그런 네거티브 활동만으로도 좋은 사전 운동 효과를 냈다. 무엇이든 억지스러운 네거티브를 걸어 부정하고 부수기만 하면 그 반사 이익은 고스란히 야당에게 돌아가기 때문이었다. 하지만 그들의 리더 격인 논객은 그 정도로 만족 못해 '아무개 죽이기'라는 책으로 오히려 드러내 놓고 야당 후보인 그 아무개의 사전 선거 운동을 하기도 했다.

그런데도 그들의 활동을 네거티브 현상으로 규정한 것은 그들 논의의 전문성 부재(不在)가 대안 없는 부정과 부인이란 요건을 채워 주고 있었기 때문이었다. 그들 가운데 어떤 논객은 그의 네거티브가 대안 있는 비판이 되기에는 너무 많은 전문 분야를 짓밟아 대고 다녔다. 정치 평론을 하는가 하면, 경제학 비판을 하고, 역사와 철학에 영화, 소설 비평까지 거칠 것이 없었다. 거기다가 자신의 전공 학위는 또 따로 가지고 있었으니, 만약 그가 펼친 것이 대안 있는 비판이었다면 그는 마르크스 이래 최대의 통합 인문학자일 것이다.

하지만 그것으로도 모자라 '문학판'까지 '손보려 하다가' 그의 어법대로 '임자를 만나' 기어이 모진 소리를 듣고 말았다. 옮기기 민망하지만, 그가 하려는 짓이 마치 종합 병원 근처에 사는 푸줏간 주인과도 같다는 비유는 적절함을 넘어 절묘하기까지 하다. 푸줏간 주인도 고기 자르고 뼈 썰 줄이야 알겠지만, 돈 많이 벌어 기득권층에 편입된 외과의(外科醫)들 대신 외과 수술 해보겠다고 설쳐 댄다면 꼴같잖은 네거티브로 봐주기도 과분하다.

전공뿐만 아니라 장르조차 규정하기 어려운 저작물의 범람과 새롭지만 고약한 전문가의 홍수도 그 무렵의 네거티브 현상을 특징 있게 보여 주는 사례들이었다. 남의 이름 흠집 내기 전공, 시도 소설이나 수필도 논문도 아닌 잡문 전문지에 말꼬리 잡고 늘어지기, 오보나 뜬소문 고의적으로 확대 재생산 하기, 잘나가는 사람 다리 걸고 발목 잡기 같은 전문 분야를 따로 만들어야만 될 전문가들로 우리 문화계 한구석은 난장판이 되었다. 하지만 그때만 해도 그런 비전문성이나 문화적 함량 미달은 그들의 네거티브 뒤에 감춰진 마뜩지 못한 의도와 마찬가지로 그들을 대수롭지 않게 보는 이유가 되었다.

거기다가 그 네거티브의 대상이 된 사람들조차 대응을 꺼리게 한 것으로는 또 그들의 조악한 논리가 있다. '내 무덤에 침을 뱉어라!'라는 말은 자신의 사후(死後)까지 걸고 드러내는 강한 자기 확신 또는 정당성 확보의 처절한 염원이 걸린 반어적(反語的) 명령문이다. 그 말을 논리적으로 받으려면 '너는 왜 그렇게 자신의 정당성을 확신하는가'이거나 '너는 무엇 때문에 그렇게 처절한 염원을 품게 되었는가'쯤이 되어야 할 것이다. 그런데 거기에 대해 '그래, 네 무덤에 침을 뱉으마!' 하고 침을 탁 뱉는 것은 이미 논리가 아니다. '내 손바닥에 장을 지지마' 같은 말도 마찬가지다. 그렇게까지 강한 확신을 드러내는 발화자(發話者)의 주제는 제쳐 놓고 '그럼 한번 손바닥에 장을 지져 봐, 어디 지져 봐' 하고 몰아세우면 그걸로 논리는 끝나고 만다. 그런데 그들의 즐겨 사용하는 논법이 바로 그랬다.

그리하여 그들의 시비는 무시하는 게 상책이요 피하는 게 묘수가 되니, 얼른 보기에 이 나라 논객은 좌충우돌 천방지축 미친 칼을 휘두르는 그들뿐인 듯하였다. 그걸 그들의 일방적 승리 내지 우세로 잘못 본 한 떼의 천둥벌거숭이들이 다시 그들에게 가담했다. 그들은 피 맛을 본 이리 떼처럼 몰려나와 우리 사회 전 분야의 성취를 닥치는 대로 물어뜯었다. 네거티브의 대상들이 그들을 무시하거나 회피해 주어 일방적인 승리자 행세를 하는 재미도 좋았지만, 해당 '거물(巨物)'이 맞받아 쳐주어 난전(亂戰)으로 가는 것은 더욱 좋았다. 용케 이기면 크게 '한 건' 올리는 셈이 되고, 져봤자 더 잃을 것도 없는 그들이기 때문이었다.

그러다가 1997년 대통령 선거가 그들의 얄팍한 의도대로 결말나

자, 네거티브 진영에는 더 많은 우군들이 유입되었다. 그때까지 관망하고 있던 우리 사회 내부의 엘리트 리그 탈락자들과 변방 의식 또는 유적 정서(流謫情緒)에 빠진 지방 도시 지식인층, 그리고 좌파와 신자유주의 사이를 시계추처럼 오락가락하며 망명객을 자처하다 돌아온 해외 거주자들이 가세하면서 이제 네거티브는 무시할 수 없는 현상으로 우리 사회를 휩쓸게 되었다. 그리하여 무시는 우려의 눈길로 바뀌고, 무심히 보고 있던 사람들에게는 그들의 출현이 느닷없는 충격으로 다가오기까지 했을 것이다.

전이(轉移)

하지만 곰곰이 짚어 보면 그런 네거티브 현상이 반드시 느닷없거나 낯설어서 충격적인 것은 아니다. 우리에게는 이 자리에서 일일이 헤아릴 수 없을 만큼의 여러 원인으로 오래 축적돼 온 네거티브 전통이 있다. 민담의 대중적 영웅은 언제나 도적이거나 반역자들이며 (홍길동, 임꺽정, 일지매, 장길산 등), 양심과 의식은 언제나 사약을 받거나 유배된 이들의 편이고, 아이들의 노래에서조차 '앞에 가는 도둑놈, 뒤에 가는 순사'이다.

현대사가 어쩔 수 없이 짐 져야 했던 모순과 부조리도 우리 사회의 네거티브 전통 축적에 한몫을 했다. 지난 세기 후반 엄중하고 가혹했던 냉전(冷戰)의 원리가 가장 집약적으로 작동됐던 것이 한반도의 분단 체제였다. 그 분단 체제 아래서 남한 사회를 지키고 이끌어야 했던 이들의 노력과 봉사 대부분은 냉전이 끝난 지금 과잉 대응과 집단 이기주의 또는 계급적 편의주의의 혐의를 받고 있다. 특히 1960년대 이후 우리 현대사의 모순과 부조리는 군사정권 개발독재란 형태로 우리 의식에 깊은 상처를 주면서 네거티브의 전통을 키웠다.

1980년대 이후 급속하고 현저하게 드러난 생산과 고용의 정체, 특히 인사의 적체도 우리 시대의 젊은 의식에 네거티브 성향을 보탰을 것이다. 모든 교육과 훈련 과정을 끝내고도 한몫하는 이 사회의 성원이 되기 위해서는 분야마다 하염없이 기다려야 하는 세월이 늘어나면서 새로운 세대의 인내심은 점점 바닥이 나갔다. 한 예로 1980년대 초만 해도 석사 학위만 있으면 얻기 힘들지 않았던 전임 강사는 이제 박사 학위로 10년을 기다려 얻어도 별로 늦지 않은 자리가 되었다. 따라서 우리 사회를 이 지경으로 만들어 놓은 기성 세대와 제도권에 대한 반감은 점차 일반적인 네거티브 정서로 자라 갈 수밖에 없었다.

포스트모더니즘과 앞서거니 뒤서거니 소개된 해체의 개념도 극히 제한적이긴 하지만 우리 네거티브 현상에 나름의 보탬이 되었을 것이다. 권위 부정이나 탈중심은 해체주의의 고유한 개념이 아니라, 국어 사전적 의미와 감각적 이미지만으로 수용되어 저급한 네거티브의 근거로 차용되었다. 아직도 해체와 네거티브를 혼동하는 목소리가 심심찮게 들리는 것이 그 같은 추정을 뒷받침해 준다.

하지만 우리 문화의 세기말을 특징 지은 네거티브 현상을 더욱 조장 확대한 것은 이질적인 정치 집단과의 정책 연합을 통해서야 겨우 대통령 선거에 이길 수 있었던 소수 정권이었다. 1998년 대선에서 처음 우리 사회에 네거티브를 건 세력의 도움에 톡톡히 재미를 본 정권은 2000년 총선 때도 그들을 활용해 끝내 확보할 수 없었던 다수를 확보하려 했다. 거기서 어디까지나 문화적 현상으로 시동된 네거티브 현상은 급속히 정치 쪽으로 전이되었다.

네거티브가 정치적 목적과 결합되어 노골적인 권력 투쟁의 수단으로 변질되자 기성 사회도 끝내 그대로 보고 있지만은 않았다. 홍위병 시비가 일어나고 혐의를 거는 쪽과 부인하는 쪽의 치열한 공방이 벌어졌다. 그리고 다시 몇 년이 지난 지금 그들은 공공연하게 홍위병을 자처할 뿐만 아니라 한국판 탈레반을 지향하고 있음을 공언하기까지 했다.

그런데 그 과정에서 활용된 것이 잘못 선점(先占)된 우리 시대의 새로운 광장이었다.

2. 새로운 광장―인터넷

우리의 전통에는 익숙하지 않지만 서양에서의 광장은 역사가 길다. 고대 그리스의 아고라로부터 로마의 포룸, 중세의 시민 광장과 근대의 도시 광장에 이르기까지 광장은 서양 문명의 특징적인 제도로 기능했다. 특히 정치사에서 광장은 서구 민주주의 발전의 요람으로 여겨지기도 한다.

하지만 역기능의 광장도 있다. 검투(劍鬪)의 콜로세움으로 변질된 광장은 말할 것도 없거니와, 마녀 재판과 화형식의 중세 종교 광장이며 히틀러 유겐트와 나치 돌격대의 베를린 광장 및 홍위병의 천안문 광장은 그 역기능을 보여 주는 전형적인 예가 된다. 곧 이성과 조화의 광장이 아니라 광기와 폭력의 광장이다.

형태상으로도 광장은 여러 가지가 있다. 사방이 건조물로 빙 둘러

막혀 있고 하늘만 열려 있는 형태[圍閉型]로부터 축이 되는 큰 건조물에 부속된 듯한 형태[有軸型]며 광장 중심에 기념물 같은 알맹이를 가진 형태[有核型]까지 다양하다. 크고 작은 공간들이 이어져 하나의 광장을 이루고 있는 것 같은 형태[連鎖型]에다 아예 일정한 형태를 갖지 않은[無定型] 광장도 있다.

처음 인터넷이 우리 시대의 유용한 의사소통 수단으로 떠올랐을 때 우리는 잠시 그 본질을 두고 혼란에 빠졌다. 일찍이 경험에 없는 인터넷 기술과 체계를 잘못 이해한 우리는 그것을 한낱 통신 수단으로만 여겼다. 그리하여 거기서 이뤄지는 의사소통이 한 사회력으로 기능하게 될 때까지도 많은 부모들은 자녀들의 단말기에 휴대 전화 기능이 하나 더 추가된 것쯤으로 알았다.

그런데 그게 아니었다. 오래잖아 순정성(純正性)을 잃은 네거티브 현상과 결합된 인터넷이 무시하지 못할 정치적 파괴력으로 다가오자 사람들은 비로소 그게 한낱 통신 수단이 아니라 새로운 광장임을 알아보았다. 지금까지의 광장에는 없던 특징이 몇 더해져 낯설기는 하나, 무정형이고 역기능에 선점된 광장이기는 했지만, 그래도 그것은 광장이었다.

광장의 특성

한나 아렌트를 비롯하여 '공적(公的)인 공간'으로서의 광장에 관한 논의를 한 사람들은 많이 있다. 근대 도시 광장의 기능이나 특성도 꽤나 정밀하게 분석된 것으로 알고 있다. 그 모두를 일일이 비교 검토할 여유는 없으나, 거칠고 소박하게라도 광장의 특성을 헤아려 보

는 것은 광장의 기능과 역기능을 말하기에 앞서 반드시 필요한 작업
이 된다.

  광장의 특성으로 가장 먼저 들 수 있는 것은 아마도 집단성이 될
것이다. 사람이 홀로 광장에 설 수도 있겠지만, 홀로 있는 광장은 광
장이 아니다. 둘이나 셋으로도 광장을 만들지는 못한다. 그때도 광
장은 그저 넓은 공간일 뿐이다. 광장은 반드시 다수의 군중을 필요
로 하고, 거기서의 사고와 행동 양식은 집단적일 수밖에 없다. 다수
한 타자(他者)를 배려해야 하는 데서 나오는 고귀한 민주주의 원칙
들은 모두 이 집단성에서 갈리고 닦였다.

  그다음으로 들 수 있는 광장의 특성은 대면성(對面性) 또는 직접성
이다. 실제로는 그렇지 못해도 광장에 나온 군중들 사이의 의사소통
은 서로 얼굴을 맞대고 한 것으로 간주된다. 그 때문에 광장에 나온
군중은 직접적이고도 강한 참여의 감정을 품게 된다. 실제로도 광장
의 규모가 적정하거나 군중이 잘 조직되면 진정한 대면성이 실현되
기도 한다.

  쌍방성(雙方性)도 광장의 중요한 특성 가운데 하나이다. 얼핏 보면
대면성과 닮았으나, 대면성이 직접적인 참여의 감정을 경험하게 하
는 데 비해, 쌍방성은 참여한 군중의 동의 감정과 관계가 있다. 모든
집단적 의사 결정은 쌍방향의 의사소통을 거쳐 이루어졌다고 간주되
는 바람에 참여했던 군중은 그 결정에 대해 자신이 자발적인 동의를
한 것으로 믿게 된다. 따라서 쌍방성은 다른 어떤 특성보다도 직접
민주주의적 정치 수요와 밀접한 관련이 있다.

  공개성(公開性)도 반드시 논의되어야 할 광장의 특성이다. 광장은
막후(幕後)를 허용하지 않는다. 모든 것은 군중 앞에 드러나 있고, 그

러므로 광장에서 일어나는 일은 모두에게 남김없이 알려지게 되어 있다고 간주된다. 곧 광장에 나온 군중은 그곳에서 일어나는 모든 일을 자신이 보고 들어 안다고 믿게 되는데, 광장이 공정하게 운용되고 선의의 사람들이 이끌 때는 진정성이 인정될 수 있는 특성이다.

개방성(開放性)도 공개성과 비슷하게 들리지만 실제로는 전혀 내용을 달리하는 광장의 특성이다. 광장에는 계급이나 우열, 위계가 없다. 광장이 누구에게나 열려 있다는 것은 그곳에 나온 군중들이 모두 평등하다는 전제를 부여한다. 적어도 광장의 군중들은 예속이나 억압에서 자유롭다. 자발적으로 모여들었고, 아직 조직되기 전의 군중은 특히 그 평등을 확신하는 경향이 있다.

감각 편향의 피암시성(被暗示性)도 빼놓을 수 없는 광장 특성이다. 광장은 아폴로적이기보다는 디오니소스적이며, 이성에 호소한 브루투스보다는 감성에 호소한 안토니우스의 것이다. 의식에 호소하는 복잡한 관념이나 논리 체계보다는 감각에 바로 와 닿는 단순화된 기호나 상징에 더 쉽게 움직인다.

인터넷 광장도 그 모든 광장의 특성을 공유한다. 그러나 이 새로운 광장은 그런 특성의 순기능보다는 역기능에 선점되었다.

광장의 타락

이상적으로 활용되던 시절의 아고라나 포룸은 그런 광장의 특성이 순기능으로 작동될 때이다. 이에 비해 히틀러의 광장이나 홍위병의 광장은 그 역기능이 악용되고 있는 전형적인 예가 된다. 광장의 타락은 권력 집단이 특정한 의도로 그 역기능을 악용하여 대중을 조작하는 데서 비롯된다.

　광장의 집단성은 군중의 일체감과 협동심을 기르고 종합과 절충으로 상승 효과를 키우지만 한편으로는 전체주의의 유혹에 노출되어 있다. 가학적이면서도 동시에 피학적인(sadomasochistic) 집단 히스테리나 '자유로부터의 도피' 심리 같은 것은 틀림없이 광장의 집단성과 연관이 있는 역기능이다.

　광장의 대면성도 만만치 않은 역기능을 수행한다. 실제 얼굴을 맞대는 것은 모인 군중이 소수일 때만 가능하고 대부분의 광장에서는 부분적인 현상일 뿐이다. 그런데도 대면이 간주됨으로써 군중은 실제보다 훨씬 강한 참여 감정을 느끼게 되는데, 이는 '참여의 착각'이라 할 수 있다.

　광장의 쌍방성이 이끌어 낼 수 있는 역기능은 동의 감정의 착오이다. 이 역시 모인 군중이 극히 소수가 아니면 광장의 의사소통이 쌍방향적이 되는 것은 불가능하다. 하지만 쌍방향적이라고 간주되는 바람에 의사 결정에 참여했던 군중은 모든 결정에 대해 자발적인 동의의 감정을 품게 된다. 이름하자면 '동의의 착각'이 된다.

　광장의 공개성은 '인지의 착각'을 일으킨다. 광장에 막후가 없다는 믿음은 하나의 의제(擬制)일 수도 있다. 군중이 보는 앞에서 광장에다 장막을 칠 수는 없지만, 일부 세력이 사전이나 사후에 막후적 조직이나 야합을 하는 것은 얼마든지 가능하다. 그런데도 광장의 공개성을 맹신하면 광장에서 이루어진 모든 결정에 대한 자발적 참여와 동의의 감정은 강화될 수밖에 없다.

　광장의 개방성도 '평등의 착각'이라는 역기능이 있다. 광장이 모두에게 열려 있다는 것은 거기 모인 군중 사이에는 계급도 우열도 위계도 없는 듯한 느낌을 준다. 그 느낌이 바로 모두가 평등하다는 근거 없는 믿음이 되면 그것도 참여와 동의의 자발성을 확신하게 만드는 또 다른 근거가 된다. 나도 그들과 같은 자리에서 같은 자격으로 그 일을 결정하였다면 그릇된 광장의 결정에도 후회나 의심을 품을 수가 없다.

이 모든 광장의 역기능에다 감각 편향의 피암시성을 활용하면 우리는 전형적으로 타락한 광장의 행태(行態)를 하나 그려 낼 수 있다. 예를 들면, 일본 군국주의의 지원병 모집 방식은 모집 대상을 광장으로 끌어내는 것부터 시작된다. 강당이나 운동장 같은 곳에 처음부터 끌고 가기로 마음먹은 학생들을 모아 놓고 감성에 호소하는 열변을 들려준 뒤 외친다.

"천황 폐하와 대일본 제국을 위해 죽을 영광을 거부할 자는 나와라! 미영(美英) 귀축(鬼畜)에게 신주(神洲: 일본)가 짓밟히고 부모 형제가 죽음을 당해도 좋다는 비겁한 놈은 나와라!"

광장의 역기능을 한데 엮어 대중을 조작하는 첫 단계이다. 모인 군중은 감각적인 호소와 부정적인 전제(前提)에 구속되고 집단성과 공개성의 억압에 주눅 들어 아무도 나설 수가 없다. 그러면 그 자리에 있었던 모든 사람들은 대일본 제국을 위해 죽는 데 동의한 것이 되고 짐승 같은 미국과 영국을 상대로 한 성전(聖戰)에 지원한 것이 된다.

논리적으로 보면 조국을 위해 죽을 영광을 거부한다는 것이나 부모 형제의 죽음을 방관하는 비겁자가 되지 않겠다는 것이 바로 황군(皇軍)에 지원해 죽겠다는 의사 표시는 아니다. 또 만약 그곳이 광장이 아니었으면 부정적인 전제가 그렇게 위력을 발휘하지도 못했을 것이고, 그렇게 극적인 논리의 비약도 용서되지 않았을 것이다. 그러나 광장의 역기능을 교묘하게 악용한 군국주의자들의 그 조작에 넘어간 지원병들은 남양(南洋)이나 북지(北支)에 끌려가 비참하게 죽어 가면서도 자신의 지원이 자발적이고 진정성이 있는 것으로 그릇 믿게 만들었다.

그런데 고약하게도 이제 막 형성된 인터넷 광장은 바로 그런 역기능을 악용하는 세력에 선점되고 말았다. 인터넷 광장의 군중들은 광장의 여러 특성이 동시에 지어내는 착오와 환상에 빠져 조직적이고 전문화된 소수의 대중 조작에 걸려들고 있다.

인터넷 광장에서도 찬성이나 동조의 빈도와 반대의 빈도, 그리고 엄청난 조회 수는 재래 광장에서 나타나는 집단성의 역기능을 그대로 반복한다. 대면성과 쌍방성도 당연하게 인정되며 공개성이나 개방성은 오히려 재래 광장보다 더 강하게 전제된다. 그래서 네티즌은 단순히 그 논의를 지켜보았다는 것만으로 참여의 착각에 빠지고, 어쩌다 몇 줄 리플이라도 달았으면 대단한 쌍방적 교신을 한 것으로 착각한다.

하지만 실제 그들에게 있었던 일은, 조직되고 전문화된 소수가 어떤 의도를 가지고 교묘하게 반복한 심리적 폭력에 세뇌당하거나, 미리부터 치밀하게 짜인 논리에 밀려 일방적으로 특정의 견해를 주입받은 것에 지나지 않는다. 그런데도 그 견해를, 자신이 자발적으로 참여해서 직접적이고도 쌍방적인 교신(交信) 끝에 동의한 결정으로 굳게 믿는 젊은 네티즌을 보면 실로 딱하고 어이없다.

거기다가 지금의 인터넷 광장을 더욱 고약하게 뒤틀어 놓는 것은 익명성이다. 광장의 공개성 뒤에 숨어 있는 익명성은 재래의 광장에서 가면을 쓰고 나온 군중보다 훨씬 위험하다. 익명성 뒤에 숨어 아이디만의 분신술(分身術)이나 제 글 제가 퍼오기, 그리고 다른 아이디를 단 파렴치한 동어 반복으로 다수를 위장할 수 있기 때문이다. 익명성 뒤에 숨은, 기껏해야 몇십 명의 교묘한 조작에 놀아나면서도 사회 전체의 의분(義奮)과 결의에 참여하고 있는 듯 착각하게 만들 수 있기 때문이다.

엄청난 다중(多衆) 동원 능력도 우리 새로운 광장의 특성이지만, 그 또한 순기능만으로 작동되고 있는 것 같지는 않다. 재래의 광장에서는 몇만의 군중을 동원하기도 어렵고, 또 자발적으로 모여들 때는 비상한 계기가 있어야 했다. 근대의 대형 도시 광장에서는 더러 백만이 넘는 군중을 기록하기도 했지만 그것도 대개는 예외적 경우에 한시적(限時的)이었다. 거기에 비해 인터넷 광장은 계기만 주어지면 거의 상시적(常時的)으로 엄청난 다중을 모을 수 있다. 하지만 적어도 지금까지는 그러한 동원 능력이 대중 조작을 위해서만 활용되고 있다는 느낌이 짙다.

인터넷 광장의 놀라운 의사 전달 속도도 재래 광장에서는 없는 특성이 될 것이다. 광장에서 이루어진 의사 결정은 공간의 제약 때문에 간접 전달의 단계를 거쳐서 광장 밖으로 확산된다. 그러나 인터넷 광장은 놀라운 공간성으로 인터넷이 이어진 곳은 어디나 광장의 직접적인 전달 범위 안이 된다. 다만 그처럼 놀라운 전파 속도 또는 공간성도 그 광장을 선점한 자들에게 역기능만 악용되고 있는 것 같아 우려된다.

역기능의 방향

이 새로운 광장이 형성된 것은 오래되지 않았고, 이것이 사회적 영향력을 행사할 만큼 활성화한 지는 더욱 얼마 되지 않는다. 따라서 지금 인터넷 광장이 드러내는 역기능은 광장의 타락이라기보다는 형성기의 혼란과 난맥일는지도 모른다. 옛날 그리스의 아고라도 처음부터 조화와 이성의 광장이었으리라 믿기는 어렵다.

하지만 지난 세기말의 네거티브 현상과 결합하여 작동하는 방향을 보면 이 새로운 광장의 순기능 회복을 그저 낙관할 수만은 없다. 몇 년 동안의 대중 조작으로 재미를 본 그들은 이제 권력 지향적인 정치 집단으로 자신의 정체성을 확고하게 드러냈다. 지역주의를 악용하여 터무니없는 소수 정권을 우리 사회에 잇따라 출현시키는 데 성공한 그들은 '홍위병도 악랄한 홍위병이 되자'고 서슴없이 외치다가 이제는 탈레반까지 자처한다. 그런 그들이 여기까지 오는 동안 그토록 효과적으로 활용했던 장비를 쉽게 포기할 수 있을 것 같지 않다.

거기다가 그들이 사회 장악을 위해 채택한 전략 정책들은 오히려 인터넷 광장의 역기능을 폭발적으로 확대시킬 것 같은 우려까지 든다. 감상적 민족주의나 뻔한 근본주의 또는 원리주의적 구호들은 그 어떤 광장보다 이 새로운 광장에서 감동적으로 들릴 것이다. 독선적 전체주의나 국수적 모험주의 따위 소수 정권의 권력 투쟁 수단이 가장 잘 먹혀들 것도 이 새로운 광장이다.

학자들에 따르면, 인터넷 광장 같은 디지털 시대의 새로운 참여 모델은 두 가지 형태로의 정착이 예상된다고 한다. 새로운 광장의 특성이 순기능으로 작동되면 근대적 대의제(代議制) 민주 정치의 약점을 보완하는 디지털 참여주의로 발전되고, 역기능을 중심으로 악용되면 소수 정권이 대의 제도를 우회하는 정책 전략인 디지털 포퓰리즘으로 전락하리라는 예측이다. 그런데 지금까지의 우리 인터넷 광장을 관찰·분석한 최근의 논의는 불행하게도 디지털 포퓰리즘에로의 전락 쪽으로 기우는 듯하다.

3. 우리 시대의 망령 — 포퓰리즘

스페인에 가면 지금도 '아르헨티나 놈처럼 거만하다'란 관용적(慣用的) 비유가 남아 있다. 아르헨티나가 '세계 5대 생산국' 또는 '세계 7대 교역국'으로 번성했던 시절의 흔적이다. 그러나 지금 유럽에서도 경제적으로 뒤떨어진 편인 스페인의 고민 중 하나는 공식·비공식으로 쏟아져 들어오는 아르헨티나 난민이라고 한다. 그만큼 아르헨티나에서의 삶이 고단하다는 뜻이겠다.

그와 같이 난민을 쏟아 내는 아르헨티나의 국가 부도 사태나 여러 해째 지속되는 총체적 위기 상황은 오랜 세월의 누적이고, 그 원인도 여러 가지로 들 수 있을 것이다. 하지만 무엇보다도 중요한 원인으로 뽀뿔리스모(populismo)의 한 전형(典型)인 페론주의를 드는 데 반대하는 사람은 그리 많지 않다.

뽀뿔리스모는 포퓰리즘의 스페인어식 발음이다. 이는 러시아 포퓰리즘의 중남미적(中南美的) 수용으로 흔히 국가 주도형 포퓰리즘이라고도 한다. 그런데 21세기 벽두의 한국에 그 포퓰리즘이란 유령이 떠돈다. 재작년 대통령 선거로 한층 날개가 자란 그 유령이 이 나라 정치판을 활갯짓하며 휘젓고 다닌다.

 지금 우리 사회를 떠도는 포퓰리즘의 본질은 대의제 민주 정치에서 다수 확보에 실패한 소수 정권이 대의 제도 우회를 위해 인기 영합 또는 대중 매수 정책을 쓰는 것이지만, 그 행태의 특징은 대개 함께할 수 없는 원칙이나 주의의 뒤섞임, 또는 결코 손잡을 수 없는 세력 간의 야합 같은 것으로 나타난다. 아르헨티나의 페론주의를 포퓰리즘으로 보는 것도 군벌 출신 독재자와 노동자라고 하는 두 세력의 얼른 수긍 가지 않는 제휴에서 비롯되었다. 그런데 돌이켜 보면, 지난 대통령 선거에서 우리 여야의 후보들이 연출했던 포퓰리즘적 행태도 수긍할 수 없기는 그에 못지않은 데가 있었다.

 대한민국 정부의 정통성과 정당성을 계승·유지해야 하는 우리 야당의 보수성과 반미(反美)는 그리 잘 어울리지 않는다. 하지만 여중생 사망 사건으로 반미 감정이 확산되자 황급해진 야당의 이회창 후보는 여당의 노무현 후보보다 먼저 달려가 한미 주둔군 지위 협정(SOFA) 개정을 촉구하는 시민 단체의 요구에 서명했다. 비록 그게 바로 반미 운동은 아니지만, 대중의 반미 감정에 편승하려는 듯한 인상은 지울 수가 없었다.

 법과 원칙을 중시하는 법률가 출신의 후보로서도 그때의 서명 참여는 썩 어울리는 것이 못 되었다. 법률이든 조약이든 협정이든 안정성은 보장되어야 한다. 사정 변경이야 있다고 하지만, 엊그제 개정한 SOFA를 오늘 다시 개정하자는 데 아무런 법률적 해명이나 전제 없이 앞장서는 일은 포퓰리즘적 행태로 의심받을 수밖에 없다.

 지난 5년간의 부정부패 때문에 다급해진 우리 여당 후보의 포퓰리즘적 행태도 절묘하다. 한때 노무현 후보는 매판 자본을 규탄하고 재벌 해체를 주장한 재야 투사였다. 또 단일화로 노무현 후보에게 시너지 효과를 주고 있는 정몽준 전 후보가 속한 현대 재벌은 그때 대표적인 한국형 매판 자본으로 규정되고 있었다.

마르크스도 청년 마르크스와 후기의 마르크스는 많이 다르고, 노무현 후보도 근래에는 자신이 변했음을 되풀이해 공언했다. 하지만 아무리 그 변화를 감안한다 해도, 재벌 해체를 주장했던 사람과 매판 자본의 한국적 전개인 재벌이 함께 손잡고 정권을 창출한다는 것은 최근 노 후보 자신도 언명한 바 있듯 억지스럽기 짝이 없다. 어쩌면 광주의 한(恨)을 정치적으로 수렴해야 했던 김대중 대통령과, 그 가해자로 지목되는 군부 독재를 5·16으로 처음 연 JP와의 제휴보다 더한 야합이 될는지도 모른다.

하지만 그 같은 포퓰리즘적 제후는 멋지게 성공하였고, 거기서 지난 정권에 이어 거듭 창출된 소수 정권은 이제 포퓰리즘을 정책의 차원이 아니라 정치의 차원으로 끌어올리려 하고 있다.

유리구두 혹은 마술 모자

언제부터인가 우리 사회는 포퓰리즘이란 말을 정치적인 비방어(誹謗語)로 당연하고도 자명한 듯 써왔다. 그러나 따지고 보면 포퓰리즘처럼 다양하면서도 애매한 개념도 없다.

역사적으로 보면 근대적 의미의 포퓰리즘은 흔히 19세기 전반 프랑스의 보나파르티슴에서 그 원형을 찾는다. 루이 나폴레옹이 프랑스 혁명에서 소외된 무산층과 중간층, 농민들의 지지를 이끌어 내 집

44

권할 때의 정책 전략이 그것이다. 인기 영합주의로 번역될 수도 있는 요소는 그때 이미 특징적으로 드러난다.

그다음은 19세기 후반 러시아의 나로드니키다. 포퓰리스트의 정확한 러시아 대칭어는 나로드니키라고 한다. 그러나 그 나로드니키 운동이 우리에게 수입될 때만 해도 비방어로서의 뜻은 전혀 없었다. 심훈의 소설 《상록수》의 이념적 배경이 되는 것이 나로드니키 운동이다.

19세기 말 미국의 인민당 운동도 포퓰리즘이라고 불린다. 남부 및 남서부 지역의 농민들이 중심이 되어 '만민 평등', '특권 철폐'를 구호로 내걸고 제3당을 결성한 것이 인민당이다. 그들은 대통령 후보까지 내었는데, 강단 역사학자들은 나중에 그들을 포퓰리스트라고 불렀다.

근래 포퓰리즘이 정치적인 비방어로 쓰이게 된 것은 라틴 아메리카의 뽀뿔리스모에서 비롯되었을 것이다. 특히 '무책임한 경제 정책을 의미하는 별명' 정도로 단순화된 정의에 의지하여 부정적인 뜻으로 쓰는데, 분배 정책을 앞세워 대중을 매수하려는 질 낮은 인기 영합주의를 지칭하는 경우가 많다.

그 밖에 아프리카 일부 지역에서 있었던 같은 이름의 정치 운동도 있고, 한국 현대사에서의 각종 민중론까지 포퓰리즘의 일종으로 분류되기도 한다. 하지만 그들 포퓰리즘 사이에는 그들을 한 개념으로 묶을 공통적인 요소가 별로 없다. 곧 하나의 개념으로는 어떤 포퓰리즘도 잡을 수가 없어 어떤 사람들은 포퓰리즘을 누구의 발에도 맞지 않은 '신데렐라의 유리구두'라고 규정 짓기도 한다.

이러한 논의에는 포퓰리즘이란 용어의 가치중립성에 착안한 항변도 포함되어 있다. 거기에 따르면, 포퓰리즘이 정치적인 비방어 또는 정치인들의 기피어가 된 것은 수구·보수 언론이 혁신 세력과의 언어 투쟁에서 거둔 또 하나의 전술적인 승리라고 한다. 곧 포퓰리즘이라는 한국어 기표(記表)는 원래의 영어 기표 'populism'과 '민중주의' 또는 '인민주의'라는 가치중립적 기의(記意)를 차단시켜 버렸다는 주장이다.

하지만 어휘가 외연(外延)과 내포(內包)의 괴리를 통해 의미가 확장되듯, 기호에서도 기표와 기의의 차단이 오히려 기의의 확대를 가져올 수 있다. 보수 언론의 언어 투쟁 전술이건 혁신 세력에 대한 악의적인 혐의 걸기이건, 포퓰리즘에 대한 새로운 규정이 대중에게 통용되고 있다면 그만큼 기의는 확대되었다고 보아야 한다.

거기다가 라틴 아메리카의 경제 문제와 연관된 포퓰리즘 연구는 새롭고 구체적인 개념들을 포퓰리즘에 더하고 있다. 연구에 따라서는 포퓰리즘의 개념과 범주를 명확하게 하는 것 자체가 중요한 연구 목적이 된다고 한다. 김대중 정권 이후 우리 정치에서 관찰되는 포퓰리즘적 현상에 주목한 한국 학자들의 정의도 포퓰리즘의 개념과 범주를 더욱 확대해 나가고 있다.

그런 점에서 포퓰리즘은 기의가 화석화(化石化)된 개념이 아니라 끊임없이 살아 움직이며 성장·확대되는 개념일 수도 있다. 누구에게도 맞지 않는 신데렐라의 유리구두가 아니라 무엇이든 담고 무엇이든 끄집어 낼 수 있는 마술사의 모자 같은 것이 될지도 모르겠다. 따라서 이미 용도 폐기된 역사적 개념을 중심으로 포퓰리즘 개념의 애매함이나 자의성 같은 것들만을 논의할 것이 아니라, 이 시대의 정치적·경제적 상황과 연관하여 구체적으로 정의된 개념을 적극적으로 수용하는 것도 포퓰리즘을 이해하는 바른 길이 될 수 있을 것이다.

유효한 정의(定義)들

현대 라틴 아메리카에서의 포퓰리즘 정의는 크게 네 가지 요소를 중심으로 정리될 수 있을 듯하다.

첫번째는 그 기본적인 동력으로, 포퓰리즘은 한계 상황에 직면한 도시 빈민 대중을 기반으로 한다. 특히 상황이 절박하여 장기적 혁명 운동에 자신을 던질 여유가 없고, 현실적 즉물적(卽物的) 이해관계에만 관심이 집중될 수밖에 없는 이들이 그러한데, 때로는 중하위(中下位) 계층 간의 연합 형태가 되기도 한다. 하지만 어떤 경우에도 그 대중은 자발적으로 조직화되지 못한 대중으로, 피동성(被動性)을 특징으로 한다. 곧 소수의 대항 엘리트에게 동원되거나 조작되는데, 그때는 무엇보다도 기존 체제와 지배 계급에 대한 대중의 네거티브 정서가 우선하여 활용된다.

두 번째는 그 주동 세력으로, 포퓰리즘은 주류에서 밀려난 지배 계급의 한 분파 또는 엘리트 계층에 의해 주도된다. 카리스마나 대중적 인기가 있는 지도자를 내세워 대중에게 직접 호소하는 형태를 취하지만, 실제로는 지도자 우월주의에 따라 대중을 조작하는 경우가 많다. 흔히 대중의 반엘리트주의나 절대적 평등 욕구를 활용하여 체제 개혁을 수행하는 듯하나 내용은 패자 부활전을 통한 권력 추구에 지나지 않는 수가 많다.

세 번째는 이념적 성향이다. 라틴 아메리카의 포퓰리즘은 예외 없이 사회주의를 표방하였다. 흔히 '무슨 나라식 사회주의' 또는 '라틴 아메리카적 마르크시즘'이라 이름하였지만, 처음부터 공허할 수밖에 없는 이데올로기였다. 포퓰리즘이 이데올로기에 따라 형성된 것이 아니라, 이데올로기가 지도자를 중심으로 포퓰리즘적 정치 세력이 형성된 뒤에 끼워 맞춰진 것이기 때문이다. 때로는 '제3의 길'이니 정의주의(正義主義) 같은 이데올로기를 급조하지만, 정치적 편의주의 또는 기회주의를 포퓰리즘의 본질이라고 보는 사람도 있다.

네 번째는 경제 정책으로, 포퓰리즘은 겉으로는 성장과 분배를 함께 강조하나, 실제로는 무책임한 분배 정책으로 대중을 매수하는 경우가 많다. 어떤 학자는 포퓰리즘을 '인플레이션과 재정 적자의 위험, 대외 부문의 제약, 적극적인 비(非)시장적 정책에 대한 경제 주체들의 부정적 반응을 경시하는 경제학적 접근'이라고 정의하기도 한다. 일시적으로는 대중의 즉물적 이해관계에 영합하고 물질적 혜택을 주기도 하나, 결국은 대중의 '제 살 깎아 먹기'로 끝나 버리는 경우가 많다.

최근 우리나라에서 이루어진 포퓰리즘 논의에서도 실질적인 개념 확장으로 귀담아 들을 만한 것들이 있다. 신자유주의적 포퓰리즘과 디지털 포퓰리즘, 그리고 원내(院內) 소수파 정권이 구사하는 대의 제도 우회 전술로서의 포퓰리즘이 그러하다.

신자유주의적 포퓰리즘은 포퓰리즘적 전략 전술로 선거에 이겼으면서도 전통적 포퓰리즘과는 다른 신자유주의적 정책으로 대중적 인기를 유지해 가는 포퓰리즘의 한 변형이다. 대외 개방, 경제 자유화, 그리고 재정 억제 등을 핵심으로 삼는 정책으로 개혁을 추진하는 현상에 붙인 이름인데 페루의 후지모리 정권이나 아르헨티나의 메넴 정권, 그리고 폴란드의 바웬사 정권을 구체적인 모형으로 삼고 있다.

디지털 포퓰리즘은 우리 시대의 새로운 광장인 인터넷이 참여 민주주의 발전의 광장으로 기능하지 못하고, 포퓰리즘적 전략 전술의 도구로만 활용되고 있는 우리 현실에 가상적으로 붙인 이름이다. 아직은 다분히 추상적이고 비유적인 개념이지만, 오래잖아 새로운 형태의 포퓰리즘을 나타내는 현실적이고 구체적인 개념이 될지도 모른다.

대의 제도를 우회하는 전술로서의 포퓰리즘은 잇따른 의회 소수 정권의 출현이라는 한국의 특수한 정치 상황에서 나온 논의인 듯하다. 한편으로는 서민을 겨냥한 선심 정책으로 지지도를 매수하고, 다른 한편으로는 대의 제도 밖의 시민 단체를 외곽 지원 세력으로 동원하여 대중에게 직접 호소하려 했던 지난 정권의 일부 정책은 틀림없이 포퓰리즘적이었다. 그리고 이제 새롭게 등장한 소수 정권이 그걸 답습함으로써 대의 제도 우회 전술도 실효 있는 포퓰리즘 개념에 편입될 수 있을 듯하다.

이와 같이 포퓰리즘은 속 빈 강정이나 신데렐라의 유리구두 같은 것이 아니라 유효한 정의로 차 있는 현실적 정책 또는 정치적 행태의 이름이다. 그리고 한편으로는 이미 우리 정치에 무시 못할 힘으로 작동되고 있는 메커니즘의 일부이기도 하다.

4. 우리를 두렵게 하는 것들

포퓰리즘이 이미 우리 사회에서 작동되고 있음을 확인하는 것은 우울하고도 불길한 예감을 자아낸다. 지도자의 즉물적 인기 전술에 놀아난 '제 살 깎아 먹기'의 결과가 가져올 경제적 파탄이 그러하고, 계층 통합 과정에서 형성된 독선적 집단주의와 그 뒤를 어른거리는 전체주의의 그림자가 그러하다. 하지만 그 이상, 상상만으로도 우리를 전율케 하는 것은 우리의 포퓰리즘 세력이 전가(傳家)의 보도(寶刀)처럼 이용하는 민족주의와 또한 약방의 감초처럼 빼놓지 않는 반제국주의(反帝國主義)가 이 땅에 불러들일지 모르는 재앙이다.

포퓰리즘이 작동되기 시작하면서 우리 민족주의는 그 어느 때보다 운동적이 되고 대중화되었다. 친일 문제가 50년의 세월을 뛰어넘어 불꽃 튀기는 쟁점으로 사회 표면에 떠오르고, 스포츠에까지 민족주의 불길이 옮아 붙어 대중 동원에 역동성을 제공했다. 그리고 포퓰리즘적 정권의 대북 정책과 상승하여 대북 대공(對共) 안보 개념을 해체해 버렸다.

민족주의와 표리(表裏)를 이루며 미국을 대상으로 하는 반제국주의 감정도 그 어느 때보다 공공연히 표출되었다. 수많은 성조기가 불탔고, 시청 앞 광장에서는 반미 구호를 앞세운 촛불 시위가 사흘돌이로 벌어진 적도 있었다. 그리하여 반세기 혈맹(血盟)의 우의(友誼)가 지워진 자리에는 어이없게도 가상 주적(主敵) 개념이 자리 잡게 되었다.

예레미야, 예레미야

구약 성서 중의 〈예레미야서(書)〉는 흔히 '눈물의 예언자'로 불리는 예레미야의 행적과 예언들을 모은 글이다. 거기에 따르면 예레미야는 유다 왕국 말년 요시아 왕 때에 태어나 이미 젊은 시절에 예언자로 소명(召命)을 받았다. 그 뒤 시드키야 왕 때 예루살렘이 바빌로니아 군대에 의해 함락되자, 이집트로 망명하려는 동족들을 말리러

갔다가 오히려 그들에 의해 이집트로 끌려간 것으로 알려져 있다.

〈예레미야서〉는 유다 왕국의 최후와 사로잡혀 간 왕 여호야킴의 후일담으로 끝나지만, 일설에는 이집트로 끌려간 예레미야가 거기서 동족들의 손에 살해되었다고 한다. 그가 일생 적대자들로부터 받아 온 미움과 박해에다, 예루살렘 함락으로 격앙된 동족들의 민족주의 감정을 근거로 한 추측일 듯싶다.

예레미야가 젊어서 본 예언적인 환상 중에 하나는 '그 면이 북에서부터 기울어져 있는' 끓는 가마솥이었다. 북쪽에서 내려올 원수들의 상징으로, 하느님을 배신한 민족에게 내려질 심판이기도 했다. 따라서 그는 그 상징이 바빌로니아로 구체화되었을 때 시드키야 왕과 국민들에게 저항하지 말기를 충고하였다.

하지만 당시에 인기 있던 예언자는 오히려 바빌론의 멸망과 제1차 '포수(捕囚)' 때 그리로 끌려간 자들의 귀환, 그리고 빼앗긴 성전 보물들의 회수를 예언하는 희망의(성경에서는 거짓) 예언자들이었다. 거기다가 그들은 다른 주변 민족과 연결하여 바빌로니아의 지배에서 벗어나려는 민족주의 세력의 지원을 받고 있었다. 그런 그들에게 방금 예루살렘을 포위 공격하고 있는 바빌로니아에게 항복을 권하는 예레미야는 한낱 반역자에 지나지 않았을 것이다.

예레미야에 대한 민족주의 세력의 감정은 그를 대하는 바빌로니아 쪽의 태도에서 역(逆)으로 읽을 수 있다. 예루살렘이 함락되었을 때 바빌로니아 왕 느브갓네살은 예루살렘 원정군 사령관인 느부사라단에게 명령하여 예레미야를 특별하게 보살피도록 했기 때문이다. 이집트로 망명하느니보다는 유대 땅에 남아 바빌로니아의 동정(同情)에 운명을 맡기라고 권유하러 온 예레미야를 납치하다시피 자신들의 망명지로 끌고 간 이들이 그를 어떻게 대우했을까는 짐작하기 어렵지 않다.

그 예레미야를 요즘 와서 새로운 느낌으로 돌아보게 되는 것은 예언의 형식으로 드러난 예레미야의 민족 내부 정서(情緖) 및 외부 정세(情勢) 분석과 그 시대 유다 왕국 사람들의 대응이 우리에게 시사하는 바 때문이다. 우리에게도 '그 면이 북쪽에서 기울어진' 끓는 가마솥이나 무자비한 제국 바빌로니아가 있는가에 대해서는 논의가 있을 수 있다. 민족애로 다져진 이런 화해와 협력의 시대에, 그리고 이처럼 진보된 세계화 시대에 그따위 가마솥이나 바빌로니아가 있을 리 만무라면 더 할 말은 없다.

그러나 서둘러 진행되는 남북 관계나 갈수록 확산되는 반미 감정을 보며 끓는 가마솥과 바빌로니아를 양의적(兩意的)으로 느낀다면 문제는 달라진다. 저 옛 유다 왕국에서처럼 우리에게는 희망의 예언자가 너무 많다. 북쪽의 가마솥은 완고한 수구 반동 세력의 과민이나 기우가 조작한 환상이며, 현대의 바빌로니아는 우리가 무슨 짓을 해도 해방자(解放者) 고레스(키루스 2세) 대왕으로만 기능할 것이라고 그들은 믿는다. 이대로만 가면 갈라진 땅은 그림같이 이어지고 나뉜 형제는 우애로 다시 얼싸안게 되며, 예레미야 시대의 바빌로니아와 이집트 격인 주변 강대국은 사심 없는 갈채로 그런 진행을 지켜보리라고 우긴다.

하지만 만에 하나라도 그들의 예언이 어그러진다면 그 결과는 너무도 끔찍하다. 바로 〈예레미야서〉 다음에 이어지는 〈예레미야 애가(哀歌)〉의 세계이기 때문이다. 차마 인용하기조차 섬뜩한 노래, 민족주의적 감상과 허영을 종교적 타락으로 여겨 한탄하고 그로 인해 멸망당한 자들을 진혼(鎭魂)하는 노래가 펼치는 세계이기 때문이다.

……주께서는 우리를 만국 가운데서
쓰레기로, 거름더미로 만드셨습니다.
원수들은 온통 입을 벌리고 덤벼들었습니다.
우리는 무서운 함정에 빠져
박살당하여 멸망당했습니다…….

……거친 음식은 입에 대지도 않던 자들이
길바닥에 쓰러져 기는구나.
비단옷이 아니면 몸에 걸치지도 않던 자들이
쓰레기더미에서 뒹구는 신세가 되었구나…….

……젊은이들은 눈보다 정갈하고 우유보다 희더니
살갗은 산호처럼 붉고
몸매는 청옥처럼 수려하더니
얼굴은 검댕처럼 검게 되고
살가죽은 고목처럼 뼈에 달라붙어
이젠 아무도 알아보지 못하게 되었구나…….

2장
읽으며 생각하며

다시 읽게 되는 두 명구(名句)

"옛적에 시장이란 것은 자기가 가진 것을 자기에게 없는 것과 바꾸는 장소였고, 관리는 다만 그것을 다스릴 뿐이었다. 그런데 '한 천한 사나이(賤丈夫)'가 있어 반드시 '높은 언덕(壟斷)'을 찾아 올라가 이리저리 살피며 시장의 이익을 모조리 차지했다. 사람들이 모두 그런 짓을 천하게 여겼기 때문에 세금을 거두게 되었으니, 장사치에게서 세금을 거두게 된 것은 실로 이 천한 사나이로부터 비롯된 일이다."

여기서 '이리저리 살펴 시장의 이익을 모조리 차지했다(以左右望而罔市利)'라는 것은 높은 곳에서 살펴보다가 사람이 많이 모인 곳, 혹은 이익이 날 만한 곳이면 어디든 덤벼들어 사고팔아 이익을 챙겼다는 뜻일 것이다. 뒷날 '농단(壟斷)하다'라는 말의 전거(典據)가 된 구절로 《맹자》 공손추(公孫丑) 편에 보인다.

이 구절이 새삼스러운 것은 요즘 들어 그 천한 사내처럼 권력을 농단하는 사례가 너무 자주 보도되기 때문이다. 특히 한빛은행 대출 부정에서 볼 수 있는 것은 그 전형적인 사례가 아닐까 한다. 경제 각

료나 금융감독원의 요인이 그 대출 부정에 개입했다면 이는 그래도 '자기가 가진 것과 가지지 않는 것을 주고받는' 범위에 속한다. 그런 데 청와대 공보수석실의 행정관과 금융 기관, 그리고 특단 사항의 수 사를 위해 구성되었다는 속칭 '사직동' 팀이 얽히고설켜 주고받는 관 계라면 이는 권력의 농단으로밖에 이해할 길이 없다.

이 사건의 보다 고위층 배후로 의심받고 있는 박지원 장관은 더욱 그렇다. 연전 그가 중앙일보사를 찾아가 일으킨 시비만 해도 물의 (物議)였을지언정 권력을 농단한 것은 아니었다. 청와대 공보수석과 언론은 주고받을 게 있는 상대이기 때문이다. 그러나 일부의 주장대 로 이번 대출 부정 사건에서 금융 기관에 압력을 넣은 게 사실이라 면 이는 어김없는 농단이 된다.

지난 시절 권위주의 정권이 비난받은 이유 중에 하나는 이러한 농 단에 대해 제때 세금을 거두지 않은 일이었다. 감당 못할 세금을 먹 여 그 천한 사내를 언덕에 오르지 못하게 하는 대신 쉬쉬하며 그 일 을 덮고 감추려다 정권 자체가 상처를 입는 경우가 많았다. 대개는 지역주의, 정실주의(情實主義) 인사(人事)의 폐해에서 비롯된 것인 데, 이 정권도 같은 이유로 머뭇거리고 있다면 그때는 이사(李斯)의 〈상진황축객서(上秦皇逐客書)〉를 권하고 싶다.

〈상진황축객서〉는 시황제 시절 진(秦)나라 출신 관리들이 다른 나 라에서 들어와 벼슬 사는 객경(客卿)들을 모두 내쫓아야 한다는 논 의를 일으켰을 때 그에 반대해 이사가 올린 상주문이다. 이사는 먼 저 목공(穆公) 때부터 소왕(昭王)에 이르기까지 진나라를 부강하게 만들었으나 진나라 출신이 아닌 인재들을 열거한다. 그리고 다시 시 황제가 애호하는 진나라산(産)이 아닌 보배와 명마(名馬), 미인, 음악을 열거한 뒤에 충고하고 있다.

"그런데 이제 인재를 취하는 것은 가부(可否)와 곡직(曲直)을 묻지 않고 진나라 사람이 아닌 이는 물리치며 객(客)이 된 이는 내쫓으니, 그렇다면 무겁게 여기는 것은 색(色)과 음악과 주옥(珠玉)이고 가벼이 여기는 것은 사람이 됩니다. 이는 결코 천하를 차지하고 제후를 다스릴 방도가 아닙니다……. 무릇 물건이 진나라에서 나지 않더라도 보물로 여길 만한 것이 많고 선비가 진나라에서 태어나지 않았더라도 충성하기를 원하는 이가 많습니다. 그런데 이제 그런 선비를 내쫓아 적국에 보탬이 되게 하고, 그런 백성을 버려 원수의 나라에 이익이 되게 한다면, 안으로는 스스로를 비게 하고 밖으로는 제후들에게 원망을 심는 것이니, 나라가 위태로움이 없기를 바라나 그렇게 될 수 없을 것입니다."

나라가 다르고 시대가 다르며 우리가 처해 있는 상황이 다르기는 하나, 이 정권의 핵심도 이제쯤은 한번 읽고 뒤집어 음미해 볼 만한 명문(名文)이다.

오판의 비극

"이번 상대(아테네)는 나라가 멀리 떨어져 있을뿐더러 해군력은
비할 데 없는 전투 경험을 가지고 있소. 거기다가 다른 어떤 부문에
서도 그들은 최선의 준비를 갖추고 있소. 개인과 국가의 부(富), 선
박, 기병, 중무장병을 갖추고 있소. 인구 또한 어느 헬라스 도시보다
우월하며 나아가 수많은 속국에서 공세(貢稅)를 거둬들이고 있소.
이런 나라를 상대로 전쟁을 안이하게 시작할 수 있겠소?"

이것은 아테네와의 개전(開戰)을 앞두고 신중론을 편 스파르타 왕
아르키모다스의 말이다. 그러나 그는 적을 잘 아는 만큼 자기 나라
도 잘 알고 있어 결코 아테네의 우월함에 위축되지 않았다.

"아테네의 토양이 기름진 만큼 그것을 잃으면 손실도 클 것이오.
때문에 땅이 잘 경작되어 있을수록 그것을 한층 더 효과 있는 인질
로 간주해야 되오. 할 수 있는 한 그들의 땅을 짓밟는 일은 피하고,
그들을 절망 속으로 몰아넣어 보다 완강하게 저항하도록 해서는 안
될 것이오……. 성공에 도취해 콧대를 세우지도 않고 불운한 경우

에 처해도 후퇴하지 않는 것은 오로지 우리뿐이오. 쓸데없이 지식으로만 밝아 적의 계획을 정교하게 비판만 할 뿐 행동이 그에 따르지 못하는 그런 일은 없소……. 언제나 우리는 적의 계책이 훌륭하다는 가정 아래 실천적으로 준비를 게을리 하지 말고, 적의 과오에 요행을 바라는 일 없이 자신의 준비에 희망을 걸어야 할 것이오.”

이와 같은 그의 의견은 독시관(督視官) 스테넬라이다스의 선동적인 제안에 힘입어 스파르타 인들에게서 개전의 결의를 이끌어 낸다. 거기 비해 스파르타와의 개전을 주장하는 페리클레스의 연설은 여러 점에서 대비된다.

“펠로폰네소스(여기서는 스파르타를 가리킴) 인은 농민이어서 개인도 국가도 재산이 없습니다. 그들은 가난해서 이웃 나라와의 단기전 외에 장기전이나 해외 원정은 해보지 못했습니다……. 아무튼 그들의 최대 약점은 군자금에 있습니다. 그것을 조달하는 데 시간이 걸리는 한 그들은 아무것도 할 수 없습니다. 또 그들의 해군도 요새도 두려워할 것이 없습니다……. 요컨대 페르시아 전쟁 이후 줄곧 바다를 깊이 연구해 온 우리들조차 완벽한 경지에 이르렀다고 말하기 어려운데 하물며 해양 민족도 아닌 농업 국민이 도대체 바다 위의 싸움에서 무슨 볼 만한 일을 해내겠습니까?”

그도 적을 알고는 있지만 스파르타 왕과는 달리 적의 약점만 강조하고 있을 뿐이다. 그리고 과장된 자신감으로 아테네 인을 스파르타와의 전쟁으로 이끌고 간다.

위의 연설들은 2천4백 년 전 아테네와 스파르타 간의 30년 전쟁을 기술한 투키디데스의 《펠로폰네소스 전쟁사》에서 인용한 것이다. 시대가 다르고 상황이 다르지만 오늘날 남북 간을 비교하면 당시의 스파르타와 아테네를 연상시키는 데가 많다. 경제력과 인구에 있어서의 우위, 신예 장비의 위력에 대한 남한 지도층의 믿음은 페리클레스의 연설과 많이 닮았다.

다 알다시피, 그 전쟁에서 아테네는 무참하게 패배하고 아테네에 스파르타의 괴뢰 정권이 들어서는 치욕까지 당한다. 페스트의 창궐과 페리클레스의 죽음 같은 돌발 변수도 작용했지만 동맹국의 이탈과 페르시아의 개입 같은 예측 가능한 변수가 아테네 패배의 더 중요한 원인이 되었다.

아이러니컬하게도 이 전쟁의 승패를 결정적으로 가른 것은 아이고스 포타모이 해전(海戰)에서의 패배였다. 페르시아의 군자금을 지원받아 해군력을 강화한 스파르타는 페리클레스가 그토록 믿었던 아테네 함대를 격파하고 제해권(制海權)을 장악해 마침내 아테네의 항복을 받아 낸다. 역사가 동일하게 반복되지 않는다는 데 동의한다 쳐도, 그것이 주는 교훈까지 온전히 무시해 버릴 수 있는 논리는 어디에도 없다.

《정관정요》의 가르침

다 알다시피,《정관정요(貞觀政要)》는 당 태종의 정치적 언행 중에
서 후세의 귀감이 될 만한 것들을 따로 편찬해 묶은 책이다. 자칫 낡
은 제왕학(帝王學)을 떠올리기 쉽지만 지도자의 자질을 가늠하는 기
준으로는 1천 년이 훨씬 지난 지금까지도 여전히 유효한 책이다. 그
책에 따르면 정관(貞觀) 초년 당 태종은 말했다.

"군주가 자신이 성군(聖君) 또는 현군(賢君)이라는 착각에 빠져 자
신의 생각에만 의지하게 된다면 신하들은 군주의 과실을 바로잡아
주려고 하지 않게 된다. 그러면 나라가 위태롭지 않기를 바란다 해
도 그대로 되지 않아, 군주는 그 나라를 멸망시키고 망국의 신하 또
한 자기 집안을 보존하지 못한다."

그런데 지금 우리 지도자는 꼭 그런 착각에 빠지기 좋게 되어 있
다. 노벨 평화상으로 인권 평화 운동은 세계적 공인을 받았고, 활발
한 외교 활동에서는 의례적 찬사와 격려에 휩싸인다. 매스컴, 특히
대중적 영향력이 갈수록 커지는 방송 매체는 정권 홍보를 자임(自

任)한 게 아닌가 싶을 정도로 새 정부 정책의 성공을 구가(謳歌)하는데 힘써 왔다.

또 정관 3년에 당 태종은 신료들의 간언이 없는 것을 이렇게 나무랐다.

"만약 내 결정(詔勅)에 옳지 못한 점이 있으면 누구든지 강력하게 자기의 견해를 주장해 철저하게 논의하지 않으면 안 된다. 그런데 근자에는 무엇이든 내 명을 따라 비위를 맞추기에 급급해할 뿐이다……. 내 말에 동의한다는 서명이나 하고 그 문서를 공포하는 정도의 일은 누구나 할 수 있다. 그런 정도의 일을 위해서라면 무엇 때문에 우수한 인재를 발탁해 정무를 위임하는 절차를 밟을 필요가 있겠는가."

이에 대한 조리 있는 답은 정관 15년의 같은 힐문에 위징(魏徵)이 한 말일 것이다.

"아직 충분히 신임을 받지 못하면서 간(諫)하면 듣는 쪽에서는 자기를 헐뜯는 것이라고 오해한다. 또 신임을 받으면서 간하지 않는 것은 국록을 도둑질하는 놈이다라는 옛말이 있습니다……. 그럼에도 불구하고 입을 다물고 있는 것은 어느 경우에나 윗사람과 동료를 거스르지 않고 동조함으로써 그날그날을 무사히 넘기고자 하는 까닭입니다."

그런데 요즈음 돌아가는 형편을 보면 세상은 옛말에서의 헐뜯는 자와 도둑놈만 있는 것 같다. 바른말을 하는 사람들은 대개가 그 말을 할 자리에 있지도 않고 그래서 지도자의 신임을 받고 있을 리가 없는 쪽이고, 정작 말해야 할 사람들은 '지당하옵니다(唯有諾諾)'만 되풀이하고 있는 듯하기 때문이다.

말할 자리에 있지도 않고 지도자의 신임을 받고 있는 처지도 아니라 이 또한 헐뜯는 말에 지나지 않을는지 모르지만, 요즘은 총체적 위기란 말이 실감 날 정도로 세상이 뒤숭숭하다. 도시의 산업 현장뿐만 아니라 농촌과 어촌 어디 한 군데 성한 곳이 없다. 금융 쪽의 난맥상이나 심상찮은 국제 동향도 제대로 보고되고 있는지 실로 의심스럽다.

지금 이 시간까지는 여당의 원천 봉쇄로 결말나 있는 야당의 검찰 탄핵안도 그 일의 실질적 의미가 지도자에게 제대로 파악되고 있는지 걱정스럽다. 사법부의 일부가 권력의 시녀라는 의심을 받고 있다면, 그것은 여당이 국회에서 발 벗고 나서서 정면으로 풀어 주어야 할 일이지, 국회 상정을 막아 미봉할 일이 아니다.

주제넘지만 지금 대통령과 측근에게 필요한 충언은 《정관정요》에서 인용된 포숙아의 말 같다. 패자(覇者)로 대성한 제환공이 관중, 포숙아, 영척(甯戚)과 크게 잔치를 열고 축하(獻壽)를 빌자 포숙아가 일어나 말하였다.

"아무쪼록 공께서는 내란이 일어났을 때 국외로 망명하시어 고생하던 때의 일을 잊지 마시고, 관중은 싸움에 져서 노나라에 잡혀가 죽음을 기다리던 때를 잊지 말고, 영척은 가난할 때 수레 밑에서 여물을 먹일 때의 일을 잊지 않도록 하소서."

알키비아데스의 개꼬리

흔히 소크라테스의 제자로 알려져 있는 알키비아데스처럼 대중의 사랑을 받은 정치가도 드물 것이다. 그러나 또한 그는 스승 소크라테스가 죽음의 평결(評決)을 받게 된 원인의 하나가 되었다고 할 만큼 대중의 미움과 의심도 받았다. 그가 아테네 시민 대중의 열렬한 지지를 이끌어 낸 것은 무엇보다도 자신을 화려하게 수식하고 연출하는 재능으로 보인다. 플루타르코스는 그의 유명한 《영웅전》(원래는 《대비열전(對比列傳)》)에서 이런 일화를 전한다.

"알키비아데스가 경기용으로 기르고 있던 말에 대한 평판은 세상에 널리 알려져 있었다. 왜냐하면 그 이외에 시민이건 왕이건 아무도 올림피아 경기에 네 마리 말이 이끄는 전차를 일곱 대나 가지고 출전한 사람이 없었기 때문이다. 투키디데스와 에우리피데스에 의하면 그는 우승뿐만 아니라 2등과 3등과 4등까지 모두 거머쥐었다고 한다."

우승만으로도 충분한데 4등까지 휩쓸어 영예의 후광을 몇 배나 강화한 셈이다. 그런데 요즘 정부의 문화 정책을 보면 알키비아데스의 경기용 전차를 연상시킨다. 문화적 생산, 문화 상품의 높은 부가가치를 강조하고 격려하는 것은 좋지만 불요불급한 중복이나 과잉이 너무 심한 느낌을 준다. 한 예로, 국제 영화제만 들더라도 부산, 부천, 춘천에 이어 전주까지 무려 네 개나 요란하게 치러지고 있다. 지방 자치제 탓으로만 돌릴 수 없는 중복 또는 과잉인데, 딱한 것은 그런 현상이 문화 정책 전반에서 느껴지는 점이다.

하지만 그래도 알키비아데스의 그와 같은 연출은 실질에 바탕한 것이었다. 플루타르코스가 전하는 그의 일화 중에는 그보다 심한 게 많다. 어렸을 적 그는 또래들과 씨름을 하다가 힘에 부쳐 쓰러지자 상대방의 팔을 물었다. 상대방이 계집애처럼 물었다고 비난하자 그는 태연히 대꾸했다.

"아니야, 나는 사자처럼 물었어!"

IMF 사태의 실질은 어느 정권, 어느 개인의 실책이라기보다는 무리하고 급속한 산업화로 누적된 우리 경제의 구조적 파탄으로 보아야 한다. 또 우리가 가고 있는 멕시코의 길은 선택이라기보다는 강요된 것이었으며, 수습도 그 불안한 선례(先例)처럼 아직은 진행중이라는 편이 겸손하고 신중한 태도가 될 것이다. 그런데 앞서 가는 정책 정권 홍보는 이 정부의 현명한 선택과 멋진 성공으로 만들어 때 이른 과소비 풍조까지 되살려 놓았다. 아무래도 수식이 실질을 넘어서는 듯한 느낌을 떨쳐 버릴 수가 없다.

또 알키비아데스의 일화 중에는 이런 것도 있다. 그는 아주 크고 잘생긴 개를 기르고 있었다. 그 개는 70미나라는 큰돈을 들여서 사온 것으로 특히 그 꼬리가 일품이었다. 그런데 어느 날 그는 느닷없이 그 개의 꼬리를 잘라 버렸다. 친구들이 사람들의 비난을 전하자 그가 히죽이 웃으며 대답했다.

"그러니까 내가 생각한 대로 되었다는 거야. 왜냐하면 사람들은 그 이야기를 하느라 나에 관한 더 나쁜 소문을 퍼뜨리지 못할 게 아닌가."

이쯤 되면 그의 자기 연출은 번뜩이는 재치를 넘어 섬뜩한 술수를 느끼게 한다. 그런데 요즘 대북 정책에는 왠지 알키비아데스가 자른 개꼬리가 어른거린다. 그 실질은 경제보다 더욱 불확실성의 안개에 싸여 있으면서도 위험 부담은 큰 분야건만 모든 게 그저 축제 분위기다. 성급하게는 남북 정상의 노벨 평화상 공동 수상까지 점쳐진다. 회담의 진전에 대한 비관(悲觀)은 바로 불온(不穩)이 되고, 북에 대한 의구나 경계는 그대로 보수 반동이나 반(反)통일 세력의 징표가 된다. 어떤 때는 남북 문제에 가려 다른 것은 아무것도 보이지 않을 지경이다.

정치에서의 자기 연출과 수사(修辭)의 활용은 틀림없이 효율적인 기술이고, 때로는 유익한 실질을 이끌어 낼 수도 있을 것이다. 그러나 한편으로는 끊임없는 확대 재생산의 요구라는 위험스러운 내적(內的) 기제(機制)를 수반한다는 것을 잊어서는 안 된다.

알키비아데스는 조국 아테네에 여러 가지 빛나는 승리를 안겨 주기도 했지만 참담한 배신도 맛보였다. 적국 스파르타에 투항하여 조국을 해쳤고, 페르시아의 앞잡이가 되어 동족을 괴롭히기도 했다. 플루타르코스는 그 원인을 아테네 시민들이 먼저 그를 버린 데서 찾고 있지만 실은 정치에서의 지나친 자기 연출 또는 실질 없는 수식의 폐해였는지도 모른다.

문명의 공존
─ 안티테제로서의 글쓰기

패러디를 우호적으로 보지 못하는 사람들이 내세우는 근거 중에 하나는 그것이 원작의 주제와 구성에 의지하고 있다는 점일 것이다. 반명제적(反命題的) 글쓰기도 이런 점에서는 패러디의 일종이라 할 수 있다. 제안하기보다는 반대하기가 쉽고 창조하기보다는 비판하기가 쉽다.

하지만 패러디의 강점도 분명히 있다. 특히 일방적 수용에 길들여져 있는 현대의 독자에게 강조되어야 할 강점은 원작에 대한 쌍방적 교류를 가능하게 해준다는 점이다. 정보의 홍수 속에 휩쓸린 현대인은 그 수용에 급급해 차분히 분석하고 비판할 겨를이 없다.

해럴트 밀러의 《문명의 공존》은 그와 같은 글쓰기의 명암을 두루 갖춘 책이다. 기본적으로 그의 사고는 새뮤얼 헌팅턴의 구상에 근거하고 있다. 그가 내놓은 '공존'이라는 대안은 헌팅턴이 제시한 '충돌'의 반명제이다.

그는 헌팅턴이 단언한 '이슬람의 피 묻은 경계선'이나 '유교(儒敎)

동맹의 잔혹한 시나리오'의 허구성을 적절하고 구체적인 예로 부정하고 있다. 하지만 그 사유의 형태는 창조적이기보다는 다분히 패러디적이다. 방법에 있어서도 그는 단순화된 거대 이론의 위험성 내지 기만성을 비판하고 있지만, 결국은 그도 곳곳에서 자신이 '오컴의 면도날'로 비아냥거린 단순화의 칼을 휘두르고 있으며 도달하는 결론은 거대 이론의 외형을 벗어던지지 못했다.

하지만 그래도 《문명의 공존》을 읽어 볼 만한 가치가 있는 것은 헌팅턴의 《문명의 충돌》이 준 일방적 충격을 쌍방적인 사고의 대상으로 끌어내린 점이다. 심오한 문명사적(文明史的) 이의를 가진 것으로 받아들여졌던 충돌의 개념이 실은 낡은 냉전 논리의 변형에 지나지 않을지도 모른다는 의심을 품게 한 것은 헌팅턴의 구상에 대한 쌍방적 사고의 출발이 된다. 거기다가 명쾌하여 시원스럽기까지 했던 진술 방식도 세상의 수요에 편승한 기만적인 혹은 위험한 단순화였다는 지적은 헌팅턴에 대한 적극적인 분석과 비판의 의욕까지 자극한다.

물론 밀러가 제출한 '공존'이라는 반명제에 대한 의문도 없지는 않다. 어쩌면 그것은 동구의 몰락 이후 급속하고 광범위하게 진행되고 있는 지구화(地球化) 현상을 너무 민감하게 그리고 낙관적으로 해석한 것일지도 모른다. 자신도 모르게 단순화를 남용하여 문명 간의 관계를 편면적인 관찰로 규정하고 있는 것 같은 인상도 있다.

그중에서도 반명제적 사고의 한계를 보여 주는 것은 이 책 뒤에 붙은 서면 대담에서 김경동 교수가 적절히 문의한 방향 제시의 기능이다. '문명의 조화'라든가 '문명의 변증법적 종합' 같은 적극적인 제시가 아니라 '공존'이란 현실 분석적 개념에 멈춰 버린 것은 아무래

도 아쉬움이 남는다. 그런데 그 물음에 대해 밀러는 한마디로 '문명의 조화'에 대해서는 회의적이라고 대답한다. 그리고 문명의 독자성을 강조하고, 다양성 가운데의 통일성이란 말로 자신의 기대를 축소하지만, 어쩌면 그것은 '충돌'의 반명제로 출발한 그의 사유가 본질적으로 가지고 있는 한계일지도 모른다.

1990년대에 들어와서 알게 모르게 우리가 젖어 온 미세주의(微細主義), 사소주의(些少主義)의 담론 분위기에서 거대 이론은 낯설고 왠지 공허하게 느껴지는 것이 되었다. 《문명의 공존》은 분류하면 어김없이 거대 이론에 들게 되겠지만, 그래서 오히려 지금쯤은 우리의 눈길을 그리로 한번 돌려 볼 만한 것일 수도 있다는 생각이 든다. 그것도 일방적으로 그의 제안을 수용하는 것이 아니라 쌍방으로 사고하면서 읽어 간다면 요즘에는 드물게 신선한 독서 경험이 될 수도 있을 것이다.

현대 과학과 아나키즘

내가 이 책과 만난 것은 70년대 중반 대구에서 학원가를 전전하며 고단한 삶을 꾸려 가고 있을 때였다. 어떤 인연인가 필요에 따라 우리 시대의 마지막 아나키스트라고 할 수도 있는 경북대학교의 하기락 교수를 찾게 되었는데 그때만 해도 나의 아나키즘에 대한 지식이란 초보적인 개념을 이해하는 정도였다. 그러나 육순이 넘은 선생님은 내 손을 덥석 잡으시며 '젊은 동지'가 찾아와 준 것에 감격해했다. 그리고 아나키즘에 대해 보다 깊이 알기를 원하는 나에게 권한 책이 바로 이 《현대 과학과 아나키즘》이었다.

그날 밤 피곤한 몸으로 집에 돌아와 이 책을 펴든 나는 처음 형편대로 몇 쪽만 읽고 덮으려 했다. '아나키란 관념은 어떤 과학적 연구에서 나온 것도 아니고 어떤 철학 체계에서 나온 것도 아니다'란 첫 구절은 내 예측대로 이 책을, 대부분의 사상서처럼 수면제 대용으로 쓸 수 있는 가능성을 비쳐 주었다. 그러나 그 단락의 마지막 문장, '과학자란 계급의 편견에서 벗어나지 못하며…… 그러니까 아나키란 관념이 대학에서 나온 것이 아니라는 것은 명백하다'에서 나는 벌써 그 밤을 온전히 새울 것 같은 예감을 받았다.

사실이 그랬다. 나는 결국 그 밤을 온전히 새워 그 책을 끝까지 다 읽지 않을 수 없었다. 그때 피곤한 나를 잠들지 못하게 몰아낸 감동은, 실현 가능성과 상관없이 인간의 생각이 가질 수 있는 아름다움과 그 아름다움을 표현할 수 있는 문장의 힘이었다. 그리고 인간에 대한 그 지극한 신뢰와 애정…… 이미 30년이 지났지만 어떤 구절은 지금도 인용할 만큼 생생하게 기억하고 있다.

"꿀을 먹어 밥통을 배불린 개미가 배고픈 개미를 만나면 배고픈 개미는 즉시 배부른 개미에게 먹을 것을 요구한다. 그때 이 작은 곤충 사이에는 주린 동료가 배를 채울 수 있도록 꿀을 토해 내놓는 것이 그들의 의무이다. 자기의 몫이라 하더라도 필요한 다른 동료에게 나누어 주기를 거절하는 것이 정당한가를 개미들에게 물어보라. 그들은 틀림없이 확신을 가지고 그것은 극히 나쁜 일이라고 말하면서 그런 이기적인 동료는 다른 종족인 적보다 더 가혹하게 취급하리라. 만약 그런 일이 다른 종족과의 전쟁 중에 일어난다면 개미들은 그 이기적인 동료를 처벌하기 위해 전투를 중지할 것이다."

어떤 것은 너무 낡고 어떤 것은 지나치게 감상에 젖어 있는 듯도 하지만, 그래서 이 메마른 시대에는 오히려 읽어 볼 만한 책이 될지도 모르겠다.

시대를 앞서 간 여자들의 거짓과 비극의 역사

여자에게 무엇이 행복이고 무엇이 불행일까. 인간에게 무엇이 위대한 것이고 무엇이 비천한 것일까. 로사 몬테로의 《시대를 앞서 간 여자들의 거짓과 비극의 역사》를 보면서 문득 떠올리게 된 거창한 물음이다.

이 책에는 1991년 은둔지에서 삶을 마친 미국 출신의 현대판 마녀 로라 라이딩부터 이제는 극히 소수의 사람에게만 《프랑켄슈타인》의 저자 메리 셸리의 어머니로 기억되는 18세기의 페미니스트 메리 울스턴크래프트까지 열다섯 여인들의 생애가 약술되어 있다. 그들 중에서 애거서 크리스티, 시몬 드 보부아르, 알마 말러, 조르주 상드, 프리다 칼로, 마거릿 미드, 카뮈 클로델, 브론테 자매는 이미 우리에게도 나름대로 그 삶이 관찰되고 분석된 적이 있는 사람들이다. 그러나 메리 울스턴크래프트, 세노비아 캄프루비, 레이디 오톨린 모렐, 마리아 레하라가, 로라 라이딩, 이사벨 에버하트, 아우로라와 일데가르트 로드리게스는 비교적 낯선 이름들인데, 일부는 저자에게 발굴

된 사람들이 아닌가 싶다.

이들의 삶을 해설하는 저자 로사 몬테로의 세계 해석은 일견 단호하다. 곧 세상 여인들의 모든 불행과 비참은 이기적이며 육욕에 차 있고 폭력적인 남자들과 그들이 자신들에게만 유리하게 구축한 사회 제도에 있다고 보는 점이다. 그런 남자들과 그런 제도가 존속하는 한 세상 어느 여자도 행복할 수 없다는 게 그녀의 결론인 듯싶다.

여기에 소개된 열다섯 여인들은 어떻게 보면 나름대로의 성취가 있었던 여인들이다. 그중에는 동시대의 남자들보다 더 많이 누렸다고 볼 수 있는 이들도 있고, 그 이상 인간으로서의 위대함에 참여했던 이들도 있다. 하지만 그들을 남성 위주 사회의 피해자로 만들고 그들의 삶을 '거짓과 비극의 역사'로 몰아가다 보니 그들을 재는 자에 무리가 생긴 듯하다.

자신을 희생하다시피 일생을 바쳐 정신병자인 남편을 노벨상 수상 시인으로 만들어 낸 세노비아 캄프루비, 가혹한 육체적 고통에 일생을 시달리면서도 사랑하고 창조한 의지의 화신 프리다 칼로, 그리고 30대를 넘기지 못한 짧은 생애를 오직 쓰는 일에 집중해 빛나는 성취를 이룩한 브론테 자매는 여자이기에 앞서 인간으로서 위대함에 참여한 이들이다. 그런 그들의 삶을 거짓과 비극으로 규정하기 위해서는 인간이 오직 누리고 또 누리기 위해서 태어난 축복받은 존재라는 게 먼저 증명되어야 될 듯싶다.

애거서 크리스티, 시몬 드 보부아르, 조르주 상드, 마거릿 미드, 이들은 용기 있게 자신의 삶을 선택하고 죽을 때까지 흔들림 없이 그 길을 갔으며 많은 성취도 있었다. 틀림없이 남자들의 배신은 그녀들에게 깊은 상처를 주었지만 또한 자유도 주었다. 거기다가 여자의 배신에 상처 입어 보지 않은 남자도 있던가. 만약 그들의 삶이 거짓과 비극의 역사라면 모든 남자들의 삶도 거짓과 비극의 역사다.

특히 로라 라이딩의 삶을 보는 저자의 시선은 독자에게 혼란까지 일으킬 정도로 가혹하다. 당대의 수많은 예술가들의 정신을 사로잡고, 시인이자 소설가인 로버트 그레이브스와 시인이자 비평가인 슐러 잭슨의 아내로 그들의 작업에 영감을 불어넣었던 그녀를 '광기의 폭풍 속으로 남자들을 끌어들인 사악한 여자'로 규정하기 위해서는 남자들의 위선적인 윤리의 잣대를 빌리는 길밖에 없다.

그런데도 감동으로 이 책을 덮을 수 있었던 것은 저자의 조리 있는 진술이나 탁월한 안목이 아니라 그녀가 수집한 사례가 가지는 날재료로서의 가치이며 그것이 우리에게 제기하는 의문의 값일 것이다. 진실로 여자에게 무엇이 행복이고 무엇이 불행일까. 인간에게 무엇이 위대한 것이고 무엇이 비천한 것일까.

그가 돌아왔다

　책 읽기, 특히 소설 읽기가 근래처럼 많은 각오와 참을성을 요구한 적도 흔하지 않은 일일 듯싶다. 주관성의 옹호나 감각에의 호소, 현대성의 강조는 굳이 나무랄 것이 없는 문학적 태도일 수 있다. 사소한 것이 중대하며 미세해서 오히려 심오할 수 있다는 것도 부인할 수 없는 창작의 원리 중에 하나다. 하지만 그 천편일률적인 적용은 자칫 소설을 좀스러운 말장난이나 객쩍은 감정놀이로 만들고 만다.

　그런 점에서 황석영의 《오래된 정원》은 오랜만의 예외가 되었다. 이제는 일쑤 촌티와 동의어로 쓰이는 거대 담론에의 향수가 이 작품에서는 서사 구조의 일부로 의연하게 살아 있고, 또한 구닥다리 감회로 몰리기 쉬운 전 시대의 열정과 사랑도 움츠러들지 않는 말투로 토로되어 있다. 그가 없는 사이 잠시 문단을 휩쓸었던 이른바 후일담 문학을 통해 모두에게 뻔해진 얘기들을 지리할 만큼 진지하게 늘어놓은 것도 신선하게만 느껴진다.

　솔직히 말하자면 이 작품은 내게 전혀 낯선 것이 아니다. 그가 처

음 신문에 연재를 시작할 때부터 나는 한 망명객의 귀환 과정을 지켜보는 심경으로 따라 읽었다. 그러나 대책 없는 분주함 탓인지 성의가 모자란 것인지 오래잖아 이야기의 끈을 놓쳐 버렸고, 대신 막연한 불안으로 이 작품이 책으로 묶여 나올 날만 기다리게 되었다.

그런데 책을 받아 첫 권의 절반도 읽기 전에 나는 그 불안이 한낱 기우임을 깨닫게 되었다. 점차 확연해지는 서사 구조를 따라 펼쳐지는 흔들림 없는 진술들은 그의 성공적인 귀환을 예감케 하기에 넉넉했다. 그가 돌아왔다─나는 그때부터 편안한 마음으로 나머지를 읽어 나갔다.

반체제 활동으로 무기 징역을 선고받았다가 감형되어 18년 만에 석방된 쉰 초반의 주인공은 어쩌면 그 세대의 한 치열한 초상일 수도 있다. 범인 은닉자에서 그 연인으로, 그리고 마침내는 아내를 자임하게 된 여주인공의 18년 또한 그 세대의 감춰진 내상(內傷)일 터이다. 감옥 안에 있었건 밖에 있었건 이 시대는 그 세대의 치열했던 정신들에게 유적(流謫)과 격리의 감회를 강요하는 데가 있다.

하지만 이 시대와 대면하는 주인공의 의식은 건강하기 짝이 없다. 18년 전 두 사람의 만남과 헤어짐이 있었던 갈뫼 마을을 찾은 주인공이 보내는 엿새는 정리 혹은 작별 의식으로 정연하게 채워질 뿐 과장된 허무와 비애의 정조로 흐트러지는 법이 없다. 여주인공의 노트를 빌려 토로되는 것은 오히려 흔들림 없는 결의처럼 들리기도 한다.

"이제는 당신도 나이가 많이 들었겠지요. 우리가 지켜 내려고 안간힘을 쓰고 버티던 가치들은 산산이 부서졌지만 아직도 속세의 먼지 가운데 빛나고 있어요. 살아 있는 한 우리는 또 한 번 다시 시작해야 할 것입니다. 당신은 그 외롭고 캄캄한 벽 속에서 무엇을 찾았나요. 혹시 바위틈 사이로 뚫린 길을 걸어 들어가 갑자기 환하고 찬란한 햇빛 가운데 색색가지의 꽃이 만발한 세상을 본 건 아닌가요. 당신은 우리의 오래된 정원을 찾았나요.”

　세상은 변하고 사람들의 감각과 기호(嗜好)는 바뀌었다. 피상적으로 파악되고 있는 ‘지금’, ‘여기’조차 디지털로 빚어진 가상 공간에 위협받고 있는 젊은 정신들에게는 이 작품이 자칫 지난 시대의 우울한 감회처럼 들릴지 모르지만, 그래도 한 번쯤은 이쪽으로도 눈길을 돌려 주기를 권한다. 결국은 무망한 노릇이 될지라도 보다 본질적인 것, 불변하고 객관적인 원리들을 진지하게 지향해 본 경험은 그 무엇보다 소중한 정신의 자산이 될 것이다. 더구나 이 작품은 황석영이란 거장(巨匠)만이 그려 낼 수 있는 한 시대의 벽화다.

어허, 자하헌의 이 어른들

내 일찍이 난사시회(蘭社詩會)가 있다는 소리를 듣고 흠모하였고, 또 동서시회(東西詩會)가 있음도 알고 있었으나, 해타(咳唾)로 들은 바는 고(故) 김호길 총장이 마지막으로 남겼다는 절명(絶命)의 시참(詩讖) 같은 구절뿐이더니, 이제 자하헌(紫霞軒)에서 격조 높은 시품(詩品)을 향내 맡는다.

이 방면에 밝지 않은 독자들을 위해 본문으로 주(註)를 단다면 난사시회는 이우성 선생님을 비롯해 조순, 이용태, 고 김호길, 김용직 같은 동서 겸전(兼全)의 석학들이 만든 시회이다. 동서시회는 이병한 교수가 주도한 서울대 어문학계 교수들의 시회이며, 자하헌은 서울대 인문대학 교수 휴게실의 별칭이다.

《치자꽃 향기 코끝을 스치더니》란 긴 제목의 이 한시(漢詩) 모음집은 연전 정년 퇴직한 이병한 교수가 바로 그 자하헌의 화이트 보드를 빌려 정선(精選)한 한시들로, 엄밀하게 말하면 앞서의 두 시회에서 나온 창작 한시와는 질을 달리한다. 그런데도 선자(選者)의 안목과 그것을 풀이하고 음미하는 자하 문인(紫霞門人)들의 태도 때문에 눈에 익은 한시들도 마치 그들이 새로 창작한 것처럼 낯설어 보인다.

흔히 교양이란 말로 가볍게 치부되는 예술 작품의 감상 능력도 실은 고도의 수련과 그 습득이다. 감상의 한 발전인 비평이 독립된 창작으로 승인받게 된 것은 어쩌면 그 때문일지도 모른다. 이 한시 모음집에 실린 작품들을 보면 한 편 한 편이 선자의 그런 창조적 감상 능력을 드러내고 있는 듯하다. 그리고 그런 선자의 안목을 받아들여 음미하는 자하 문인들의 태도 또한 진지하며 창조적이다.

지금까지 우리에게 소개된 중국 한시는 대개 신체(新體)를 위주로 한 당시(唐詩) 중심이었다. 그런데 이 책에는 명(明), 청(淸)의 한시뿐만 아니라 20세기 들어 지어진 양계초(梁啓超)의 칠언 절구도 있다. 한시 감상에서 시대를 확장해 준 것도 이 책의 매력이 될 수 있을 듯싶다.

하지만 무엇보다도 재미있고 또 귀하게 여겨지는 것은 '산창 한담(山窓閑談)'이란 부기(附記)이다. 자하헌의 분위기가 눈앞에 선하게 잡혀 올 뿐만 아니라 간간이 아는 이들의 정신적인 안부도 듣는다. 황동규 시인의 시에 우러나는 두시적(杜詩的) 관조가 어디서 온 것인지 짐작할 듯도 하고, 요재〔聊齋: 지괴집(志怪集) 《요재지이(聊齋志異)》를 쓴 청대(淸代) 문인 포송령의 당호〕에 이사씨(異史氏)가 있었듯 자하헌에 외사씨(外史氏: 조동일 교수의 별호)가 있었음도 알겠다.

《치자꽃 향기 코끝을 스치더니》는 제목이 길어 한 권만 들었지만 실은 《이태백이 없으니 누구에게 술을 판다?》라는 2권이 더 있다. 두 권 합쳐 한시가 2백 편에 가까운데 계절별로 나뉘어 실렸다. 굳이 읽으려 들면 하루에 읽지 못할 것도 아니나 이런 책은 그렇게 읽어 치우는 게 아니다. 2권은 아껴 놓고 1권도 여름 편만 천천히 읽다가 백거이(白居易)의 술노래(對酒五首中其一) 한 편을 만나 슬며시 옮겨 본다.

솜씨 있고 없고 잘나고 못나고 서로 따지는데(巧拙愚賢相是非)
술 한번 취해서 몽땅 잊음이 어떨는지(何如一醉盡忘機)
하늘과 땅 사이 넓고 좁음을 그대는 아시는가(君知天地中寬窄)
독수리 물수리 난새 봉황새 제멋대로 나는 세상(鵰鶚鸞凰各自飛)

근년 들어 자주 대책 없는 시비에 말려드는 내 심사를 의탁하기에 넉넉지는 않지만, 가만히 읊조리고 나니 한 가닥 시원함은 느껴진다.

신세대 병사가 겪는 남북 분단

우리 문학을 보고 있으면 진폭이 좁은 진자 같다는 느낌이 든다. 저마다 이념가가 되고 투사가 되고 역사가가 되어 목청을 높이던 시절이 엊그제 같은데 어느새 문학의 추는 전혀 다른 시류 쪽에 옮겨져 있다. 감각적인 문체에다 애매한 현대성을 싣고, 이국 정취의 안개쯤 피워 올리면 어렵잖게 수작(秀作)이고 명품(名品)이 된다. 더 있다면 광고의 효율성에 의지한 방대한 대하물들이 도서 판매량과 문학의 활기를 혼동시키고 있는 정도일까.

박상연의 《DMZ(영화 JSA 원작 소설)》는 주제부터 그런 시류에서 한발 비켜서 있다는 점이 우선 호감을 준다. 이제는 철 지난 유행가 가사처럼 된 분단 문제를 정면으로, 그리고 진지하게 파고들고 있다는 점에서 그렇다. 하지만 주제가 그렇다고 해서 얘기가 지루하고 따분할 것이라고 지레짐작할 필요는 없다. 어떤 소설이 진부하게 느껴지는 것은 주제가 아니라 얘기 방식에 문제가 있어서이다. 그런데 20세기도 끝나 가는 이 나라의 20대답게 그의 발상은 신선하고 상상력은 발랄하며, 거기 따라 얘기 방식도 새롭다.

6·25란 민족사적 비극을 놓고 보면 《DMZ》의 실제 주인공인 김수혁 상병은 순수한 전문(傳聞) 세대다. 그의 할아버지는 그 비극을 직접 체험한 세대이고, 그의 아버지도 어렴풋한 기억에다 아버지나 삼촌들의 체험이 덧보태져 어느 정도 체험의 직접성을 가진 세대이다. 그러나 주인공 세대에게는 오직 제3자를 통해서 들은 것만이 6·25를 알고 있는 전부다. 단순한 낙관론은 우리 사회의 구성원이 점차 그와 같은 전문 세대로 바뀌어 가는 것에서 분단 문제를 해결하는 실마리를 찾으려 한다. 다시 말해 이해 당사자들, 서로 죽이고 죽음당한 체험 세대나 그것이 아버지와 삼촌의 일이어서 그들의 증오와 원한을 고스란히 물려받을 수밖에 없는 준체험 세대가 사라지면 민족의 화해와 일치는 그만큼 쉬워지리라는 논리다.

그런데 《DMZ》는 신세대 병사들을 통해 그것이 근거 없는 환상임을 섬뜩하게 일깨워 준다. 바로 심리학에서 말하는 '오퍼런트 컨디셔닝', 곧 '조작적 조건 형성' 때문이다. 기성 세대는 그들 자신이 파블로프의 개처럼 이데올로기의 조작적 조건 형성에 희생되었을 뿐 아니라, 다음 세대에 대해서는 스스로 더 엄격하고 비정한 조건 형성자가 되었다. 이데올로기 교육과 선전을 통해 어떤 조건만 형성되면 상대편을 향해 적의와 증오의 발작을 일으키도록 길러 놓은 것이었다. 박상연의 《DMZ》에서 서로 죽이고 죽는 남북한의 신세대 병사들은 바로 그런 조작적 조건 형성의 피해자들이다. 그들은 감정적으로 서로에게 끌리고 이성적으로도 자신들이 주입받은 이데올로기 교육이 의심쩍음을 안다. 그러니 우연한 오발 사고가 일시에 그런 감정과 이성을 동시에 마비시키고 끔찍한 조건 반사를 이끌어 낸다.

이러한 주제를 형상화시키는 얘기 솜씨도 아직 문학 수업이 길지 않은 신진 작가로서는 감탄할 만하다. 물론 이 작품에도 흠은 있다. 삶에 대한 통찰의 깊이나 체험의 폭이 좁아 많은 것을 상상력에만 의존하는 바람에 이야기의 핍진성(乏盡性)이 떨어지고 구성의 치밀을 기한다는 것이 뻔한 도식성으로 나타나는 것 따위가 그렇다. 그러나 이 《DMZ》가 그의 첫 작품이라는 사실만으로도 얼마쯤은 그런 데에 너그러워질 수 있다. 거기다가 작가가 출발 때의 진지함과 겸손함을 잃지 않고 정진해 준다는 보장만 있다면 이 《DMZ》는 마땅히 격려받아야 할 작품이다.

지하로부터의 수기

　내 '책 읽기'가 시의(時宜)에 맞지 않고, 특히 젊은 경향에 무관심하다는 비판을 들었다. 틀림없이 그럴 것이다. 하지만 나는 거기에 대해 두 개의 변명을 준비하고 있다.

　그 하나는 몫의 논리이다. 시대 분위기에 맞고 젊은이들의 취향을 살핀 책 읽기라면 다른 지면, 다른 매체에서 이미 충분하게 수행되고 있다. 나는 이 지면을 받을 때 그 충분함을 더욱 넘치게 하는 것이 내가 해야 할 일이라고는 생각하지 않았다.

　다른 하나는 아직도 우리 사회에 건재하는 진리와 아름다움의 통시적(通時的) 보편성에 대한 믿음이다. 날렵하다 못해 경박하게 보일 만큼 시대의 감각적인 흐름을 뒤쫓고 있는 이 땅의 출판 풍토에서 보면 '열린 책들'의 도스토예프스키 전집 출간은 눈치 없고 미련스러워 오히려 감동적이다.

　'도스토예프스키'는 그 정수를 뽑아 예쁜 단행본으로 장정해 놓아도 이미 컴퓨터 시대 젊은이들의 인기 품목은 아니다. 그런데 그의 전 작품을 권당 평균 4백 쪽은 넘을 성싶은 책으로 스물다섯 권을 배짱 좋게 묶어 놓고 역자 해설과 권위 있는 외국 비평까지 곁들여 놓았다.

번역도 그렇다. 지금까지 우리가 읽어 온 일역판(日譯版)이나 영역판(英譯版)의 중역(重譯)이 아닌 것은 역자들의 낯선 이름과 약력에서 드러난다. 소장 전공학자들로 러시아 어 판에서 새롭게 직역(直譯)한 듯한데 그 때문에 투입됐을 물자와 노력은 어디서 보상받을꼬.

좀 엉뚱하게 들리겠지만, 내가 그 스물다섯 권 중에서 《지하(地下)로부터의 수기(手記)》를 고른 것은 문학적인 고려보다는 시대 분위기를 염두에 둔 선택이었다. 이 작품은 출세작 《가난한 사람들》로부터 20년쯤 뒤에 발표된 것으로, 먼 친척으로부터 물려받은 약간의 유산에 의지해 유폐된 생활을 하고 있는 한 잉여 인간의 독백을 내용으로 삼고 있다.

하지만 일반적으로는 윤리적 합리주의자들과 공리주의자들, 그리고 공상적(空想的) 사회주의자들에 대한 순수 문학의 공격으로 이해된다. 사적인 견해로는 그 비판의 일부가 휘황한 불꽃으로 타오른 게 그의 대작 《악령》이 아닌가 한다.

이 작품의 정신적인 배경은 지금과 140년의 시차가 있고, 도스토예프스키 자신도 그것을 발표하고 10년 뒤 그 작품 속의 진술들에 대해 말한 바 있다. "이것은 너무 우울하며 이미 극복된 견해이다. 지금 나는 더 밝고 타협적인 성향으로 쓸 수 있다"라고.

그런데도 다시 이 작품을 읽으면서 오히려 어떤 시의성(時宜性)을 느끼게 되는 까닭은 무엇일까. 우리 사회를 바닥으로부터 뒤흔들었던 좌파적(左派的) 사고의 현주소가 이중 잣대를 가진 윤리적 합리주의와 어정쩡한 공리주의, 또는 공상적 차원으로 후퇴한 사회주의의 양상을 보이기 때문이라고 한다면 지나친 말이 될까.

어떤 이는 이 작품에 대해 '독자를 지하실의 악취 나는 분위기 속에 삶을 가두고 있으며 실제 삶에 대해서는 완전히 지식이 결여되어 있다'고 비판한다. 하지만 실제 삶에 대한 지식이란 게 무엇이던가. 삶의 아귀다툼에서 격리되어 있고 광기의 혐의까지 받기는 해도 그렇게 홀로 숙성되어 가는 사유 또한 삶의 실체적 진실이 아니던가. 오히려 진정한 사회적 인간이 태어나기 위해서는 그와 같은 지하실이 필요할 수도 있다.

아마도 이번 여름의 여가는 이 무모한 전집에 탕진될 듯하다. 다시 틈나면 제1권 《분신》부터 제25권 《까라마조프 씨네 형제들 하》까지 차례로 읽어 나갈 작정이다. 이는 30여 년 전 문학 청년 시절의 감동을 되살려 보는 기대 때문이기도 하지만, 요즘 같은 때에 이런 전집을 만들어 낼 마음을 먹은 출판인에게 경의를 드러내고자 하는 뜻도 있다.

시절이 하 수상하니

오래된 범우사 판의 《펠로폰네소스 전쟁사》를 다시 펴든다. 읽는 이들로서는 잘 짐작이 안 가는 투키디데스의 규범적인 판단에 따라 때로는 지루할 만큼 상세하게 서술된 사실(史實)들을 새로운 주의로 음미해 본다. 요점 정리 형태로 암기한 세계사 지식과는 먼 당대인의 목소리로 아테네와 스파르타 간의 30년에 가까운 전쟁을 돌이켜 보려 한다.

《펠로폰네소스 전쟁사》는 스파르타 인들이 전혀 등장하지 않는 에피담노스 사건으로부터 시작된다. 이오니아 만 입구의 작은 식민 도시 에피담노스가 모도시(母都市)인 케르키라에 이어 족의 침략을 호소하면서 복잡하게 얽히는 국제 관계가 마침내는 대립되는 두 동맹의 맹주(盟主)인 아테네와 스파르타의 대립으로 발전하게 되는 과정이다.

그러나 이같이 상세한 발단에 비해 결말의 서술은 너무 허술하다. 시칠리아 원정에서 참패한 아테네가 가까스로 펠로폰네소스 동맹

측의 함대를 격퇴하는 해전으로 끝이 나기. 때문이다. 일반적으로 투키디데스의 것이 아니라고 하는 문장으로 전쟁 21년째임을 밝히고 있는데, 이는 스파르타의 아테네 점령 여러 해 전의 일이다.

따라서 항복을 결의하던 아테네 인의 비장감이나 처음 스파르타 인들이 아테네로 입성하던 날의 참담한 광경은 이 책에서 읽을 수 없다. 그 뒤 스파르타 치하에서 아테네 인이 겪어야 했던 수모와 고통도 마찬가지다. 투키디데스가 쓰기를 그만두었는지, 썼는데 실전(失傳)된 것인지는 알 수 없지만, 이성적인 아테네 인들이 소크라테스를 처형하는 데 동의한 감정적인 배경이 되는 그 시대가 비어 있다.

뒷사람들의 추측은 이 책이 크게 세 시기로 나뉘어 쓰였다고 본다. 첫 시기는 개전 이후 니키아스 화평에 이르기까지의 10년으로 투키디데스는 처음 독립된 전쟁사로 쓴 듯하다. 다시 아테네의 시칠리아 원정이 시작되자 역시 독립된 시칠리아 전기로 그 부분을 기록했다. 그리고 마지막으로 아테네가 놀라운 복원력으로 해군을 재건해 스파르타와의 투쟁을 전개해 나가자 비로소 앞의 두 전쟁사가 독립된 것이 아니라 전체로서 하나의 대전(大戰)을 이룬다는 것을 깨달은 듯하다.

투키디데스는 이 책 어디에서도 '펠로폰네소스 전쟁'이란 말을 쓰지는 않았지만, 기원전 431년부터 기원전 404년까지 이어진 아테네와 스파르타의 투쟁을 하나의 일관된 전쟁으로 보았던 그의 견해는 남다른 데가 있다. 거기다가 이 책에는 부분적이나마 냉전(冷戰)의 개념이 이미 도입되어 있다. 전쟁사가(戰爭史家)이기에 앞서 한 아테네 인으로서 조국 아테네가 번영의 절정에서 한 초라한 패전국으로 전락해, 마침내는 적국의 괴뢰 정권의 지배를 받게 되는 과정을 정리하고 있다는 점도 음미해 볼 가치가 있다.

지난번 남북 정상 회담을 전기로 한반도는 지금 두루 춘풍이다. 헌법으로 보면 의연히 국토를 참절(僭竊)한 반국가 단체이고, 국제법적으로는 휴전 상태일 뿐인 교전 당사국 북한은 아무 문제 없는 내 겨레 내 동포요, 통일도 머지않은 눈앞의 일인 양 들떠 있다. 북한에 대한 경계나 불안을 애기하면 여지없는 촌놈이 되거나 반통일 세력으로 몰리기 십상이다.

그런데 알 수 없는 일은 그 같은 들뜸 혹은 자신감의 근거이다. 아마도 경제적 우위를 믿고 있는 듯한데, 실은 그게 그리 미덥지도 못한 것이거니와 설령 믿을 만하다 해도 턱없는 자신감의 근거는 되지 못한다. 경제적 우위를 바탕으로 동독을 흡수 통일한 서독의 예도 있지만, 펠로폰네소스 전쟁에서처럼 경제적으로는 해운(海運) 상업국에다 델로스 동맹의 군자금까지 보유하고 있던 아테네와 비교도 되지 않았던 농업국 스파르타가 30년의 전비(戰費)를 감당하고도 마침내 아테네에 승리한 일도 있기 때문이다.

성과 속

멀치아 엘리아데를 번역한 책을 만나면 아직도 반가움이 앞선다. 30년 전 〈사람의 아들〉을 준비할 때 그의 비교 종교학적 지식이 필요해 도서관을 뒤져 보니 우리말로 번역된 책이 한 권도 없었다. 그의 방대한 《종교 관념의 역사》를 영어 텍스트로 읽으면서 악전고투했던 그때가 새롭다.

엘리아데는 지적(知的) 조숙에 못지않게 다양한 편력으로 젊은 날의 삶 자체가 흥미롭기 짝이 없는 루마니아 출신의 문인이자 종교학자이다. 그러나 무엇보다도 그가 내게 별난 감회를 느끼게 하는 것은 그의 저서들을 관통하는, 일견 낡아 보이는 그의 세계관이다. '본질이 존재를 앞선다'는 그의 규정은 요즘 같은 시대에는 너무 낡고 낯설어져서 오히려 신선하고 충격적일 수도 있을 것이다.

이 책의 제목은 '성(聖)과 속(俗)'으로 되어 있지만 엘리아데가 힘주어 논의하고 있는 것은 성이다. 그에게 세계는 성스러운 것 혹은 종교적 의미로 충만해 있는 공간이다. 그러나 또한 그것은 균질적

(均質的)이고 중성적(中性的)으로 우리의 속된 경험과 닿아 있다. 인간이 성스러움을 아는 것은 그런 세계의 본질 속에 내재되어 있던 성이 속된 경험과는 전혀 다른 방법으로 자신을 드러내 보여 주기 때문이다. 그 때문에 그는 성현(聖顯)이라는 새로운 합성어까지 만들어 성을 설명하고 있다.

하지만 어찌 된 셈인지 속(俗)에 대해서는 성을 말할 때와 같은 치열함과 깊이가 없다. 더 갈 데 없이 속화된 현대인에게 더 관심이 있는 것은 그쪽일 수도 있는데, 그는 서문에서 아예 그런 기대를 할 수 없게 만들어 놓았다.

"동시에 여기서 말하고 싶은 것은 완전히 속된 세계, 완전히 탈신성화(脫神聖化)한 우주라는 것은 인간의 정신사에서 새로운 발견이라는 것이다. 그러나 어떠한 역사적 과정을 거쳐, 또한 어떠한 정신적 변화의 결과, 근대인이 그 세계를 탈신성화하고 속된 생존을 받아들이게 되었는가를 명시하는 것이 우리의 과제는 아니다."

그래 놓고 그는 공간과 시간으로부터 성의 역사를 탐색해 나간다. 성은 공간적으로 세계의 중심이며 시간적으로는 영원한 현재이다. 성은 위를 향한 출구이며, 인간은 존재하고자 하는 갈망, 실재(實在)에 참가하고자 하는 갈망으로 성에 근접하려고 노력한다. 하지만 그와 함께 성스러운 것의 드러남은 그것을 인식하는 주체가 성스러운 것을 외화(外化)하는 것이고, 이미 세계의 모습으로 육화(肉化)되어 있는 성스러움을 발견하는 것에 지나지 않음을 넌지시 일러 주기도 한다.

거기다가 이 과정에서 엘리아데가 해박한 비교 종교학적 지식으로 든 실례들 때문에 이 책은 종교사 입문서의 구실까지 한다. 인도의 메소포타미아, 중국의 고대 문명으로부터 콰키우틀 족을 비롯한 현대의 원시 종족에 이르기까지 다양한 인용은 그의 일생에 걸친 지적 편력을 상기시킨다.

이《성과 속》은 10여 년 전 이동하 교수가 같은 제목으로 번역한 적이 있었다. 번역자의 감동이 배어 있는 문장으로 기억되는데 솔직히 그때는 한가롭게 읽고 남에게 권할 만큼 여유가 없었다. 이번 이은봉 교수가 번역한 한길사 판은 서두에 성과 속에 대한 기존의 여러 견해를 간략하게 소개해 두어 독자의 이해를 도왔다는 강점이 있다. 하지만 출판사의 교정교열 팀의 솜씨인지 번역자의 젊은 독자층을 위한 배려 때문인지, 한자 병기(倂記)가 없어 걱정스러운 데도 많았다. 한글로만 표기된 '대지모 외화'에서 '大地母 外化'같이 사전에도 나오지 않는 한자의 말뜻을 과연 젊은 독자들이 찾아 읽을 수 있을까.

아직도 보배로운 글들

날은 찌는 듯 덥고 세상 돌아가는 형세는 일마다 마음에 들지 않는다.

"그만두어라/나라에 사람 없어 날 알아 주는 이 없는데/또 어이 그 땅을 그리워하는가/이미 더불어 아름다운 정사를 펼칠 수 없다면/내 이제 팽함(彭咸)의 거처를 따르리라."

굴원의 〈이소경(離騷經)〉을 빌려 어림없는 강개에 젖다가 다시 그 〈어부사(漁夫辭)〉를 빌려 공연히 뒤틀린 심사를 바룬다.

"창랑(滄浪) 물 맑으면 내 갓끈을 씻으리라. 창랑 물 흐리면 내 발을 씻으리라."

이어 〈상진황축객서(上秦皇逐客書)〉로 이사(李斯)의 절묘한 언변에 감탄하다가 선(先) 후(後) 〈출사표(出師表)〉쯤에 이르면 눈물까지는 지나쳐도 술 한잔은 생각날 법하다. 그런 때에 나타나는 게 유령(劉伶)의 〈주덕송(酒德頌)〉이다.

"하늘을 장막으로 삼고 땅을 자리로 여기며 마음 가는 대로 하여 멈추면 크고 모난 술잔을 잡고, 움직이면 술통을 끌어당기며 술병을 꿰어 차 오직 술 먹는 것만을 힘쓰니 그 나머지는 알아 무엇 하겠는 가……. 추위와 더위가 피부에 절실함이나 좋아하고 욕심 내는 정조차 느끼지 못해, 만물이 어지러운 것을 굽어보기를 물에 뜬 부평초와 같이 여기고, 곁에서 모시고 있는 두 호걸은 나나니벌과 배추벌레 보듯 했다.”

이에 술 한잔을 청해 얼큰해지면서 〈난정기(蘭亭記)〉, 〈진정표(陳情表)〉를 지나 〈귀거래사(歸去來辭)〉의 도도한 흥취에 젖어든다. 그러다가 공치규(孔稚圭) 〈북산이문(北山移文)〉에 이르러 그 서릿발 같은 탈속(脫俗)함에 잠시 송연해진다.

“산중에 숨어 살던 사람이 떠나감이여. 새벽 잔나비가 놀라는구나. 벼슬을 던지고 바닷가로 도망감을 옛날에 들었더니, 벗하던 난초를 흩어 버리고 감투의 관끈에 얽매이기 위해 안달함을 오늘에 보는구나. 이에 남산이 조롱을 보내고 북산의 언덕이 비웃으며, 골짜기가 다투어 놀리고 모든 봉우리가 무섭게 꾸짖는다……. 청컨대 속된 선비는 말머리를 돌려라. 그대를 위해 거짓된 은둔자는 사양하겠다.”

하지만 오래잖아 펼쳐지는 한유(韓愈)의 〈장강대하(長江大河)〉에 이르면 요즘 세상의 좀스러운 문장에 시달려 충혈됐던 눈이 갑자기 시원해지는 느낌을 받는다. 이어지는 당송팔대가(唐宋八大家)의 구비를 돌면 정주(程朱)의 이학(理學)도 만나게 되리라.

각설하고, 지금 읽고 있는 것은 《고문진보》 후집(後集)이다. 송나라 말기 사람으로 추정되는 황견(黃堅)이 편찬한 《고문진보》는 전집과 후집 각 열 권으로 나뉘어 있다. 전집은 주로 시가류(詩歌類)이고 후집은 사(辭), 서(書), 표(表), 논(論) 등의 산문(散文)이다. 위로

는 굴원부터 아래로는 송대(宋代)의 성리학자에 이르기까지 고금의
명문들을 잘 골라 엮은 것으로 사방득(謝枋得)이 편찬한《문장궤범
(文章軌範)》과 함께 중국 고전문의 진수를 맛볼 수 있는 대표적인
책이다.

이《고문진보》는 이왕에도 몇 종류의 번역본이 있다. 그러나 원전
이 워낙 방대한 데다 번역본을 대개는 한 권으로 엮다 보니 빠진 게
많았다. 이번에 '문학동네'에서 펴낸《고문진보》후집은 우선 그 점
에서 이전의 번역판들과는 궤를 달리한다. 편찬자인 최동호 교수의
자부대로 원전의 작품이 거의 전부 망라되어 있고, 김달진 선생의
번역도 편찬자들에 의해 다소 다듬어진 듯하다. 영어 공용화론(公用
化論)이 나올 만큼 인구어(印歐語) 중심으로 문학이 재편되어 가고
있는 마당에 고색창연한 중국의 고전문이 무슨 의미가 있느냐고 물
으면 난감할 수밖에 없지만, 그래도 문장이란 것이 어떤 것인가를 알
고 싶은 이에게는 이 책이 반드시 무용하지는 않을 거라 믿는다.

중국 문학에서의 판타지

상상력은 창조력의 기반이며 모든 문화 활동의 출발점이다. 하지만 우리 문학에서 상상력은 진작부터 가능성 또는 개연성을 전제로 불구라 할 만큼 편협하게 정의되고 적용되었다. 고지식한 사실주의가 다시 어정쩡한 근대 문학론의 계몽성과 결합하여 환상이나 기상(奇想), 우의(寓意)를 폄하하고 무시한 까닭이었다.

그러다가 근년에 《해리 포터》 시리즈가 전 세계를 휩쓸고, 고전의 품위를 획득한 《반지의 제왕》이 뒤늦게 우리 독서계를 압도해 오자, 이번에는 엉뚱하게 우리 문학 또는 작가들의 빈곤한 상상력을 나무랐다. 그리고 한편으로는 우리에게 환상 소설의 전통이 빈약함을 한탄했다.

하지만 우리 전통에 대한 한탄만은 아무래도 지나친 듯싶다. 《금오신화》나 몽자류(夢字類) 한문 소설들뿐만 아니라, 우리 국문 소설에서도 오늘날의 환상 소설에 해당되는 전통의 축적은 결코 빈약하지 않다. 거기다가 그들의 전범이 되는 중국의 지괴(志怪)나 지이(志

異)에 이르면 오히려 우리의 전통 축적은 그 어느 나라보다 풍부한 편이다.

이번에 완역된 《요재지이》는 비록 이 땅의 저서는 아니지만, 그래도 우리에게 풍부한 그 방면의 전통을 증명해 주는 책이다. 《요재지이》에는 청나라 초기의 문인인 포송령(蒲松齡)이 20대부터 70대까지 수십 년에 걸쳐 수집한 5백 편 가까운 민간 설화가 그의 유려한 문장으로 엮여 있다. 내용은 흔히 괴기, 염정(艶情), 해학으로 분류하고 있으나, 실은 환상과 기상(奇想)으로 저자가 살았던 시대를 특이하게 그려 내고 있다는 편이 옳다.

우리가 잘 알고 있는 명대(明代) 4대 기서(奇書)에다 《유림외사(儒林外史)》, 《금고기관(今古奇觀)》, 《홍루몽(紅樓夢)》, 그리고 이 《요재지이》를 더하여 중국의 8대 기서라고 한다. 그런데 그 8대 기서는 끝내 자신의 시절을 만나지 못한 독서인[不遇書生]들에게 힘입은 바 컸다. 그중에서도 《요재지이》는 저자인 포송령의 삶을 더듬어 보기에도 처연할 정도이다.

포송령은 과거에 실패하여 장사꾼이 된 독서인의 아들로 일찍부터 과거에 뜻을 두었다. 열아홉 살 때 치른 동자시(童子試)에서는 세 번이나 수석을 하였으나, 정작 과거의 관문이 되는 향시(鄕試)에서는 번번이 실패하여, 서른을 넘기고 나서는 훈장 노릇으로 연명하는 처량한 신세가 되고 말았다. 그리고 나중에는 어떤 세도가의 집에 가정교사로 들어가 30년이나 머물렀다가, 나이 일흔에야 비로소 국자감에 들어가 공부할 수 있는 수재로 추천되었으니 그 불우함을 알만하다.

하지만 포송령의 그 같은 불우함이야말로 《요재지이》를 쉴 없어

지지 않을 명저로 만든 힘이 되었는지도 모른다. 그는 매일 아침 차 한 동이와 담배 한 포를 마련하고 사람들이 많이 오가는 큰길가로 나가 삿자리를 깔고 앉았다고 한다. 그리고 오가는 사람들을 잡고 차와 담배를 권하며 이야기를 들은 뒤 집에 돌아와서는 그것들을 이 야기로 꾸며 모았다. 한가한 낙방거자가 아니고는 하기 어려운 일이 다. 《요재지이》가 받는 호평 중에는 당대의 삶이 정확하고도 진실되 게 녹아 있다는 것이 있는데, 이 또한 일평생을 남의 서사(書士)로서 고단하게 살았던 그의 이력과 무관하지 않을 것이다.

이 《요재지이》는 '신기하지만 허황되지는 않은' 온갖 일들과 인간 의 삶이 맞닥뜨리는 모든 국면을 절실하면서도 진진한 얘기로 엮어 저장한 방대한 창고 같은 작품이다. 하지만 한 편 한 편 읽어 나가면 책을 놓을 수 없는 재미뿐만 아니라, 단순한 교훈성을 넘어서는 문화 적 실용까지 느끼게 한다. 홍콩 영화는 이미 오래전부터 《요재지이》 를 활용하여 한 장르를 개척하고 있으며, 영화 〈천녀유혼〉처럼 특이 한 문화 상품을 세계 시장에 공급하기도 했다.

〈우리들의 일그러진 영웅〉의 한병태에게

1987년 4월 이른바 '호헌 선언'이 있던 달에 나는 아프게 너를 낳아 세상으로 내보냈다. 나를 아프게 하였던 것은 이쪽저쪽에 아울러 얽힌 내 사적인 은원(恩怨)의 사슬이었다.

이념과 현실, 역사주의와 허무주의 그 어느 쪽에도 확신을 갖지 못한 어설픈 지식인의 자화상이 바로 너였다. 너를 떠나보낸 뒤에도 한동안 나는 가슴깨나 졸이고 애도 많이 태웠다. 역시 이쪽저쪽 어디에도 달갑지 않은 네 성격과 행태 때문이었다. 그런데 9년이 지난 지금 너는 내 글 속에서뿐만 아니라 영화로, 연극으로 널리 세상에서 이름을 얻었고, 많지는 않아도 바다 건너 피부색이 다른 사람들에게까지 알려져 있다.

가당찮게도 나는 그런 너의 성공을 내 세상 읽기가 온당했음을 보증하는 것으로 믿었다. 네가 지녔던 만큼의 비관과 낙관을, 가장 근접하게 세계와 인생을 이해하는 길로 여겼다. 하지만 나만의 환상이었다.

이제 이 땅에서 진행되고 있는 것은 그런 내 세상 읽기가 얼마나 낯 두껍고 부끄러움 모르는 지식인의 자기변명에 지나지 않는가를 보여 주고 있다. 너는 무죄한 현실의 표상이 아니라 정리되어야 할 일부가 되었다. 내가 새삼스레 네게 이런 편지를 내는 것도 바로 그런 시대가 주는 압박 때문일지 모른다.

나는 네게 용서를 빌고 싶다. 그러나 반드시 그게 너를 끝까지 투사로 남겨 두지 못한 죄를 빌려는 것이 아니다. 오히려 나는 이제 갈수록 사족처럼 느껴지는 그 작품의 결말을 후회한다.

나는 엄석대에게 수갑을 잘못 채웠다. 돌이켜 보면 처음 네 이야기를 시작할 때 나는 세 가지의 결말을 준비하고 있었다. 첫번째는 통속적인 리얼리즘의 공식을 따르는 것이었다. 성년의 엄석대도 역시 번성하고 있고, 다시 만난 너는 또 자발적인 복종에 빠져드는 결말이다. 다음은 성년이 되어 다시 만나게 되기는 하지만 너는 끝내 엄석대가 번성하고 있는지 아닌지 모르게 만드는 형태였다.

그런데 그 무슨 허영이었을까. 나는 권선징악이라는 낡은 투의 결말을 두려워하지 않고 엄석대에게 수갑을 채웠다. 그전까지의 나와는 어울리지 않게도 역사는 언제나 진보와 발전을 지향하고 있다고 우기는 편에 손들어 주었다.

하지만 우리들 현실의 엄석대가 수갑을 차는 과정을 지켜보면서 나는 그때 최악의 선택을 했다는 느낌을 지울 수가 없었다. 유감스럽게도 내가 지금의 정치적 진행에서 읽을 수 있는 것은 역사의 진보라는 게 얼마나 자가당착적이고 비정하며 소모적인가 하는 것뿐이다.

그 논리라는 것도 태반은 새 주인의 눈치에 충실한 지조 없는 개들의 드높은 짖어 댐일 뿐이다. 내가 엄석대에게 채우고자 한 수갑은 결코 그런 게 아니었다.

하지만 내게도 작은 위로는 있다. 그래도 너희 반(班)의 역사를 빌려 우리 역사를 대충은 맞춘 셈이니, 특히 너로 하여금 엄석대가 수갑을 차는 데 박수를 보내게 하지는 않았으니.

3장
시속(時俗)과 더불어

한국은 있다

오늘로 1953년 7월 27일에 이루어진 한국 전쟁의 휴전은 50주년을 맞는다. 돌이켜 보면 그 휴전에는 여러 가지 의미가 있지만, 여기서 특히 짚어 보고 싶은 것은 한반도 분단 고착의 상징으로서이다. 그 후 한반도는 국제적으로는 치열한 경쟁 관계에 들어간 두 이데올로기의 전시장이 되고, 내부적으로는 좌파와 우파, 보수와 혁신을 정확한 균형으로 나눠 가진 남북의 대결 체제로 굳어진다.

한반도의 분단은 한국을 정확히 이해하지도 못하고 특별히 우호적인 감정을 품었던 것 같지도 않은 두 '해방군'이 감격에 젖어 있는 한국민에게 군장(軍裝) 속에서 불쑥 꺼내 내민 반갑지 않은 선물이었다. 태평양 전쟁이 끝나던 해 미국과 소련은 북위 38도선을 경계로 한반도를 나누고 남북에 각기 다른 체제와 이데올로기를 강요했다. 소련군이 점령한 북한은 공산주의에 혁명 세력을 자처하는 집단에게 장악되었고, 미군정(美軍政)이 시작된 남한에서는 자본주의에 바탕한 보수 세력의 정권이 예정되었다.

하지만 그 뒤의 진행은 남과 북이 사뭇 달랐다. 한쪽은 눈치 빠르고 영악한 후견인을 둔 덕분에 잽싸고도 일사불란하게 자기들에게 예정된 몫을 챙겼다. 그러나 다른 한쪽은 물정에 어둡고 갈팡질팡하는 후견인 탓에 제대로 제 몫을 챙길 수 없었다.

1920년대 동구(東歐)로의 사회주의 혁명 수출 과정에서 민족주의의 무서움을 맛본 소련은 군정 없이 바로 북한을 김일성 집단에게 넘기고 철수했다. 그 결과 김일성 일파는 그동안 과장해 온 민족주의적 이력(履歷)에 별로 상처받지 않고 권력을 장악했으며, 북한 주민의 민족주의 감정 또한 소련군의 오랜 주둔으로 크게 억눌린 바 없었다. 뿐만 아니라 1946년까지는 리(里), 동(洞) 단위까지 인민위원회 설치를 완료함으로써 사실상 공산주의 정권을 북한에 수립했다.

이와 같이 신속한 일당(一黨) 독재 체제의 구축은 뒷날 보게 되듯 김일성 우상화의 좋은 바탕이 되었다. 일본 제국주의가 조선 왕조의 왕좌에서 이(李) 왕가를 끌어내고 일왕(日王)을 앉혔듯이, 김일성은 소련군이 고스란히 물려주고 간 일왕의 빈자리를 재빨리 차지할 수 있었기 때문이다. 김일성, 김정일 부자 세습이 별 저항 없이 받아들여진 것도 북한 주민들의 의식이 제대로 된 사회주의 혁명 정신의 세례를 받아 볼 틈도 없이 김일성 왕조의 신민(臣民)으로 길들여진 탓으로 보아 크게 틀리지 않을 것이다.

그런 북한에 비해 남한의 제 몫 찾기는 어수선하면서도 지지부진했다. 미군은 해방자의 이름으로 왔지만 군정청(軍政廳)의 의식은 미국·스페인 전쟁에서 이겨 필리핀을 차지했을 때, 또는 필리핀 지배를 인정받기 위해 가쓰라·태프트 밀약으로 한반도를 일본에 넘길 때와 크게 달라진 것 같지 않았다. 일본에 이겨 그 식민지를 접수한다는 태도로 한반도에 상륙했고, 한국민의 민족주의 감정에는 아랑곳 없이 친일 부역자(附逆者)들을 중간 관리로 기용해 3년이나 어정쩡한 군정을 실시한 뒤에야 남한에서의 단독 정부 수립을 인정했다.

하지만 그래도 민주주의의 원칙에는 충실하여, 그 3년의 미군정은 남한 국민의 의식에 적어도 두 가지 큰 변화를 주었다. 그 하나는 절대 군주적인 권위의 토대를 부수어 버린 것으로서, 태평양 전쟁으로 독립하게 된 동아시아의 옛 왕조 국가에서는 대개 왕정복고(王政復古)가 이루어졌지만 남한에서는 그것이 제대로 논의조차 된 적이 없었다. 그리고 다른 하나는 사상과 표현의 자유에 대한 지나친 기대와 믿음을 준 것으로서, 그 때문에 분단될 때 남한에 예정되었던 자본주의와 보수 우파의 몫은 무시되고, 사회 여러 가치의 새로운 배분이 주장되었다.

정부 수립부터 한국 전쟁이 터질 때까지의 2년 동안 신생 남한 정권이 애초에 예정돼 있던 자신의 몫을 되찾기 위해 벌여야 했던 힘겨운 싸움은 이제 와서 돌아보면 애처로운 데마저 있다. 한반도의 절반이면서도 남한은 온전한 정치 단위로 간주되고, 북한과는 달리 모든 정치 세력을 민주주의와 다양성의 수용이란 구실 아래 허용해야 했다. 사상·집회·결사의 자유란 구호 아래 남한 사회는 갈가리 찢어졌으며, 정치 과잉으로 체제의 생산성은 형편없이 저하되었다.

거기다가 당원 1백만을 호언하며 남한에 살아남은 공산당〔南勞黨〕은 군부까지 깊숙이 침투해 급기야는 정규군의 반란까지 일어났고, 큰 산과 먼 섬에서는 공산당의 게릴라전이 전개되어 북한과 함께 남한을 협격(挾擊)할 태세를 이루고 있었다. 월남한 청년 단체와 매수한 깡패들을 내세워 자행한 백색(白色: 우파) 테러나 양민 학살 같은 것으로 남발된 '본때 뵈기'는 그때 남한 사회를 사로잡은 위기감이 어떠한 것이었는지를 역설적으로 보여 주고 있다.

그러다가 남북의 배분이 처음 예정대로 실현된 것은 유감스럽게도 한국 전쟁 3년간을 통해서였다. 내전의 엄혹함은 남북 양쪽 모두에게 철저한 자기 점검과 내부 숙청을 요구했다. 그리하여 북쪽에서 자본주의 보수 우파가 사라진 것처럼 남쪽에서도 공산주의 혁명 시도뿐만 아니라 혁신이나 진보의 논의까지 자취를 감추었다.

한국 전쟁의 휴전이 조인된 것은 바로 그렇게 한반도의 분단이 두 해방자가 원래 구상한 대로 이루어졌을 무렵이었다. 휴전선이 그때까지 양쪽이 확보한 전선을 그대로 인정한 것처럼, 체제도 그때까지 남북이 각자 챙긴 몫을 그대로 인정한 채 싸움을 멈추었다. 그 뒤 30여 년은 흔들림 없이 고착 상태를 유지해 온 분단 체제의 시작이었다.

그런데 그 휴전으로부터 반세기가 지난 지금 한반도의 사정은 많이 달라졌다. 북한은 흔들림 없이 제 몫을 지키고 있지만 남한은 다시 제 몫을 잃어 가고 있다. 좀 과장하면 50여 년 전, 우리가 흔히 '해방 공간'이라고 말하는 혼란의 시기로 돌아가고 있는 느낌이다.

근년 들어 적잖은 지식인들이 거리낌없이 좌파를 자처하며 남한 체제 안에 그들의 자리를 내놓으라고 요구하고 있다. 한편 그렇게 되면 한반도 전체로 보아서는 4분의 1 지분(支分)밖에 가지지 못한 소수로 몰리게 된 남한의 우파들은 전에 없이 깊은 우려와 경계의 눈길로 그들을 주시한다. 남한의 좌파 일부가 북한과의 연계를 통일 염원으로 위장하는 만큼이나 우파 일부의 위기감이 슬슬 광기를 띠어 가는 것도 걱정해야 할 대목이다.

진보와 보수의 논쟁도 위험한 수위에 이른 느낌이다. 진보를 독점한 좌파들은 우파를 보수로 몰 뿐만 아니라 보수는 곧 악이라는 대중적 이미지 조작에 성공한 성싶다. 한국의 많은 지식인들은 우파와 보수와 악을 성공적으로 등식화한 선동 세력에 전율과 아울러 불길한 의혹을 느낀다.

하지만 더 별난 일은 많은 한국인들에게조차 난데없고 어리둥절하게 느껴지는 반미 감정의 대중화이다. 이전에도 구호로서의 반미는 심심찮게 들어 왔지만 그것은 어디까지나 소수의 예외적 목소리였다. 그런데 최근의 반미 집회는 쉽게 무시할 수 없는 머릿수의 끈질긴 대중을 배경으로 유지되고 있다. 특히 남한의 젊은이들이, 조준 사격으로 다섯 명의 남한 젊은이들을 죽인 북한 해군에게는 별로 분개하지 않으면서도, 운전 중 과실로 두 여중생을 죽게 한 미군에게는 두고두고 앙심을 품는 것을 보면, 그들에게 단순한 민족주의 감정 이상의 어떤 의식 변화가 있었다고 보아야 한다.

우리는 미국이 1945년 9월 정확히 어떤 의도로 한반도에 미군을 상륙시켰는지 알지 못한다. 또 그 의도가 50년도 훨씬 더 지난 지금까지 일관되게 유지되고 있는지도 알 길이 없다. 그러나 적어도 지금 이 땅에서 미국이 처한 상황, 특히 남한에서 받고 있는 대우는 결코 미국이 의도한 바가 아니었을 것이다.

그렇다면 왜 이렇게 되었을까. 무엇이 남한 젊은이들에게 '혈맹우방(血盟友邦)'이란 말을 '반공'이란 말만큼이나 희극적으로 들리게 하고, 대수롭지 않은 불만으로도 '주한 미군 철수'를 외치며 서슴없이 성조기를 불태우게 할까.

미국의 한반도 정책의 문제점은 지금까지 많은 사람들에 의해 논의되어 왔고, 바로 이 부분도 여러 각도에서 분석되어 답을 얻어 냈을 것이다. 하지만 그래도 감히 보탤 게 있다면 그것은 대한제국 시절부터 별로 변하지 않은 듯한 미국의 관점이다. 페어 뱅크가 쓴 오래된 《동양 문화사(東洋文化史)》서문에 이런 구절이 있다.

"미국은 태평양 전쟁에서 중국을 위해 일본과 싸웠고, 한국 전쟁에서는 일본을 위해 중국과 싸웠다."

그때는 얼른 이해할 수 없는 구절이었으나 갈수록 한국을 보는 미국인의 관점을 잘 드러내는 말로 보인다. 곧 자기 젊은이들이 한국 땅에서 피 흘리며 싸우는데도 미국의 의식에는 한국이 없었다. 미국에게 한국은 언제나 중국의 일부거나 일본의 일부로 이해되고 있었을 뿐이었다.

그런데 외국인이 한국 사람들을 가장 효과적으로 약 올리는 방법은 바로 한국을 중국의 일부로 보거나 일본의 일부로 보는 것이다. 따라서 그런 관점에서 수립된 미국의 한반도 정책이라면 한국민들에게서 좋은 결과를 기대하기는 어렵다. 늦었지만 이제부터라도 미국은 한국, 특히 남한의 자리를 의식 속에 만들어야 한다. 동북아시아에는 중국, 일본과 더불어 한국도 있다. 한국이 따로 있다.

(〈뉴욕 타임스〉, 2003년)

문화와 전문성

　학문이나 기술 분야의 전문성은 우리 사회에서 여전히 존중되고 있는 듯하지만, 문화나 예술 분야에서는 상황이 많이 달라진 듯하다. 특히 문학은 전문성이 해체되어 가고 있는 게 아닌가 싶을 정도로 무시되거나 비전문성에 도전받고 있다.

　먼저 눈에 띄는 것은 생산 부문에서의 비전문성 확대다. 아직도 문단이라는 것이 존재하고 있고, 문학 생산자로서의 전문성을 검증하는 각종의 등단 제도가 유지되고는 있어도 그 권위는 무너진 지 오래다. 오히려 근년 들어 더 자주 경험하게 되는 것은 비전문성의 약진이다. 좀 과장하면 누구든 소설이라고 쓰면 그게 곧 소설이며, 시라고 쓰면 곧 그게 시가 되는 세상이 되어 간다는 느낌이다.

　물론 이런 현상은 굳이 부정적으로 보거나 비판해야 할 이유는 없다. 관점을 달리하면, 그런 생산자들의 증가는 전문성의 저변 확대가 될 수도 있고, 문화적 층위를 다양화하는 데 기여할 수도 있다. 또 기존의 검증 제도가 지닌 여러 약점들을 보완하는 기능도 한다. 애초에 전문성을 검증하는 제도 자체가 무리한 것이었는지도 모른다.

그렇지만 유통과 소비에 관련된 검증 제도인 비평에 이르면 문제는 달라진다. 생산된 문학 작품의 품질을 평가하는 비평은 문학이란 제도가 이어져 온 세월이나 퍼져 있는 공간만큼의 유서 깊고 다양한 원리들에 대한 전문적 지식을 요구하며, 그것들을 적용하여 객관적인 기준을 설정할 수 있는 감각과 자질이 바탕되어야 한다. 또 비평은 독자의 주관적인 해석권과는 달리, 비평가 자신을 넘어 다수의 소비와 유통에 영향을 주는 것을 처음부터 염두에 두고 있다는 점에서도 그 전문성은 존중되어야 한다.

그런데 요즘 들어 더욱 치명적인 도전을 받고 있는 것이 바로 그 비평이 아닌가 한다. 대중 매체들이 자신의 성향이나 이익을 위해 전문성을 검증받지 못한 잡문들을 마구잡이로 실어 비평을 대신하는가 하면, 사적이고 주관적인 독자의 해석권을 대중 운동의 형식으로 확산시켜 비평이 소비와 유통에 관여하는 중요한 기능을 대신하기도 한다. 특히 제 분야에서는 변변한 저술 한 권 없으면서, 그와 같은 잡문으로만 그 어떤 비평가보다 더 비평가적인 명성과 추종자를 얻어 낸 이도 더러 있다.

하지만 알 수 없는 일은 대다수 비평가들이 그 같은 현상을 방관해 온 일이다. 어느 사회나 있기 마련인 문화적 파파라치나 스토커쯤으로 여겼는지 모르지만, 결과는 적잖이 심각하다. 이 몇 년간 자신의 정치적 입장이나 취향에 맞지 않는 몇몇 작가만을 집요하게 공격하여 독자와 이간시키는 것으로 재미를 보던 어떤 비전문 비평가가 드디어 '문학판' 전체를 '손보겠다'고 나선 일이 그렇다.

다행히도 몇몇 계간지 최신 호에서는 전문성을 검증받은 비평가들의 정색을 한 응전이 실려 있었다. 하지만 비전문적인 말과 논리에 대응하느라 그랬는지 용어의 속화(俗化)와 감정적인 논리는 전문성의 위기마저 느끼게 했다. 비전문성의 폐해가 독자들을 오도(誤導)한 정도를 넘어 비평 행위 그 자체에까지 미친 사례가 될 듯싶다.

어떤 이는 문화의 전문성에 관한 시비는 페이트런(patron : 문화 후원자)의 선택에 달린 문제라고 한다. 곧 문화 생산자나 유통 관리자가 논의할 성질이 아니라 현대의 페이트런인 소비 대중(독자)의 선택이 결정한다는 뜻일 것이다. 맞는 말이다. 모든 것이 상품화하고 시장 구조 속에 편성되어 가는 시대에 문화라고 예외일 수는 없다. 독자가 더 이상 고품질 전문성을 요구하지 않게 되는 것도 얼마든지 있을 수 있는 문학 상황이다.

하지만 우리 사회에서 진행되고 있는 문화의 전문성 해체가 그런 시대의 흐름과 무관하거나 혹은 그 흐름을 올라탄 고의적인 의식의 왜곡과 오도에 불과하다면 걱정은 남는다. 가령 정치적인 평등권을 문화에도 적용시켜 전문성의 해체를 문화적 평등권의 성취로 대중을 착각하게 만드는 일이 그렇다. 그 어느 때보다 평등권에 예민해져 있는 우리 대중의 구미에 아첨하는 전략으로는 훌륭하지만, 세계사의 어떤 불행한 시점처럼 정치 과잉인 시대의 문화적 불모(不毛) 또한 연상시키기 때문이다.

인수해서는 안 될 것들

연초부터 가동된 대통령직 인수위원회의 활동을 보면서 지난 대선(大選)에서 노(盧) 당선자를 반대했던 사람들은 두 갈래의 상반된 감정에 빠져든다. 그 하나는 빗나간 예단(豫斷)이 주는 부끄러움이고, 다른 하나는 심증이 물증으로 바뀌면서 오히려 강화되는 반대의 열정이다. 그때 사람들이 노 당선자를 반대했던 이유는 여러 가지가 있었겠지만, 비교적 많은 이들에게 공통되는 것은 다음의 세 가지가 아닌가 한다.

첫째는 노 후보가 지역 정권의 양자(養子)로서, 그 지지 기반의 성격 때문에 지역주의의 볼모가 될 수밖에 없다는 점이었다. 실제 선거 결과에서도 특정 지역에서의 90퍼센트 이상 지지와 또 다른 특정 지역에서의 70퍼센트 이상 반대라는 형태로 지역주의는 뚜렷이 표현되었다. 텔레비전은 지난 선거에 세대와 국민들의 개혁 열망을 중요한 변수로 끌어 대고 있지만, 정작 당락(當落)을 가른 것은 그 두 지방의 지지도의 차이라는 견해도 있다.

참여연대의 기준이 너무 윤리적, 감성적 측면만 강조하고 있다는 점에도 이의를 제기하는 사람들이 많다. 선거는 유능한 정치인을 뽑는 것이지 깨끗하고 착한 시민을 상 주는 것이 아니다. 예견력, 결단력, 종합 관리 능력 따위의 너무 실제적이고 효율적인 정치 생산만을 기준으로 국회의원을 뽑는 것도 문제지만, 청렴이나 의리 같은 윤리적 덕목만을 강조하는 것도 올바른 투표권 행사를 유도하는 일은 못 된다.

　거기다가 만약 시민연대가 출발할 때의 신선함을 유지하지 못하고 집권 여당이 그들을 활용하고 싶은 유혹을 끝내 떨쳐 버리지 못한다면, 시민연대는 한국판 홍위병에 지나지 않고 그들이 외친 선거 혁명은 질 낮은 문화혁명이 되고 만다. 이런 점에서 참여·시민연대나 집권 여당이 스스로를 경계해야 함은 말할 것도 없거니와 시민들도 눈을 부릅뜨고 그들 양쪽을 모두 지켜봐야 한다.

마지막으로 요즘의 이런저런 시민운동에서 홍위병을 떠올리게 되는 까닭은 우연의 일치치고는 너무 자주 그들의 견해가 정부 혹은 정권과 일치한다는 점이다. 솔직히 말해 정부가 이미 추구하고 있는 것이라면 따로 시민운동으로 옥상옥(屋上屋)을 세울 필요는 없다. 그런데도 태연스레 정부의 주장을 반복하고 있는 운동을 보게 되면 절로 어떤 이면적인 연계를 억측하게 된다.

　거기다가 그들을 더욱 불리하게 만드는 것은 지금의 정치 상황이다. 아직껏 확고하게 다수를 확보하지 못하고, 군대나 경찰 같은 공권력도 선임자들의 악용 때문에 함부로 동원할 수 없게 된 정부가 의지할 수 있는 힘이 있다면 바로 홍위병 같은 힘일 것이다. 일반의 그런 예측에서 나온 의구와 경계가 어쩔 수 없이 색안경을 끼고 그들을 보게 한다.

폭력의 제도화

어느 시대에나 정치적 견해에 따른 문화 내용의 차이는 있었고, 그 차이를 둘러싼 갈등과 대립 또한 있었다. 하지만 치열했던 1980년대에도 그 대립과 갈등은 오직 문화 안에 머물렀으며, 그 범위를 벗어나면 모두에게서 비난받았다.

그런데 1990년대 후반 들어 우리 문화에는 전에 없던 현상이 나타났다. 문화적 갈등, 특히 정치적 견해를 달리하는 문화 내용 사이의 충돌과 대립은 여과 없는 언어적 폭력으로 표출되었고, 나아가서는 집단적 테러로 자행되었다. 네거티브 문화의 불행한 변종이었다.

물론 그런 현상은 인터넷 문화로 대표되는 시대 상황의 급변과 무관하지 않다. 그러나 최근에 우리 문화를 짓누르고 있는 폭력의 가장 큰 원인은 아무래도 정치적 집단의 위장 침투가 될 것이다. 그들은 겉으로는 문화 내용을 문제 삼지만, 실제로는 거기 투영된 정치적 견해를 겨냥한다. 그게 자신과 다르면 문화적 비판이 아니라 문화적 다수를 가장한 소수의 극렬 하수(下手) 집단을 내세워 갖가지 폭력으로 상대를 말살시키려 든다.

그 전형적인 예는 이 나라의 한 작가가 2001년 7월부터 그 일부는 아직까지 겪고 있는 모욕과 수난이다. 그들은 먼저 자신들과 정치적 견해를 달리하는 책을 인질로 삼아 반환 운동을 벌였다. 하지만 그게 별로 실효를 거두지 못하자 이번에는 책 장례식이라고 하는 세계 문화사에도 유례없는 해괴하면서도 끔찍한 해프닝을 벌였다.

그들이 신문과 방송의 지원까지 받아 석 달에 걸친 요란스러운 운동으로 모은 그 작가의 책은 정신병자의 비율보다 더 작았지만 상징적인 효과는 컸다. 자신이 무슨 짓을 하고 있는지도 모르는 어린 소녀를 상주 삼아 거창한 장례식을 치러 세상 사람의 이목을 끌었고, 그 뒤 1년이 넘는 지금까지 한 작가의 창작 의욕을 끊어 놓는 데도 온전히 성공하였다.

그들의 잔인한 폭력은 석 달 뒤 충북 옥천에서 한 번 더 가열하게 표출되었다. 먼저 그 작가의 책을 상징하는 조형물을 불사르고, 풍장(風葬)이란 이름으로 나무에 매달았다. 까막까치가 파먹으란 뜻인데, 작가의 책을 인질로 삼은 폭력은 그걸로 그치지 않았다. 그들 중에 하나는 자기 집 마당에 그 작가의 책을 흩어 소, 돼지가 밟고 비도 맞게 하며, 필요하면 불쏘시개로 쓰다가, 그 광경을 사진으로 찍어 인터넷에 올리기도 했다.

거기다가 그들의 적반하장(賊反荷杖)은 더 있었다. 그같이 표독스럽고 집요한 폭력으로도 모자라 그들은 다시 형사, 민사 합쳐 세 건이나 소송을 벌였다. 형사는 '혐의 없음'으로 결정 나고 민사는 '기각'으로 결정이 난 소송으로 1년이나 그 작가를 괴롭혔다.

구경하는 이들은 그 모든 일이 문화 내부의 갈등과 대립인 줄 알

고 있지만 이번 대선(大選)으로 그들 가해자의 성격은 분명해졌다. 특정 정당과 후보를 지지하는 모임으로 들어가 자신들의 정치적 성격을 명백히 했기 때문이다. 곧 그 일은 그 정치적 집단이 문화에 가한 폭력이었다.

그런데 더 큰 걱정은 이제 그 폭력 집단이 이 선거를 통해 제도화를 꿈꾸고 있다는 점이다.

멀리 충북 옥천까지 찾아가 두 번째 책 장례식에도 참여했고, 형사, 민사 고소에도 이름을 빌려 준 그 집단의 대표격인 어떤 배우는 이제 당선 가능성이 없지 않은 집권 여당 후보의 간판 연설원 중에 하나가 되었다. 작가의 책을 인질로 삼은 그 폭력의 다른 공범들도 모두 그 후보 지지 모임의 열성적인 일꾼이 되었다고 한다.

만에 하나 그 후보가 당선이 되면 그들은 일등 공신으로 논공행상(論功行賞)에 들게 될 것이고, 그 결과는 바로 그들이 저질렀던 폭력의 정당화와 제도화로 나타날 것이다. 이는 바로 한국적 문화혁명의 본격적인 전개이며, 지금까지 한 번도 겪어 보지 못한 새로운 형태의 지식인 수난사가 시작될 것이다.

선거를 앞둔 텔레비전 합동 토론이 지금까지 알려진 대로 언필칭 문화 분야에 관한 것이었다면 야당 후보들은 마땅히 그 점에 대해 문의가 있어야 했다. 또 그런 문화적 폭력 집단을 중요한 지원 세력으로 삼고 있는 여당 후보도 그들에 대한 명백한 인식과 그에 따른 태도 표명이 있었어야 했다.

공자가 죽었으니 나라가 살까

  공자(孔子)는 우리에게 말(言語)로 살아 있는 사람이다. 그의 말이
죽었다면 그도 죽었다. 그런데 요즘 세상을 돌아보면 공자는 이미
죽었거나 거의 죽어 가고 있는 듯하다.

  드물게 《논어(論語)》에 두 번씩 나오는 말로 "그 자리에 있지 않
으면 그 정치를 꾀하지 않는다(不在其位 不謀其政)"란 구절이 있다.
또 공자는 "천하에 도가 있으면 정치가 대부(大夫, 여기서는 정치를
전단할 수 없는 '하급 직위'란 뜻)에게 있지 아니하고(天下有道 卽政不
在大夫), 천하에 도가 있으면 서민들이 정치를 비판하지 않는다(天下
有道 卽庶人不議)"라고도 했다.

  좋게 보면 전문성의 강조가 되고 나쁘게 보면 정치적 무관심을 유
도하는 말이 될 테지만, 적어도 이 부분에서 공자는 죽은 게 확실하
다. 요즘은 자기가 있는 자리가 어디건 정치를 떠들어 대는 것이 잘
나 보이는 세상이다. 옛날의 대부급에도 미치지 못하는 직분과 이력
을 가진 이라도 무리를 짓고 시세만 타면 정치가 제 것인 양 나서고,

서민들은 입만 열면 정치를 비판한다. 그것도 지금 세상의 도(道)라 할 수 있는 민주주의가 발전해서 그리 된 것이라 하니 공자의 말은 저절로 죽은 셈이다.

공자는 "남의 잘못을 여럿 앞에서 홍보는 자를 미워하고(惡稱人之惡者), 아랫자리에 있으면서 윗사람을 비방하는 자를 미워하며(惡居下流而訕上者), 용기만 있고 예의를 모르는 자를 미워하며(惡勇而無禮者), 과감하지만 앞뒤가 막힌 자를 미워한다(惡果敢易窒者)"고 했다.

그의 제자 자공(子貢)은 "살피는 것을 지혜로 여기는 자를 미워하고(惡徼以爲知者), 불손한 것을 용기로 여기는 것을 미워하며(惡不遜以爲勇者), 들추어내 고자질하는 것을 정직으로 여기는 자를 미워한다(惡訐爲直者)"라 하여 공자의 허여(許與)함을 받았다.

그런데 지금 세상은 오히려 그들 사제(師弟)가 아울러 미워한 자들이 쑥대처럼 번성하다. 비방과 욕설은 용기의 딴 이름이며 고발과 폭로는 정직의 표상이다.

더한 일도 있다. 공자는 "군자는 세 가지를 두려워하나니, 천명을 두려워하고(畏天), 대인을 두려워하며(畏大人), 성인의 말씀을 두려워한다(畏聖人之言). 소인은 천명을 알지 못하니 두려워하지 않고(不知天命而不畏), 대인을 함부로 대하며(狎大人), 성인의 말씀을 업신여긴다(侮聖人之言)"고 했다.

참으로 세상이 뒤집혀도 어찌 이리 뒤집혔을꼬. 천명(天命)같이 보이지도 않고 잡을 수도 없는 것은 무시하고 비웃는 것이 요즈음의 지혜이다. 그리고 그 지혜를 가진 사람을 높이 쳐주니 지금 세상에서는 그가 오히려 군자가 된다.

조금이라도 옛날의 대인 비슷하게 평가를 받는 사람이 있으면 악착같이 달라붙어 사사건건 시비를 걸고 되잖은 논쟁이라도 아득바득 벌이는 것을 보잘것없는 자신을 세상에 드러내는 수단으로 삼는 지적(知的) 파파라치들은 공자에게는 틀림없이 소인이다. 그런데 지금은 오히려 그걸 똑똑하고 잘난 것으로 여기니 이쯤 되면 공자는 죽어도 무참하게 죽었다.

거기다가 더욱 끔찍한 일은 이 같은 공자의 말을 대하는 요즘 군자들의 태도이다. 그래도 옳은 말씀이 있다 싶어 몇 구절이라도 인용하게 되면 몽매하고 썩은 보수주의자요, 봉건주의자, 파시스트며, 심하면 왕도 없는 시절에 난데없이 왕당파라고 욕을 퍼부어 댄다. 공자의 시체까지 관에서 끌려 나와 허리를 베인 꼴이다.

요즘 군자 중에 어떤 이는 "공자가 죽어야 나라가 산다" 했다. 그런데…… 자, 이렇게 공자가 죽었으니 이제 나라가 살까.

망해 가는 말

세상이 망하려면 먼저 말이 망한다고 한다. 그러기에 예로부터 말과 글을 함부로 다루는 것을 네 가지 대죄(大罪)에 넣어 엄히 벌하였다. 또 부처같이 자비로운 분도 악한 혀를 벌하기 위해 발설지옥(拔舌地獄)을 만들었고, 우리 향당(鄕黨)의 습속은 망발(妄發)한 입을 찢었다.

지금 세상이 장차 망하려는지는 알 수 없으나 이번 청문회를 겪으면서 말이 얼마나 망했는지는 가늠이 간다. 사기와 횡령은 기업 정신으로 위장되고 외압에의 굴종, 혹은 부패는 소신에 찬 결정으로 강변된다. 깃털은 몸통과 동의어가 되고 사원(私怨)에 찬 폭로는 목숨을 건 고발정신으로 둔갑한다.

그런데 걱정스러운 일은 말이 망해 가는 곳이 정치판만은 아니라는 점이다. 일일이 다 예를 들 수 없을 만큼 경제에서도, 사회에서도, 문화에서도 말이 망해 가고 있는 것은 이제 한 조짐이 아니라 공공연한 현상이 되었다. 그중에서도 최근 여성계 일부에서 심심찮게 튀어나오는 망발은 걱정스러움을 넘어 전율까지 자아낸다.

지난해에 한 여성은 어떤 문학 잡지에서 현숙한 전업 가정주부들을 모조리 창녀로 규정하는 '창녀론'을 폈다. 잘못 이해했는지는 모르지만 주부들이 자신의 생계를 스스로 해결하지 못하고 남편의 벌이에 더부살이하는 점에 착안한 논의로 보인다. 그런데 며칠 전 한 여성은 거기서 한술 더 떠 국내 굴지의 일간지에다 정부인(貞夫人) 안동 장씨(張氏)를 매춘부라고 공공연하게 매도했다.

정부인 장씨는 퇴계학의 한 종사(宗師)요 숙종조 영남 남인의 영수였던 갈암(葛庵) 이현일(李玄逸)의 어머니가 된다. 남편, 아들, 손자 3대에서 이른바 칠산림(七山林)을 배출한 현모양처로서 영남 지방에서는 신사임당과 나란히 우러름을 받는 분이다. 안동에서는 해마다 휘호 대회를 열어 그분을 추모할 정도다.

그런 분을 매춘부로 몰아가는 논의대로라면 신사임당도 갈 데 없는 매춘부가 되고 자신의 일과 벌이를 가질 수 없었던 조선 시대의 모든 여인들도 매춘부가 된다. 뿐인가. 지금도 자신의 일과 벌이를 갖지 못한 여성은 모두 매춘부가 되며 남성의 태반은 매춘부와 살고 있는 꼴이 된다.

거기다가 더 참혹한 것은 그 같은 논의를 펴고 있는 그 여성들의 어머니도 열에 아홉은 매춘부일 가능성이 높다는 점이다. 적어도 그들보다 한 세대는 앞선 여성들이라 자신의 일과 벌이를 가지기가 쉽지 않았을 것이기 때문이다.

아무리 세상이 변하고 표현의 자유와 언론의 자유가 존중되는 시대라 하지만 말이 이렇게 망할 수는 없다. 제 어미, 제 할미를 매춘부로 몰고 같은 시대를 살아가는 동성의 태반(太半)을 모욕하는 말도 온전한 말일 수 있는가.

　말할 것도 없이 우리는 그들이 여성계를 대표하는 것이 아니며 요즘 들어 활기 있게 논의되는 페미니즘 운동과도 실상은 무관함을 알고 있다. 기껏해야 어물전의 꼴뚜기거나 어디가 잘못되어 갈팡질팡 널을 뛰고 있는 여자들로 짐작한다. 특히 정부인을 매춘부로 매도한 쪽은 자신의 마뜩지 못한 행실이나 결혼 이력을 변호하려다 망발의 늪으로 빠져든 게 아닌가 하는 의심조차 든다.

　하지만 만에 하나 그러한 망발이 여성계를 대표하는 목소리며 한국 현대 여성 운동의 의식 수준이나 태도를 가늠할 수 있는 근거로 활용될 수 있다면 문제는 달라진다. 단언하거니와 그렇게 망해 버린 말로 지켜질 수 있는 세계는 없다. 이미 망해 버린 말을 따라 망할 것은 여성계나 여성 운동만이 아니라 우리 사회 전반이다.

세계 최고와 세계 최저

3조 원이 넘는 생산 차질을 빚으며 한 달 이상 끌어 오던 현대자동차의 쟁의가 노동계의 압도적인 우위 속에 막을 내렸다. 보도에 따르면, 노사정 간의 오랜 쟁점이던 주 5일 근무제가 타결되어 현대자동차 노동자들은 1년에 남자 170일, 여자 182일 정도의 휴가를 누릴 수 있게 되었다고 한다. 대략 이틀에 한 번꼴로 노는 셈인데, 휴가 일수는 보도마다 약간 차이가 나지만 그 수준이 세계 최고라는 점에서는 모두 일치하는 듯하다.

연봉의 수준도 만만치 않다. 역시 보도에 따르면, 현대자동차 노동자의 연봉은 생산직, 영업직 가릴 것 없이 평균 5천만 원을 넘어설 전망이라고 한다. 구체적으로 40세 15년차 생산직의 경우 연 6천만 원을 웃돌 것이라고 하는데, 이 또한 노동 일수를 감안하면 세계 최고의 수준에서 그리 멀 것 같지는 않다.

실로 가슴 뿌듯한 일이다. 안팎으로 어려운 시기에 현대자동차 노동자들만이라도 세계 어느 나라도 부럽지 않은 대우를 받고 있다는 것은 낮은 임금과 긴 노동 시간으로 고통받는 이 땅의 모든 근로자에게 하나의 이상을 제공할 것이며, 그들의 고단한 삶에 적지 않은 희망과 격려가 될 것이다.

하지만 그래도 마음 놓고 현대자동차 노동자들의 승리에 축하를 보내지 못하는 것은 제도적으로 쟁의의 사각지대에 놓여 있는 다른 분야들 때문이다. 거꾸로 세계 최저를 감수하면서도 불만의 목소리조차 제대로 내지 못하고 있는 이들이 바로 그러하다. 그중에서도 특히 경찰이 우리 사회로부터 받고 있는 처우는 불균형을 넘어 부당함까지 느끼게 한다.

우리 경찰의 과로는 이미 상식이 되어 있다. 일선 수사 부서나 파출소에 근무하는 하위직 경찰에게 주 5일 근무제나 40시간 노동 같은 소리는 꿈같이 들릴 것이다. 박봉도 마찬가지다. 우리 경찰의 열 명 중 일곱 명은 경사(15년차 연봉 3천5백 정도) 이하로 끝장을 본다 하니, 국민 소득 대비로는 세계 최저 수준에 가까울 것이다.

하기야 경찰의 근로 시간이나 임금을 일반 근로자와 나란히 두고 논의하는 것은 무리가 있다. 경찰에게는 기업체의 근로 조건을 일률적으로 적용할 수 없는 직급이란 것이 있고, 특히 그 직급의 상승인 승진은 많은 휴가나 높은 연봉보다 더 효과적으로 축적된 모든 불평과 불만을 씻어 낸다. 그런데 우리 경찰은 그마저도 세계 최저의 수준인 것 같다.

얼마 전 보도에 따르면, 우리 경찰의 86.3퍼센트가 7급인 경사 이하인데, 이 비율은 국가 일반직의 평균보다 30퍼센트나 높은 비율이다. 그만큼 상위직 정원이 적고, 따라서 승진의 기회 또한 그만큼 적다는 뜻이기도 하다. 이른바 에펠탑 형의 계급 구조 효과로서, 참고로 이웃 일본과 비교하면 그들 순사에 해당하는 우리 순경, 경장과 순사부장에 해당하는 경사가 경찰 전체에서 차지하는 비율은 그들 일본 경찰의 두 배가 넘는다.

현대자동차는 우리 사회의 중요한 생산 수단이다. 하지만 경찰도 그 못지않게 중요한 사회 간접 자본이다. 현대자동차 노동자들이 우리 사회를 선도하는 산업 역군이라면, 경찰관은 사회 안전의 버팀목이며 사회 질서의 수호자이다.

우리는 현대자동차 노동자들이 세계에서 제일가는 자동차를 만들 것임을 확신한다. 그러나 경찰에게서 그 같은 수준의 치안 서비스를 기대하기는 어려울 것이다. 일류로 대접하지 않고 일류의 서비스 산출을 강요하는 것도 착취이다.

물론 경찰의 처우 개선이나 직급 조정은 말만으로 되는 것은 아니다. 결국은 국가 예산의 문제이고, 경찰청도 필요한 예산이 3백억은 넘을 것으로 추산한다. 엄청난 액수지만, 가만히 생각해 보면 반드시 그렇지도 않다. 기껏해야 이번 쟁의로 현대자동차가 입은 생산 차질의 1백분의 1 정도요, 올 한 해 현대자동차가 추가로 부담해야 할 임금 상승분의 10분의 1에 불과하다.

세계 최고 수준으로 대우하는 근로자를 만든 나라에서 세계 최저 수준에 가까울 만큼 극심한 과로와 인사 적체에 시달리는 경찰의 처우를 개선해 주지 못한대서야 말이 되는가.

《삼국지》는 안 된다고

'같은 종자라도 강남에 심으면 귤이 되고 강북에 심으면 탱자가 된다. 또 같은 샘이라도 뱀이 마시면 독이 되고 나비나 벌이 마시면 꿀이 된다.' 일전 어떤 논객(論客)의 《삼국지》(정확히는 《연의 삼국지》)에 대한 논의를 보며 문득 떠올리게 된 말이다.

확실히 요즘 정치판은 《삼국지》 시대를 연상시키는 데가 있다. 말 뒤집기, 명분 없는 이합집산에서 야비한 헐뜯기, 교활한 속임수에 이르기까지 정도(正道)보다는 실리에 눈먼 병가(兵家) 혹은 종횡가적(縱橫家的) 행태가 판을 친다. 그리고 그 논객의 짐작대로 우리 정치인의 그 같은 행태 밑바닥에는 《삼국지》에서 배운 권모술수가 깔려 있을지도 모르겠다. 하지만 그렇다고 해서 《삼국지》 자체를 금서로 삼아야 한다는 결론은 아무래도 도가 지나친 것 같다. 특히 그 나쁜 본보기 때문에 청소년에게 해롭다는 주장은 더더욱 수긍할 수 없다.

선(善) 또는 정의를 추구하기 위한 규범에는 명령 규범과 금지 규범이 있다. 곧 어떤 일은 적극적으로 그 실천을 명령함으로써 선을 확보하고, 어떤 일은 소극적으로 금지함으로써 선을 지키고자 한다. 그리고 그 두 가지 규범이 문학에 채택될 때 그것은 권선징악이라는 전통적 주제가 된다.

다 알다시피 우리가 읽고 있는 나관중의 《삼국지》는 원(元)나라와 명(明)나라의 교체기에 팽배했던 정명(正名) 사상을 배경으로 태어난 작품이다. 그러기에 3국 중 현실적으로는 가장 허약했음에도 불구하고 촉한(蜀漢)에 정통성을 부여했으며, 비운의 무장 관우와 끝내 불우했던 참모 제갈량에게 신격화에 가까운 찬사를 보내고 있다. 자신이 충성을 서약했던 대상이 옳다고 믿는 바를 위해 기꺼이 피를 뿌리고 죽어 간 수많은 충신 절사들은 《삼국지》의 갈피갈피를 수놓는 찬연한 꽃이다. 그리고 그것들이 바로 《삼국지》에 1차적으로 수용된 명령 규범이다.

물론 《삼국지》에는 그 논객이 주장한 대로 음모와 속임수와 배신이 있고 잔혹과 비정이 있다. 그것도 흔히 영웅이라고 불리는 그 주인공들의 일상적인 행태가 되어 있어 자칫하면 그래야만 영웅이 될 수 있는 것처럼 비치기도 한다. 하지만 조금만 사려 깊게 읽으면 그것들은 결국 금지 규범의 한 형태라는 것을 알게 된다. 《삼국지》에는 직접적인 징벌의 형태로든 간접적인 비난의 형태로든 대가 없이 성공하는 악(惡)은 없다. 그 논객이 예로 든 조조의 삶 또한 적어도 《연의 삼국지》에서는 참담한 실패다. 요즘 들어 그 변명이 시작되고 있기는 하지만, 그 책을 통해 조조에게 찍힌 간웅(奸雄), 곧 악인의 낙인은 세월이 가도 끝내 지워지지는 못할 것이다.

만약 우리 정치인들이 《삼국지》를 읽고 나쁜 것만 배웠다면 그것은 《삼국지》의 잘못이 아니라 그들이 《삼국지》를 잘못 읽은 탓이다. 귤과 같은 종자가 강북에 심겨져 탱자를 맺은 것이며, 같은 샘물이 독사에게 마셔져 독이 된 예이다.

그 논객의 논리대로라면 읽지 않아야 할 책이 하필이면 《삼국지》 뿐이겠는가. 서양의 고전인 호머도 셰익스피어도 읽어서는 안 된다. 거기에 나오는 음모, 배신, 술수는 어찌할 것이며, 아우가 형을, 남편이 아내를, 딸이 아버지를, 신하가 임금을 죽이는 그 난륜(亂倫)과 잔혹은 어찌할 것인가.

천 년 고도의 위기

지금부터 70여 년 전에 한 일본인은 총독부 청사 건축으로 헐릴 위기에 놓인 우리의 광화문을 놓고 눈물로 글을 썼다. 침략국의 일원이면서도 동족들에 의해 파괴될 우리의 문화재를 위해 진심으로 울었다. 만약 그가 살아 우리 자신의 결정에 의한 고속전철의 경주 도심 통과를 보게 된다면 무어라고 쓸까.

물론 고속전철의 도심 통과를 계획하고 있는 건설교통부안은 아직 확정된 것도 아니고, 또 그대로 결정된다고 해도 당장 경주가 해체되거나 파괴되는 것도 아니다.

거기다가 문화재 보존의 중요성에 대한 인식도 충분해 피해를 최소화할 여러 가지 보완책을 제시하고 있는 것으로 알고 있다.

그렇지만 신라 천 년의 고도(古都) 경주는 불과 1백20여 년 전에 대원군에 의해 세워진 광화문과 비할 바가 아니다. 경주에는 그 하나가 바로 광화문과 맞먹을 문화재가 땅속, 땅 위에 수없이 흩어져 있다. 고속철도의 도심 통과가 직접적인 훼손이나 파괴를 가져오지는 않는다 해도 그 부정적인 영향의 집계는 광화문 철거에 못지않은 문화적 피해를 줄 수도 있을 것이다.

거기다가 고속전철 역세권(驛勢圈)의 개발을 생각하면 더욱 끔찍하다. 건설교통부는 문화재 보호법 같은 것으로 그 개발을 억제할 수 있다고 하나 그게 가능할지는 실로 의문이다.

수백만의 구매력 풍부한 유동 인구가 지나는 목을 어떻게 개발 제한 지역으로 묶어 둘 수 있겠는가. 보나마나 그 해제는 지역 주민의 숙원 사업이 될 것이고, 선거 공약의 단골 메뉴가 될 것이고, 그러다가 언젠가는 정치력에 의해 풀리고 말 것이다.

그럼에도 불구하고 도심 통과안을 고수하는 건설교통부의 고충을 이해하지 못하는 것은 아니다. 결국은 국민의 혈세(血稅)로 전가될 엄청난 추가 비용과 재설계에 따른 공기의 지연이다. 거기에 대해서도 역시 이치에 닿는 반론들이 있는 것으로 알고 있다.

건설교통부는 고속전철을 건천~화천 노선으로 변경하는 데 대략 1조 8천억의 추가 비용이 들 것으로 추산했다. 그러나 도심 통과 구간을 지하로 바꾼다고 양보한 이상 그 추가 비용도 만만찮을 것이다. 따라서 지하화에 필요한 추가 비용을 빼면 노선 변경에 따른 추가 비용은 훨씬 떨어질 것인데 그 경우 천 년 고도를 보호한다는 명분이면 국민들을 설득하기는 어렵지 않다고 본다.

또 건설교통부는 고속전철의 노선 변경으로 대략 1년 6개월 이상 공기가 지연되는 것을 걱정하고 있다. 특히 2002년 월드컵 개최에 맞추어 둔 고속전철 준공 계획이 노선 변경으로 일그러진다는 점을 힘주어 내세운다. 하지만 월드컵 개최가 확정되어 있는 것도 아니거니와 확정된다 해도 그것은 한 번 있는 행사이다. 아무리 중요한 국제 행사라 해도 그 한 번의 행사와 우리의 영구한 문화 유산이 훼손될 위험을 맞바꿀 수는 없다.

앞서 말한 일본인 야나기 무네요시는 '아, 광화문이여!'라는 명문의 말미에서 이런 성경 구절을 인용하고 있다. "주여, 저들은 저들이 하고 있는 바를 알지 못하나이다." 고속전철의 경주 도심 통과를 고집하고 있는 당국자들이나 그걸 지지하는 소수의 주민들은 자기들이 하려는 일이 무언지를 진실로 알고 있는지, 관료적 경직성이나 눈앞의 이익에 눈이 멀어 이민족 침략자들이 이 땅에서 하던 일을 우리 손으로 하려 하고 있음을 알고나 있는지.

하지만 정치적 논리와 경제적 계산으로 고속전철의 경주 도심 통과가 강행된다면 우리가 할 수 있는 일은 70년 전의 그 의로운 일본인처럼 훼손되어 갈 경주를 눈물로 바라보는 수밖에 없다. 아아, 경주여, 정녕 너를 위해 눈물을 준비해야 하는가.

아직도 늦지 않다

1980년대 중반 일본의 〈가부키(歌舞伎)〉가 미국의 링컨 센터에서 공연됐을 때 뉴욕에 진출해 있던 일본의 기업이란 기업은 모두 나서서 법석을 떨었다.

그 당연한 결과로 일본의 전통 문화는 뉴요커뿐만 아니라 전 세계의 관심을 끌었고 그 뒤 가부키는 세계 곳곳의 유수한 극장에서 초청을 받아 공연을 가졌다고 한다. 또한 미국에서는 일본 붐이 일었고 특히 일본의 음식 문화가 자리를 잡는 데 결정적인 계기가 되었다는 말도 있다.

작년에는 《쇼군》이 뮤지컬로 같은 무대에 올려진 적이 있다. 《쇼군》은 일본 작가가 쓴 것도 아니고 제작자도 미국인이었으나 이때도 자동차 메이커 도요타가 후원해 연일 뉴욕의 매스컴을 광고로 뒤덮었다. 단순히 배경과 소재가 일본이라는 이유만으로 지원을 아끼지 않은 일본 기업의 안목이 놀랍고도 부럽다.

그런데 며칠 전 국내 일간 신문을 보니 같은 장소에서 우리의 창작 뮤지컬 〈명성 황후〉가 '마지막 황후'라는 제목으로 공연을 갖게 되었는데 어떤 기업도 지원해 주지 않아 어려움을 겪고 있다는 기사가 실려 있었다. 출연자 전원이 출연료도 없이 무대에 서고, 정부가 없는 돈을 1억 원이나 지원했지만 대관료와 경비도 안 돼 운영 위원들이 빚을 얻어 꾸려 가고 있다는 내용이었다.

다 알다시피 명성 황후는 일본인들에 의해 무참히 시해당한 민비의 시호이다. 이른바 '민비 시해 사건'으로 알려진 그 사건이 8·15에 맞춰 링컨 센터의 무대에 올려진다는 것은 문화적이기에 앞서 역사적으로도 뜻 깊은 일이다.

당시 일본의 호도에 의해 이 사건을 우리 내부의 분란, 혹은 권력 투쟁 정도로만 알아 온 미국인들에게 무대 위에서 장엄하게 펼쳐지는 역사의 진실은 그 자체만으로도 충격적일 것이다.

거기에다 국내 초연에서 본 바로는 작품의 예술적 완성도도 충분한 경쟁력을 갖추고 있다. 현재 뮤지컬다운 뮤지컬을 만들어 내고 있는 나라는 미국과 영국뿐이라 해도 좋을 만큼 뮤지컬은 종합적이고 고급스러운 예술 장르이다.

일본은 벌써 여러 해 전부터 그 분야에 돈을 퍼부어 오고 있으나 아직 이렇다 할 성과를 얻지 못하고 있다. 만약 〈마지막 황후〉가 뉴욕에서 성공한다면 우리 나라는 아시아에서 유일하게 뮤지컬다운 뮤지컬을 만든 나라가 될 것이다.

한 나라의 문화는 그 나라 기업이 생산한 제품을 위해 말없는 보증이 되어 준다. 외국에서 활동하는 기업가들에게서 자주 듣는 얘기 가운데 하나는 우리 제품의 우수한 품질에도 불구하고 바로 그런 문화적 보증이 없어서 신뢰를 받지 못한다는 것이다. 88년 서울올림픽

등으로 많이 나아지기는 했지만 아직도 우리 제품의 문화적 근거에 대해 고개를 갸우뚱하는 외국인이 많다고 한다.

늦었다고 생각할 때가 실은 가장 적합한 때라는 말이 있다. 이미 〈마지막 황후〉의 기획단과 주요 출연진은 미국으로 떠났지만 공연 때까지는 아직 일주일이 남았다.

우리 기업들이 지금 여러 가지로 어려움을 겪고 있다는 것은 모두가 잘 안다. 하지만 그렇기 때문에 더 과감해야 한다는 역설(逆說)도 있을 수 있다. 장사가 조금 된다고 해서 될 데 안 될 데 가리지 않고 마구 퍼대던 그 인심은 다 어디 갔는가.

우리 현대 문학 속의 《현대문학》

"1955년 1월에 창간된 한국의 대표적인 순 문예지. A5판. 우리나라 최장수 순 문예지로 결간 없이 1991년 3월 현재 통권 435호(제37권 3호)의 지령을 기록하고 있다."

이는 1990년대 초 정신문화연구원에서 발간한 《한국 민족문화 백과대사전》에서 문예지 《현대문학(現代文學)》을 설명하고 있는 첫 구절이다. 이어 그 사전은 두 쪽에 걸쳐 원고지 열 매 가까운 분량으로 《현대문학》을 설명하고 있다.

굳이 그 모두를 인용하지 않더라도 《현대문학》은, 그 책을 모르는 사람은 우리 현대 문학을 모르는 사람이라고 해도 좋을 만큼 대중에게 널리 알려진 문예지이다. 반세기에 가까운 세월, 수많은 문예지들이 이 땅에서 피어났다 스러지는 동안에도 굳건히 존속해 왔을 뿐만 아니라, 그만큼 문학 분야의 대표성과 상징성까지 획득한 전문지라는 뜻이기도 하다.

특히 《현대문학》을 통해 우리 현대 문학을 익혀 온 기성의 작가들에게는 단순한 월간지가 아니라 감회 깊고 추억 어린 정신의 고향이기도 하다. 문학 청년 시절 거기에는 지향할 만한 문학적 전범(典範)들이 있었고, 그들 사이에 자신의 작품이 끼인다는 것은 상상만으로도 감격이었다. 등단한 뒤에도 제한된 지면 때문에 거기에 작품이 실린다는 것은 여전히 선망이었으며, 그것이 제정한 문학상은 문인이 맛볼 수 있는 많지 않은 영광 중에 하나였다.

《현대문학》이 우리 현대 문학에 남긴 자취도 만만히 지울 수 있는 게 아니다. 많은 뛰어난 작가들이 그 추천 제도와 현상 공모를 통해 문단에 나왔고, 현대 문학에서 빼놓을 수 없는 중요한 작품들이 그 지면을 빌려 발표되었으며, 시대의 첨예한 논의들이 그곳에서 이루어졌다.

그런데 근래 들어 그 《현대문학》이 폐간의 위기에 몰려 있다는 소식을 들었다. 무엇이든 감각으로만 이해하려 드는 의식의 파행과 디지털 문화의 강력한 대두에 따른 세태 변화의 결과로 보이지만, 지나쳐 듣기에는 너무 쓸쓸한 소식이다. 좀 과장하면, 우리 현대 문학의 한 모퉁이가 무너져 내리는 것을 보고 있는 듯한 비장감이 들기도 한다.

그래도 다행한 일은 문단을 중심으로 그런 《현대문학》의 위기를 극복하려는 노력이 진작부터 활발하게 진행되고 있는 점이다. 한 주간지는 며칠 전에도 《현대문학》을 지원 격려하기 위한 문인들의 모임이 있었음을 전한다. 존경하는 한 선배 문인은 지난 여러 해 무료로 받아 읽은 구독료를 일시불로 환산한 데다 10년 치의 구독료를 선불로 더해 애정과 성심을 표시했다고 한다.

하지만 슬프고도 한심한 소식 또한 있다. 지방 신문사의 논설위원

150

을 겸하고 있는 한 시인은 얼마 전 논설에다 《현대문학》의 위기를 안타까워하는 글을 썼다가 일부 폭력적인 네티즌들의 공격을 받아 엄청난 곤욕을 치렀다고 전화로 호소해 왔다. 죄목은 '수구 반동'에다 '넥타이 맨 기득권층'이라는 것이었다.

짐작에는 문화의 탈을 쓰고 있으면서도 가장 비문화적인 이른바 '문화 권력' 논의가 여기까지 끼어든 듯하다. 발행 부수 많았던 몇몇 신문처럼, 독자 많았던 어떤 작가처럼, 《현대문학》 또한 부패하고 남용된 문화 권력이었다는 뜻이다. 그리고 그 단죄의 기준은 어김없이 보혁(保革)이나 좌우(左右), 유무(有無) 같은 정치 사회적인 개념이었을 것이다.

제도이든 집단이든 개인이든 오래 연륜을 쌓아 가다 보면 공과(功過)도 쌓이기 마련이다. 또 정치와 사회는 인간의 모든 활동 영역을 포괄하는 것이고, 문화 현상 역시 그 예외는 아니다. 하지만 문화가 정치 사회적 개념을 기준으로, 그리고 그 공헌보다는 과오를 묻는 형식으로 판단되는 사회처럼 불행한 사회는 없다. 그것은 문화의 가장 저급한 정치화이며, 거기 수반되는 폭력적 운동성은 문화의 위축으로 나타날 것이다.

하기야 좋든 나쁘든 시대의 변화에 따라 쇠퇴, 소멸해 가는 문화 현상을 군이 보존하고 유지하자고 호소하는 것 또한 운동성으로 이해될 수도 있다. 하지만 여기서 《현대문학》의 위기를 알리고 독자의 주의를 환기시키려는 것은 그 잡지의 정치적 성향이나 어떤 사회적 기능을 유지시키기 위해서는 아니다. 그 문학적 생산 기능과 격려 확대 장치로서의 가치를 보존하자는 문화적 호소일 뿐이다.

바벨탑 혹은 40인의 도적

2001년 9월 11일, 뉴욕의 국제무역센터 쌍둥이 빌딩이 잇달아 무너져 내리는 광경이 한국 텔레비전 화면에 처음 뜬 것은 이곳 시간으로 밤 열한시 무렵이었다. 한국 사람들은 할리우드 영화에 익숙해 있고 또 그 시간대는 흔히 그런 외국 영화가 상영될 무렵이라 처음 한동안은 그 뉴스 속보의 내용이 영 실감 나지 않았다. 어떤 이는 할리우드 액션물이나 공상 과학 영화를 위한 컴퓨터 그래픽을 CNN이 빌려 쓰고 있는 게 아닐까, 여기기도 했다.

하지만 그게 실제 상황임이 명백해지고, 두 초대형 빌딩의 붕괴가 가져올 인명과 재화의 손실이 구체적으로 추정되면서 연상되는 이미지도 달라졌다. 핵폭발이나 원전 사고가 아니면서 인간이 유발한 재앙 중에서는 가장 큰 재앙일 것이라는 추정은 느닷없이 '불타는 바빌론' 또는 '통곡하는 바빌론'을 떠올리게 했다. 이 세상에서 으뜸가는 영화(榮華)의 도시. 그러나 천상에서 보면 오만하고 타락한 도시. 슬피 울어라, 바빌론이여.

그런데 다시 오래잖아 그 테러가 이슬람 문명권의 악명 높은 테러리스트가 한 짓이라는 미연방 수사 당국의 추측이 나오면서 연상되는 이미지는 또 바뀌었다. 우리는 텔레비전 화면 위에서 되풀이되어 무너져 내리는 두 빌딩을 보며 서로 말이 통하지 않아 더 쌓아 올릴 수 없고, 그래서 끝내는 무너져 내릴 수밖에 없었던 바벨탑을 느꼈다. 이슬람 문명권과 기독교 문명권 사이의 의사소통은 단절되고, 이제 인류는 더 높이 쌓아 갈 수가 없다…….

그러다가 추측은 확신이 되고, 뻔한 예비 절차를 거쳐 아프간 전쟁이 시작되면서 이번에는 왠지 《아라비안 나이트》 속의 〈알리바바와 40인의 도적〉을 떠올리게 되었다. 싸움 같지도 않은 싸움으로 탈레반 정권을 붕괴시키고, 뒤이어 엄격한 알 카에다 소탕전이 진행되는 것을 바라보며 우리는 무심히 중얼거렸다. 알리바바를 해치려고 독 안에 숨어 있던 도적들이 영리한 여자 노예에게 들켜 몹시 혼나고 있구나.

하지만 사실상의 저항이 끝난 뒤로도 열 달이 넘도록 무자비하게 계속되는 소탕전이나 탈레반 포로들이 받고 있는 부당한 대우, 그리고 가열되고 있는 팔레스타인 사태를 보면서 우리는 문득 그 이국적인 옛이야기의 재미 속에 파묻혀 버린 윤리성을 되씹어 보게 된다. 과연 알리바바에게는 40인의 도적을 그토록 참혹하게 다룰 권리가 있었을까.

거기다가 테러 근절을 구실로 이라크까지 공격하리라는 풍문이 돌면서 우리는 점점 더 회의적인 시각으로 알리바바의 정의를 생각하게 되었다. 알리바바는 이야기의 주인공이라는 것 이외에 정의를 독점할 근거가 없다. 도적들도 훔쳤지만 알리바바 또한 훔쳤으며, 우리가 그토록 감탄한 여자 노예의 슬기란 것도 부당하게 얻은 재물을 굳이 지키려는 간교하면서도 잔인한 술책에 지나지 않는다.

미국의 정의를 담보해 주는 것은 무엇보다도 죄없이 죽은 수천 시민의 목숨이다. 하지만 어떤 계산법으로는 먼저 그보다 더 많은 것을 잃은 자들이 자기를 내던져 외친 항의의 결과일 수도 있다. 만약 무너진 것이 바벨탑이라면 미국은 두 문명권 사이에 단절된 의사소통의 통로가 복원되도록 노력해야 할 것이요, 40인의 도적이 쳐들어온 것이라면 이제쯤은 그들이 목숨을 내던져 가며 찾고자 했던 것을 곰곰이 되돌아볼 일이다.

(〈뉴욕 타임스〉, 2002년)

4장
시대에 부치는 글

다. 문화적으로 흡수되었건 무력으로 정복되었건, 만주의 땅과 사람은 결국 독립된 주권 국가로 살아남지 못했다. 따라서 만주를 우리 영토의 중심으로 삼지 못한 것을 애석해한다는 것은 우리가 강대국 중국에 편입되지 못한 걸 애석해하는 것과 같은 말이 될 수도 있다.

만약 강대국에 흡수되지 못한 것이 그토록 애석하다면 지금도 기회는 얼마든지 있다. 우리가 여족(黎族)이나 묘족(苗族)처럼 소수 민족으로 살겠다면서 한반도를 들어 바치면 중국이 마다하겠는가. 쉰한 번째의 주(州)가 되겠다고 국민 투표로 결정한다면 미국이 마다하겠는가.

그 밖에 신라의 삼국 통일을 폄하하는 근거로는 문화적 이질성과 후진성을 들기도 한다. 곧 신라의 문화는 한반도의 다른 문화들과 근원적으로 계보를 달리한다든가, 하위 문화가 상위 문화를 군사적으로 정복함으로써 한반도 문화 전체를 후퇴시켰다든가 하는 따위이다. 하지만 모두가 근거가 애매하고 검증하기도 어려워 그저 부인하고 부정하기 위한 억지에 지나지 않아 보인다.

그렇다면 그같이 억지를 써가면서까지 삼국 통일의 의미를 축소하고 가치를 부인하는 배후는 무엇일까. 교묘한 위장술이나 암묵적인 약속으로 은폐되어 있지만, 아마도 그것은 고구려에 우리 민족 국가의 정통성을 부여하는 관점, 굳이 이름한다면 고구려 중심 사관이 아닌가 한다.

후삼국을 통일한 고려는 애초부터 고구려의 후계임을 천명하였고, 조선은 그 고려를 이었으니, 삼국 중에서 고구려에 우리 민족 국가의 정통성을 부여해 안 될 것은 없다. 하지만 요즘 은연중에 만연한 고구려 중심 사관에는 뭔가 정치적으로 의심쩍은 데가 있다. 고

대사에서 이끌어 낸 상징성을 현대사에 선동적으로 적용하여 현실 정치에서 우위를 차지하려는 의도 같은 게 바로 그러하다. 그런 면에서는 북한이 공식적으로 채택하고 있는 정통 사관을 살펴보는 것도 좋은 참고가 될 것이다.

신라의 삼국 통일과는 반대로, 급격한 의미 변화를 겪은, 또는 단기간에 평가 절상된 것으로는 동학 운동이 있다. 일찍이 '동학란'으로 알려졌으나, '봉기(蜂起)', '의거(義擧)', '전쟁(갑오 농민 전쟁)' 등의 여러 과도적 규정을 거쳐 이제는 '운동'으로 낙착을 보게 되었지만, 솟아오르는 그 기세로 보아서는 머지않아 혁명으로 불리게 될 가능성이 크다. 실제로도 일부에서는 이미 혁명으로 대접받고 있다.

틀림없이 동학 운동 또는 갑오 농민 전쟁에는 혁명적인 외양과 요소가 있다. 하지만 한편으로는 오랫동안 동학란으로 불려 온 것처럼 민란의 성격 또한 지워 버리기 어려운 것도 사실이다. 어떤 역사적 사건을 혁명으로 규정하기 위해서는 충족시켜야 할 조건들이 있다. 역사학에서 인정해 줄 수 있는 개념일지는 모르지만, 최소한의 대표성과 대안성(代案性), 기여도 같은 것들이 그러하다.

대표성은 그 참여자들이 그 시대의 인민 대중을 대표할 수 있는가를 따져 보는 일이다. 갑오 농민 전쟁의 경우 그 대표성을 의심받을 유력한 근거는 일본 군부와 조선 낭인(浪人)들 사이의 정보 통신에서 찾을 수 있다. 조선 출병을 앞두고 임진왜란 때처럼 대규모의 의병 봉기를 걱정한 일본 군부는 주한 공사관을 통해 조선 낭인들에게 동학 농민군이 조선 민중을 대표하는 것은 아닌지를 물었다. 그런데 당시의 조선 사정을 훤히 알고 있던 낭인들의 답신은 '황해도 이북에

20세기를 보내며

　우리 정신의 유년(幼年)은 저들 서구의 지성이 다채롭게 펼쳐 보인 지난 세기말의 노을에 취하면서 시작되었다. 에드거 앨런 포와 보들레르와 오스카 와일드의 퇴폐적 유미주의에 젖어 아슴아슴 잠들다가 '신은 죽었다'는 니체의 선언에 가슴 섬뜩해 깨어나 우리의 세기로 들어섰다. 그리고 아직 우리의 세기에 익숙해지기도 전에 벌써 작별을 고해야 할 때가 왔다.

　20세기는 참으로 많은 이름을 가지고 있다. 광기의 시대, 불확실성의 시대, 분열의 시대, 창조의 시대, 부정과 해체의 시대……. 어쩌면 이 세기는 로마 제국이 망한 이유보다 더 많은 이름을 가질 수있을지도 모르겠다. 시간의 단위로는 다 같이 1백 년이지만 자연 과학의 발달에 따른 유동성 혹은 유통 속도가 이 세기로 하여금 그같이 다양한 자기 연출을 가능하게 한 탓으로 보인다.

　틀림없이 우리는 이 한 세기 동안 수많은 광기와 미움의 영웅들을 받고 보냈으며, 이 세기에 폭발한 지식들은 오히려 그 이전 어느 세기보다 세계의 확실성을 의심하게 만들었고, 한편으로는 전에 없이 많은 새로운 것들을 물질과 정신 세계로 끌어내었다. 하지만 이제 와서 보면 가장 특징적인 것은 아무래도 부정과 해체일 듯싶다.

수천 년 동안, 인류가 구축한 문화적 중심치고 온전하게 보전된 것은 없고, 믿어 온 권위치고 해체를 경험하지 않은 것도 없다. 종교는 더 이상 성(聖)의 중심적 위치를 지켜 내지 못하고, 미학(美學)의 고전적 원리들은 부정되었으며, 찬연한 이데아의 세계는 여지없이 해체되었다. 지난날 의심 없이 받아들였던 선(善)의 원리도 제 모습대로 살아남은 것은 없다.

이성과 합리를 바탕으로 추출되어, 이 세기 전반만 해도 그토록 우리를 감복시켰던 지적 권위들도 성한 것은 별로 없다. 칸트와 헤겔에서 프로이트며 소쉬르에 이르기까지 한 번씩은 부정과 해체를 경험했고, 마침내는 전 세기의 거대한 부정과 해체 위에서 성립된 마르크시즘까지도 성공적으로 지워지고 있다.

그렇지만 그런 결과만으로 이 세기의 이름을 부정과 해체로 하고 싶지는 않다. 탈중심이 있으면 다원화가 모색되었고 권위의 해체도 대안(代案)이 전제된 것이었다. 물질의 세계에서도 정말로 많은 새로운 것들이 무(無)에서 불려 나왔다. 원자력이나 플라스틱, 그리고 여러 치명적인 화학 물질처럼 재앙의 측면을 함께하는 것이나, 컴퓨터처럼 아직은 그 발전의 끝이 가늠되지 않지만 낙관할 수밖에 없는 이 세기의 고안들 모두가 우리의 끊임없는 모색의 산물이었다.

이 세기가 끝난다고 해서 바로 시간이 멈추고 인류의 역사가 끝나 버리는 것이 아니라면, 이 세기의 이름은 그 영속성 위에서 구해져야 한다. 함께 보낸 우리에게는 혼란스럽고 불안하기 그지없는 부정과

해체의 시대였으나 우리가 유의해야 할 것은 그 뒤에 있는 탐구와 모색의 정신이다. 따라서 이 세기의 이름은 탐구와 모색의 시대가 되어야 하며, 우리는 서둘러 이 세기와 작별할 것이 아니라 그 경험과 성취를 바탕으로 새로운 세기를 맞아야 할 것이다.

아돌프 히틀러 독일 제3제국 총통께

　너무도 많은 이름이 있어 오히려 이름 붙이기 어려워진 이 세기를 마감하면서 누구보다도 먼저 당신에게 작별을 고하는 것은 당신이 어둠과 광기로 역사에 이채를 더한 반(反)이성의 화신이거나 시대에 대항하는 거대한 괴물이어서가 아닙니다. 당신을 독일 철학의 파탄이라고 보는 해석이 옳다면 당신은 이성의 한 극단일 수도 있고, 구조적인 시각으로 당신을 관찰한 전기(傳記) 작가들의 시각이 옳다면 당신이야말로 시대가 역사의 표면으로 불러낸 어둠의 메시아였기 때문입니다.

　우리는 당신의 출현이 역사의 예외가 아니라 규칙이며 그 시대에 존재했던 사회적 힘들의 소산임을 믿습니다. 모습이나 논리는 달리 하겠지만 시대가 부르면 언제든 당신은 다시 올 사람이고 그때 당신을 맞을 민족과 세계는 새로운 진통을 겪게 될 것입니다. 이에 우리는 당신을 되도록 깊고 먼 역사의 심연 속으로 돌려보내 시대가 쉽게 당신을 불러낼 수 없도록 봉인하려 합니다. 거기다가 우리가 더욱 서둘러 당신을 작별하려는 것은 불길하게도 우리의 시대가 당신의 시대를 닮아 가는 듯한 느낌이 들기 때문입니다.

문명의 허약성은 나날이 그 실상을 드러내고 모래알처럼 흩어진 개인들은 은연중에 당신 시대의 '고독한 군중'을 형성해 가고 있습니다. 당신이 던진 여러 문제들은 여전히 해결되지 못한 채 남아 있고 거품 끼어 가는 자유는 머지않아 도피의 충동을 일으킬 공산이 큽니다. 그 때문에 우리는 먼저 당신의 절묘한 선전 선동과 심리적 폭력의 기술에 작별을 고합니다. 유물적 사고로 정신을 다루는 일, 몸의 질서가 영혼을 압도하는 경우는 당신 시대의 끔찍한 전설로만 남아 있기를 빕니다.

중심 허물기와 권위 해체가 새로운 중심의 형성이나 다원화로 나아가지 못하면 중심의 부재와 권위의 공백으로 나타날 뿐입니다. 그런데 지금 우리 사회에서 경쟁적으로 진행되고 있는 것은 바로 그 무모한 중심 허물기와 권위 해체인 듯합니다. 거기다가 방향 없이 자라 가는 문화 통합의 의지들은 우리 사회를 의사(擬似) 이데올로기의 좋은 온상으로 만들어 가고 있습니다. 따라서 우리는 당신의 의사 이데올로기 창안 능력에도 작별을 고합니다. 애매할 수밖에 없는 것을 분명하게 하고 복잡할 수밖에 없는 것을 단순하게 만드는 요술은 당신의 시대에나 통한 만병통치약으로 남겨 두는 게 좋겠습니다.

오랜 외세의 억압과 수탈로 자라 있는 민족 내부의 욕구와 울분은 싸구려 상상력이 빚어낸 엉터리 종족 신화에도 쉽게 감격하고, 분단의 고통이 확대 생산한 집단적 보호의 유혹은 민족의 팽창 의지로까지 자라 갈 조짐을 보입니다. 우리는 그 때문에 당신에게서 섬뜩한 극단을 보인 종족주의에도 작별을 고합니다. 나 아닌 것의 부정과 말살이 중요한 내용이 되는 잔인한 이데올로기가 집단 히스테리 혹은 콤플렉스와 결합하여 나와 남을 함께 부정하고 말살하는 일이 우리에게 일어나서는 안 됩니다.

당신을 우크라이나에 집착하게 하고 그 '동방 영토'에 대한 집착이 당신의 좌절에 큰 원인이 된 지정학(地政學)의 환상에도 작별을 고합니다. 우리에게는 당신에게서처럼 그 비과학적인 개념이 침략의 구실로 쓰일 가망은 그리 없어 보이지만 그래도 위험은 있습니다. 이미 시효가 소멸된 연고권이나 터무니없는 생존권 개념 같은 것들과 결합되면 우리를 쓸데없는 분쟁에 빠져들게 하고 소모시킬 것입니다.

이도 저도 해결이 아닐 때 이성이 자기를 포기하는 방식이기도 한 당신의 신비주의에도 작별을 고합니다. 당신이 마지막까지 프리드리히 대왕에게서와 같은 기적을 바란 것은 물론, 좋은 시절 천재성으로 칭송받았던 통찰력과 직관에 대해서도 믿음을 거둡니다. 지금 이 땅에는 알게 모르게 신비주의 경향이 자라 가고, 그 사도들의 엉터리 예언으로 저잣거리가 시끄럽습니다. 그러나 우리의 운명을 신비주의적 결정론에 맡기는 것은 우리 스스로를 포기하는 것이나 다름없습니다.

당신이 프라하를 침공했을 때에야 세계가 비로소 깨닫게 된 자살자 유형(類型)의 권력 의지에도 작별을 고합니다. 어떤 사람들은 당신을 내몬 전쟁의 충동을 바그너의 영웅들이 공통으로 맞이하는 최후의 비극성을 추구한 것으로 보지만 우리는 달리 이해하고 싶습니다. 전쟁의 충동은 살인과 파괴의 충동이며, 종종 그런 충동은 자살

의지의 변형이라고 합니다. 우리는 자살자 유형의 권력 의지에 휘몰리어 파멸의 길로 내닫는 집단적 비극이 다음 세기에도 되풀이되는 것을 보고 싶지 않습니다.

지도자의 얼치기 예술가 기질에도 작별을 고합니다. 얼치기 예술가는 일쑤 창조자의 무책임성을 흉내 내려 들며 그것은 창조보다는 파괴의 어두운 열정으로 타오르기 쉽습니다. 그 어두운 열정에 권력이 부여됨으로써 벌어진 인류사의 재앙은 네로의 시대에도 이미 목격된 바 있습니다. 당신의 행악(行惡) 중에 으뜸으로 치는 유대인 말살 정책도 어쩌면 그 한 예이며, 당신에게 유대인은 불태워야 할 낡고 더러운 로마였는지도 모릅니다.

이 밖에도 우리가 당신에게 작별을 고해야 할 것들은 수없이 많지만 어느새 날은 다되었고 당신은 이제 돌아 못 올 먼 길을 떠나야 합니다. 남은 것들은 우리끼리의 반성과 경계의 몫으로 돌리고 떠나십시오. 그리고 부디 불러도 돌아오지 마십시오. 안녕히! 히틀러 총통 각하.

이민 사회의 한글 교육

유대인들은 수천 년 수난의 역사를 겪으면서도 끝내 자신들의 정체성과 동질성을 지켜 낸 것으로 유명하다. 그들은 여러 제국으로부터 제 살던 땅에서 내몰렸으나 때가 오면 어김없이 옛 땅으로 돌아가 나라를 되살린다. 이집트, 아시리아, 로마, 그리고 히틀러의 제3제국에 이르기까지 그들을 멸망시켜 흩어 버렸던 제국은 모두 사라졌지만, 그들의 나라 이스라엘은 2천 년 만에 오히려 부활하였다.

이산(離散)과 핍박 속에서도 자신들의 정체성과 동질성을 지켜 내는 유대인들의 그 같은 특성은 학자들에 따라 여러 가지로 설명된다. 흔히 우수한 민족성이나 선민(選民) 의식 같은 것에서 원인을 찾는데, 그중에서도 가장 독특하고도 설득력 있는 설명은 '국가 신(神) 휴대설(携帶說)'이 아닌가 한다. 곧 그들은 국가와 신을 자신들의 율법 두루마리 속에 넣어 다니기 때문에 어디에 가 살더라도 유대인으로 남게 된다는 설명이다.

유목 민족의 전통으로 성전(聖殿)을 중시하지 않고, 말씀과 관념으로 빚어 우상을 허락하지 않기 때문에, 그들은 교회와 하느님을 율법 두루마리 속에 아울러 넣어 다닐 수 있었다. 어디든 율법 두루마리를 펼치는 곳이 성전이며, 그 말씀 속에 하느님이 있기 때문이다. 또 율법이 하느님의 말씀과 아울러 규정하고 있는 공동체적 삶의 규범들은 국가의 조정 능력과 법률을 대신하였다. 율법 두루마리를 명확히 해석하고 구체적인 삶에 적용할 랍비만 있으면 그들은 따로 통치 기관이나 법정을 갖출 필요가 없었다.

그렇지만 그렇게 국가와 신을 휴대하고 다니는 유대인들이라 해도 언제나 자기들의 정체성과 동질성을 성공적으로 지켜 낸 것 같지는 않다. 신(新)바빌로니아 제국의 느부갓네살 2세가 유대인들을 바빌론으로 잡아가고 나서 70년 뒤, 페르시아 왕 고레스가 귀향을 허락했을 때였다. '바빌론의 강가에서 먼 시온을 바라보고 울었노라'고 노래하던 이들은 모두 유대로 돌아갔으나 그렇지 않은 이들도 있었다.

"우리들은 훌륭한 바빌로니아 사람들이 되었다. 이제 와서 왜 그 황무한 유대 땅으로 돌아가야 하는가?" 그들은 그렇게 말하며 바빌론에 남았다고 하는데 나중에 본국의 내정에 간섭할 만큼 유력하고 다수였다고 한다. 정체성까지는 모르지만 유대 땅에 사는 동족들과의 동질성은 거의 포기된 게 아닌가 싶다.

이제 미국은 이 시대의 강력하고 풍요한 바빌론이 되었고, 비록 그 옛적 '바빌론의 포수(捕囚)들'처럼 처참하게 끌려간 것은 아니었으나 1백만이 넘는 우리 교민이 미국에 옮겨 살고 있다. 또 《구약 성서》예언자들이 말한 70년과는 전혀 다르지만, 우리 이민사도 하와 이 사탕수수 농장의 '쿨리〔苦力〕'로 온 1세대로부터 1백 년을 넘기면서 새로운 세기와 마주하게 되었다.

　삶의 다면성만큼이나 새로운 세기를 맞는 미국 교포 사회에서 교육이 직면하고 있는 문제도 다양할 것이다. 특히 현대성과 전문성의 바탕 위에서 분석되고 검토해야 할 문제들을 논의하는 것은 우물 안 개구리 같은 한 보수적 문사(文士)에게는 처음부터 무리일 터이다. 따라서 여기서는 민족의 정체성이나 동질성 같은 원론적이고 추상적인 논의와 그에 연관된 한글 교육에 관해서만 말하기로 한다.

　이민을 떠난 이들에게 본국에 남아 있는 이들이 거는 기대와 당부는 크게 두 가지로 나뉘는 것 같다. 하나는 그들의 성공적인 정착을 위해 정체성 일부와 동질성의 포기를 권유하는 것으로, 미국을 방문한 일본의 정치 지도자들은 교민들을 만나면 언제나 '훌륭한 미국인'이 되기를 먼저 당부한다고 한다. 뿐만 아니라 일본인으로서의 정체성의 유지를 권유할 때가 있어도 최소한의 범위에 그친다고 한다.

　이에 비해 한국 정치 지도자들은 예외 없이 한 민족 한 핏줄임을 잊지 말고 어디에 있건 길이길이 한국인으로 살아가기를 당부한다. 기회가 있으면 조국을 도와야 하며, 때로는 자신의 이익을 희생하더라도 대한민국 국익에 보탬이 되도록 해야 한다는 암시까지 서슴지 않는다고 한다. 한민족(韓民族)으로서의 정체성뿐만 아니라 본국에 남아 있는 사람들과의 동질성까지 오래 지켜 가기를 당부하는 셈이다.

　처음 그런 얘기를 들었을 때는 정체성이나 동질성의 포기 또는 유보를 권유하는 쪽이 보다 온당해 보였다. 그 같은 관찰을 전해 준 외교관도 그런 일본 지도자들의 태도가 보다 현실적이고 합리적이라는 암시와 함께였다. 그러나 민족이라는 집합적 생명을 염두에 두고 생각해 보면 반드시 그렇지도 않을 듯싶다.

페르시아 시대에 바빌론에 남았던 '훌륭한 바빌로니아 인들'은 개체로서는 아마도 번성했을 것이다. 물질적으로 윤택하였고 사회적 신분도 바빌론 상층부에 편입되었을는지 모른다. 하지만 그뿐이었다. 그들은 뿌리 없는 소수 민족으로 1, 2대(代) 바빌론에서 번성하다가 역사 속에서 자취도 없이 사라져 버렸다.

하지만 정체성과 동질성을 유지했던 유대인들은 그렇지 않았다. 가나안으로 돌아간 유대인들은 또다시 분열과 반목의 역사를 거듭하다가 마침내는 로마의 창칼에 제 땅에서 쫓겨나기를 거듭하게 되지만, 민족으로서의 수명은 굳건하게 이어 갔다. 헬레니즘이 날줄[橫線]이라면 그들의 헤브라이즘은 씨줄[經線]을 이루며 오늘날의 서구 문명을 형성하였을 뿐만 아니라 세계사를 주도하는 뛰어난 민족 중의 하나로서 근대 문화를 주름잡고 있다.

물론 이역만리 낯선 이주지에서 민족의 정체성과 동질성을 유지한다는 것이 쉬운 일은 아닐 것이다. 또 민족이란 추상적인 가치에 현실적이고 구체적인 개체의 삶이 방해받아서는 안 된다. 거기다가 우리에게는 옛 유대인들이 그러했던 것처럼 국가와 신을 함께 담아 휴대할 율법 두루마리도 없다.

하지만 그렇다고 개체로서는 유한하지만 민족으로서의 영원한 삶을 함부로 포기할 수는 없다. 이민사가 1백 년이 넘었다는 것도 다음 세대를 교육하면서 민족의 정체성과 동질성을 포기하는 구실이 될 수는 없으며, 세계화가 피할 수 없는 추세로 된 현대적 삶의 양상도 반드시 집단적 생존 단위인 민족 개념의 해체를 단언하는 것은 아니다. 뿌리에서 멀어진 새로운 세대라고 해서 정체성과 동질성을 부정할 수는 없으며, 오히려 그들이 뿌리에서 멀어졌기 때문에 그 교육은 더욱 강조되어야 한다.

다행히도 우리에게는 히브리 어 대신에 한글이 있고, 율법 대신에 한글로 기록된 우수한 문화 체계가 있다. 거기에는 우리 국가와 신뿐만 아니라 민족의 정체성과 동질성을 유지하기 위해 기억해야 할 삶의 모든 국면이 담겨 있다. 따라서 새로운 세대에게 한글을 가르친다는 것은 그들을 우리 민족사에 동참시키는 일인 동시에 '영원한 우리' 속으로 끌어들이는 일이다. 조상으로부터 물려받은 빛나는 자산을 그들에게 물려주는 일이며, 이미 세계화된 문화 시장에 엄청난 부가 가치가 담보된 우리 문화를 투자하는 길이기도 하다.

새 안목과 의식의 성년 문화

　문화는 전체로는 시작도 끝도 없는 유장한 흐름처럼 보이지만 실제로는 솟구쳤다가 스러지는 수많은 작은 물결들로 이루어진 흐름이다. 그 작은 물결이 곧 그 시대의 문화인데 거기에는 나름의 생성과 소멸의 과정이 있다. 곧 태어나고 자라고 성숙하고 시들어 이윽고는 새로운 문화에 그 자리를 내주고 사라지는 시대 문화의 집적이 우리가 문화라고 부르는 흐름의 내용이다.

　논자에 따라 다르겠지만 우리가 현대 문화라고 부르는 시대 문화의 출발은 아무래도 8·15 광복 이후로 보는 게 옳을 듯싶다. 현대성 혹은 근대성의 씨앗이 뿌려진 시기야 구한말 개화기가 되건 일제 침략기건 그것이 최소한의 주도권과 독자성을 가지고 추구되는 것은 아무래도 광복 이후가 될 것이기 때문이다.

　50년 우리의 현대 문화가 걸어온 세월은 한마디로 험하고 거친 성장기였다. 우리 경제가 겪어 왔던 걸신 들린 듯한 식탐에 못지않게 허겁지겁 문화적 수용과 흡수의 세월이 있었고 모방이란 의사 창조

것은 고단했던 삶이 준 엉뚱한 여가 때문이었던 성싶다. 1955년 안동 중앙초등학교에 입학한 나는 2학년 늦가을에 서울로 옮겨 가게 되었는데 전학증이 없어서 여기저기서 퇴짜를 맞은 끝에 서울 종암초등학교에서 다시 공부를 할 수 있게 된 것은 이듬해 4월이었다. 그 반년에 가까운 방학 아닌 방학이 바로 내가 문학과 첫 대면을 하게 된 계기가 되었다.

그때 내게는 중·고등학교에 다니던 형들과 누나가 있어서 집 안에 굴러다니는 읽을거리가 흔했다. 먼저 잡지 《학원》과 노란색 표지의 '학원 소년소녀 세계명작전집'이 떠오르고 이어 대본점에서 빌려 온 《청춘극장》이나 《순애보》, 《마인(魔人)》 같은 책들도 기억이 난다.

어린 내 이해가 닿은 곳은 주로 《학원》 쪽이었는데, 그중에서도 특히 강렬하게 기억되는 것은 세계명작전집의 하나였던 《걸리버 여행기》이다. 비록 초등학교 상급반 아이들을 위한 축약판이었지만 내 생애에서 한 권의 책을 첫 장부터 끝까지 통독한 경험은 그때가 처음이었다.

여기 낯설지만 새로운 세계가 있다. 재미있고, 아마도 유용할 수도 있는 세계가 ─ 그때 내가 조리 있게 말을 조직할 줄 알았더라면 대강 그렇게 내 느낌을 드러낼 수 있었을 것이다. 그리고 《걸리버 여행기》에 보태 몇 권의 책을 알 듯 말 듯하게 더 읽은 뒤, 나는 다시 초등학교 3학년 교실로 끌려 나갔다. 하지만 문학에 대한 또래 평균치의 감수성으로는 끝내 돌아가지 못했다.

그 뒤 내 삶은 그런 비정상적인 조숙(早熟)을 거의 일상적인 상태로 만들 만큼 고단하게 전개되었다. 이런저런 이유로 중퇴를 자주 해, 대학 졸업 때까지의 정규 교육 기간 16년 중에서 내가 또래들과

학교에서 보낸 시간은 절반인 8년 남짓이다. 나머지 8년 가까운 세월은 내 골방이나 암자 또는 임시직 일터에서 읽기 하나만으로 모든 지적인 수련을 대신하였는데 그 읽기의 주종은 대개 문학 작품들이었다.

하지만 내가 적극적인 의도, 곧 문학적 가치 창출에 끼어들어 보기로 마음먹은 것은 또래보다 많이 늦었던 것 같다. 대학에 가서도 그 이듬해에야 문학 서클을 기웃거리고 습작이라는 것을 처음 해보았기 때문이다. 하지만 그때까지도 마음 한구석에는 여전히 유보(留保)가 있었다. 쓰며 사는 것은 좋지만 '써야만 사는 운명'은 피하고 싶다는…….

그 유보 때문에 그때의 내 자기 투척은 그리 치열하지도 지속적이지도 못했다. 겨우 1년 남짓 쓰기에 몰두하다가 다시 여기저기로 길을 돌았다. 그리고 그동안 개발된 것은 왜 문학 하는가가 아니라, 왜 문학 해서는 안 되는가의 논리였다. 나는 비뚤어진 적개심까지 짜내 반(反)문학의 논리를 구성해 자신을 설득하려고 애썼다. 그때는 사장(詞章)을 경시하고, 문학을 여기(餘技)로 보는 고향의 전통적 가치관도 한몫했을 것이다.

하지만 그사이에도 무슨 외길 수순을 밟듯 내 삶은 한 방향으로 내몰렸다. 용감하게 문학을 떠났다가 다시 참회하듯 돌아오기를 10년 가까이 되풀이하다가 1977년에는 대구 〈매일신문〉 신춘문예를, 79년에는 〈동아일보〉 신춘문예를 통해 나는 끝내 소설가가 '되고 말았다'. 그리고 습작 시절에 받을 때마다 곤혹스러웠던 질문 — 왜 문학하는가, 또는 어떻게 하여 문학 하게 되었는가를 기자와 독자들로부터 본격적인 심문처럼 받게 되었다.

어설프게나마 나도 문학 개론을 배운 적이 있고, 문학의 가치를 승인하는 여러 논리들도 알고 있다. 또 거기서 배우거나 읽은 논리들을 반복하거나 글로 요약하는 것은 어렵지 않다. 하지만 습작기 내내 나를 잡아 둔 것은 그 휘황한 논리들이 아니었다. 언제부터인가 내게는 쓰기가 숨 쉬듯이 잠자듯이 도무지 그 목적이나 의의를 설명할 필요가 없는 본능적인 행위가 되어 있었다. 따라서 물음에 대답하기 위해 내가 문학 하는 까닭을 억지로 짜 맞추다 보면 진땀부터 먼저 났다.

그 곤혹스러움에서 잠시 나를 구해 준 것이 등단 이듬해인가, 어떤 잡지사가 마련한 최인훈 선생님과의 대담이다. 그때 나는 최 선생님은 왜 소설을 쓰는지 진심으로 궁금하여 여쭈어 보았다.

"그걸 왜 내가 대답해야 하나? 소설이란 내가 창안한 것도 아니고, 또 존재해야 할 가치가 없는 것이었다면, 몇 세기나 존속해 오지도 않았을 것이다. 나는 이미 가치를 승인받고 존속되어 온 소설이란 문화적 제도를 활용하고 있을 뿐이다. 더 이상 어떤 설명이 필요한가."

선생님은 대강 그런 뜻으로 말씀하셨는데, 솔직히 내게는 충격이었다. 당신의 작품에 담겨 있는 그 엄청난 관념성에 비해 그 답이 너무도 간명하고 단순했기 때문이었다. 하지만 그래서 재활용하기에는 오히려 수월해, 그 뒤 얼마간 나는 왜 문학 하느냐는 물음을 받으면 곧잘 선생님의 말씀을 인용했다.

하지만 내 나이 마흔을 넘기고 이제는 속절없이 소설가로 늙어 죽게 되리라는 예감이 강해지면서 내 마음도 달라졌다. 여전히 왜 소설을 쓰느냐고 묻는 사람들에게 그런 식의 대응이 너무 성의 없게 들릴 것 같아서였다. 그래서 고백하듯 털어놓게 된 게 '소극적 선택'의 개념과 '사인성(私人性)'이었다.

문학이 다른 어떤 것보다 더 좋아서가 아니라 덜 싫었기 때문이며, 난파한 내 삶의 바다에서 가장 헤어 가기 좋은 곳에 우연히 있었던 돌섬 같은 것이었다는 게 '소극적 선택'의 내용이다. 또 문학은 누구보다도 나 자신을 위해, 나를 으뜸가는 독자로 삼는 사적 행위라는 것이 '사인성'의 논리다. 딴에는 겸손하면서도 진솔한 답이라고 믿으면서 한 10년 다시 그것으로 잘 버텨 냈다.

그런데 50대도 중반을 넘기면서 보니 아직도 그것만으로는 답이 궁색해 보인다. 그동안 문학에 바친 만큼이나 많은 빚을 지고, 좋아하는 쪽으로부터든 싫어하는 쪽으로부터든 분에 넘치는 대접을 받아 와서일까, 늦어서야 문학의 '공리적 실용'이란 것에 눈이 떠졌다. 문학은 소극적 선택으로 가 닿을 수 있는 우연의 섬이 아니며, 사인성만으로는 결코 온전하게 영위될 수 없는 삶의 한 방식이라는 생각이 든다.

《소학(小學)》에 '오직 사람이 가장 귀하다(惟人最貴)'란 구절이 있다. 예전에는 낡고 소박한 인간 중심주의를 드러내는 말로 읽어 넘겼는데 요즘은 느낌이 다르다. 우리는 인식의 주체이기도 하지만 또한 중요한 인식의 객체이기도 하다. 적어도 우리에게 세계는 곧 사람으로 이루어진 그 무엇이고, 우주도 사람이 있어서 존재한다. 따라서 《소학》의 그 구절은 세계 이해의 출발점을 지적하고 있는 것이 아닌가 한다.

문학은, 특히 소설은 사람의 이야기다. 사람의 안목과 인식으로 번역되지 않고는 어떤 세계도 드러낼 수 없듯, 사람에 대한 사랑과 믿음 없이는 어떤 문학도 우리를 감동시킬 수 없다. 왜 문학 하느냐는 물음에 이제 다시 답을 찾아야 한다면 아마도 바로 그런 문학의 특성이 한 중요한 단서가 될 것이다.

아아, 즈믄 해가 저문다

지는 해를 보기 위해 남도(南道)로 간다. 세기말을, 한 즈믄 해(千年)를 역사 속으로 장송(葬送)하기 위해 남녘 땅 끄트머리로 떠난다. 아무 이룬 바 없이 나이만 먹은 문사(文士)에게야 조랑말 한 필에 술 한 표주박이면 족하겠으나 세월에 인정이 남아(실은 한국관광공사의 배려) 무쏘 한 대에 사진 기자 한 사람이 동행이요 전대(錢袋)마저 두둑하다.

느지막한 점심을 때우고 한밭(大田)을 지나 남도 길을 달린다. 고속도로변이야 어디나 비슷비슷하지만 정읍으로 빠지면서 남도 길의 정취가 난다. 굽이굽이 산자락을 돌고 그것도 힘들면 컴컴한 터널을 지나는 내 고향 경상도의 길에 비해 사통팔달 훤한 들판에 나고 싶은 대로 난 길을 보며 느끼는 기분을 남도 길의 정취라 부른다.

바쁠 것 없는 길이라 군데군데 실없는 감회를 좇느라 첫날을 묵을 선운사(禪雲寺)에 이르니 벌써 어둠이 깔렸다. 동백꽃도 아니 보이고, 주막집 작부의 육자배기 소리도 들리지 않는 고즈넉한 사하촌

(寺下村)에 차를 멈추자 주막집 방우 대신 '산새도' 호텔 프런트를 지키던 단정한 청년이 반겨 맞는다. 내 일찍 이 땅을 향해 바이 정을 보낸 적이 없건만 내게 쏟는 이 정은 어디서 솟은 건가. 나를 보아 숙박이 무료란다. 그 정을 못 이겨 취하도록 마셨다.

날 들자 일어나 선운사로 오른다. 첩첩산중에 기암절벽을 기어오르지 않으면 다행인 경상도의 사찰들에 익숙한 눈에 선운사의 인상은 유별날 수밖에 없다. 사방 넉넉한 평지에 고목 숲이요, 두르고 앉은 산도 순해 보인다. 백제 고찰(古刹)이어선지 한때 삼천 대중이 수도했다는 기록이 믿기지 않을 만큼 크지 않은 규모이나, 만세전(萬歲殿)이 있어 해인사 장경각을 부러워하지 아니한다. 대웅전을 짓고 남은 자투리 나무들을 잇고 깁고 하여 지은 건물인데, 미당식(未堂式)으로 표현하자면 정말 정말 큰 대목도 보이지만 그 장난기도 보인다.

동안(童顔)의 주지 스님을 찾아뵙고 불법 얘기는 대충 듣고 차(茶) 얘기를 길게 한다. 초의 선사(草衣禪師)까지 들먹이며 30년 다력(茶歷)을 은근히 내비치고 조르듯 경내 다원(茶苑)으로 따라가 선운사에서 딴 차 맛을 본다. 다섯 번을 우려도 맛이 변치 않아 거듭거듭 차탄했더니 비매품인 '선운명다(禪雲銘茶)' 두 통을 내놓으신다. 차도둑이 따로 없다.

바다로 지는 해는 선운사 암자에서도 볼 수 있지만 땅끝을 고집해 해남으로 떠난다. 도중에 젊은 날의 졸작 《대륙의 한》에서 도미다례(都彌多禮)란 옛 이름으로 써먹은 강진을 지난다. 남달리 여겨야 할 땅이나 지는 해가 재촉해 바닷가만 돌아보기로 한다. 간척으로 길고 곧은 제방을 둘러 근초고왕(近肖古王)이 휩쓸었던 옛 포구의 모습은 찾을 길이 없다.

해남을 지나는데 벌써 해가 뉘엿하다. 시가지를 들여다볼 엄두조차 내지 못하고 땅끝 마을로 내닫는다. 동지를 며칠 앞두지 않은 짧은 겨울 해에 일몰(日沒)을 잡으려면 늦어도 다섯시까지는 도착해야 하는데 시곗바늘은 벌써 네시를 가리키고 있다. 도중에 한 곳을 들러 그곳 지리를 잘 아는 이의 안내를 받기로 되어 있어 남은 60리가 만만치 않다. 사진 기자의 조바심에 무소(무쏘)가 콧김이 허옇토록 달려간다.

안내는 친절하고 자세하였다. 전망 좋은 바닷가 산중턱에 횟집을 열고 한량처럼 지내는 그 안내인은 일출과 일몰을 잘 볼 수 있는 지점들을 알려 주었을 뿐만 아니라 자신이 찍은 사진까지 내주었다. 거기서 남은 20리도 별 탈 없이 달렸다.

그러하되 하늘이 돕지 않으니 어찌하리오. 간신히 시간을 대어 땅끝 마을에 도착했지만 구름과 저녁 안개가 자우룩이 바다를 내리덮어 해 지는 곳이 가늠조차 되지 않았다. 사진 기자의 낙심천만해하는 탄식에 운전을 해온 관광공사의 직원도 소태 씹는 표정이다. 일 없다. 내 알고 왔느니. 본시 남녘 땅끝에서 본다고 지는 해가 다르겠는가. 더 있느니. 구름과 안개가 마음의 눈까지야 가리겠는가.

저기 저 서녘 바다에 버얼겋게 지고 있는 것이 세기말의 해다. 한 즈믄 해를 역사의 어둠 속으로 끌어내리는 거대한 추다. 세계와 인간의 곡절 많은 사연을 싣고 백 년 천 년을 쉼 없이 돌다가 이제는 지친 몸을 저 바다에 뉘려는 장엄한 시간의 표상(表象)이다.

미련 없이 지거라, 해여. 지난 한 세기 이 땅이 받았던 고통과 슬픔이여. 지난 즈믄 해 우리가 맛보았던 오욕이여. 품어 왔던 한이여.

그리고 다시 떠올라라. 자랑과 영광의 세기여. 번영과 자족의 새 즈 믄 해여.

  하지만 정작 그 해가 진 것은 완도 옴팡집(방석집) 골방에서였다. 그날 밤 찍어야 할 사진을 못 찍게 된 사진 기자와 대어 봐도 소용없 는 시간에 대기 위해 애매한 무소 등짝만 후려친 격이 된 운전 기사 와 궁색하게 마음의 눈까지 들먹여 지는 해를 봐야 했던 문사는 완 도에서도 몇 안 남은 옴팡집을 찾아 바가지를 옴팍 쓰며 대취(大醉) 했는데, 늙은 주모의 장구 장단에 맞춰 부르는 키 큰 아가씨의 랩 구 절이 잦아들 즈음 첨버덩, 하고 멀리 땅끝 마을 바닷가의 해 지는 소 리가 들려왔다.

한국 소설과 동아시아적 서사 양식

  내가 쓴 소설을 단 한 권도 읽은 적이 없는 독자들을 상대로 내 소설을 얘기해야 될 때처럼 곤혹스러울 때도 없다. 거기다가 언어와 문화적 전통을 달리하고 한국 문학 일반에도 아는 바가 많지 않은 여러분이고 보면 어디서부터 얘기를 시작해야 할지조차 얼른 가늠이 서지 않는다.

  지금부터 꼭 11년 전 내 소설이 처음 파리에서 출간되었을 때만 해도 나는 머지않아 이곳 미국까지 내 소설이 이를 줄 알았다. 그러나 그 뒤 파리에서 일곱 권, 이탈리아와 스페인에서 각 네 권, 그리고 독일, 영국, 러시아, 네덜란드에 이어 그리스에까지 한 권씩 선을 뵈는 동안에도 미국 독자와는 인연이 맺어지지 않았다. 그러다가 지난달에야 하이페리온 사에서 젊은 날의 졸작 〈우리들의 일그러진 영웅〉을 출간하게 되어 겨우 이런 자리에 서게 될 때의 곤혹스러움을 덜었다. 여러분이 그 책을 읽었건 읽지 않았건 비로소 나는 한 소설가로 나와 한국의 소설을 이야기할 자격을 딴 기분이다.

소설은 우리에게 흔하고 익숙한 문학 장르지만 정확히 소설이 무엇인가를 정의하기는 서양의 정밀한 문예 이론으로도 쉽지 않을 듯싶다. 이언 와트처럼 역사적으로는 시민 계급의 대두를, 그리고 철학적으로는 리얼리즘을 바탕으로 하여 형성된 근대적 양식만을 소설로 보는 이도 있고, 노스럽 프라이처럼 산문으로 된 서사(敍事) 양식 일반을 소설로 보는 이도 있다. 그런가 하면 누보 로망이나 반(反)스토리 소설처럼 리얼리즘과 서사 구조 자체에 반기를 드는 소설 이론도 있다.

한국에서도 사정은 비슷하다. 소설이 무엇인가에 대한 이견 때문에 객관적이고 보편적인 가치 판단을 위해 전문적으로 문예 이론을 공부한 비평가들마저 자주 그런 혼란을 보여 준다. 같은 소설이 어떤 비평가에게는 불후의 명작이 되고 다른 비평가에게는 소설 축에도 못 드는 허섭스레기가 되는 경우가 종종 있는데, 그것은 무엇보다도 그들에게 형성된 각기 다른 소설관에서 비롯됐을 것이다. 그리고 그런 전문가들의 개념 불일치는 한국의 소설가와 독자들에게도 파급되었다. 특히 비평가의 사회적 영향력이 증대된 1970년대 이후 소설이 무엇인지를 정확하게 정의하기란 불가능한 일처럼 되었다.

서양의 소설 개념이 그처럼 혼란을 일으키게 된 것은 무엇보다도 시간의 개입 탓일 것이다. 산문으로 된 서사 양식에 대한 인간의 욕구는 시대마다 다르게 추구되었다. 18세기 이전의 잡다한 양식과 그 이후 산업혁명으로 바뀐 시대에 따른 새로운 양식, 그리고 추론 가능한 미래의 양식 사이에 본질적인 단절을 인정한다면, 현대 소설은 와트가 정의한 것이 되어야 하고, 앞으로 나타날 새로운 산문 양식의 서사 구조는 다른 장르의 이름이 붙여져야 할 것이다. 그러나 그 양

식들 사이에 시간을 뛰어넘는 보편성이 인정된다면 프라이의 정의
가 더 온당한 것이 될 것이다.

한국의 현대 소설의 역사는 20세기 초 서양 현대 소설의 완성품
수입에서 시작되었다. 그 뒤 번안 소설(飜案小說)이라는 조립 생산
단계나 신소설이라는 초기 모방 생산 단계를 거쳐 대략 1920년부터
는 조잡하나마 자체 생산 단계로 들어선다. 그러나 제법 국제 경쟁
력 있는 자체 상표를 획득한 지금도 생산 기술과 이론은 서양의 현
대 소설을 전범(典範)으로 삼은 것이어서, 결국에는 그 개념의 혼란
까지 받아들이지 않을 수 없었다. 한국 현대 문학사에서 요란했던
논쟁의 대부분은 바로 그와 같은 이론 도입이나 기술 제휴의 계통이
서로 다른 데서 온 일종의 대리 혹은 파생된 논쟁이었다.

그러다가 최근 들어 문제를 더욱 복잡하게 만드는 주장들이 나타
났다. 이른바 한국의 전통적 서사 양식과 한국 현대 소설과의 관계
정립이다.

지금까지 한국 현대 소설은 제1세계, 특히 서구의 현대 소설 이론
에 의지해 해석되고 평가돼 왔다. 소설가들도 대개는 전통과 단절된
의식으로 소설을 수업하고 창작해 왔다. 양쪽 모두 이전된 이론과
기술의 습득과 세련에 골몰해 우리의 소설 전통은 기껏해야 토속성
이란 이름으로 어휘나 주제에서 부분적인 흔적을 남기고 있을 뿐이
었다.

그런데 이제는 보다 본질적으로 한국의 현대 소설에 스며든 전통
적 서사 양식의 비중과 의미를 분석하고 그렇게 보완된 개념으로 소
설이 평가되어야 한다는 주장이 일었다. 한국 고전 문학을 전공한
사람들이 일찍부터 제기한 논의에 중국 문학을 전공한 이들이 가세

한 결과였다. 서양에서 도입된 창작 기법의 습득과 세련에만 골몰해 있던 작가들도 자기반성 혹은 정체성 회복을 위한 모색의 하나로 전통적 서사 양식에 눈길을 돌렸다.

하지만 한국의 전통적 서사 양식이란 것 또한 규정하기가 간단하지 않다. 그중에 어떤 것은 중국을 중심으로 발전해 온 서사 양식에서 유입되었으나 오랜 세월이 지남에 따라 우리 고유의 양식으로 자리 잡은 것들이고, 또 어떤 것은 고유하지만 중국과 공통되는 것들이 있기 때문이다. 내가 여기서 한국의 전통적 서사 양식 대신 동아시아적 서사 양식이란 말을 쓰는 것은 바로 그 때문이다.

거기다가 더욱 나를 어렵게 만드는 것은 이러한 논의가 시작된 지 오래지 않아 아직은 축적된 성과가 많지 않고, 참고하기 좋을 만큼 조리 있게 정리되어 있지도 않다는 점이다. 따라서 여기서 말하는 동아시아적 서사 양식은 다분히 주관적이고, 드는 사례도 나 자신의 문학적 체험을 위주로 할 수밖에 없다.

서양의 현대 소설과 변별되는 동아시아적 서사 양식의 특징 중 먼저 눈에 띄는 것은 작가의 개입이다. 소설에서 작가의 개입이 이루어지는 것은 주로 도입부와 단락, 그리고 대단원 다음에 이루어진다.

서양 현대 소설에도 프롤로그와 에필로그가 있어 일정 부분 소설의 등장인물이 아닌 작가가 직접 개입하는 수가 있다. 그러나 그 중요한 기능은 이야기의 도입과 결말을 위한 것이고 그나마 현대에 와서는 사건과 행동으로 대치되어 버렸다. 밀란 쿤데라처럼 고집스레 개입을 시도하는 작가도 있지만 그런 방식이 서양 현대 소설의 주류는 아니다.

거기에 비해 동아시아적 서사 양식에서는 작가의 개입이 서사의 한 요소가 될 만큼 두드러지는데, 그것은 일반적으로 중국 전통 소설의 인자(引子)와 사전체(史傳體)의 논찬(論贊)이 미친 영향으로 본다. 인자는 이야기 혹은 논점의 도입이란 점에서는 프롤로그와 비슷한 기능을 한다. 그러나 인자는 선악 시비와 관련된 작가의 개입을 포함하고 있다는 점에서 프롤로그와는 성질을 달리한다. 논찬은 사전(史傳)에서 말미에 덧붙이는 작가의 평화(評話)이다. 《춘추좌씨전(春秋左氏傳)》 이래의 사전과 당대의 지괴 소설(志怪小說)에서뿐만 아니라 중국 전통 소설에 지대한 영향을 미쳤는데, 역시 에필로그와는 작가의 개입 정도에서 성질을 달리한다.

프롤로그와 에필로그는 한국의 현대 소설에서도 서양에서와 비슷한 기능을 했다. 작가의 개입은 되도록 자제되고 요즘에는 아예 행동과 사건으로 대체되는 경향이 있다. 하지만 그래도 일부의 한국 작가들에게는 고집스레 채택되고 있는데, 그때는 인자나 논찬에 가까운 수가 많다. 그리고 그때 그들은 작가의 직접적인 개입을 싫어하는 서양의 현대 소설 이론을 오히려 답답해하는데 나 역시 그렇다. 내 소설 중에 많은 것이 액자 소설의 형태를 취하고 있지만 대부분 그 액자는 변형된 인자와 논찬이다. 서구 현대 소설에서처럼 프롤로그와 에필로그의 형식을 취한 것도 마찬가지로, 《황제를 위하여》는 특히 그 좋은 예가 될 것이다.

작가의 개입과 관련하여 하나 더 살펴볼 동아시아적 서사 양식은 흔히 '재학 소설(才學小說)'로 불리는 소설 양식이다. 재학 소설은 대개 현학적인 소설들을 묶어 말한 것이지만, 한편으로는 소설을 통해 자신의 학식과 능력, 포부를 드러냄으로써 세상의 쓰임을 기다린다는 중국의 전통적인 글쓰기의 태도와 연관이 있다.

장자(莊子)는 '소설로 하찮은 벼슬자리[縣令]를 구한다'란 말을 하여 이 방면의 중국적 전통을 가장 먼저 드러냈다. 물론 그가 말한 소설은 말 그대로 '작은 이야기' 혹은 '작은 도(道)'를 가리키는 것이겠지만, 정통의 학문적 저술이 아니라는 점에서 어느 정도는 오늘날의 소설과도 통한다. 그 뒤로도 중국 문학사에서 글은 벼슬을 구하는 중요한 수단으로 쓰였는데, 넓게 보면 청말(淸末)에 보이는 재학 소설도 그런 전통의 연장이 아닌가 싶다.

우리의 전통에서는 모든 것이 과거 제도에 수렴되어 따로 글로 벼슬자리를 구하는 전통 같은 것은 형성되지 않았다. 하지만 글로 자신의 재학을 드러내려는 경향만은 강하게 드러나는데, 작가의 직접적인 개입 동기 또한 그런 경향과 무관하지 않은 듯하다.

그다음 동아시아적 서사 양식의 특징은 사건의 배열 방식이다. 일반적으로 사건을 시간의 순서에 따라 배열한 것은 스토리라 하고, 인과 관계에 따라 배열하는 것을 구성이라 한다. 그리고 서양의 현대 소설 이론은 구성을 스토리보다 발전된 서사 양식으로 보는 듯하다.

그런데 동아시아의 전통적인 서사 양식은 현대 소설 이전의 서구 서사 양식이 그랬듯이 대개 사건의 배열을 시간에 의지한다. 중국의 역사 서술 방식으로는 시간에 따라 사실을 배열하는 양식인 편년체(編年體)와 인물을 중심으로 사실을 배열하는 기전체(紀傳體)가 있다. 그러나 기전체도 본기(本紀)나 열전(列傳)의 서술 방식에서는 역시 편년적(編年的)이다.

반드시 중국의 영향을 받은 것이라고는 할 수 없지만 우리의 전통 소설도 예외 없이 시간에 따른 전개를 보여 준다. 인과 관계에 따른 사건의 재배열은 말할 것도 없고 회상이나 예측의 개입도 아주 예외적이다.

현대 한국의 작가들은 대체로 서구의 구성 이론을 따르고 있다. 그러나 시간에 따른 배열 또한 무시 못할 빈도를 보여 주는데, 그중에는 동아시아적 서사 양식의 전통이 끼친 영향 탓도 있을 것이다. 나 자신을 예로 들면 졸작 《시인》은 전통적인 방식으로 사건을 시간에 따라 배열했는데 그것은 여러 해에 걸친 구상 끝에 이른 결정이었다. 그때는 왠지 구성이란 이름의 비틀기가 귀찮아져서 그렇게 결정했다. 또 《황제를 위하여》에서는 보다 노골적으로 편년체의 기술 방식을 본떴다.

어떤 외국인에 의해 적절하게 명명된 '돌출의 미학'도 전통적 서사 양식의 한 특징이 될 것이다. 국문 소설인 《춘향전》이나 《흥부전》을 보면 비극적인 상황에 전혀 어울리지 않는 희극적인 사건이 갑자기 끼어들거나 주인공의 참담한 처지를 묘사하는 데 난데없이 만담과 골계(滑稽)가 활용된다. 때로는 줄거리와 전혀 상관없는 관념이나 논의가 장황하게 진술되기도 한다.

셰익스피어의 비극에도 광대가 등장하고, 서양의 로망에도 난데없는 장광설이 펼쳐지는 수가 있다. 그러나 일관성과 정제성(整齊性)을 요구하는 서양 현대 소설 이론은 그 같은 돌출을 금지하고 있다. 한국의 현대 작가들도 일반적으로는 그런 돌출의 전통을 자신의 소설에 수용하지 않고 있다. 그런데도 서구적인 관점으로 보면 그런 돌출에 가까운 부분들이 더러 나타나는데, 그것은 무의식적으로 훈습(薰習)된 전통적 서사 양식의 영향이 아닌가 한다.

충분히 검증받은 견해는 못 되지만 그런 '돌출의 미학' 역시 작가의 개입 욕구와 관련이 있어 보인다. 한국의 전통 자수를 세밀히 관찰하면 수면(繡面) 어느 구석에서 주제와 맞지 않는 파격을 발견할 수 있다. 푸른 잎사귀 일부가 난데없이 새빨갛거나, 갈색 바위 모퉁이에 검은 쐐기꼴이 수놓아지는 식이다. 전문가들에게 물어보면 그것은 수놓은 이의 감정을 직접 드러내는 방식이라 한다. 대개는 기쁨과 축원을 드러내지만 드물게 분노와 미움, 원한을 담기도 한다고 한다. 어쩌면 우리 전통의 서사 양식에 나타나는 돌출도 그 같은 것일지도 모른다.

고대 그리스의 서사시와 중세 음유 시인의 전통이 있기는 하지만 서사 구조를 담는 서양의 현대 산문은 원칙적으로 운율에서 자유롭다. 그런 서양의 현대 소설 이론을 받아들인 한국의 현대 문학도 산문에서 운율을 따지지는 않는다. 하지만 오래 산문을 쓰다 보면 산문도 운율에서 자유롭지 못하다는 걸 느끼게 되는데 이 또한 동아시아적 서사 양식의 흔적이 아닌가 싶다.

우리가 그 이전에 빌려 쓰던 한문처럼 중세의 한글에는 사성(四聲)이 있었다. 어느 시기까지는 운(韻)도 살아 있어 우리말도 음악성이 강한 편이었다. 그런데 이제 그 성조는 사라지고 운도 각운(脚韻) 정도가 시에서 드물게 활용되고 있을 뿐이다. 오직 자수율(字數律) 혹은 음수율(音數律)만 온전히 살아남아 우리말의 음악성을 유지시켜 주고 있다.

중국에서처럼 구연(口演)의 대본을 의식하고 쓴 것 같지 않은데도 우리 고전 소설을 읽다 보면 우리는 어느새 3·4조나 7·5조의 음수율이 대화와 지문에 두루 깔려 있음을 느끼게 된다. 또 우리가 유려하다는 느낌을 받은 문장들을 분석해 보면 이내 숨어 있는 음수율을 찾아낼 수 있다. 그래서 나는 진작부터 산문에서 음수율을 활용했는데, 그걸 눈 밝게 지적한 평론가는 있었지만 우리의 산문 전통과 연관 지어 말한 사람은 없었던 것 같다.

이왕 문장론이 나왔으니 덧붙인다면, 우리의 전통 산문에서 중요한 기교 중에 하나는 대구법이다. 좁은 의미의 대구법은 한 쌍의 상반되는 개념들을 나란히 놓음으로써 의미를 강화하는 방식이다. 그러나 넓게는 한 개념을 같은 문장 구조에 어휘만 달리해 나란히 늘어놓거나 강조의 형태로 덧붙이는 일종의 대조 혹은 병렬과 점증(漸增)의 대구 활용도 포함된다.

이 또한 중국 육조(六朝) 시대에 유행했던 화려한 문체의 영향일 수도 있고, 서양의 문장에서도 낯선 기법은 아니다. 하지만 우리 글에서는 굳이 기원을 따질 수 없을 만큼 체화(體化)되어 있는 문장 기법이다. 그런데 이 대구법을 활용할 때에도 필연적으로 수반되는 것이 우리말의 자수율이다.

소설은 일반적으로 다른 장르보다는 열린 양식이라고 말해진다. 하지만 나름대로는 구조화된 양식이 있는데, 특히 현대 소설의 결말은 닫힌 양식이 흔하다. 대단원 혹은 파국의 개념이 규정하는 닫힘의 느낌 때문일 것이다.

그런데 우리 전통 소설의 결말 중에는 지금까지의 인과 관계에 수반된 결말이 아니라 미지의 미래를 향해 열려 있는 것이 많다. '그가 어디로 갔는지는 아무도 모른다'든가, '아무개는 신선이 되어 표연히 사라졌다'는 식의 결말이 그러한데, 넓게 보면 《홍길동전》의 결말도 그런 예가 될 듯싶다. 율도국(栗島國)을 세우고 왕이 되었다는 것은 이전의 의적 활동에 따른 필연의 결말이라기보다는 과거와 무관한 새로운 서사의 발단에 가깝다. 우리 현대 소설에서 이따금 보이는 열린 결말도 분명 그런 전통에 닿아 있는 듯하다.

그 밖에도 우리 현대 소설에 남은 동아시아적 서사 양식의 흔적은 많다. 그리고 특히 내 소설은 자주 그런 전통적 서사 구조와의 친연성(親緣性)이 많은 작품으로 지목되어 왔다. 어떤 이는 그렇게 된 작가로서의 내 성장 환경을 조목조목 따지며 그 친연성을 증명하려 한다. 실제로는 나 자신도 우리의 전통적 서사 양식을 내 소설 쓰기에 적용하는 실험을 여러 번 해보았다.

하지만 때로는 내 소설과 전통적 서사 구조 사이에 있다고 추정되는 그런 친연성이 부당하고 부담스러울 때도 있다. 그중의 하나가 이른바 영사 소설(暎射小說)의 전통이다. 영사 소설이란 중국 소설의 내용에 따른 분류 중에 하나로, 다른 사람을 공격하기 위한 소설에 붙인 이름이다.

서양의 풍자 소설도 어떤 개인을 집중적으로 공격하는 수가 있지만 소설을 쓴 동기 그 자체가 남을 공격하기 위한 경우의 예는 흔치 않다. 그런데 중국에서는 당대(唐代) 소설부터 그런 전통이 있어 중국의 신문학 초기에는 문학적 투쟁 수단으로 활용되기까지 했다. 우리 나라에도 〈김연실전(金姸實傳)〉이나 〈발가락이 닮았네〉 같은 단편은 보기에 따라서는 영사 소설로 분류될 수 있을 것이다. 단순히 신여성의 공허한 실상이나 노총각의 의처증을 풍자하고 형상화한 것이 아니라, 모델이 된 개인을 소설로 공격했다고 해석할 수도 있기 때문이다.

고백하자면 내 작품 중에도 그런 영사 소설의 혐의를 받은 작품이 한 편 있다. 8년 전에 나는 중편 한 편을 쓴 적이 있는데 그게 어떤 저명한 시인을 공격하고 있다고 하여 물의가 일었다. 진심으로 말하거니와, 나는 거기서 그 시대의 한 특이한 개성을 소설적으로 형상화했다고 생각했다. 하지만 우리에게 영사 소설의 전통이 있어선지 '소설은 오직 소설일 뿐'이라는 내 변론은 전혀 받아들여지지 않아 결국 나는 그 작품을 포기하지 않을 수 없었다. 지금 그 작품은 내 소설 목록에조차 남아 있지 않다.

그러면 이러한 한국 현대 소설에 남은 동아시아적 서사 양식의 흔적에 대한 우리의 태도는 어떠한가. 다른 여타의 분야와 마찬가지로 문예 이론 분야에서도 서구의 이론과 방식은 우리에게 거의 강압과도 같은 영향을 미쳤다. 비(非)서구적인 것은 무엇이건 저급하고 뒤떨어진 것으로 간주되었으며, 그런 점에서는 우리의 전통 양식이 받은 대접도 크게 다르지 않았다.

대개 외국 문학 전공자들인 비평가들은 우리 현대 소설에 남은 동아시아적 서사 양식의 전통을 무시했고, 더러는 아직 덜떨어진 올챙이의 꼬리쯤으로 여겨 왔다. 그리고 아주 심할 때는 비난과 경멸로 금지의 뜻을 명백히 드러내기도 했다. 이제까지 서구의 문예 이론이 우리 현대 문학의 발전에 기여한 바를 보면 충분히 근거 있는 태도일 수도 있다.

하지만 근년 들어 많은 것이 달라지는 느낌을 받는다. 서구의 우위는 아직도 지속되고 있지만 그들의 문화만이 유일한 답이라는 도그마는 충분히 깨어졌다. 세계화, 지구화로 강화되어 가는 다양성의 욕구도 그러하거니와, 단답(短答)을 포기한 문화의 제설 합일주의적(諸說合一主義的) 경향은 무시되었던 지역에 눈길을 돌리기 시작했다. 편협한 문화적 국수주의 차원에서 강조되었던 전통적 양식들이 이제는 제1세계 소설 이론을 보완 혹은 대체할 수 있는 문화적 자산 으로 재검토되고 있다.

전환기의 글쓰기

솔직히 고백하자면, 나는 적잖이 망설인 끝에 이 자리에 섰다. 그것은 무엇보다도 처음 주최 측으로부터 받은 '전환기의 글쓰기'란 제목 때문이었을 것이다. 지나치게 범위 넓고 무거운 그 주제가 이 며칠 나를 가위눌림과도 같은 부담감에 빠져들게 했다.

우리가 사는 시대를 한 전환기로 보는 데 사람들은 기꺼이 동의한다. 그러나 왜 그렇게 보아야 하는가에 대한 답은 그들이 근거하는 바에 따라 조금씩 다를 것이다.

이 시대를 전환기로 의식하게 만드는 것들 가운데 많은 사람들에게 가장 먼저 떠오르는 것은 1천 년기의 교체일 듯싶다. 서력(西曆) 기원 자체는 예수의 탄생을 기점 삼아 인위적으로 시간을 구획한 것에 지나지 않는다. 하지만 길어야 1백 년밖에 살 수 없는 가사적(可死的) 존재들에게 1천 년을 단위로 한 연대의 변화는 강렬한 인상으로 다가들 수밖에 없다.

그다음으로 우리가 사는 시대를 전환기로 의식하게 하는 것은 바

로 지난 1천 년대 말 소련과 사회주의 동구의 붕괴로 상징되는 이데
올로기의 종언(終焉)이다. 물론 사회주의 체제의 몰락을 곧 이데올
로기의 종언으로 말할 수 있느냐에 대해서는 다른 견해가 있을 수
있다. 그러나 역사상 가장 위력적이었던 세계 해석의 패러다임 혹은
거대 담론의 몰락이 이데올로기 일반을 무력하게 만들었다는 정도
의 의미로 종언이란 말을 쓴다면 큰 무리는 없을 듯하다.

마지막으로는 우리에게 가장 실감 있게 다가오면서도 한편으로는
낯설어 애매하고 혼란스럽게 느껴지는 디지털 문화의 급격한 대두
이다. 여기서 굳이 문화란 말을 쓰는 것은 그것이 정신적인 생산의
방법인 동시에 내용이며, 양식인 동시에 의미이기 때문이다. 나는 그
말 안에다 정보를 수용하고 활용하고 전달하는 방식과 아울러 우리
세기에 특히 눈부셨던 지식의 폭발까지 담고자 한다.

하지만 글쓰기와 연관 지어 우선 논의해 볼 수 있는 것은 뒤에 든
두 가지, 이데올로기와 디지털 문화뿐일 듯싶다. 비록 인상적으로 강
렬하기는 해도 1천 년기가 바탕 삼는 시간의 문제는 우리 사고가 관
리할 수 있는 영역 밖이기 때문이다.

흔히 이데올로기의 종언이라고 하면 다니엘 벨이나 프란시스 후
쿠야마의 저서들을 연상하게 된다. 그러나 여기서는, 앞서 말했듯,
어떤 특정의 이데올로기가 그 시대를 사는 사람들의 의식에 호소력
을 잃었다는 정도의 가벼운 의미이다. 그것은 이데올로기가 그 자체
로서의 사회적 생산을 중단하고 역사적인 사실로 환원되었다는 뜻
이며, 그것을 둘러싼 투쟁과 대립도 역사 속에 화석화했다는 뜻이기
도 하다.

소련이 역사의 전면으로 부상했을 때 사람들이 주로 논의한 것은 마르크시즘과 연관된 것이었다. 그런데 토인비는 〈동로마 제국의 유산〉이라는 작은 논문에서 그것을 동서 로마 제국의 분열에서 잉태된 역사적 필연으로 해석했다. 다시 말해 20세기 미국과 소련을 핵으로 삼아 일어난 동서의 대립은 이데올로기 문제보다 5세기에 있었던 로마 제국의 분열에 뿌리 한다고 주장하며, 게르만 족과 슬라브 족, 로마 가톨릭과 그리스 정교, 교황과 차르 등으로 대비되는 도식을 그려 내었다.

동서 냉전의 본질에 대한 토인비의 그와 같은 도식적 설명은 방금 첨예한 이데올로기의 대립으로 고통받고 있던 대다수 동시대인들에게 다소 공소(空疎)한 느낌을 주었을 것이다. 하지만 이데올로기가 역사로 환원돼 버린 지금에 이르러 보면 토인비가 사용한 역사 해석의 틀이 오히려 유효해 보인다. 반드시 역사의 반복성을 믿지 않는다 하더라도, 소련 및 동구의 몰락을 동로마 제국의 멸망과 비교해 그 뒤의 전개를 유추해 보는 것은 분명 의미 있는 일이 될 것이기 때문이다.

일반적으로 동로마의 멸망은 세계를 서유럽 중심으로 개편하는 계기가 되었을 뿐만 아니라, 르네상스라는 문화사적 대사건의 한 원인이 된 것으로 말해진다. 물론 그 뒤로도 동방에는 사라센 제국이 여전히 번성하고 있었으며, 그 전사들의 일부는 이베리아 반도까지 진출하여 서유럽의 심장부를 위협하였다. 하지만 사라센 문명은 그 라나다 왕국의 몰락을 마지막으로 다시는 서유럽에 실감 나는 위협은 되지 못한 채 시들어 가다가, 마침내는 서유럽이 주도하는 현대 세계사의 한 변방으로 밀려나고 만다.

소련 및 사회주의 동구의 몰락도 세계 질서의 재편을 가져왔다. 지난 10년간 우리가 실감한 것은 미국으로 중심이 옮아간 듯한 서유럽적 일원화였다. 문화도 새로운 르네상스를 예감케 할 만큼 변화의 징후를 보이고 있다. 하지만 그 뒤의 전개에 대해서는 크게 두 가지의 견해로 나뉜다.

그 하나는 다분히 동로마 제국의 멸망 이후를 염두에 둔 듯한 견해로, 그들은 이르든 늦든 사회주의 동구를 대신할 대항 문명의 대두를 점치고 있다. 헌팅턴이 말하는 '이슬람 전사단'이나 '유교 동맹'이 그런 예로 보인다. 그들을 거칠게 이해하면, 이 전환기는 새로운 구조의 거대 담론 혹은 세계 해석의 패러다임이 형성되어 지금 서유럽적(혹은 歐美的)으로 일원화해 가는 세계에 대항 이데올로기를 제공할 때까지의 과도기란 뜻이 될 수도 있을 것이다.

이에 비해, 요즈음 우리가 겪고 있는 것은 전혀 새로운 세계사의 국면이며, 그 전개도 낡은 역사의 틀로는 함부로 예측할 수 없다는 다른 강력한 주장이 있다. 그리하여 그들은 오히려 이전에 우리를 구획하였던 경계선들을 부인하며 온건하게는 조화, 극단적으로는 융합이라는 개념으로 우리의 역사 경험에 전혀 낯선 문화의 전개를 예언하고 있다. 이들 또한 거칠게 이해하면, 지금 우리가 말하는 전환기란 이제까지 경험해 온 문화의 해체와 근거 없이 무성한 전망의 밀림을 말하는 듯싶기도 하다.

어느 쪽에 더 호의적이든 이데올로기의 종언과 연관된 논의라면 한 가지는 명백하다. 그것은 본질적으로 경험보다는 예측에 더 의지한 논의가 되며, 폭과 깊이에서 짧은 시간이 소화해 낼 수 없는 구조의 거대 담론이 되리라는 점이다. 따라서 작가로서는 마땅히 안고 가야 할 화두이기는 하지만 이 자리에서 몇 마디로 요약하기에는 불가능함을 고백하지 않을 수 없다.

다음으로 살펴봐야 할 디지털 문화는 이데올로기와는 달리 그 구체성과 직접성에서 우리들 작가에게 더 절실하게 전환기의 느낌을 강요하는 데가 있다. 처음 타이프라이터나 워드 프로세서처럼 필기구로 다가온 컴퓨터는 인터넷을 통해 놀라울 정도로 편리하고 효율적인 서재 혹은 취재원이 되었다가, 이제 네티즌이라는 우리 경험에 낯선 독자층을 생산해 내었다. 디지털 문화의 여러 국면을 모두 이해하지는 못해도 우리의 글쓰기가 새로운 시대를 맞이했다는 것을 부인할 작가는 많지 않을 것이다.

1990년대에 들어 급속하게 전개된 이러한 변화는 만년필에 의지해 추상적인 독자를 상대로 글을 써오던 많은 한국 작가들에게 충격적이었다. 특히 문화의 수용과 저장과 전달 방법 혹은 양식에 불과하다고 생각한 컴퓨터가 문화의 내용까지 변화시켜 가는 듯한 징후를 보이자 이제는 단순한 충격을 넘어 혼란조차 느끼는 듯하다.

그렇지만 냉정히 따져 보면 이 혼란은 유행과 속단으로 과장된 혐의가 짙다. 듣기로 처음 타이프라이터가 나왔을 때 많은 작가들은 타이프라이터가 글의 내용까지 간섭하지 않을까 걱정했다고 한다. 그러나 컴퓨터로 대치되기 전까지 현대의 명작 대부분은 그 타이프라이터로 쓰인 것들이었다. 또 구텐베르크가 처음 금속 활자를 써서 책을 펴냈을 때 필사(筆寫)의 전통에 익숙한 사람들은 그로 인한 문자 문화의 저질화를 우려했을 것이다. 그러나 그 또한 기우였음은 그 뒤의 서양 문화사가 증명하는 바다.

일반적으로 문화는 내용이 형식을 결정하는 것으로 이해되어 왔지만 구조주의적 사고로는 형식이 내용을 결정하기도 한다. 지금 한국에서 디지털 문학이라고 말해지는 것들엔 틀림없이 그 형식이 결정한 듯한 내용들도 있다. 소설로 본다면 지금까지는 공상 과학 소설이나 판타지가 아니면 추리물이거나 감각에 호소하는 순정 소설이 주종을 이루는데, 그것은 아마도 모니터로 대표되는 전자책의 특성이 작용했을 것이다.

하지만 그것은 아직도 전자책이 종이책과 선택적 관계에 있는 과도기의 현상으로 이해되어야 한다. 전자책이 문학의 모든 국면을 다 수용하게 되면 문제는 달라질 것이다. 아직은 명백하게 우위를 확보하지 못하고 있지만 전자책이 현대 과학의 힘을 빌려 휴대성과 독이성마저 종이책을 능가하게 되는 날이 오면, 지금은 그 문학에서 경원되고 있는 심각함과 진지함이나 본질에 관한 사고도 수용되지 않을 수 없다.

좀 더 적극적으로 말한다면, 문학은 완전히 디지털화함으로써 오히려 전 시대의 모든 기능을 회복할 수 있게 된다. 디지털 문화가 글쓰기에 가져오는 전환이란 작가의 만년필과 서재와 취재 활동이 컴퓨터로 대치되는 것이며, 서점과 도서관과 독자가 컴퓨터 속으로 들어오는 식의 방법 혹은 양식의 변화일 뿐, 문학 활동의 본질을 바꾸지는 못할 것이기 때문이다.

하기야 그때에도 방법 혹은 양식이 규정하는 내용이 있을 수 있다. 어떤 이는 모니터를 통한 독자와의 쌍방적 교신에서 문학의 본질적인 변화를 예측하기도 한다. 하지만 대부분의 경우 그것은 문학의 본질적 변화가 아니라 새로운 장르의 탄생으로 봐야 한다. 만약 쌍방적 교신 때문에 독자마다 다르게 읽는 소설이 생겨난다면, 그것은 이미 소설이 아니라 디지털 문학이 만들어 낸 새 장르일 뿐이다.

따라서 이데올로기의 종언에 따른 것이든 디지털 문화의 대두에 따른 것이든 전환기라고 해서 우리가 지금까지 논의해 왔던 문학의 여러 문제들이 갑작스레 평가 절하되거나 외면돼야 할 이유는 없다. 오히려 전환기이기 때문에 더욱 전통적이고 본질적인 문제들이 진지하게 논의되어야 한다는 역설도 가능하다.

이 봄에 띄우는 귀거래사(歸去來辭)

요즘 젊은이들에게 고향은 사어(死語)와 다름없는 말이 되어 버렸다. 간혹 대중 매체에서 한물간 유행처럼 그 말을 쓰기는 하지만 뜻은 이미 옛것과 같지 않다. 전통, 문중, 추억 같은 시간과 연관된 것들은 지워지고 지리와 풍광, 특산 같은 공간적인 의미만이 살아 있다. 실은 내 젊은 날에도 그랬다.

그런데 재작년 가을, 생각보다 일찍 고향에다 강마(講磨)와 연거(燕居)를 겸할 수 있는 집 한 채를 짓게 되면서 고향은 다시 그 온전한 뜻을 회복했다. 향리의 적지 않은 재정 지원과 생가를 끝내 되찾지 못한 내 부끄러움이 어우러져 부추긴 탓인지 집은 뜻밖으로 규모가 커져 이제야 겨우 마무리를 보게 되었는데, 그 짓는 동안의 잦은 들락거림이 끊임없이 고향의 의미를 되새겨 보게 해준 덕분이었다.

생각건대 사람의 한살이[一生]는 그 출발점을 시작으로 하는 원운동(圓運動)이고 고향은 바로 그 출발점이 아닌가 싶다. 지난 세밑에 안채 도배가 끝났다 하여 미리 묵어 보았던 하룻밤이 떠오른다. 거

214

의 반세기 만에 다시 세운 고향 집에서 잠이 든다는 뿌듯함도 잠시, 나는 까닭 모를 허망감으로 긴 밤을 뒤치었다. 내가 겨드랑이의 털이 떨어지고 넓적다리의 살이 빠지도록 세상을 뛰어다닌 것은 어쩌면 이 돌아옴을 위한 것은 아니었을까.

그 밤 나를 사로잡은 허망감은 아마도 그런 귀향을 원운동의 닫힘 또는 한살이의 마침으로 보는 세상의 통념 때문이었을 것이다. 하지만 카잔차키스는 그 만년의 대작(大作)에서 새로운 항해를 떠나는 율리시스를 수만 행(行)의 방대한 서사시로 노래하고 있다. 되찾은 왕국의 영광도, 사랑하는 아내와 아들도 고난으로 굳세고 드높아진 정신을 가두어 둘 수는 없었다.

설령 사람의 한살이가 고향을 출발점으로 하는 원운동이라 할지라도, 그 원이 한 사람에게 꼭 하나이어야 할 까닭은 없다. 고향으로 돌아가는 것은 삶의 닫힘도 마침도 아니며, 갇힘이 되어서는 더욱 안 된다. 고향은 또 다른 원운동의 출발점, 언제나 새로운 출발로 열려 있는 포구일 수도 있다.

따라서 고향에 돌아가는 데 너무 이른 법은 없고, 나도 이제 더는 망설임 없이 돌아가려 한다. 이번의 한 바퀴 원운동은 이만 마감할 때가 되었다. 한번 고향을 떠나온 뒤 나의 삶은 어떠하였던가. 돌이켜 보면 그러잖아도 자옥한 세상 티끌에 내 티끌을 보태었고, 억머구리 끓듯 하는 저잣거리의 소란에 내 소란을 더했을 뿐인 서른 해였다.

창밖에는 봄이 완연하다. 뒤란 산수유는 이미 활짝 피었고 뜰 앞 매화도 벙글었다. 내 이제 머지않아 얕은 배움과 비루하고 속된 성품에서 비롯된 죄를 세상에 자복(自服)하고 방귀전리(放歸田里)의

너그러운 처분을 빌려고 하거니와, 돌아갈 고향에 봄은 그대로 남아 있을 것인지.

등성이들은 옛날처럼 참꽃, 개꽃(철쭉)으로 화안하고 골짜기도 그 때같이 복사꽃, 돌배꽃 흐드러지게 필 것인지. 강변은 봄눈 녹은 물로 다시 풍성하고, 먹치(갈겨니), 가살치(쉬리) 떼 물살 거슬러 오를는지. 그 바람 그대로 불어와 산 너머 가보지 못한 곳을 그리워하게 하고, 그 뭉게구름 그대로 일어 이를 수 없는 곳을 오히려 더 애타게 우러를 수 있게 해줄는지. 그리고, 무엇보다도 그 꿈 그대로 늙지 않고 자라나 때가 오면 허옇게 센 머리로도 다시 닻 올릴 수 있게 해줄는지.

5장
낯선 길 위에서의 상념

년 전 삼전도(三田渡)의 굴욕을 맛보이며 우리를 정복한 청나라의 명령에 따른 출병임에랴.

그다음은 슬픈 사이섬(間島)의 전설이다. 원래 사이섬은 압록강 가운데 있는 이름 없는 섬으로 땅이 기름진 데다 국경에 끼여 있어 어느 쪽에도 전세(田稅)를 물지 않아도 되었다. 인근 주민이 파수하는 군사 몰래 농사를 지어 먹으며 그 섬에 그런 이름을 붙였는데, 나중에는 국경 밖의 경지를 통칭하는 말이 되었다. 서간도, 북간도란 이름이 그렇게 생겼으며, 흉년에 내몰리고 가혹한 세정에 쫓긴 함경도 사람들에게 우수리 강 유역은 또 다른 간도였다.

그런 민초들에게 한 줌 웃기처럼 더할 수 있는 이들이 조국 광복의 웅지를 품고 시베리아로 건너온 망명객들일 것이다. 그들은 스스로 찾아왔고 그 의기는 장했으나 본질적으로 내몰리고 쫓기기는 마찬가지였다. 그리고 마지막으로 태평양 전쟁 말기 일제가 수만의 징용자를 사할린에 풀어놓음으로써 우울하게 되돌아보는 시베리아는 일단 끝이 난다.

1990년대 초, 중반에 대기업의 주도로 잠시 우리의 시베리아 러시가 일었고, 그때 우리의 다가섬은 틀림없이 내몰림이나 쫓김과는 멀었다. 하지만 항공기의 운항 횟수가 보여 주듯 그 러시는 이미 잦아들었으며, 이제 가서 볼 수 있는 것은 내팽개쳐져 쭈그러진 식은 냄비뿐이라고 들었다.

잠시 상념에 잠긴 사이 비행기의 선회가 시작되었다. 차츰 고도가 낮아지면서 지상의 풍경들이 보다 뚜렷하게 잡혀 왔다. 삼림 지대는 끝나고 가는 실같이 이어진 도로며, 희미하게 구획 지어진 경작지와 작은 마을들이 보였다. 하지만 유럽의 전원 위를 날던 때처럼 사람의 온기는 느껴지지 않았다.

지나간 것은 모두 그립고 추억은 언제나 아름답다. 역사란 어찌 보면 집단의 추억이고 그걸 돌아보는 일은 우울하면서도 감회에 젖는 달콤함이 있다. 그러나 또한 돌아보는 일은 부질없다. 그 누군가의 말처럼 시간은 방향이며, 삶은 그 방향에 따른 일회성의 진행이다.

그런 우리에게 보다 중요한 것은 어쩔 수 없이 '지금, 여기'가 된다. 그리고 두려워 떨고 조바심 치며 보는 것은 '다음, 저기'가 되며, 그 때문에 우리는 돌아보기보다 더 많이 바라본다. 낯선 곳을 찾는 것은 돌아보기 위해서가 아니라 바라보기 위해서다.

비행기 위에서 내려다보는 시베리아는 돌아보는 추상이었다. 그러나 그 땅에 발을 딛고 거기 사는 사람들과 만나게 되면 시베리아는 바라보는 현실이 되어야 한다. 내몰렸건 쫓겨 왔건 '그때, 거기'의 사람들도 어김없이 이 시베리아를 바라보고 왔을 것이다. 나도 돌아보기 위해서가 아니라 바라보기 위해서 시베리아로 왔다.

고도가 낮아진 비행기는 얼어붙은 바다 위를 날며 방향을 잡고 있다. 온통 은회색으로 덧칠된 벌판 저쪽에 블라디보스토크인 듯한 도시가 희미하게 보인다. 앞뒤에 앉은 러시아 승객들의 웅얼거림에서 착륙이 가까웠음을 짐작한다. 이제 곧 나는 시베리아의 동쪽 끝에 내린다.

역사가 숨 쉬는 블라디보스토크

예전에는 해삼위(海蔘威)로 더 잘 알려져 있던 블라디보스토크는 러시아 말로 '동쪽을 지배하라'는 뜻이라고 한다. 한문으로 직역하면 정동(征東)이나 진동(鎭東)이 되겠지만 좀 점잖게 옮기면 안동(安東)쯤이 될 것이다.

비행기 도착이 한낮이라 호텔에 짐을 풀자마자 거리 구경을 나섰다. 그런데 얼마 걷지 않아 귀가 따갑고 머리가 다 얼얼해져 알아보니, 추위가 한풀 꺾였다는데도 영하 20도 아래였다. 그 바람에 이 러시아 안동에서 가장 먼저 한 일은 담비 털가죽으로 된 모자부터 산 것이 되었다. '샌프란시스코에서는 머리에 꽃을 꽂으세요'처럼 '블라디보스토크에 가면 털모자부터 사 쓰세요'란 노래가 나올지도 모르겠다.

블라디보스토크는 거리가 형성된 지 150년이 채 못 되고, 인구도 1백만이 차지 않은 도시이다. 그러나 대개의 러시아 도시들이 그러하듯 넓게 펼쳐져 있어 돌아보기에 그리 만만한 곳은 아니다. 다행히도 묵게 된 호텔이 중심가라고 할 수 있는 시베리아 철도 임항역 (臨港驛) 부근이어서 첫나들이는 절로 그쪽이 되었다.

안내를 맡아 준 마르크스 한 선생은 열너덧 살 소년 때까지 부근에 살다가 스탈린의 강제 이주 때 중앙아시아로 옮겨 간 이였다. 이후 60년 만에 처음 돌아와 본다는 데도 그 거리에 생생하고 정감 어린 추억을 간직하고 있었다. 덕분에 첫날의 거리 구경은 길지 않은 시간이었지만 보통의 안내인에게는 기대할 수 없는 역사 관광이 되었다.

그런데 참으로 알 수 없는 일은 저녁에 호텔로 돌아와 거리 인상기를 메모할 때 경험한 기억의 변질이었다. 내가 그 오후 내내 본 것은 블라디보스토크 중심가 일부였고, 들은 것은 오래된 건물 하나하나의 내력이었는데, 내 기억은 인상 깊은 세 사람을 만난 것으로 주장하고 있었다.

그 첫번째는 우체국 건물에서 만난 츄르신이라는 제정 러시아 시절의 자본가였다. 그는 19세기 말 블라디보스토크가 한창 도시로 발돋움할 때 우랄 서편에서 건너온 부호였는데, 그의 저택은 지금도 우체국으로 쓰일 만큼 웅장했다. 또 지금 백화점으로 쓰이고 있는 건물은 그의 점포였으며, 멀지 않은 산비탈에는 요즘 말로 직원 전용 아파트까지 몇 동 있었다.

하지만 츄르신이 인상적이었던 것은 그 대단한 부(富)가 아니라, 볼셰비키 혁명 이후 보여 준 삶의 유전(流轉) 때문이었다. 신도시의 건설에 뛰어든 자본가답게 그는 축적된 잉여 가치를 중국과 서유럽에 재투자하고 있었다. 따라서 볼셰비키 정권이 서자 그는 재빨리 중국으로 달아나 거기서 다시 한세월을 잘 보냈다. 그러다가 중국마저 적화되자 다시 오스트리아로 건너가 살다가 거기서 죽었다고 한다. 제정 러시아 자본 계급의 몰락 과정의 하나를 압축적으로 보여 주는 삶이었다.

두 번째는 극동대학 입구에서 만난 시인 라조였다. 그러나 그가 그곳에 동상으로 선 것은 시업(詩業)보다는 볼셰비키 혁명가, 애국자로서의 공적을 기려서인 듯했다. 우랄 서쪽의 볼셰비키는 진작에 혁명의 과일을 누렸지만 멀리 블라디보스토크에서 활동하던 그는 그렇지 못했다.

10월 혁명 이후 라조가 전보다 더 힘겨운 싸움을 벌여야 했던 적은 1918년부터 1922년까지 그 도시를 점령하고 있었던 일본이라는 강력한 제국주의 침략 세력이었다. 그러나 불행히도 그는 일본군에 체포되어 스물넷의 꽃다운 나이에 산 채로 기차 화통(火筒)에 내던져졌다. 그 끔찍한 처형 방식은 일제의 잔혹함 못지않게 그의 저항이 치열했음을 말해 준다. 크지 않은 그의 동상이 웅장한 대학 건물 전체보다 더 강한 인상으로 기억된 것은 아마도 그의 삶과 죽음이 보여 준 불꽃같은 이상 때문이었을 것이다.

세 번째는 이름조차 기억나지 않는 거리의 벽면에 청동 두상으로 박혀 있는 우보리비치다. 역시 볼셰비키 혁명가로 시작한 그는 나중에는 유능한 적군(赤軍) 사령관으로 더 알려지고 사랑받았다. 무서운 기세로 시베리아를 석권한 백군(白軍)을 격파하고 일본군을 밀어내는 데도 공이 컸던 그는 한때 연해주 지사(知事)까지 지냈으나 스탈린의 숙청 때 총살되고 말았다. 부패하고 타락한 이데올로기의 희생자로서는 어울리지 않게 화려한 혁명가로서의 경력이 더욱 그를 선명히 기억하게 하는지도 모르겠다.

다음날은 전날처럼 사람의 기억에 얽매이기 싫어 처음부터 장소와 구조물을 중심으로 블라디보스토크를 둘러보았다. 그러나 그날 찾은 신한촌(新韓村) 언덕과 중앙아시아에서 귀환한 동포들의 집단 거주지, 그리고 발해 유적은 여전히 장소나 건조물보다 그곳과 연관된 사람들을 더 많이 생각하게 했다.

신한촌 언덕은 고급 아파트 단지로 변해 옛날을 말해 주는 것은 재작년에 세워진 비석 하나뿐이었다. 한때 수백 호가 넘었던 고려인들의 거리를 그같이 변모시킨 것은 스탈린의 솜씨였다. 노령(露領)에 있는 독립운동의 중심지로 국민 의회가 설립된 곳이며 13도(道) 의군 총본부가 있었던 그곳은 고려인들을 중앙아시아로 내몬 이후 주택마저 철거해 폐허로 버려져 있었다. 그러다가 1960년대에 당간부들을 위한 고급 아파트들이 건립되어 오늘에 이르렀다고 한다. 옛날 그 거리를 거닐었을 단재(丹齋)나 안중근 의사의 모습은 상상 속에서조차 끼워 넣을 데가 없을 만큼 전망 좋고 쾌적한 아파트 촌이었다.

소련 해체 후 되살아난 민족주의 때문에 중앙아시아에서 귀환해 옛 일본군 막사를 빌려 쓰고 있는 동포들의 이야기는 따로 긴 보고서가 필요할 듯싶다. 시베리아 러시 때 우리 기업들이 그들을 위해 세운 의욕적인 기획과 투자가 있었으나, 외환 위기 이후 모든 것이 중단된 상태였다. 그것도 고향이라고 먼 길을 되돌아온 동포들의 궁색한 살이가 안쓰러워 콧머리가 시큰할 지경이었다.

발해 유적은 블라디보스토크 시내와 우수리스크 부근에서 하나씩 볼 수 있었다. 블라디보스토크 시내에 있는 유적은 무슨 건조물이 있었던 자리인 듯했다. 그러나 주춧돌 하나 변변히 남은 것 없는 데습니다."

그러면서 그는 지금 그곳에서 영주할 뜻을 밝혔는데, 나는 그의 시베리아 혹은 블라디보스토크 바라보기에 동조하고 싶다.

기차가 시가지를 벗어나면서 곧 시베리아의 설원이 시작되었다. 간간이 만나게 되는 얼어붙은 아무르 강 하류를 빼면 백화나무 숲과 침엽수림, 그리고 여름이면 초원으로 변한다는 눈 덮인 벌판의 연속이었다. 영화 속의 장면과 아이 적의 상상으로 합성된 광경이 그대로 펼쳐지고 있었는데, 특히 눈빛에 반사된 희디흰 백화나무 줄기는 끝없는 숲을 이루며 더 압도적인 미감(美感)을 자아내었다.

그렇게 얼마나 지났을까, 차창 밖으로 우수리스크 역의 우중충한 모습을 본 지 오래되지 않아 나는 벌써 시베리아 한복판을 달리고 있는 기분이 들었다. 거기다가 밖에는 눈발까지 뿌려 시베리아를 더 실감 나게 하니 어쩌겠는가. 진작부터 나던 술 생각을 더는 억누를 수 없어 준비해 간 위스키를 찔끔거리다가 대오 각성한 듯 스스로에게 소리쳤다.

"시베리아에 왔으면 보드카를 마셔야지, 이 무슨 흥취 모르는 짓인가!"

그리고 식당칸으로 우르르 달려가 40도가 넘는 보드카를 물 마시듯 하다가 저물기 바쁘게 내 객실로 돌아와 곯아떨어지고 말았다.

잠이라기보다는 보드카에 혼절하였다가 다시 깨어났을 때는 벌써 이튿날 한낮이었다. 때마침 기차가 정차해 잠시 땅에 내렸다. 대략 스물네 시간 만에 다시 밟아 보는 흙이었다. '비라'라는 작은 도시였는데 아직 얼얼한 머리로 역 구내를 서성거리다 보니 작은 비석 하나가 눈에 들어왔다.

'이곳에서 일본 제국주의 침략자가 우리 동지 아니센카와 그의 아내를 죽였다.'

마르크스 한 선생에게 물어보니 대강 그런 뜻이었다. 아마도 그 일대에서 빨치산으로 활약하다 일본군에 잡혀 총살당한 볼셰비키를 기리기 위한 것인 듯했다. 흰 눈밭 위에 새빨간 피를 흩뿌리며 죽어간 젊은 혁명가 부부의 영상이 아직 술에서 덜 깬 내 감상을 자극한 탓일까, 그 바람에 객실로 돌아간 뒤에도 한동안은 1920년을 전후한 항일 빨치산 영웅들의 이야기가 화제가 되었다.

그들 중에서 가장 인상적이었던 것은 아나키스트 빨치산 대장 트리피친이었다. 1921년 트리피친은 겨울 혹한과 눈 속에 갇혀 있는 니콜라예프스크의 일본 수비대를 공격하여 전멸시키고 소수를 포로로 잡았다. 개 파리(개 썰매), 말 파리에 스키 부대까지 동원된 시베리아 전통의 기동전(機動戰)이었던 모양인데 그들 중에는 고려인 유격대도 가담했다고 한다.

하지만 봄이 되어 아무르 강 얼음이 풀리면 일본의 군함이 하바로프스크까지 올라올 수 있는 터라 그들의 잔인한 보복전이 두려웠다. 이에 트리피친은 자신이 지휘하던 빨치산들뿐만 아니라 협조적이었던 전 주민들을 데리고 흑하(黑河, 블라고베시첸스크) 쪽으로 이동했다. 썰매와 도보로 이어진 것이라 넉 달이나 걸린 행군이었는데, 대장 트리피친은 도중에 만난 볼셰비키 군대에게 처형되고 말았다. 죄명은 반(反)혁명에 명령 불복종. 강한 외적을 눈앞에 둔 채 가차없이 전개되는 이념 투쟁도 섬뜩했지만, 화자(話者)의 아버지가 그때 트리피친과 함께 행군했던 고려인들 중에 하나여서 이야기가 더 생생하게 들렸는지도 모른다.

뒤이어 혁명 초기의 때 묻지 않은 이상과 열정으로 제국주의 일본과 싸웠던 몇몇 볼셰비키 영웅들의 이야기를 들으면서 문득 일본과 러시아에 대한 우리 상식의 허실을 돌아보았다. 우리는 흔히 러일전쟁에서 일본이 승리한 것을 요행으로 보고, 태평양 전쟁 직전에 이루어진 일소 불가침 조약도 일본 외교의 야바위쯤으로 생각한다. 그렇지만 시베리아의 원동 지방만 둘러봐도 일본이 러시아에 얼마나 구체적이고 강력한 위협이었는지를 금세 느낄 수 있다.

그사이 둘째 날이 저물어 오고 기차는 벌써 동시베리아로 접어들고 있었다. 예니세이 강과 레나 강 사이, 면적은 남한의 마흔 배가 넘지만, 인구는 서울시에도 못 미치는 지역이다. 잠시 정차한 역의 이름을 지도에서 찾아보다가, 차창으로나마 눈여겨 돌아보고 싶던 하바로프스크를 이미 오래전에 지나쳤음을 알았다.

하바로프스크는 그 도시 건설에 공이 큰 탐험 대장 하바로프의 이름을 딴 도시로, 한말(韓末) 이후 우리와도 많은 연관을 맺어 왔다. 특히 해방 때까지 소련군에 소속된 김일성 부대가 머물렀던 곳으로 지금의 북한 정권을 난감하게 만드는 곳이기도 하다. 백두산 밀영(密營)에서 났다는 김정일 국방위원장의 출생 기록이 김유라라는 이름으로 그곳 행정 관청에 남아 있기 때문이다.

셋째 날은 줄곧 책 읽기로 때웠다. 인간의 감각 중에서 가장 빨리 마비가 오는 것은 후각이고, 시각은 비교적 지구력이 있는 편으로 들었다. 하지만 시각의 수용 능력도 이틀 정도가 한계인 성싶었다. 첫날에는 그렇게도 감동스러웠던 풍경들이 차츰 눈에 들어오지 않았다. 어쩌다 잘생긴 적송(赤松) 숲이 눈 덮인 벌판 위에 이채를 띠어도 감탄사보다는 '또' 혹은 '아직도'라는 말이 흘러나올 지경이었다.

시각이 다시 그 예민한 감수성을 회복한 것은 쇠로 된 낙타 등 위에서의 기거가 지루하고 답답해지기 시작한 셋째 밤을 지새운 뒤였다. 컵라면으로 아침을 때운 뒤 추운 끽연실에서 담배를 피우고 있는데 동행이 알려 주었다.

　"바이칼 호가 시작된답니다."

바이칼, 오래 눈시울에 찍혀 있을 호수

바이칼은 세계에서 가장 오래되고, 깊고, 크고, 맑고, 그리고 아름다운 호수로 알려져 있다. 그런 바이칼 호수를 보고 적이 실망했다면 이도 흔치 않은 경험이 될 것이다. 그런데 시베리아 횡단 넷째 날 아침 처음 그 호수를 차창 밖으로 바라볼 때의 내가 그랬다.

맑고 깊다는 물은 혹한으로 두껍게 얼고 그 위에 눈까지 수북이 덮여 깊은지 맑은지 알 수가 없었다. 거기다가 시베리아 철도는 초승달같이 생긴 바이칼의 좁고 길쭉한 꼬리 부분을 따라 놓여 있어 그 폭이 별로 넓게 보이지 않았다. 저만치 보이는 대안(對岸)의 나지막한 연봉(連峰)들이 좀 심하게 말하면 커다란 저수지나 댐 상류를 지나고 있는 기분이었다. 그것들이 이루는 고즈넉한 설경도 이미 사흘 낮밤이나 익히 보아 온 끝이라 그런지 그리 큰 감탄을 자아내지 못했다.

하지만 바이칼은 곧 앙갚음이나 하듯 그런 내 성급한 실망을 낯없게 만들었다. 그 첫번째는 선로가 호숫가로 바짝 다가가 놓여 있는 곳에서 본 얼어붙은 파도였다. 수면이 넓은 데다 시베리아 바람이 몰아쳐 물이 얼기 전에는 작지 않은 파도가 치는 모양인데, 추위가 얼마나 매서운지 호숫가에는 파도가 그 모습대로 얼어 있었다. 때로는 물가에서 제법 멀리 떨어진 호수 안쪽에도 얼어붙은 파도가 돌출해 있어 그 별난 자연의 연출이 묘한 감동을 주었다.

그다음으로 차츰 나를 압도하기 시작한 것은 그 길이였다. 지도를 보면 시베리아 철도가 싸고도는 것은 바이칼 호의 끝 부분인데 세 시간을 가도 호수가 끝날 줄 몰랐다. 남쪽 끝에서 북쪽 끝까지 기차로 간다면 열 시간은 좋게 걸릴 성싶었다. 읽어서 안 것이지만, 바이칼을 세계에서 가장 큰 호수로 만든 것은 바로 그 길이와 가장 깊은 곳은 1천7백 미터를 넘는다는 그 깊이였다.

호수 위로 나 있는 자동차 길도 인상적이었다. 얼음이 두꺼워 겨울이 되면 자동차들은 기존의 도로보다 얼음 위로 질러가는 길을 택하는데, 어떤 곳에는 교통 표지판까지 세워져 있었다. 미리 읽은 책에서는 얼음 위로 임시 철도까지 깔린다는 구절이 있었으나, 직선으로 훤하게 뚫린 도로 위로 대형 트럭이 지나가는 것만도 어릴 적 한 강이 얼어 그 위로 우마차가 지나가는 것을 볼 때와는 또 다른 느낌이 들었다.

보통 호수의 수명이 3만 년 정도인데 바이칼은 2천5백만 년이 넘는다던가, 어쨌든 내가 세계에서 가장 나이 든 호수를 지나고 있음을 느끼는 데도 그리 오랜 시간이 걸리지 않았다. 그것은 기차가 설 때마다 잡상인들이 가지고 올라오는 '오물(Omul)'이란 훈제 물고기 때문이었다. '오물'은 청어 비슷하게 생긴 민물고기인데 바이칼 호수에만 산다고 한다. 그 밖에 바이칼 호수에 사는 수천 종의 생물들도 그

셋 중 둘은 그곳에만 있는 종(種)이라고 한다. 모두 일반적인 진화의 예외를 이룰 만큼 오래된 그 호수의 나이를 말해 주는 것들이다.

그렇게 바이칼에서 받는 느낌이 달라지다 보니 이르쿠츠크에 내려 가장 먼저 한 일은 바이칼 호수를 찾는 일이 되었다. 마중을 나와 준 고려인들도 바이칼의 얼음 위에 서보고 싶어하는 내 기분을 당연한 것으로 여겨 주어 호텔에 짐을 풀자마자 그리로 안내했다. 도심에서 한 시간 반 남짓한 거리에 있는 앙가라 강의 발원지였다.

신기하게도 바이칼 호수에서 앙가라 강이 갈라져 나오는 부분은 그 혹한 속에서도 얼어 있지 않았다. 아마도 낙차에 따른 유속 때문인 듯했다. 안내하던 고려인이 그 얼지 않은 물속에 작은 섬처럼 떠 있는 바윗덩어리를 가리키며 거기 얽힌 전설 하나를 들려주었다.

"까마득한 옛날 바이칼 여신에게는 앙가라라는 딸이 하나 있었다고 합니다. 그런데 그 딸은 멀리 서쪽 평원에 사는 예니세이란 청년을 사모하여 한사코 떠나려 했지요. 바이칼 여신은 말리다 못해 큰 바위로 딸의 길을 막았으나 매정한 딸은 끝내 예니세이를 찾아 떠나고 말았습니다. 저 바위가 바로 그 여신이 떠나는 딸을 막기 위해 가져다 놓은 것이라고 합니다."

아마도 바이칼에서 흘러 나간 앙가라 강이 예니세이 강과 합쳐지는 것을 의인화하여 만든 전설 같았다. 그러나 난데없이 발동된 서사(敍事) 욕구가 남의 나라 전설에 사족을 달게 했다.

"앙가라 강이 얼지 않은 것은 예니세이를 향한 그녀의 사랑과 그리움이 너무 뜨거워서라면 더 그럴듯해지겠는데요."

바이칼이 세계에서 가장 맑은 호수라는 것은 그 얼음 위에 선 지 얼마 되지 않아 알 수 있었다. 자동차 바퀴 자국에는 눈이 쓸려 나가

말간 얼음이 드러나 있었는데 그 얼음 아래로 호수 바닥이 훤히 들여다보였다. 수심 40미터까지 들여다볼 수 있다는 그 맑음이었다.

이제는 바이칼의 크기도 상상이나 계산이 아니라 시각으로 실감할 수 있었다. 차창으로 짧게 잘린 바이칼의 동서의 좁은 수면만을 바라보며 올 때와는 달리 거기서는 남북을 길게 바라볼 수 있었기 때문이었다. 얼어붙어 있기는 해도 바다처럼 수평선으로만 끝이 나 있어 세계에서 가장 큰 담수호란 말을 믿을 만했다.

마지막으로 바이칼이 세계에서 가장 아름다운 호수라는 말에 동의하게 된 것도 그곳에서였다. 마침 해 질 무렵이라 서산에 걸린 붉은 해가 바이칼을 둘러싼 연봉들을 비추면서 동양화에서는 결코 느낄 수 없는 신비한 설경을 연출해 냈다. 여름의 신록과 어우러진 맑고 차가운 호수를 상상할 수 없는 것은 아니나, 겨울의 바이칼도 결코 그에 못지않다고 장담할 수 있다.

바이칼의 일몰과 설경에 취해 있는데 일행 중에 하나가 그곳의 명물인 오물구이를 맛보러 가자고 끌었다. 선착장 부근의 작은 식당으로 들어가자 아직도 따끈따끈한 오물이 커다란 쟁반 가득 나왔다. 한 마리에 우리 돈으로 백 원 남짓이었다. 청어 비슷하게 생겼지만 청어와는 달리 잔뼈가 없고 육질이 단단한 고기였으나 그을음 냄새가 심했다.

맛있게 먹고 있는 일행에게 별나게 보이는 게 싫어 맥주 한 잔을 시키고 한 마리를 뜯었다. 맥주를 안주로 그을음 냄새를 씻으려 한 것이었는데, 결국은 오물이 맥주 안주가 되고 말았다. 호수 이름과 같은 상표의 맥주 두 병을 비우고 나니 그러잖아도 바이칼의 경치에 취해 있던 기분이 일시에 취기로 솟구쳤다.

하지만 이르쿠츠크로 돌아오는 차 안에서 듣게 된 바이칼은 시베리아가 당면해 있는 우울한 현실을 상징하는 것들이었다. 그 첫째는 개발과 관련된 환경오염과 생태계 파괴이다. 바이칼 호수에 면해 있는 펄프 콤비나트(집단 공장)가 배출하는 폐수는 세계에서 가장 담수량이 많다는 바이칼의 수질을 위협할 만한 수준이라고 한다. 이미 1960년대부터 문인들을 중심으로 공장 이전을 주장했으나 아직은 그대로였다. 시커멓게 오염된 대다수 시베리아 강들의 운명을 바이칼에서 보게 되는 것은 아닌지 걱정들이 많았다.

그다음은 자원의 향유와 활용에서 드러나는 문제점이었다. 빼어난 경관과 쾌적한 풍토는 훌륭한 자원이다. 하지만 바이칼은 그 주민들의 향유에서도, 관광 자원으로서의 활용에서도 시베리아 일반과 비슷한 처지 같았다. 근처에 옐친을 비롯한 몇몇 고위층 간부들의 별장을 빼면 여름 한철의 수영과 오물잡이 정도가 주민들이 그 천혜의 자연을 누리는 수준인 성싶었다. 또 호수 주변의 몇몇 도시가 휴양지로 이름을 얻고 있지만, 그것도 이렇다 할 관광 자원으로는 이어지지 못하고 있는 실정이었다.

우리를 한국 식당으로 초대해 준 고려인들의 거듭된 건배 제의 때문에 그날 밤 나는 결국 보드카에 얼얼하게 취해 잠자리에 들었다. 거기서 많은 사람을 만나고 많은 얘기를 들었으나, 이부자리에 든 뒤 감은 내 눈시울 가득 떠오르는 것은 아득히 펼쳐진 바이칼의 얼어붙은 수면과 그것을 둘러싼 노을 비긴 연봉들뿐이었다. 내 다시 여름의 바이칼을 보러 오리라.

되어 동시베리아에만도 수십만이 흩어져 살고 있다.

이르쿠츠크는 시베리아에서도 역사가 오랜 도시 가운데 하나인 만큼 돌아볼 것도 많은 도시이다. 그러나 공중 촬영을 위해 헬리콥터를 타러 간 사진 기자 일행과 합류하는 일이 급해 시가지를 돌아보는 일은 거기서 끝나고 말았다. 점심을 거를 각오를 한다 해도 다른 명소를 찾기에는 시간이 모자랐다. 늦어도 오후 두시 반까지는 또 다른 시베리아 횡단 열차 바이칼 호(號)에 올라야 하기 때문이었다. 아아, 이 동쪽의 파리는 목 한 번 제대로 축이지 못하고 떠나야 하는구나.

시베리아 횡단 열차 안 풍경

  시각(視覺)과 마찬가지로 인간의 의식에도 맹점이 있다. 충분히 의식할 수 있는 위치에 있는데도 의식되지 못하는 사물이 있는데, 이번 여행에서는 시베리아 횡단 열차 안 풍경이 그러했다. 그 맹점을 의식할 수 있게 된 것은 여행의 두 번째 구간, 이르쿠츠크에서 노보시비르스크까지 나를 실어 줄 바이칼 호 안에서였다.

  이번에도 시간에 쫓겨 급하게 열차에 오르는데 전형적인 러시아 미인인 여승무원이 비자 제시를 요구하기는커녕, 살포시 웃으며 짐 나르는 것을 거들어 주었다. 첫번째 열차의 여승무원에게서 받았던 고압적인 인상과는 사뭇 다른 느낌이었다. 열차가 출발한 뒤에는 모포와 이불의 시트까지 갈아 주어 나를 은근히 감동시키기까지 했다.

  그 뒤에도 이어지는 크고 작은 친절과 배려가 고마워 담배 한 갑을 주며 명찰을 보니 이름은 옥산나, 낯설지만 예쁜 이름이었다. 말이 통하지 않아 개인 신상에 대해서는 더 알아볼 길이 없었지만, 어쨌든 그 예쁜 이름은 그때까지 무심히 보아 넘겼던 시베리아 철도의 여승무원을 내가 의식적으로 관찰하게 된 계기가 되었다.

시베리아 열차의 여승무원은 대강 세 가지 기능을 동시에 겸하는 듯했다. 정장을 입고 비자 제시를 요구할 때나 발착 때의 승객 관리를 할 때는 어김없이 권위적인 관료의 모습을 띠었다. 그러나 운행중 편의(便衣)로 갈아입고 보통 아홉 개 정도의 '룩스' 칸이 있는 객량(客輛)을 규율 관리할 때는 옛날 우리네 차장(車掌)을 연상시켰다. 그러다가 작업복으로 갈아입고 객량 양쪽에 있는 두 개의 변소며 신발에 묻어 온 눈 때문에 더러워지기 쉬운 복도의 카페트와 여럿이 써서 곧잘 지저분해지는 온수통 주위를 쓸고 닦을 때는 영락없이 하녀였다. 열차가 설 때마다 도끼를 들고 나가 스며든 눈보라로 얼어붙은 승강구를 꽝꽝거리며 깨던 모습도 인상적이었다.

나는 하루에도 몇 번씩 그 세 가지 역할 사이를 왔다 갔다 하는 그녀를 보면서 열차 시간표까지 짐작할 수 있었다. 작업복으로 갈아입은 그녀가 진공청소기를 끌고 느긋하게 청소를 시작하면 그 구간은 틀림없이 길었다. 그녀가 변소 문을 잠그고 객차 안의 정돈 상태를 살피면 10분 안에 열차가 설 것이고, 좋은 회색 나사(羅絲)천의 정장에 담비 털모자를 갖춰 쓰면 적어도 10분은 멈추어 설 역이 가까웠다는 뜻이었다.

이웃 객실에 관심을 보이게 된 것도 바이칼 호 안에서였다. 내 옆 룩스 칸에는 보기에도 잘 어울리는 젊은 러시아 인 부부가 타고 있었다. 지나가다 보면 어떤 때는 다정하게 차를 나누고 있었고 어떤 때는 휴대용 체스 판을 펼쳐 놓고 체스를 두고 있었다. 몇 시간이고 문을 닫아걸고 둘만의 시간을 보내는가 하면, 때로는 나란히 복도에 나와 서서 눈 덮인 평원을 바라보기도 했다. 시베리아 횡단 열차가

멋진 신혼여행 코스가 될 수 있으리란 생각을 내게 들게 한 것도 그들 젊은 러시아 인 남녀였다.

그런데 다음날 아침 정병선 기자가 그들에 관한 뜻밖의 정보를 일러 주었다.

"저 사람들, 부부가 아닙니다. 남자는 노보시비르스크에 있는 전기 회사에 다니는데 이르쿠츠크에 출장 갔다 오는 길이고, 여자는 이르쿠츠크에 있는 병원에서 근무하는데 노보시비르스크에 볼 일이 있어 가는 길이랍니다. 열차에 타기 전에는 서로 몰랐고……. 물론 둘 다 가정이 있는 사람들이고요."

소설뿐만 아니라 기행문에서도 읽은 적이 있는 일이었지만, 실제 상황으로 보게 되자 조금은 아연했다. 노보시비르스크에서 내릴 때 유심히 관찰하니 열차에서 내린 그들은 가벼운 목례와 함께 헤어졌다. 열차에 오르기 전처럼 서로 모르는 사람이 되어 따로따로 짐을 끌며 인파에 섞여드는 것이었다. 생각하노니, 인간은 얼마나 외로운 것이냐.

열차가 설 때마다 몰려들던 잡상인들도 한 번쯤은 얘기하고 넘어가야 할 것 같다. 낮 시간은 말할 것도 없고 새벽 두시, 세시에 서는 역에도 수십 명의 잡상인들이 기다리다 몰려왔다. 대개 인근 지방의 농부들로, 영하 30도가 넘는 추위 속에 밤잠을 설쳐 가며 그들이 바구니에 담아 내놓은 상품은 그대로 고달프고 넉넉지 못한 그들 삶의 반영이었다.

찐 감자, 삶은 계란, 으깬 감자 소를 넣은 러시아 식 만두튀김, 자가 병입(甁入)한 우유와 꿀, 조각낸 통닭 같은 농산물의 1차 가공 식품이었다. 비싼 식당칸을 이용할 수 없는 대부분의 승객들을 위한 것이지만, 자본주의식 상품의 포장과 진열에 익숙한 내게는 초라하다는 느낌이 앞섰다. 간혹 가다 우리나라에서는 부도가 난 것으로 듣고 있는 팔도(八道) 라면 회사의 '도시락' 라면을 무슨 자랑처럼 바구니 제일 위에 얹어 나오는 사람도 있었는데, 그의 바구니도 통틀어 백 루블(2만 원 정도)를 크게 넘을 것 같지 않았다.

시베리아 횡단 열차가 띠고 있는 국제선 항로 같은 성격도 내가 다른 것을 얘기하는 데 바빠 빠뜨린 의식의 맹점 중에 하나가 된다. 이미 지난 구간에 지나쳤지만 치타와 울란우데를 지날 때 그 국제선적인 성격은 가장 잘 드러났다. 몽골 공화국과 중화인민공화국 표시를 한 객차들과 그 승객들 때문이었다. 남의 국경 안으로 들어간다는 조심성 때문인지 객차들은 한결같이 말끔하게 잘 단장되어 있고 승객들도 나들이 차림이라, 러시아 객차들과 승객들을 더욱 낡고 우중충해 보이게 했다.

하지만 시베리아 철도에서 본 외국 객차 중에 가장 강한 인상으로 남은 것은 아무래도 평양-모스크바 팻말이 붙은 객차일 것이다. 우수리스크에서 붙은 것인 듯한데 기자들이 그 존재를 안 것은 이미 시베리아 열차 탑승 이튿날부터였다. 취재·사진 기자 모두 그 뜻 아니한 호재에 탐을 내어 열차가 설 때마다 접근을 시도했으나, 어찌 된 셈인지 3박 4일 내내 객차 문 한 번 열리지 않았다.

우리가 그렇게도 간절히 만나 보고자 했던 그 객차 안의 승객들을 보게 된 것은 열차가 이르쿠츠크에 도착한 뒤였다. 열차에서 내리면서도 끝내 단념하지 못해 평양-모스크바 객차 쪽으로 가보았는데, 그렇게도 굳게 닫혀 있던 객차 문이 열려 있고 그 승강구에 두 사람이나 내복 차림으로 나와 밖을 구경하고 있는 게 아닌가.

한 사람은 차(車) 아무개라고 하는 모스크바 대사관 직원이었고, 다른 한 사람은 출장 중이라 했다. 생각 밖으로 시원스레 대답해 주는 그들과 조심성에 조심성을 거듭한 대화를 시작했으나 시간이 너무 짧았다. 남북한 대표라도 되는 양 의례적인 얘기를 몇 마디 주고받다가 모스크바에서 다시 만나기로 약속하고 헤어졌다. 뒷얘기지만 모스크바에서는 이런저런 일정에 쫓겨 결국 그들에게 연락하지 못했는데, 부디 우리 남북 대화도 그런 것이 되지 않기를.

시베리아의 심장, 노보시비르스크

이르쿠츠크를 떠난 바이칼 호는 꼬박 스물일곱 시간을 달려 나를 노보시비르스크에 내려놓았다. 역을 나오니 벌써 저녁 일곱시, 날이 저물어 있었다. 그 바람에 노보시비르스크에서 첫날은 우리를 초청해 준 고려인(러시아에서는 한국인 또는 조선인이라는 말보다는 고려인이라는 말을 더 많이 썼다)들과의 어울림으로 보냈다.

호텔에 짐을 부려 놓기 바쁘게 그 도시에 하나뿐인 한국 식당으로 가니 푸짐한 식탁과 함께 여남은 명의 고려인들이 기다리고 있었다. 모두 그곳에서 자리를 잡은 사람들로 처음 한동안은 우리를 한국 대표쯤으로 생각해 주는 게 민망할 지경이었다. 그러나 식사가 끝나고 몇 차례 보드카 건배가 거듭되자 자리는 곧 수만 리 이역에서 만난 동포들의 인정 어린 잔치가 되어 나중에는 흥겨운 가라오케로까지 이어졌다.

그들 중에서 가장 인상적이었던 사람은 성이 안동 김씨라는 사할린 출신의 건축업자였다. 노보시비르스크의 아파트 절반을 자신이

지었다고 호언할 정도로 한때 그 계통에서는 거물이었다고 하는데, 명함을 받아 보니 난데없는 일본 이름이 아닌가. 까닭을 물어보니 국적도 아직 일본이었다. 긴 설명을 듣지 않아도 국적이 인정되지 않는 사할린 출신의 고려인으로서 러시아에서 살아가기가 얼마나 힘들었는지를 짐작할 수 있었다.

그들에게서 들었던 때 아닌 노태우 대통령 찬사도 기억에 남는다.

"한국에서는 많이 욕들 하고 있다는데, 우리 러시아 고려인들로서는 그를 잊을 수 없습니다. 김일성이는 죽을 때까지 일곱 번이나 모스크바를 왔다 갔다 했지만 단 한 번도 우리를 불러 주지 않았지요. 40년 동안 우리는 버림받은 민족이었습니다. 그런데 노 대통령은 첫날 고르바초프 면담 뒤 바로 우리 수백 명을 모스크바에서도 제일가는 호텔에 불러 크게 잔치를 벌이고 모두의 위신을 높여 줬습니다. 그때부터 우리도 어깨를 펴고 살 수 있었지요."

이튿날 아침, 전날 마신 보드카 때문에 뒤틀리는 속으로도 일찍부터 호텔을 나섰다. 오후 한시에 다시 시베리아 횡단 열차에 오르게 되어 있어 주마간산격이라도 도시를 한번 둘러보려면 서두를 수밖에 없었다.

노보시비르스크는 '새로운 시베리아 시(市)'란 뜻인데 원래는 노보니콜라예프스크였다고 한다. 10월 혁명 뒤에 새로 붙인 이름이지만 도시에 잘 어울린다는 생각이 들었다. 시베리아의 심장 같은 도시였기 때문이다.

먼저 도시 한가운데에 있는 러시아의 중앙점(中央點)을 들렀다. 러시아 국토의 동서뿐만 아니라 남북으로도 한가운데가 된다는 지점인데, 그곳에는 니콜라이 성인(聖人)을 기념하는 성당과 더불어 작은 기념탑이 서 있었다. 언제나 추상적으로만 느껴지던 광대한 러시아 땅도 그렇게 정확하게 재어질 수 있다는 게 참으로 신기했다.

그다음이 러시아 동진 정책의 상징과도 같은 노보시비르스크 철교였다. 오브 강과 주변 저지대를 관통하는 철교로 교각이 높을 뿐만 아니라 길이도 10리는 더 되어 보였다. 시베리아 철도 전 구간에서도 손꼽히는 난공사였다는 그 철교에서 동쪽을 향한 제정 러시아의 야심과 의지를 읽을 수 있었다면 지나친 비약일까.

바빠 움직인 덕분에 그날의 가장 중요한 방문지인 아카뎀고로도크로 가기 전 한 군데를 더 들러 볼 여유가 생겼다. 그래서 차를 몰아간 곳이 노보시비르스크의 또 다른 명물 오브 강 댐이었다. 도시와 붙어 있는 엄청난 규모의 댐이었는데, 얼어붙고 눈에 덮여 바이칼에서처럼 그 넓이는 그리 실감 나지 않았다. 댐 아래쪽 낙차에 따른 유속 때문에 얼지 않은 강가에 옹기종기 모여 있던 낚시꾼들과 시내로 들어가는 갑문식(閘門式) 운하가 이채로웠다.

'학자촌(學者村)' 정도로 번역될 수 있는 아카뎀고로도크는 전성기 볼셰비키 러시아의 영광을 잘 드러내는 과학 연구 단지였다. 1950년대 말 미국을 방문했다가 그 과학 기술의 발달에 충격을 받은 흐루시초프가 노보시비르스크 교외에 만들게 했다고 하는데, 연구소와 연구 보조 시설 수백 개에다 거기에 근무하는 연구원의 기숙사 및 아파트로 이루어진 작은 도시였다. 설립한 지 몇 해 되지 않아 그 성과를 이른바 '스푸트니크 충격'으로 미국에 되돌려 준 것으로 유명하며 한국의 대덕(大德) 연구 단지의 원형이 되기도 했다. 그리고 지금도 시베리아 학파의 중심지라고 한다.

구 소련 시절 아카뎀고로도크 주변은 엄한 통제 구역 중에 하나였다. 그러나 지금은 조용한 전원도시 같은 게 얼핏 과천(果川) 아파트 단지를 연상시켰다. 나지막한 건물들이 숲 속에 들어앉아 있어 삼엄한 우주 과학 기지쯤으로 상상하고 찾았던 내게는 약간 뜻밖이었다.

군데군데 광장이나 버스 정류소 같은 데서 만나게 되는 사람들도 그랬다. 러시아 최고의 영재들이란 선입견을 품고 와서 그런지 내 눈에 비치는 그들은 너무도 평범한 생활인들이었다. 지치고 피로한 기색도 연구와 사색에서 온 것이라기보다는 고단한 살이에서 온 듯했다. 그런 내 느낌을 말했더니 정병선 기자가 별 이의 없이 받았다.

"그래도 지금은 많이 나아진 겁니다. 최근 정부가 두뇌 유출을 막기 위해 적극적인 투자에 나서면서 조금씩 활기를 되찾아 가고 있습니다."

그러자 마르크스 한 선생이 아카뎀고로도크의 좋았던 한 시절을 들려주었다. 페레스트로이카 전 그곳 사람들은 모두 특수한 지위와 특별한 혜택을 누렸다고 한다. 연구뿐만 아니라 생활을 위한 물자도 우선적으로 풍부하게 지급되었고 월급도 그 어떤 직장보다 높았다. 학자들이 꿈꾸는 사회주의 낙원이었다.

하지만 1980년대 말, 구 소련의 붕괴와 더불어 좋았던 시절은 끝나 버렸다. 일부 학자들은 살길을 찾아 미국과 유럽으로 흩어지고 남은 이들도 무력감과 생활고에 시달려 연구 의욕을 잃어버렸다. 거기다가 그곳의 부동산적 가치를 노린 마피아들까지 덤벼들어 10년 가까운 정체와 혼돈의 세월이 있었다고 한다.

아마도 아카뎀고로도크의 첫인상을 결정한 것은 그런 정체와 혼돈의 여운이었을 것이다. 그러나 해체되어 고철(古鐵)로 팔리는 흑해 함대를 바라볼 때와 같은 비장감은 일지 않았다. 살펴볼수록 내게도 새로운 황금기를 꿈꾸는 아카뎀고로도크의 몸짓들이 조금씩 잡혀 왔다. 연구가 언제나 흰 가운과 엄숙한 표정으로만 이루어지는 것은 아니다. 청바지 입고 껌을 씹으면서도 얼마든지 진지한 연구가 이루어질 수 있다.

우리에게 러시아는 언제나 유럽 국가 중의 하나로만 인식되었다. 그러나 노보시비르스크를 보면서 나는 러시아가 더 이상 유럽 국가가 아니라는 느낌을 받았다. 러시아의 중심은 아시아로 이동하였으며, 그 상징은 노보시비르스크로 보였는데, 그것은 바로 아카뎀고로도크의 건재(健在) 때문이었다.

유형(流刑)의 땅, 옴스크를 지나며

나를 노보시비르스크에서 예카테린부르크로 실어 날라 준 시베리아 횡단 열차 시베리야크('시베리아 사람'이란 뜻) 호는 이전의 기차들보다 여러 면에서 달랐다. 먼저 달라진 것은 열차 안의 설비와 장식이었다. 시트가 전보다 깨끗해지고 조화(造花)였지만 화사한 꽃병이 놓였으며, 열차 시렁에는 비디오까지 설치되어 있었다. 유럽에 가까워질수록 설비와 장식은 나아지는 것 같았다.

그러나 열차의 침대에 누웠을 때의 안락함은 반대였다. 자칫하면 통로로 떨어질 만큼 열차가 심하게 요동 쳤는데, 추위와 더위로 반복된 수축과 팽창이 철로를 뒤틀어 놓은 탓이라 했다. 그 구간이 특히 그러한 것은 기후나 지질의 특성과 연관이 있는 듯싶었다.

서시베리아 중심부를 달리고 있는 열차 창밖의 풍경은 이전의 닷새와 크게 다를 게 없었다. 눈 덮인 스텝(초원 지대)과 타이가의 반복인데, 차이가 난다면 설원의 규모가 더 광대하다거나 삼림의 나무줄기와 가지가 더 크고 무성하다는 정도였다. 그 바람에 그 여정은

러시아의 겉을 구경하기보다는 속을 들여다보는 세미나 같은 것이
되었다.

룩스 객실은 마주 보고 있는 침대를 의자 삼아 앉으면, 모퉁이에
베개와 짐이 놓인 채로도 네 명은 편안하게 앉을 수 있는데, 다행히
도 그날 모여 앉은 넷 중 셋은 러시아 전문가들이라 할 수 있었다.
마르크스 한 선생은 모스크바 대학에서 정치학을 강의했던 적이 있
고, 이창재 박사는 구 소련 경제학을 전공한 사람이었다. 그리고 정
병선 기자는 러시아 어 전공에다 무엇보다 러시아로 장가까지 든 러
시아통(通)이었다.

처음 한동안 화제는 러시아 마피아였다. 주로 국·공유 재산의 사
유화와 국·공영 기업의 사영화(私營化) 과정에서 발생한 새로운 사
회 세력인 그들은 할리우드 영화에서 보는 마피아와는 거리가 멀었
다. 마르크스 한 선생은 그 과정에서 그들에게 직접 당한 피해에 분
개하였고, 이창재 박사는 해방 후 적산(敵産)을 둘러싼 우리 정치 모
리배의 행태를 연상시키는 그들의 발생 과정을 설명해 주었다. 정
기자는 언론까지 장악하고 푸틴 정권과 첨예하게 대립하다 외국에
서 체포된 한 거물의 외신 보도를 통해 마피아를 세밀하게 추적하고
있는 중이었다.

그러다 보니 얘기는 절로 그런 마피아를 길러 낸 옐친의 개혁으로
이어졌고, 그 실패의 원인이 분석되었다. 젊은 가이다르 총리와 그
를 둘러싼 개혁 주도 세력의 열정과 의지가 들추어지고, 제프리 삭
스를 비롯한 일단의 미국 경제 전문가들이 제시한 개혁의 틀이 온당
하고 실효성 있는 것이었는가에 대한 논의가 이루어졌다. 무심코 들
어 넘기거나 게을러 몰랐던 지난 10년 러시아의 정치·경제사였다.

그런데 알 수 없는 일은 이야기를 들을수록 그게 남의 나라 일이 아니라 바로 우리 일 같다는 느낌이 드는 것이었다. 지난 3년 우리는 신물이 나도록 개혁이란 구호를 들으며 살아왔다. 하지만 우리 개혁 주도 세력은 과연 능력과 자격을 갖춘 자들이었으며, 그들의 개혁 의지는 진정성이 있었던가. 혹 권력 투쟁의 전리품으로 쥐게 된 개혁의 칼자루를 소명감도 열정도 없이 함부로 휘둘러 온 것은 아니었던가.

우리 개혁의 틀을 결정한 미국과 그 충실한 집행자를 자임해 온 미국 명문대 출신의 젊은 경제 참모들도 그렇다. 국제통화기금이 제시한 구조 조정의 모형이 온전히 우리만을 위한 것이었으며, 그 수용만이 우리에게 유일한 선택이었을까. 개혁 초기 무슨 파천황(破天荒)의 새로운 진리라도 발견한 듯, 그 충실한 이행만을 촉구해 온 미제(美製) MBA 출신의 경제 참모들도 제프리 삭스가 받고 있는 비난을 면할 수 있을 것인가.

그러나 원래 그런 종류의 추상적인 논의는 현실 정치에 적용되면 오래가지 못하게 되어 있다. 내가 마음속에 품어 온 의구를 조심스럽게 표현하자, 러시아란 대상을 놓고 하던 객관적인 논의는 곧 각자의 입장과 지지 대상에 따른 지리멸렬한 정치 가십으로 변질되어 갔다. 그래서 창밖으로 한눈을 팔고 있는데, 기차가 서며 '지마'란 역 이름이 눈에 들어왔다.

내가 겨우 깨친 러시아 언문(키릴 문자 음독) 실력으로, 지이……마아…… 하고 읽자 마르크스 한 선생이 얼른 받아 주었다.

"지마, 시인 예프투셴코의 고향입니다. '지마'란 겨울이란 뜻이고요."

"그럼 옴스크는 지나왔습니까?"

내가 옴스크를 물은 것은 그곳이 도스토예프스키가 유형을 갔던 도시였기 때문이었다. 확실한 기억은 아니지만 레닌도 그곳에 유형을 간 적이 있었다.

"벌써 지나왔지요. 하지만 도스토예프스키가 와서 산 적이 있는 옴스크(표트르 네클라소프)는 아직 좀 남았습니다."

내가 묻는 까닭을 알아차린 마르크스 한 선생이 그렇게 말해 주었다. 그러자 화제는 갑자기 문학으로 바뀌어 한동안 나는 진땀 나는 전문가 노릇을 해야 했다. 겉으로는 19세기 러시아 문학사였지만, 속으로는 우리 1980년대와 한 작가로서의 나를 되돌아보는 자리였다.

볼셰비키 혁명 전, 러시아에는 세 종류의 작가가 있었다. 사회 이론과 변혁 이데올로기로 무장된 비평가의 충고(또는 교육)를 충실하게 따랐던 작가와 그에 반발했던 작가, 그리고 무시한 작가였다.

그중에서도 가장 혹독한 벌을 받은 것은 진보적이고 변혁의 열정에 차 있었던 평론가들에게 감히 반항했던 작가였다. 그들은 당대에 이미 사회 분위기를 등에 업은 비평가들의 벌 떼 같은 공격에 침몰했고, 볼셰비키 혁명으로 재차 확인 사살되었다. 인간성의 약점을 들춰내 민중의 역량을 이죽거리고, 역사적 허무주의로 변혁의 원동력을 약화시킨 죄였다. 그러나 소비에트 연방 80년사(史)는 그들의 예감이 전혀 근거 없는 것은 아니었음을 증명해 주었다.

진보적 비평가들의 지도를 충실하게 받아들였던 작가들도 반드시 행복하지는 못했다. 고리키처럼 살아남아 혁명의 영광을 맛본 사람도 있지만, 대부분은 작가로서는 불행하게도 정치의 들러리로 헛되이 목청만 높이다가 문학사에서 사라졌다. 소련의 몰락을 사회주의

262

혁명의 실패로 단언하는 사람들에게는 딱한 혁명의 어릿광대로 격하되기까지 한 작가 군(群)이었다.

당시 평론가들을 무시한 작가로는 톨스토이와 도스토예프스키와 투르게네프가 손꼽힌다. 하지만 그들의 무시도 온전한 것은 못되었다. 아름답고도 위대한 작품들로 혁명 전야의 러시아를 충분히 묘사했다고 보는 투르게네프가 그토록 때 이른 절필을 한 것은 틀림없이 그들이 준 상처 때문이었으며, 오히려 그들을 가르치려 한 톨스토이나 잡문 곳곳에서 불평을 늘어놓고 있는 도스토예프스키도 그들로부터 끝내 자유롭지는 못했던 것 같다.

만약 우리의 80년대 문단에서 러시아의 19세기 후반과 어떤 유사성을 찾아낸다면 거기서 나는 누구였을까. 지각한 헤겔주의자가 이웃 나라 학자의 시대 해석 틀을 슬쩍슬쩍 훔쳐보며 억지스레 꿰맞춘 '근대 문학론'으로부터 사회적 혹은 전투적 리얼리즘에 이르기까지 다양한 층위를 드러내며 1980년대를 횡행한 그 진보적 평론가들로부터 나는 얼마나 자유로울 수 있었던가.

모든 러시아여, 모자를 벗어라
— 예카테린부르크에서

무슨 일이든 되풀이하면 쉬워지는 것인가, 노보시비르스크에서 예카테린부르크까지는 열아홉 시간이나 걸리는 여정이었지만 이미 시베리아 열차에서 닷새를 보내 본 내게는 별로 대단한 거리가 아니었다. 허풍을 치자면, 객실에서 잡담 좀 나누다가 한숨 자고 나니 벌써 예카테린부르크였다.

예카테리나 여제(女帝)에게서 그 이름을 딴 듯한 예카테린부르크는 시베리아 횡단 철도가 지나는 아시아의 마지막 도시로, 거기서 우랄 산맥을 넘으면 바로 유럽이었다. 기차 안에서 간단하게 아침을 때운 일행은 호텔에 짐을 내리기 바쁘게 도시 외곽에 있는 우랄 경계비를 찾아갔다.

우랄 산맥이라고 하면 사람들은 흔히 높고 웅장한 산봉우리들을 연상한다. 하지만 실은 가장 높은 곳이 4백 미터 남짓인 펑퍼짐한 고원(高原) 같은 산맥이다. 어느 부지런한 지리학자가 유럽과 아시아의 경계선을 정확히 측량해 그 정상에다 유라시아의 기념 조형물을 세웠는데 그게 우랄 경계비였다.

예카테린부르크 도심에서 한 시간쯤 차를 달리자 모스크바로 가는 고속도로가 나오고, 그 한 도로변에서 50미터쯤 올라가자 그곳에 제법 큰 기념비 하나가 나왔다. 우랄 산맥의 정상이라고는 도저히 믿을 수 없을 정도로 경사가 완만한 구릉 위였다. 그러나 두 대륙이 맞닿아 있는 곳이라 생각하니 감회가 없지도 않아 왼발은 아시아에 오른발은 유럽에 두고 기념사진을 찍었다. 일후에 어디서 다시 두 대륙을 한꺼번에 밟을 수 있을 것인가.

그런데 돌아오는 길에 예정에도 없던 위령탑 하나를 만나게 되면서 예카테린부르크를 돌아보는 감회는 일변했다. 그곳은 스탈린의 숙청 때 학살당한 사람들의 집단 매장지로, 1980년대 고속도로 공사를 하다가 우연히 발견하게 되었다고 한다. 3만 명이 넘는 사람들의 유골이 묻혀 있었는데, 구 소련 몰락 이후 비밀 해제된 KGB 문서로 신원이 모두 밝혀졌고, 1996년에는 위령탑이 세워졌다. 우리가 있는 동안도 꽃을 들고 참배하는 사람들이 있는 것으로 보아 그 비극은 아직 역사 속으로 온전히 편입되지 못한 듯했다.

점심은 예카테린부르크 대학 블라디미르 김(한국명: 김근복) 교수의 안내로 시내 중심가에 개업을 채비하고 있는 한국 식당에서 먹었다. 아직 그 도시에는 한국 식당이 없었고, 또 개업 전의 시험 가동 결과 고려인들도 러시아 인들도 맛있어한다고 했지만, 솔직히 그 식당을 한국 식당이라고 할 수 있을는지 의심스러웠다. 재료는 각기 달라도 색깔과 맛은 어슷비슷하던 국적 불명의 요리들, 억지스러운 한국 분위기의 인테리어 — 동양화를 서양화의 기법으로 임모(臨模)한 학은 닭 같고, 큰머리를 얹은 기생의 얼굴은 서양 여자였다. 그러나 우리를 대접하는 주인 내외의 인정은 따뜻하기 그지없었다.

오후에는 예카테린부르크 주(州) 정부의 대외 경제국장과 면담이 있었다. 빅토르 뭔가 하는 이름의, 서구 자본주의 논리와 사고로 세련된 젊은이였다. 바라보기의 대상으로 시베리아를 정리할 수 있는 좋은 기회였는데, 스탈린 희생자 위령탑이 일변시킨 감회로 그 기회를 잘 활용하지는 못한 것 같다.

'예카테린부르크가 주도(州都)인 예카테린부르크 주는 시베리아 중에서도 가장 광물 자원이 풍부한 곳으로, 멘델레예프의 원소 주기 율표에 나오는 모든 광물이 생산된다. 그 철광물을 바탕으로 군수 산업이 번창했는데 개혁 뒤에는 농기구 생산으로 겨우 살아남았다. 외국의 투자 유치가 절실히 필요하며, 그 투자는 보장될 것이다……' 거기까지 듣다 보니 스르르 잠이 와 산업 경제 부문의 취재는 이창재 박사와 정병선 기자에게 맡기기로 하고 졸기 시작했다. 혹시 코라도 골지 않았는지 걱정된다.

하지만 돌아오는 길에 들른 니콜라이 2세의 처형 장소는 찬물이라도 뒤집어씌우듯, 나른해져 있던 내 의식을 일깨웠다. 1918년 로마노프 왕가의 마지막 황제인 니콜라이 2세와 그 가족은 레닌의 관용에 의해 예카테린부르크에 유형 와 있었다. 그러나 시베리아를 석권한 백군이 예카테린부르크를 위협하자 당황한 볼셰비키 군은 황급히 그들을 처형해 버렸는데, 내가 들른 거기가 바로 그곳이었다.

80년 전 황제 일가를 짐승 쏘아 죽이듯 집단 총살한 그곳에는 지금 엄청난 규모의 성당이 건립되고 있는 중이었다. 또 근처 광산의 폐갱에 산 채로 내던져진 니콜라이 2세의 누이 엘리자베타 표도로바의 유해도 그리로 옮겨져 작은 기념 건조물 속에 안치되어 있었다. 그러나 무엇보다도 깊은 인상으로 기억에 남는 것은 1998년에 세워졌다는 작은 기념비의 비명(碑銘)이었다.

"모든 러시아여, 이곳에 와서는 무릎을 꿇고 머리를 숙여라. 이곳에는 그대들 황제의 유해가 누워 있다."

니콜라이 2세가 성인으로 추대되고, 그 유해가 상트페테르부르크 성당에 안치되게 되었다는 외신 보도를 들었을 때와는 또 다른 충격을 주는 문구였다. 거기다가 누가 갖다 놓았는지 그 기념비 앞에는 눈 속에서도 여전히 생생한 꽃도 몇 묶음 바쳐져 있었다. 볼셰비키 소비에트의 몰락이 이제 몇 년 되었다고…….

성당 공사장의 임시 장벽에 페인트로 크게 쓰인 구절도 무상한 역사의 일회전(一回轉)을 실감케 했다.

"이 성당의 건립은 피로 시작되었다."

내가 다음으로 볼셰비키 혁명 열사묘를 찾아가 보자고 한 것은 러시아 혁명사에서 느꼈던 전율과도 같은 감회를 되짚어 보기 위해서였을 것이다. 그런데 그곳은 또 그곳대로 웅장했고, '영원의 불'(러시아 어로 '베치나야 아곤')은 아직도 꺼지지 않고 타올랐다. 꽃도 바쳐져 있었다. 마르크스여, 진정 인간의 의식은 두뇌의 분비물에 불과한 것인가.

예카테린부르크는 시베리아에서 가장 오래되고, 그래서 볼 것도 많은 도시였다. 그 도시의 건설자 두 사람의 동상이 서 있는 광장이며, 그곳 출신의 소설가 바소프 쉬쉬코프와 마민 시비랴크의 청동 흉상이 서 있던 공원, 그리고 아무 실적도 없이 철거되지 않은 회사 깃발만 거리를 뒤덮고 있어 LG 거리로 알려져 있는 중심가의 한 거리와 아직도 남아 있는 삼성과 현대의 거대한 광고탑, 그들이 돌아와 예전처럼 활발하게 투자하기를 기다리는 고려인들 — 모두가 제 나름대로는 의미 있는 것들이었지만, 한번 역사 해석의 수렁에 빠져든 내 의식에 깊이 파고들지는 못했다.

예카테린부르크에서의 내 마지막 기억은 다음날 마지막 시베리아 횡단 열차에 올라 그 도시를 떠나면서 탄식도 아니고 자조(自嘲)도 아니게 홀로 되뇐 구절이었다.

"모든 러시아여, 이곳에 와서는 무릎을 꿇고 머리를 숙여라……."

10년 만에 다시 찾은 바빌론, 모스크바

블라디보스토크를 떠난 지 열흘째, 기차 안에서 꼬박 6박 7일을 보내고 아침 일찍 내린 모스크바는 진눈깨비가 흩날리고 있었다. 가만히 헤아려 보니 꼭 10년 만에 다시 찾아온 셈이었다. 이 도시가 한창 개혁의 열기에 휩싸여 있을 때 나는 KBS와 함께 이른바 '이념 기행(理念紀行)'을 온 적이 있었다.

그때는 공항을 통해 들어와서인지 모스크바 역에 내려 바라보는 거리는 처음 온 것처럼 낯설었다. 그러나 숙소로 가면서 차창으로 내다보니 조금씩 옛 기억이 되살아났다. 특히 그때 묵었던 러시아 호텔의 위용은 새삼 그때를 그립게 했다. 가로세로가 1킬로미터씩 된다는 직사각형의 그 호텔 안에서 꽤나 치열하게 진행됐던 KBS 기획 팀과의 때 아닌 이념 투쟁조차.

자신 없는 기억이기는 하지만, 중심가를 벗어나면서 지나치게 된 공원은 그때 옐친이 재야 투사로서 사회주의 포기를 외치며 들뜬 군중들에게 갈채를 받던 곳이었다. 그의 검증되지 않은 자질과 '사회주의 인민'에서 '자본주의 대중'으로 표변한 군중이 나는 왠지 불안하고 못마땅했다. 그런데, 그 뒤 그들이 주도한 러시아는 지금 어디에 와 있는가 ─ 나는 잠시 시베리아를 잊고 묘한 감회에 젖어 거리와 사람들을 살폈다.

거리는 분명 그때보다 밝고 활기차 보였다. 자동차는 엄청나게 늘어났고 상점들도 예전과는 비교가 안 될 만큼 상품들로 가득했다. 하지만 이내 거리의 밝음은 현란한 간판과 자본주의 상품 광고들 때문이며, 사람들의 활기란 것도 이제 막 분출되기 시작한 자본주의적 욕망에 지나지 않은 듯한 느낌에 우울해졌다.

숙소로 정한 코스모스 호텔은 시 외곽에 자리 잡고 있어 전에 와 보지 못한 곳이었다. 호텔 앞에 서 있는 거대한 스푸트니크 발사 기념탑이 이제는 사라진 소비에트 제국의 영광을 상기시켜 주었다. 늙은 볼셰비키들에게 단 한 번 대항 제국(對抗帝國) 아메리카를 추월하여 황홀한 추억을 안겨 주었던 그 우주 항공 분야의 위업.

숙소에 짐을 풀기 바쁘게 거리 구경을 나섰다. 모스크바에서도 체류 일정이 짧아 서두르지 않을 수 없었다. 기억을 더듬어 크렘린과 아르바트 거리부터 돌아보기로 하고 호텔을 나섰다. 그 두 곳을 우선시킨 것은 정치와 문화를 상징하는 장소라는 지난 시절의 고정관념 때문이었다.

하지만 서둘러 점심을 먹은 뒤 먼저 들른 크렘린에서 그런 고정관념은 보기 좋게 깨졌다. 10년 전에는 접근조차 조심스럽던 그곳이 이제는 입장료 수입에 맛들인 관광 명소로 완전히 변해 있었다. 그때의 삼엄하던 경비나 보안 설비 대신 입장료를 요구하는 설비들이 곳곳에 들어서서 사람을 맥 빠지게 만들었다.

전시의 내용도 판이하게 달라져 있었다. 그때만 해도 소비에트 제국의 최고 지도자들이 일하는 청사라는 점이 끊임없이 강조되고 있었는데, 이제 볼거리는 제정 러시아의 역사와 유물로 중심이 옮겨진 듯했다. 특히 전에는 일반 관광객들에게 공개되지 않았던 것으로 기억되는 궁궐 부속 성당들은 로마노프 왕가의 위엄과 영광을 새삼 화려하게 드러내고 있었다. 우리로 치면 열성(列聖)의 유해들이 크고 번쩍거리는 금동관에 줄줄이 누워 있는 왕실 전용 교회당을 나서면서 나는 비로소 모스크바가 시베리아 철도의 종착지임을 실감했다. 이미 지나온 이르쿠츠크나 예카테린부르크처럼 거기서도 짓궂은 역사의 아이러니를 읽을 수 있었기 때문이다.

돌아오는 길에 본 표트르 대제 동상도 그런 감회를 부추겼다. 구소련 붕괴 뒤 모스크바 강가에 새로 조성했다는 거대한 그 동상은 이 시대 모스크비치(모스크바 시민)들의 의식 변화를 잘 드러내 보이고 있었다. 그들은 사회주의 이상의 실현보다 표트르 대제가 일찍이 추구한 서구 자본주의식 개혁을 시급한 과제로 선택한 듯하다.

오후가 되자 서울 못지않은 교통 체증이 시작되는 데다 공연히 볼 것 다 보았다는 기분이 들어 아르바트 거리를 돌아보는 일은 그만두고 호텔로 돌아왔다. 10년 전 그 거리는 자유를 부르짖는 자작의 장시(長詩)들을 큰 소리로 낭독하던 시인들과 싸구려 초상화를 그릴망정 자존심 하나는 하늘 같던 거리의 화가들로 북적이고 있었다. 바로 거기서 햄버거와 콜라로 점심을 때운 러시아 젊은이들이 색색으로 물들인 머리를 하고 랩을 부르며 힙합 춤이나 추는 꼴을 보고 싶지는 않았다.

대신 모스크바의 현재를 바라보는 일은 저녁 대사관 만찬에서의 귀동냥으로 대신했다. 이재춘 대사는 푸틴의 집권이 오래갈 것임을 조심스레 점침으로써 푸틴 체제 아래 점차 안정되어 가는 러시아를 짐작하게 했고, 부인은 농담 같은 한마디로 아직은 건재한 한국인의 이미지를 요약해 주었다.

"이러다가는 모스크바에 오는 참한 한국 총각들, 러시아 아가씨들에게 다 뺏기고 말겠어요."

간접적이지만 모스크바 젊은이들의 의식을 들여다볼 기회도 있었다. 대사관 만찬 뒤에 만난 모스크바 대학 한국어과 블라디미르 인 (한국명: 인무학) 교수가 데려온 유학생들을 통해서였다. 대개 유학 5년차가 넘는 석·박사 과정에 있는 그들 중의 하나가 세계 최강이 었던 구 소련 시절의 번성을 아쉽게 추억하자 다른 하나가 받았다.

"그것은 사회주의의 위대함이 아니라 러시아가 원래 가지고 있는 위대함 때문이었다. 예를 들면 나폴레옹 시대라는 것은 없다. 그때도 처음부터 나폴레옹과 알렉산드르 또는 프랑스와 러시아라는 세계 최강국 간의 대립이 있었을 뿐이고 끝내는 러시아가 승리했다. 히틀러와 스탈린 혹은 독일 제3제국과 소비에트 제국도 마찬가지다. 지금 아메리카 제국과의 관계에서 러시아가 잠시 침체해 있는 것은 틀림없지만 우리는 믿는다. 러시아는 반드시 그 위대함을 회복할 것이다."

대강 그런 내용의 반론으로, 그들은 둘 다 자신의 견해라기보다는 러시아 젊은이들의 상반된 견해를 대변하고 있는 듯했다. 거기다가 러시아 인 누구도 구 소련으로 다시 돌아가기를 원하지는 않는다는 점에는 양쪽 모두 기꺼이 동의했다.

하지만 그들과 나눈 맥주로 슬금슬금 취해 가던 나는 그때 엉뚱하게도 스콧 피츠제럴드의 단편 〈다시 찾은 바빌론〉을 떠올리고 있었다. '내가 마지막 본 파리'라는 제목으로 영화가 되기도 한 그 소설의 감상적인 줄거리가 아니라, 영광의 바빌론을 떠났다가 여러 해 만에 돌아와 그 폐허를 거니는 자가 느끼는 것과 같은 애조 띤 분위기 때문이었는데, 이제 돌이켜 보면 약간은 어이없다.

케임브리지 체류기

내가 '에든버러 공(公) 펠로십'이란 거창한 이름으로 초청되어 런던에 도착한 것은 2002년 10월 30일 오후 세시경이었다. 내가 날짜와 시간을 이토록 정확히 기억하는 것은 바로 그 시각부터 이틀 뒤 케임브리지에 자리 잡을 때까지 겪어야 했던 막막함과 황당함 때문이다. 나는 그전 열흘을 《시인》에 이어 《젊은 날의 초상》이 출간된 스페인에서 지냈는데, 그때만 해도 여행은 지금까지 있었던 것들과 크게 다르지 않았다. 다시 말해 누군가 통역 또는 안내로 곁에 붙어 이런저런 절차들과 수속을 대신해 주는 여행이었다. 마드리드에서의 숙식과 기자 회견은 출판사에서 나온 통역과 안내가 해결해 주었고, 바르셀로나 방문 때는 교포 한 사람이 따라와 통역과 안내를 겸해 주었다.

그런데 아무 수행도 없고 통역이나 안내의 마중도 없이, 오히려 내가 안내하고 보살펴야 할 아내까지 딸린 채 히드로 공항을 나오니 당장은 그저 막막하기만 했다. 미리 귀띔을 받은 대로 미니 캡을 부르기 위해 공항 안내를 찾았으나, 늙은 안내원은 잘 알아들을 수 없는 이유를 대며 블랙 캡을 타는 게 좋을 거라고 충고해 주었다. 그래서 블랙 캡을 타고 케임브리지에 이르니 미터기는 2백12파운드, 거기서 쓸 한 달 잡비로 받은 돈의 절반 가까이 날아가고 말았다.

출국할 때 나는 내가 케임브리지 대학의 처칠 칼리지에 맡겨졌다는 것을 알고 있었다. 하지만 어렵게 처칠 칼리지를 찾아 포터 로지에 들렀으나 내 막막함은 줄어들지 않았다. 포터는, 발음이 매우 나쁘고 말귀를 통 알아먹지 못하는 퉁퉁한 동양인에게 그리 우호적이 아니었다. 내 우편물함을 알려 주고 내가 거처할 플랫 약도 한 장, 그리고 열쇠 두 개를 내주며 무정하게 작별이었다.

그때 시간은 벌써 다섯시를 훌쩍 넘겨 날이 저물어 왔다. 한 달이 넘는 체류 기간 때문에 커진 가방 셋을 메고 끌고 하면서 겨우 플랫 4를 찾아 짐을 풀었다. 하지만 오래 비워 둔 집이라 썰렁하기 그지없는 데다가 취사 도구며 시설이 달라 몇 가지 식료품을 준비해 갔어도 당장 저녁을 지을 수는 없었다.

할 수 없이 어둑어둑한 플랫 밖에 나가 서서 얼굴빛이 노란 사람이면 무조건 붙잡고 한국 사람인가 물었다. 그러나 그날 한국 사람은 끝내 만나지 못하고 한 친절한 중국인에게서 상가로 나가는 길과 장보기 좋은 슈퍼를 안내받았다. 우리는 먼저 장부터 보아 오기로 하고 택시를 불러 상가 거리로 나갔다.

한국 사람은 그렇게 어렵게 찾아간 샌즈베리라는 대형 슈퍼에서 처음 만났다. 학부생도 아니고 대학원생도 아닌 어중간한 유학생이었는데, 다행히도 플랫까지 따라와 열기구들과 집기 사용법들을 대강 알려 주었다. 그래서 푸딩용 쌀로 지은 밥을 먹으면서 우리 부부는 마치 낯선 땅에 정착이라도 하는 듯한 느낌을 받았다.

정착 초기의 그것과 같은 막막함과 황당함에서 온전히 벗어난 것은 아무래도 다음날 런던을 다녀온 뒤가 된다. 하룻밤 추위에 떨고 아침 일찍 런던에 나간 우리는 밤새 적은 물품 목록을 가지고 한 가방 가득 정착에 필요한 것들을 사왔다. 그러나 케임브리지에서의 생활을 익숙하고 당연하게 하는 데 가장 중요했던 것은 한국 식품점에서 산 진득진득한 쌀(스티키 라이스)과 '종가집' 김치 팩, 그리고 매운 풋고추가 아니었던가 한다.

그 뒤 케임브리지에서의 한 달은 내게 참으로 별나면서도 소중한 인상으로 남아 있다. 처칠 칼리지는 케임브리지 북쪽 외곽 지역에 자리 잡고 있었는데, 내가 살았던 플랫 부근의 숲길은 케임브리지의 이름난 숲길 중에서도 특히 빼어난 곳이 아닌가 한다. 우리는 매일 아침마다 그 숲길을 산책하면서 숲이란 이런 것이구나, 하는 감탄을 되풀이했다.

조용하면서도 치열한 학구적 분위기도 아주 인상적이었다. 탐구와 연마를 일로 삼는 사람들의 활기찬 내왕과 늦도록 밝혀져 있는 연구실 창문을 보면서 이런 삶도 있구나 싶었다. 각박하게 자신을 쥐어짜면서 보내 버린 내 젊은 날에 새삼 회한을 품다가도, 흐뭇한 기분으로 '그래도 살 만한 인생'을 공감해 보기도 했다.

'북청 물장수' 길도 오래 잊지 못할 것이다. 영국 물은 석회 성분이 많아 나처럼 찬물을 많이 마시는 사람에게는 좋지 못했다. 그래서 나는 매일 3킬로미터쯤 떨어진 슈퍼까지 걸어가 필요한 물을 작은 배낭으로 져 날랐는데, 아내는 그런 나를 '북청 물장수'라고 불렀다. 그때 걸었던 길이 케임브리지에서 가장 아름다운 길이라고는 말할 수 없겠지만, 그래도 한 달 내내 걷기에 싫증나지 않던 길이었다.

처칠 칼리지 펍(pub)에서 마시던 기네스 맥주도 일품이었다. 나는 매주 한 번 이상을 그 펍에 들렀는데, 한 번에 한 잔씩 청해 마시는 게 성가셔 한꺼번에 두 잔씩 가져다 마셨다. 그게 이상했던지 오래잖아 바텐더는 내가 술을 가지러 가기만 하면, 먼저 기네스 투 파인트? 하면서 맥주를 두 잔씩 뽑아 주었다.

거기서 만났던 사람들도 짧은 인연에 비해 쉽게 잊히지 않을 듯하다. 학장은 동양학을 전공한 사람이고 문학에 대한 이해도 있어 보였다. 나에게 학내 행사에 활발하게 참석해 교류의 폭을 넓히기를 충고했으나, 나는 영어에 자신 없어 거기 따르지 못했다.

나를 담당한 것으로 보이는 교수는 이제는 이름마저 잊은, 셰익스피어와 동시대의 극작가를 전공한 사람이었다. 나는 그에게 월터 스콧의 애보츠포드 저택을 다녀온 뒤의 느낌을 장황하게 말한 적이 있는데, 그 때문에 나를 스콧 전공자로 오해하지 않았는지 모르겠다.

〈한겨레〉의 편집 위원을 지냈던 이봉수 씨도 인상적이었다. 그는 원래 런던 대학에 연수를 왔다가 케임브리지에서 박사 학위를 밟고 있었는데, 쉰을 넘긴 나이에 그 같은 결단을 내릴 수 있었다는 게 놀라웠다. 나와는 출신 지역과 모교, 그리고 가문과 정신적 배경이 너무 많이 겹쳐 한때나마 세계를 해석하는 방식이 나와 그토록 크게 달랐다는 게 오히려 이상했다.

연구 교수로 와 있던 중앙대학교의 최홍규 박사를 그곳에서 만난 것도 반가웠다. 스웨덴 어로 《시인》을 번역하고 있는 런던 대학의 칼슨 앤더슨 교수와 그 부인 박옥경 씨를 만나 회포를 풀 수 있었던 것도 케임브리지 체류 덕분이었을 것이다. 그 외에도 일일이 이름을 다 대지 못할 정도로 많은 사람들을 나는 그곳에서 새로 만났다.

　'에든버러 공 펠로십'을 제정한 목적이 정확히 무엇인지는 잘 모르지만, 적어도 케임브리지 체류에 대해 묻는다면 나는 그것을 매우 인상 깊고도 유익한 체험이었다고 대답하지 않을 수 없다.

폭풍의 언덕에서 쓰다듬는 내상(內傷)

굯은비에 젖은 런던을 뒤로하고 잉글랜드 북동부 하워스로 떠난다. 영국 근대 문학의 기봉(奇峰) 브론테 자매의 문학적 산실을 찾아나선다. 그중에서도 에밀리 브론테를, 그녀가 거닐었던 폭풍의 언덕을 보고 싶어 천 리 길을 달린다.

이미 쉰을 훌쩍 넘긴 나이에, 그것도 전업 작가로서 벌써 20여 년을 산 뒤에, 이 무슨 객쩍고 쑥스러운 문학 탐방인가. 꼭 2백 년을 앞서 살아갔지만, 단 한 편의 소설로 서른 나이를 못 채우고 이승을 떠난 이 규수(閨秀) 작가가 런던행 비행기에 오를 때부터 머릿속을 떠다닌 까닭은 무엇이었을까. 영국에는 세계 문학사에 찬연한 빛을 뿜는 작가도 많고, 그들의 자취를 찾아볼 여유가 있었던 영국 방문 또한 처음이 아닌데도 왜 이번이며, 에밀리 브론테고, 폭풍의 언덕인가.

고속도로에 오르자 더욱 굵어진 빗방울이 빗기는 차창을 바라보면서 참으로 오랜만에 내 어쭙잖은 문학적 역정을 겸허하게 돌아본다. 조금 전에 품었던 의문의 답은 바로 거기 있다. 내 문학의 요람 기에 소설이 주는 휘황한 감동을 처음 맛보게 한 것이 그녀이고《폭풍의 언덕》이었다.

아직도 생생히 기억한다. 노란색 표지의 '학원 소년소녀 세계명작 전집'. 그중의 한 권인《폭풍의 언덕》표지화에는 난데없는 눈보라 가 내리치고 있었다. 초등학교 5학년 겨울 방학 어느 날, 대본점에서 빌려 온 그 책을 밤새워 읽은 뒤의 감동은 거의 충격적이었다. 그 훨 씬 전에 이미 축약본이나마《걸리버 여행기》를 읽었고,《플랜더스 의 개》와《인어 공주》에 가슴 저려 한 적도 있었지만, 그때와는 질 을 달리하는 강렬하고도 섬뜩한 감동이었다. 그리하여《폭풍의 언 덕》은 얼마 뒤에 완역본을 얻었으되 내가 축약해 읽지 않을 수 없었 던《좁은 문》과 더불어 내 소년기의 가장 인상 깊은 문학적 경험이 되었다.

어떤 이는《폭풍의 언덕》을 셰익스피어의 비극이 도달한 비극성 과 시적(詩的) 성취에 비견하기도 하고, 서머셋 몸 같은 작가는 서 슴없이 '세계 10대 소설'에 넣기도 했다. 내가 공연히 시건방져지고 쓸데없는 지적 허영에 내몰려 지드와 헤세를 멀리하기 시작한 20대 이후에도 에밀리 브론테만은 가슴에서 내려놓지 못했다. 하지만 이 번의 출발은 그 무엇보다도 내 문학의 요람기, 혹은 초심(初心)에의 향수였다. 그리고 그 향수를 일으킨 것은 아마도 지난 한 해 요란스 레 치른 내전(內戰)과 거기서 입은 내상(內傷)이었을 것이다.

이었다 그쳤다 하는 겨울비 속을 달려가는 천 리 길은 멀었다. 거 기다 여행의 속된 효율성을 외면하지 못해 도중에 셰익스피어 생가 를 훑고 처칠의 생가인 블렌하임 궁을 들르느라 하워스 가까운 핼리

팩스 시에 이르렀을 때는 벌써 밤 열시에 가까웠다. 할 수 없이 교외의 허름한 여관에서 하룻밤을 묵었다. 이름하여 오기장(five flags hotel). 밤새도록 창문을 흔들어 대는 비바람 소리가 벌써 폭풍의 언덕이 가까웠음을 실감하게 했다.

비는 이튿날 역시 줄기차게 내렸다. 브론테 자매의 기념관이 있는 하워스는 뜻밖에도 오기장에서 차로 달려 채 20분도 안 되는 거리에 있었다. 나지막한 산들이 이어진 계곡에 자리 잡은 작은 마을이었다. 산등성이의 초지들은 잘 가꾸어져 있었지만, 그 경계마다 둘러쳐져 있는 돌담은 우리나라 제주도만큼이나 척박한 지질을 말해 주었다. 2백 년 전, 사는 사람이 훨씬 적고 땅에 손이 덜 갔던 시절에는 황무지 속의 작은 마을, 옛날의 강원도 산골쯤 되지 않았을까 싶었다.

아직도 지나는 산등성이 곳곳은 소설에 나오는 '히스'로 덮인 황무지였다. 히스는 우리의 땅향(눈향) 같은 키 작은 침엽수 떨기로 그곳 사람들은 '헤더'라고 불렀다. 하지만 여름에 보랏빛 꽃이 피면 그 황무지는 그대로 볼 만한 화원을 이룬다고 한다.

주차하기 좋은 곳을 찾다 보니, 하워스에서 가장 먼저 보게 된 것은 브론테 일가가 묻혀 있다는 교회 묘지였다. 한 1천여 평이나 될까, 그곳을 빽빽이 채우고 있는 묘비들이 겨울비에 젖어 있는 광경은 어찌 그리도 황량하고 음산한지. 또 그곳에 묻힌 사람들의 수명은 왜 그리도 짧은지. 스무 살 안팎에 죽은 이들부터 두 살배기 어린아이의 것까지 여남은 개의 묘비명을 읽어 나가다가 공연히 심란해져, 그곳 어디에 있을 브론테 자매의 묘비 찾기를 단념하고 바로 그녀의 아버지 패트릭 브론테가 목사로 봉직했다는 교회를 찾았다.

교회는 당시의 하워스로서는 과분했을 성싶을 만큼 규모면에서나

설비면에서 잘 갖춰진 고딕 양식의 건물이었다. 아직도 마을 교회로 이용되는 듯 안에서는 사람의 온기가 느껴졌다. 특히 교회 한편에 관광객을 위하여 진열된 듯한 지역 특산물들은 살아 있는 사람들의 조잡한 상혼(商魂)까지 드러내 그 뒤뜰 묘지와 묘한 대비를 이루었다.

교회를 한 바퀴 둘러보기 바쁘게 브론테 자매의 생가격이 되는 목사관으로 갔다. 교회 바로 곁에 있는 2층집으로 지금은 브론테 자매의 기념관으로 바뀌어 10파운드(약 1만 6천 원)의 입장권을 사고 들어가야 하는 곳이 되어 있었다. 에밀리 브론테의 체취가 묻어 있는 곳이라 첫사랑의 옛집이나 찾는 것처럼 감회에 차 문을 두드렸으나 관광객이 많지 않은 겨울철이라 그런지 개관은 열한시라고 한다. 그것도 겨울 한 철은 문을 닫았다가 다시 여는데, 그게 바로 사흘 전이었다.

하는 수 없이 폭풍의 언덕부터 먼저 돌아보기로 했다. 폭풍의 언덕은 에밀리 브론테가 소설 속의 저택 '폭풍의 언덕'의 원형으로 삼았다는 산비탈 농가까지의 언덕길로, 생전에 브론테 자매가 즐겨 산책했다는 길이기도 했다. 마을에서 5, 6마일 되는 곳에 있었는데, 먼저 문제가 된 것은 그 마일을 킬로미터로 착각한 일이었다.

4마일 정도를 차로 이동하고 나서는 도보로 걸어야 할 길이 나왔지만, 2마일을 2킬로로 믿는 바람에 왕복으로 그 배를 걸어야 하는데도 겁 없이 나섰다. 하지만 '폭풍의 언덕'의 모델이 되었다는 농가를 저만치 등성이 너머로 바라보게 된 것은 한 시간 가까이나 걸은 뒤였다. 거기다가 비바람은 또 왜 그리 거세던지. '폭풍의 언덕'이란 이름이 전혀 과장스럽게 느껴지지 않을 만큼 거센 바람과 찬 겨울비에 내몰리듯 걸으면서 30여 년 전 눈보라 속에 넘었던 창수령(蒼水

嶺)을 문득 떠올리기도 했다.

　원래 나는 그런 경우에 대비해서 런던에서부터 에이콤 단원들로부터 방수 파카를 빌려 입고 갔다. 그러나 바람 때문에 우산을 받치지 못해 파카를 타고 내린 찬 빗물이 바지를 함빡 적시게 되면서 더이상의 전진은 무리가 되었다. 더 나아갈수록 늘어날 돌아가는 길도 슬슬 걱정되기 시작했다. 거기다가 멀리서도 확인할 수 있는 '폭풍의 언덕' 원형은 상상과는 많이 달랐다. 낡고 허물어졌으나 웅장한 장원쯤으로 머릿속에 그려 왔는데, 사방 2마일 안으로 눈앞에 나타난 것은 히스 숲과 잡초밖에 없는 황무지 속의 작은 농가에 지나지 않았다.

　목적지가 1킬로미터도 남지 않은 곳에서 포기하는 것이 아깝기는 했으나 나는 별 미련 없이 돌아섰다. 꼼꼼한 현장 답사를 온 것이 아니라 에밀리 브론테의 '폭풍의 언덕'을 느껴 보려 왔을 뿐이고, 그 느낌은 그때까지의 악전고투만으로도 충분하였다. 비바람을 헤치며 걸은 그 한 시간 동안 나는 리비아의 사막이나 시나이의 바위산에서처럼 어떤 절대 고독 같은 것을 맛보았다. 머지않은 곳에 잘 손질된 초지와 드문드문 들어선 농가가 있었지만, 거센 폭풍우가 시각과 청각을 가로막아 인간으로부터의 한없는 격리를 느끼게 한 탓이었다. 끝 모를 사막 가운데 홀로 섰을 때처럼, 혹은 높은 바위산 가운데서 갑자기 훤히 뚫린 푸른 하늘을 바라보고 있을 때처럼. 아마 2백 년 전 에밀리 브론테도 그러하였을 것이다.

　마을로 돌아와 홍차 한 주전자로 몸을 녹이고 보니 브론테 기념관이 열려 있을 시간이었다. 기념관은 할머니 둘이 매표와 안내를 담당하고 있었다. 1층 입구의 좁은 복도 오른편에는 패트릭 브론테의 서재이자 브론테 자매들의 공부방이기도 했던 곳이었고, 왼편은 에밀리 브론테가 마지막 숨을 거두었다는 소파가 놓인 식당 겸 거실이었다. 서재 뒤편 부엌은 아직까지 윤이 나는 주방 기구가 인상적이었다. 전체적으로 고루 손길이 가고 정성이 미쳐 얼른 보기에는 얼마 전까지도 사람들이 살던 집 같았다.

2층으로 올라가는 계단 벽인가에 한 여자의 인물 데생이 걸려 있었는데 나는 설명을 듣지 않아도 샬럿 브론테임을 알아볼 수 있었다. 2층의 첫번째 방은 샬럿의 방이었다. 그 한가운데 놓인 유리 진열장에는 목 없는 마네킹이 그녀가 생전에 입었던 드레스를 걸치고 있었는데 역시 짐작대로 가늘고 자그마한 몸매였다. 작은 키에 야무진 인상—나는 《제인 에어》를 통해 이미 그녀의 모습을 그렇게 짐작하고 있었다.

2층의 나머지는 패트릭의 침실과 화가였던 오빠 브란웰의 작업실이 있을 뿐, 에밀리 브론테의 방은 없었다. 다만 패트릭의 침실과 샬럿의 방 사이에 두 평도 안 되는 탈의실 같은 작은 골방이 있었는데, 그 문설주에 에밀리가 이따금 그곳을 자신의 방으로 쓰기도 했다는 설명이 붙어 있었다. 나는 무심코 그 방에 들어섰다가 '폭풍의 언덕'에서와 마찬가지로 또 한 번 에밀리 브론테의 의식을 엿볼 수 있는 틈새를 얻었다는 느낌이 들었다.

그 방 창문으로 보이는 것은 나란히 붙은 교회와 묘지였다. 멀지 않게 자리한 영생과 죽음, 천상과 인간이었다. 에밀리 브론테의 소설이 보여 주는 강렬한 혼재—삶과 죽음, 초월적인 것과 인간적인 것, 사랑과 미움의 음험한 뒤섞임은 어쩌면 그녀의 골방 유리창을 통해 보이는 이중적인 세계의 형상화는 아니었을까. 상반되면서도 늘 함께 있는 존재의 원리가 그녀의 상상력과 창조력을 통해 그렇게 드러 난 것은 아니었을까.

브란웰의 화실 입구에는 귀기(鬼氣) 서린 그 집안의 가계도가 걸려 있었다. 패트릭의 아내인 마리아는 8년 동안에 내리 여섯 남매를 낳고 산란이 끝난 연어처럼 서른여덟의 나이로 기진하여 죽는다. 이어, 그녀가 낳은 6남매. 브론테 자매의 언니 둘은 열한 살과 열 살의 나이로 죽고, 다시 브란웰과 에밀리 브론테가 서른 살을 전후하여 한 해에 나란히 죽는다. 이듬해에는 《애그니스 그레이》의 저자인 막내 앤 브론테가 스물아홉에 죽고, 샬럿 브론테가 가장 오래 살아 그로부터 6년 뒤에 죽지만 그래 봤자 서른아홉이다.

성급일까, 그 가계도와 그들의 사인(死因)에서 나는 다시 에밀리 브론테의 의식 밑바닥을 더듬어 볼 수 있는 단서를 잡았다는 기분이 들었다. 그녀의 사인은 공식적으로 브란웰의 장례식에 모자를 쓰고 가지 않아 걸린 감기라지만 그 뒤에는 그 가계를 휩쓴 폐결핵이 있었다. 스물아홉의 젊은 여자가 감기로 죽었다면, 이미 그녀의 지병인 폐결핵은 말기로 진행돼 있었다고 보는 편이 옳고, 폐결핵의 느린 진행 과정으로 보아서는 그보다 훨씬 오래전부터 증상의 자각이 있었을 것이다. 그리고 폐결핵이 거의 불치로 여겨졌던 그 시절이고 보면 그 자각은 곧 머지않은 죽음에의 자각일 수도 있었다.

죽음에의 자각은 유한성의 자각이며 절대적인 허무감과 이어진다. 어쩌면 에밀리 브론테의 의식을 받치고 있는 또 한 축은 바로 그 허무감이 아니었을까. 그 허무감이 오히려 그녀의 주인공들로 하여금 삶과 죽음의 경계를 무연(憮然)히 넘나들 수 있게 하지는 않았을까. 절대 고독의 체험이 그녀의 주인공들을 선과 악의 시비에서 비껴 서서 오히려 더 생생하게 만들었듯이.

상념이 거기에 미치자 문득 오래전에 이곳을 방문하고 쓴 어떤 평론가의 기행문 한 구절이 떠올랐다. "에밀리 브론테는 욕정이 강한 여자였다." 장황한 배경 묘사와 함께 그는 그렇게 단언했는데, 나는 그때 그녀에게서 오직 욕정밖에 읽어 내지 못한 그 거칠고 비뚤어진 감수성에 그저 아연해했을 뿐이었다. 하지만 이제는 그 거침과 비뚤어짐의 경위까지 짐작할 듯하다. 조자룡의 헌 창처럼 써오던 헤겔로 설명하지 못할 국면을 맞자 느닷없이 프로이트를 끌어들인 것은 아닌지.

기념관의 출구는 작은 기념품 가게였다. 나는 앤 브론테의 작품을 한 권도 읽은 것이 없어, 《애그니스 그레이》를 먼저 샀다. 그래 놓고 나니 새삼 치솟는 그리움에 다시 《폭풍의 언덕》 장정본을 보탰다. 돌아가서는 무엇보다 우선하여 그 두 권을 마음 가다듬고 꼼꼼히 읽어 보리라는 결심이었지만, 정말 그리 될 수 있을까는 솔직히 의문스러웠다.

평온하고 넉넉한 감성으로 《폭풍의 언덕》에 푹 젖어들 수 있는 날이 내게 다시 올까. 그러자 아직 끝나지 않은 내전이 퍼뜩 떠오르고 깊이 억눌러 왔던 내상이 다시 욱신거렸다. 몇 년 전부터 내 이름을 갉아먹고 쏠아 대는 데 단단히 재미를 붙여 온 쥐새끼들, 내 삶 주변에 모여들어 웅웅거리는 쉬파리 떼, 내 문학을 헤집고 스멀거리며 돌아다니는 바퀴벌레 무리. 그것들이 떠오르자 그때까지의 내 평온은 산산조각이 났다. 나는 갑자기 견딜 수 없는 기분이 되어 브론테 기념관을 나오기 바쁘게 부근의 선술집(pub)으로 달려갔다. 무심코 찾아들었지만 술집 이름은 공교롭게도 '폭풍의 언덕(wuthering heights)'이었다. 그 상호에 무슨 암시라도 받은 듯 나는 흑맥주 한 잔을 시켜 놓고 사념을 애써 '폭풍의 언덕' 쪽으로 몰았다. 쓸데없는 연상으로 도지기 시작한 내상을 달래기 위함이었다.

나는 먼저 고독과 허무에 난파하지 않기 위해 문학에 절망적으로 매달렸던 한 영혼을 형언할 수 없는 애정과 연민으로 떠올렸다. 그리하여 열정의 마지막 한 방울까지를 자신의 소설에 짜 넣고 서른의 젊은 나이에 어이없이 꺼져 버린 애처로운 생명을 새삼스러운 경외로 바라보고, 그 경이로운 결정(結晶)이 젊은 날의 내게 몇 번이고 되풀이해 선사했던 감동을 되살려 보았다.

그 방법은 내 내상을 어루만지는 데 뜻밖의 효과가 있었다. 그런 그녀에게 소설은 무엇이며 문학은 무엇이었을까. 또 그때도 어느 정도는 문학적 성취에 뒤따랐을 명성과 부는 어떤 의미를 가졌을까. 그렇게 사념이 번져 가면서 욱신거림은 깨끗이 가라앉았다. 그리하여 마침내는 한 줌 흙이 된 지금의 그녀에게까지 그것들의 의미를 묻게 되었을 무렵 문득 내부로부터 들려오는 쓸쓸한 목소리가 있었다.

'너는 지금 무엇에 분개하고 무엇을 한탄하는가. 혹시 그것들은 지난 20년간 네가 아무런 반성 없이 누려 온 문학의 그 사이비한 부산물에 집착하는 데서 온 것은 아닌가. 너는 함부로 저들을 쥐새끼와 쉬파리 떼, 바퀴벌레들로 비하하고 있지만, 너야말로 그 사이비한 것들을 지키려고 버둥대며 썩어 가는 살덩어리일 수도 있다. 그 고약한 냄새와 진물이 죄 없는 저들을 꾀어들인 것이다. 오히려 죄 있는 것은 너다. 네가 백날 기다리며 물어보아도 곧장 본질로 돌진하여 남김없이 자신을 불태우고 간 이 순수한 영혼은 결코 네게 유리한 증인이 되어 주지는 않을 것이다. 돌아가라. 돌아가서 네 죄를 지고,

288

다시 한 번 거듭나라.'

어쩌면 그 말은 한국을 떠날 때부터 은연중 다져 온 내심의 결의인지도 모른다. 하지만 나는 분명 그때 그렇게 들었다.

그 뒤 나의 여정은 하워스에서 두 시간 남짓 동북으로 가야 하는 스카버러에까지 이어지지만 그것은 여분이었다. 의사의 진료를 거부한 앤 브론테가 냉철하게 죽음을 맞으러 간 그 항구 도시, 그녀의 유해가 묻힌 퀸 메리 성당이며, 사자왕 리처드가 쌓았다는 고성(古城)과 아름다운 해변의 풍경은 몇 장의 사진으로만 남았다.

신과 사람이 만든 대륙의 연꽃, 이집트

이미 사멸하였거나 쇠퇴한 고대 문명을 되돌아볼 때면 언제나 넓은 바닷가에 서 있을 때와 같은 신비와 향수를 느낀다. 우리 정신의 고향이 바로 그 깊이 모를 고대 문명의 심연에서 출발하고 있기 때문일 터이다.

그 고대 문명에 모태 회귀의 본능과도 같은 향수를 느껴 오던 나는 오래전부터 책이나 관념으로서가 아니라 바로 그 현장을 답사해 보았으면 하는 열망을 품어 왔는데 이제 〈조선일보〉의 주관으로 이집트를 그 첫번째로 찾게 되었다.

아놀드 토인비는 이집트 문명을 어머니도 자식도 없는 문명으로 분류하였다. 그 문명의 시발에서 보다 앞선 문명의 존재가 확인되지 않을 뿐 아니라 그 문명을 이어받은 문명도 없다는 데 착안해 스스로 발생하여 성장하고 발전하다가 역시 스스로 쇠퇴하고 소멸해 간 문명이란 뜻으로 그렇게 분류한 듯하다.

물론 그러한 분류에는 이론의 여지가 없지 않다. 기록이나 유적으로 확인되지 않는다 해서 앞선 문명의 존재를 부인하기도 어렵거니와 고대 그리스 문명에 영향을 끼친 오리엔트 문명에는 분명 이집트 문명도 포함되기 때문이다.

일찍이 이집트가 세계 국가를 건설한 적이 있다는 사실도 이집트 문명의 고립성이나 단절성의 주장에 한 좋은 반론이 될 것이다. 하지만 저 안데스 산맥에서 찬연히 빛났다가 홀연히 꺼져 버린 문명처럼 이집트 문명이 고대 문명들 중에서는 그 어떤 것보다도 고립성과 단절성을 특징으로 삼는 문명인 것만은 틀림없다. 이집트를 고대 문명 탐사의 첫머리에 놓게 된 이유 중에 하나는 아마도 그 단절성과 고립성이 더해 주는 흥미나 호기심일 것이다.

고대 문명들은 한결같이 죽음에 대한 과다한 투자를 특징으로 삼고 있다. 그런데 그중에서도 죽음에 가장 많은 투자를 한 것이 이집트 문명이다. 죽음도 결국은 삶의 일부이고, 따라서 가장 완전하게 살기 위해 죽음에 그토록 많은 걸 바쳤는지 알 수 없지만, 우리 삶의 종교적 현상에 관심을 가져 온 내게는 그 또한 유혹과도 같은 나일 문명의 특징이 아닐 수 없다.

그 밖에 내가 이집트에서 보고 싶은 것은 더 있다. 문명이란 것이 과연 자연의 혜택인가, 아니면 지키기 위한 것이 본질인가, 보다 더 획득하기 위한 열정의 본질인가 하는 데 이르기까지. 그리고 제설 합일주의에 흡수돼 아직도 희미하게 살아 있거나 이제는 돌과 파피루스에 오래된 문양으로만 남게 된 그들의 숱한 신들에 대해서도.

하기야 길지 않은 여행으로 이런 거창한 관심이나 질문들에 대한 답이 얻어지리라고 기대하는 것은 어리석은 일일 것이다. 그러나 어쨌든 나는 이집트로 떠난다. 고대 문명의 대양 속을 속속들이 탐사

하지는 못한다 하더라도 한 모퉁이 작은 산호초 정도는 그런대로 알
만큼 들여다보고 올 수도 있지 않겠는가.

고대 이집트 문명의 해석은 나일 델타의 해석이다. 현재의 이집트
국토를 1백으로 치면 겨우 셋에 해당하는 넓이이고, 우리 땅과 비교
하면 호남 지방과 비슷한 이 삼각주는 그토록 찬연했던 고대 문명의
물적 기반이었을 뿐만 아니라 오늘날도 그 국민 대부분을 먹여 살리
는 곡창 기능을 하고 있다.

널리 알려진 바처럼 헤로도토스는 일찍이 이집트를 가리켜 '나일
강의 선물'이라고 했다. 물론 그 말은 고대 사회에서 이미 널리 쓰이
던 것이라 꼭 그의 견해라 할 수도 없고, 또 그가 가리킨 이집트도
그 문명까지를 포함하는 것 같지는 않다. 하지만 그가 문화를 여유
또는 여가의 산물로 보는 그리스 인의 전통에 충실하게 델타 지방의
비옥함과 다산성에 착안하여 얼른 이해 안 되는 그 문명의 출현을
설명하려 했다고 보아 반드시 틀릴 것도 없다.

헤로도토스의 그 같은 이해는 그 뒤 오랜 세월에 걸쳐 이집트 문
명에 대한 유일하고 완전한 해석처럼 여겨져 왔다. 그러나 모세의
적으로서 기독교 세계와 이슬람 세계가 공동으로 가졌던 이집트에
대한 관심이 나폴레옹의 야망에 찬 원정을 거쳐 전 세계를 들끓게
한 이집트 열(熱)로, 그리고 마침내는 이집트학(學)으로 발전함에
따라 그의 말은 전 같은 믿음을 살 수 없게 되어 갔다.

그 뒤 금세기에 들어 토인비는 그의 방대한 저술에서 도전과 응전
이란 개념을 구사해 이집트 문명을 새롭게 해석했다. 자기 분야의
까마득한 선배격인 헤로도토스에 거역해 고대 이집트의 성취는 자

연의 혜택이 아니라 자연의 도전에 대한 인간의 응전에서 비롯되었다고 주장한 것이었다.

이제 그 델타의 한 모퉁이에 서서 아득한 세월 저쪽을 바라본다. 파라오와 피라미드가 나타나기 전을, 암라니 파이윰이니 마아디니 델 타사니 하는 이름으로 불리던 선문화들이 군데군데 돋아나던 시절을. 아니, 그보다 수천 수만 년 전 처음 이집트의 조상들이 무엇 때문인가 그리로 모여들던 시절의 나일 델타를.

먼저 보이는 것은 헤로도토스의 델타다. 사방을 둘러보아도 막힘이 없는 드넓은 평야, 나일의 물로 1년 내내 마르지 않는 수로들, 우리의 계절로는 초겨울인데도 여름이나 다름없이 타는 태양. 그리고 넉넉한 토심(土深)과 아직은 남아 있는 토양의 비옥함. 헤로도토스는 그의 역사에서 그 델타가 받은 자연의 혜택을 이렇게 구체적으로 그려 보이고 있다.

실제로 이 지역(델타) 주민은 다른 모든 나라들이나 다른 지역의 이집트 인에 비해 확실히 가장 노동력을 적게 들여 농작물을 수확하고 있다. 가래나 괭이로 밭을 일구거나 그 밖에 일반 농민이 수확을 거두기 위해 들이는 품은 일절 하지 않고 강이 스스로 넘쳐 흘러와 그들의 농경지에 물을 댔다 물러가면 각자 씨앗을 뿌리고 돼지를 밭에 넣어 그것을 밟게 한다.

그러나 조금만 주의 깊게 살피면 토인비의 델타도 보인다. 인간의 손이 못 미친 곳이면 어김없이 몇 길 높이로 돋아나는 갈대들, 그 속에 무엇이 살고 있는지 짐작할 길 없는 늪 지대, 한결같이 인간의 땀이 스며 있음을 짐작게 하는 거미줄 같은 수로와 그 둑들. 수로 바닥을 긁어 내는 준설선들.

토인비의 델타는 거칠고 심술궂다. 이집트 인의 조상들이 거주지로 선택하기 전의 그곳은 사자와 표범 같은 맹수들이 배회하는 밀림이 아니면 하마와 악어에다 독사 떼와 해충들이 들끓는 소택지였다. 그러나 그들은 그런 델타를 개척해 음식물 채취자에서 경작자로의 창조적인 전환을 이룩함으로써 뒤 이은 문명 시대의 물질적 토대를 이루었다.

물론 토인비가 1차적으로 강조하고 있는 자연의 도전은 빙하기가 끝난 뒤 아프라시아 대륙에 광범위하게 진행된 기후의 변화였다. 오늘날의 사하라 사막으로 나타난 건조화가 그것으로, 토인비는 거기에 대한 인간의 응전 형태를 이렇게 나누어 풀이하고 있다.

기후의 변화라는 도전을 받으면서 거주지도 생활양식도 바꾸지 않은 아프라시아 초원의 수렵 사회나 채취 사회는 응전하지 않은 데 대해 절멸이라는 벌을 받았다. 거주지는 바꾸지 않고 생활양식을 바꿈으로써 수렵자로부터 양치기로 전환한 이들은 아프라시아 스텝의 유목민이 되었다. 생활양식을 바꾸기보다는 차라리 거주지를 바꾸기로 한 이들 중 북으로 옮겨 가는 저기압대를 뒤쫓아 감으로써 건조화를 피한 사회는 뜻밖에도 북방의 추위라는 도전을 받았으나 그 도전에 굴복하지 않은 이들 간에는 새로운 창조적인 응전이 일어났다. 한편 남쪽의 몬순 지대로 후퇴함으로써 건조화를 피한 사회는 열대의 변화 없는 기후에서 비롯된 최면적 영향을 받게 되었다. 그런데 마지막으로 거주지와 생활양식을 한꺼번에 바꿈으로써 건조화라는 도전에 응전한 사회가 있었다.

하지만 나일의 밀림과 소택지는 자연의 또 다른 도전이었을 것이고 거기에 대해서는 토인비도 여러 기록을 인용해 강조하고 있다.

그리고 그 도전이 또 한 번의 응전으로 극복되고서야 위대한 문명으로 이어지게 되는데, 그것은 결국 이집트 문명을 끌어내는 데는 델타의 거침과 심술궂음도 한몫했다는 해석을 가능하게 한다.

그렇다면 헤로도토스의 델타와 토인비의 델타 어느 쪽이 이집트 문명의 해석에 더 유효한 열쇠일까. 한 가지는 분명하다. 비옥과 다산성만이 문명 발생의 조건일 수 없듯이 자연의 도전에 응전하는 인간 정신만이 문명의 발생 조건일 수도 없다. 세계에는 나일의 델타보다 더 비옥하고 더 다산하는 땅이 많이 있지만 이집트 문명은 하나뿐이다. 또 건조화보다 더 혹독한 자연의 도전은 세계 도처에서 있었고 인간들도 나름대로 힘을 다해 응전했지만 고대 이집트 수준의 문명이 어디서나 나타난 것은 아니다.

따라서, 어설픈 절충일지는 몰라도 이집트 문명이 있기 위해서는 두 델타가 다 필요하다는 편이 옳다. 고대 이집트 인들이 다진 응전의 결의가 아무리 굳건한 것이었다 하더라도 풍요와 다산의 가능성이 보이지 않았다면 나일 델타를 그들의 터전으로 삼을 수는 없었을 것이기 때문이다.

지도를 보면 이집트는 백지에 그려진 한 줄기의 연꽃 같다. 아프리카의 중심부란 진흙에 뿌리를 박고 나일강을 줄기 삼아 피어올라 그 델타에서 한 송이 꽃봉오리로 맺힌다. 어쩌면 이집트 문명은 바로 그 꽃봉오리의 찬연한 개화가 아니었는지. 그리고 지금 우리가 보는 것은 그 옛날의 찬연함 때문에 더욱 처연해진 그 조락(凋落)이 아닐는지. 아스완에서 수천 리를 외줄기로 달려오다 델타에 이르러 문득 열두 갈래로 갈라지는 나일 강의 한 강둑에서 무심한 세월의 바람 소리를 들으며 덧없는 상념에 잠겨 본다.

신들메를 고쳐매며

초판 1쇄 발행일 · 2004년 2월 16일
초판 12쇄 발행일 · 2004년 3월 25일
지은이 · 이문열
펴낸이 · 임성규
펴낸곳 · 문이당

등록 · 1988. 11. 5. 제 1-832호
주소 · 서울시 성북구 동소문동 4가 111번지
전화 · 928-8741~3(영) 927-4991~2(편)
팩스 · 925-5406
ⓒ 이문열, 2004

홈페이지 http://www.munidang.com
전자우편 webmaster@munidang.com

ISBN 89-7456-244-8 03810